Longos

Daphnis und Chloë

*

Achilleus Tatios

Leukippe und Kleitophon

Übersetzt von Friedrich Jacobs
und Friedrich Ast
Mit einer Einführung und Erläuterungen
von Bernhard Kytzler

Bibliothek der Antike
Deutscher Taschenbuch Verlag
Artemis Verlag

Vollständige Ausgabe.
›Daphnis und Chloë‹ wurde von Friedrich Jacobs,
›Leukippe und Kleitophon‹ von Friedrich Ast
übersetzt.

Oktober 1990
Deutscher Taschenbuch Verlag GmbH & Co. KG,
München

Umschlaggestaltung: Celestino Piatti
Gesamtherstellung: C. H. Beck'sche Buchdruckerei,
Nördlingen
Printed in Germany · ISBN 3-423-02246-9

Über dieses Buch

Der Roman ist ein Nachzügler der antiken Literatur. Entstanden gegen 100 v. Chr., lange Zeit nach allen anderen Gattungen, schöpfte er viel aus Epos, Geschichtsschreibung und Drama und war doch etwas völlig Neues. Er war Unterhaltung. Der Gedanke, daß Literatur ästhetische Zerstreuung, Amüsement sein könne, ist erst mit ihm zu seinem vollen Recht gekommen, und erst er hat der Dichtung in Sprache und Inhalt das Terrain erobert, das heute ihren Mittelpunkt bildet: die Welt des Alltags. Die Liebe ist sein vornehmliches Thema, auftretend in erotischen Verstrickungen aller Art und in Verwirrungen der Gefühle; dazu kommt das Abenteuer, häufig mit einem Einschlag ins Phantastische. Nicht weniges ist absichtliche Übertreibung, Verzeichnung im Dienste der Satire, der Komik oder der Polemik.
Dennoch haben sich uns, neben der eher amüsanten Spielart der Gattung, auch Werke von strenger Schönheit erhalten. Ersteren ist die Erzählung des Achilleus Tatios zuzurechnen, eine Abenteuergeschichte voll erotischem Witz, letzteren dagegen die des Longos, deren wenige Seiten für Jahrhunderte das Bild einer heiteren, unbeschwerten Antike geprägt haben. Niemals schien menschliches Dasein je wieder so leicht und natürlich gewesen zu sein. Zu den eindrucksvollsten Zeugnissen dieser Wirkungsgeschichte gehören die Worte des alten Goethe, der gegenüber Eckermann äußerte: »Man müßte ein ganzes Buch schreiben, um alle großen Verdienste dieses Gedichtes nach Würden zu schätzen. Man tut wohl, es alle Jahre einmal zu lesen, um immer wieder daran zu lernen und den Eindruck seiner großen Schönheit aufs neue zu empfinden.«

Literatur · Philosophie · Wissenschaft

Bibliothek der Antike
Herausgegeben von Manfred Fuhrmann

EINFÜHRUNG IN DIE ANTIKE ERZÄHLKUNST

I

Romanice – »auf romanische Art, in romanischer Sprache geschrieben«: So bezeichnete man im Altfranzösischen die – im Gegensatz zum gelehrten Latein – in der Volkssprache abgefaßten Prosaerzählungen. Erst während des Dreißigjährigen Krieges fand der Ausdruck »Roman« seinen Weg auch in die deutsche Sprache. Ist es demnach ohne Berechtigung, wenn man vom »Roman« der Klassischen Antike spricht?

In der Tat ist es eigentlich angebracht, distanzierende Anführungsstriche zu setzen. Zweifellos liegt ein Anachronismus vor, wenn man den geläufigen modernen Ausdruck unreflektiert für eine Reihe antiker Literaturwerke verwendet. Freilich wird man dazu durch ein im Grunde recht erstaunliches Phänomen geradezu gedrängt. Während nämlich unsere literarische Terminologie nahezu vollständig aus der Klassischen Antike stammt, während wir mit (meist griechischen) Wörtern des Altertums die literarischen Gattungen, wie etwa Epik, Epigramm, Epistel, aber auch einzelne Elemente, wie etwa Episode und Epilog, desgleichen stilistische Mittel, wie Metapher und Metonymie, antikisierend benennen und so Theorie und Terminologie jener Frühzeit weiterführen, hat die Antike selbst den Gattungsbegriff »Roman« weder geformt noch benannt. Die Römer sprechen gelegentlich von *fabula* oder *mimus*, die Griechen von *Mythos* oder *Drama;* sie benutzen somit Wörter, die einen viel weiteren Begriffskreis umfassen. Bezeichnender noch: Nicht nur kein Name, auch keine Theorie dieser Gattung ist gebildet worden. Nur in zufälligen Formulierungen, im Rahmen von Texten mit durchaus anderen Bezügen, ist gelegentlich vom »Roman« die Rede. In den bekannten grundlegenden Werken der Poetik aber, bei Aristoteles und Horaz, sucht man

Stellungnahme zum Roman ebenso vergeblich wie bei Quintilian und den Rhetoren. Am ergiebigsten unter den wenigen vorliegenden Äußerungen ist eine Stelle im Kommentar (1,2,8) zu Ciceros ›Somnium Scipionis‹ von Macrobius (um 400 n. Chr.):

> »Die Fabeln, deren Name schon auf den Vortrag fiktiver Vorgänge verweist, wurden entweder allein zum Vergnügen der Hörer oder auch zum Zwecke nützlicher Ermahnung aufgebracht. Sie schmeicheln dem Gehör wie die Komödien, die Menander und seine Nachahmer zur Aufführung gebracht haben, sie sind voll von fiktiven Abenteuern Verliebter – eine Thematik, in der sich Petron vielfältig versucht hat, in der wir auch Apuleius gelegentlich bewundernd sein Spiel treiben sehen. Diese ganze Gattung der Fabeln richtet sich allein auf das Vergnügen der Hörer; der philosophische Traktat verweist sie darum fort aus seinem Heiligtum, hinweg zu den Wiegen der Ammen.«

Der kurze Text ist in mehrfacher Hinsicht von Interesse: Er benutzt zweimal, am Anfang und am Ende, für den »Roman« die Bezeichnung *fabulae*; er betont zweimal, daß es sich um erfundene Geschichten, um fiktive Vorgänge und Abenteuer handle: Die moderne Unterscheidung in *fiction* und *non-fiction* bereitet sich vor. Er nennt ferner namentlich die zwei großen lateinischen Roman-Autoren, Petron und Apuleius. Daneben betont er auch die Verwandtschaft des Romans mit den – ebenfalls *fabulae* genannten – Komödien. Am wichtigsten aber sind zwei weitere Aussagen: einmal der Hinweis auf die zentrale Stellung der erotischen Komponente, der wir in der Tat im antiken Roman ständig begegnen, sei es als Hohes Lied auf den Eros, auf Gattenliebe und eheliche Treue, sei es als sinnlich sattes Aussingen der sexuellen Genüsse in ihren mannigfachen Spielarten. Zum anderen aber steht daneben die moralisch begründete Abweisung der ganzen Gattung: Der Roman wird als Unterhaltungsliteratur geringen Gewichts eingestuft, er dient, so heißt es, allein dem Vergnügen, nicht dem Nutzen, der Erziehung und Vervollkommnung seiner Leser. Damit ist der Stab über ihn gebrochen, er wird aus dem Kreis der theoretisch zu behandelnden Gegenstände ausgeschlossen, wird als niedere Gebrauchsliteratur, als profane

Prosa keiner Analyse, keiner Kategorisierung gewürdigt. Es bleibt nur, seine kategorische Ablehnung zu konstatieren.

Damit aber beginnt bereits die Problematik des modernen Betrachters. Es steht kein authentisches antikes Kriterium zur Verfügung, das ihm erlaubt, die zahlreichen Prosatexte aus dem Altertum derart zu sortieren, daß eine Gattung von Romanen klar ausgesondert wird. Vielmehr bieten sich seinem Blick nicht wenige Erzählungen teils verwandten, teils unterschiedlichen Charakters, die alle in der einen oder anderen Weise als Romane angesehen und eingeordnet wurden. Hier gilt es, genau zu unterscheiden. Hilfe dabei gewährt das aus Macrobs Kurzdefinition zu gewinnende Kriterium, das Fiktivität von Faktizität scheidet.

Faktisches nämlich liegt so manchem antiken Text zugrunde, der gern als »Roman« bezeichnet wird; denken wir an Alexander den Großen. Neben den historischen Berichten über sein Leben steht eine legendarische Tradition, die dem makedonischen Monarchen über seine militärischen Meisterleistungen hinaus auch manches andere andichtet, eine Himmelsfahrt etwa in einem von Greifen getragenen Gefährt oder den Abstieg in die Meerestiefe in einer Kristallkugel. Deutlich zeichnet sich hier die schwärmerische Ausgestaltung eines bedeutenden Lebensschicksals ins Mirakulöse ab; so ist es gewiß nicht ganz ohne Berechtigung, wenn man vom Alexander-»Roman« redet. Dasselbe gilt auch von anderen Erscheinungen außerordentlichen Ranges, von Pythagoras etwa, von Aesop und von Apollonios von Tyana. Ähnlich steht es mit der ›Kyrupädie‹ des Xenophon von Athen, in der man – nicht ohne Berechtigung – den ersten europäischen Bildungs-»Roman« sieht, obschon doch hier Jugend und Ausbildung einer historischen Person – freilich mit zahlreichen idealisierenden Zügen – dargestellt wird. In allen diesen Fällen hat sich ein Rankenwerk phantastischer Ausschmückung um den Stamm eines außergewöhnlichen Lebens gebildet; legendarische, romanhafte Züge geben dem Bild Farbe und Flair, Faktisches und Fiktives verbinden sich in verwirrender Vielfalt.

Vom Biographischen zum Hagiographischen ist nur ein Schritt. In der Tat finden sich romanhafte Elemente auch in so manchen frühchristlichen Heiligenlegenden, in verschiedenen apokryphen Apostelakten, Passionen und Erbauungsbüchern. Wir nennen nur als besonders beachtenswertes Beispiel die sogenannten Pseudo-Clementinen: Auch hier mag oft ein realer Kern Gelegenheit zu pietätvoller Porträtierung gegeben haben; Faktisches und Phantastisches vermählen sich. Wollte man aber den modernen Terminus »Roman« im Sinne der *fabulae* Macrobs einführen, so ginge man hier fehl: Die antike Definition bezieht sich auf fiktive Erzählungen, die ihre Wurzel nicht in der Wirklichkeit, sondern allein in der Vorstellungskraft des Autors haben.

»Roman« ist hier verstanden als jene Art fiktiver Prosaerzählung, wie sie auch der spätantike Kommentator beschrieben hat: Erzählung von den Schicksalen Liebender. Zwei Bereiche zeichnen sich ab. Der eigentliche Liebesroman wird ergänzt durch den Schelmenroman, wie Petron und Apuleius ihn uns darbieten: übermütiges Stromern durch die Höhen und Tiefen der Alten Welt, freibeuterische Pfade durch die feinen und die weniger feinen Kreise der Gesellschaft. Doch wäre es ein Irrtum, in dieser Sphäre ein gänzlich gegensätzliches Modell des Typus Roman zu sehen. Was beide Bereiche verbindet, ist die Bezugnahme auf die Urmacht Eros: idealistisch gesteigert in den erotischen griechischen Romanen, parodistisch umspielt in den lateinischen Schelmenromanen. Sprechen wir darum zuvörderst vom Eros in der antiken Welt, bevor wir uns der Erzähltechnik, dem Motivreservoir und der Zielsetzung des Romans zuwenden.

II

Sappho hat den Eros ein »süß-bitteres Untier« genannt. Die Griechen haben unter seinem Namen zuerst eine kosmische Urmacht gesehen, eine Kraft, die im Allanfang – und dann für alle Zeit – Leben erweckt. Erst Jahrhunderte später entwickelte sich auch das uns geläufigere Bild des niedlichen geflügelten Götterknaben mit Pfeil und Bogen. Aber selbst ihm haftete noch etwas von der Unerbittlichkeit der Urmacht an. Wer dem Eros verfiel, war ohne Gegenwehr. Er mochte reich sein, mächtig, stark und schön, klug und beliebt – was immer den Menschen sonst auszeichnete, nichts half ihm: Er blieb dem Eros untertan. Ob Knabe oder Mädchen, ob hoch oder niedrig, jung oder alt – mit elementarer Kraft griff der Gott nach seinem Opfer, trieb es den Weg der Sehnsucht, des Begehrens, der Liebe. Verweigerte das Schicksal die Erfüllung, dann siechten die Liebenden dahin, verfielen unbekannter unheilbarer Krankheit, schienen dem Tode nah.

Solch hochpathetische Momente setzt der antike Roman gern in Szene. Nahezu alle Liebesbegegnungen geschehen plötzlich, in einem Augenblick, und mit unvorhersehbarer, unwiderstehlicher Gewalt. Der einzelne Mensch scheint einer übermenschlichen Macht ausgeliefert. Sie verleiht aber auch übermenschliche Kräfte. Die Liebespaare dieser alten Erzählungen haben mit Naturgewalten zu kämpfen, Prüfungen auszuhalten, Leiden zu überstehen, die über das normale Maß weit hinausgehen. Sie haben auch mit jeder Art menschlicher Nachstellung zu ringen, müssen sich selbst vor Mordanschlägen und Vergewaltigungsversuchen schützen. Vor allem müssen sie Trennung tragen und Treue bewahren, sogar wenn es das Leben kosten sollte. Doch die Unbedingtheit des Unterworfenseins unter die Macht des Eros gibt ihnen auch die Unbedingtheit, mit der sie für ihre Liebe einstehen und alles andere hintansetzen.

Die antiken Romanautoren sind in der Ausmalung solcher Bewährungsproben alles andere als zurückhaltend. Sie bieten Feuer- und Wasserproben auf, bringen ihre Heldinnen in die Botmäßigkeit beutegieriger Bordellbesitzer, führen ihre Protagonisten in Sklaverei und Knechtsdienst, ja in Lebensgefahr, lassen sie in Scheintod versinken ... Man sieht, alle Register werden gezogen, um die Schwere der Bedrohung zu demonstrieren. Um so größer dann die Tugend der Geprüften, die für ihre Liebe alles zu ertragen bereit sind, denen endlich ein günstiges Geschick oder eine gütige Gottheit gnädig Errettung gewähren. Liebe wird hier gefeiert als das große Erleben, das dem Dasein seinen tiefsten Sinn gibt; dem Eros wird gehuldigt als der gewaltigen Gottheit, die den einzelnen aus seiner Begrenzung, den Menschen aus seiner Beschränkung heraushebt, »Sterbliche den Göttern gleich« macht.

An die entgegengesetzte Grenze der *condicio humana* führt der Schelmenroman. Er betont neben dem Pikanten das Pikareske: Petrons Enkolp ist nicht nur ein Freibeuter der Liebe, sondern eignet sich auch sonst gern an, was ihm gerade an Köstlichem oder Kostbarem ins Auge fällt. Aber dieser stromernde Antiheld ist schon durch seinen redenden Namen (»Der am Busen ruht«) vorab als Diener des Eros gekennzeichnet – vielleicht besser: als Diener des Priap. Er selbst und seine zweifelhaften Gefährten erleben so mancherlei Abenteuer und Romanzen, aber nie geht es ihnen im Grunde um menschliche Bindung und gegenseitige Beglükkung – und um Treue schon gar nicht. Was sie suchen, ist das reizvolle Abenteuer, der erregende Genuß. Ist das schnelle Glück vorüber, führt der Weg weiter, fort zu neuen Erlebnissen. Ebenso auch die Einlagen im Roman des Apuleius, die Ehebruchsgeschichten und anderen Erotika; hier wird die eheliche Gemeinschaft nicht gefeiert, sondern lächerlich gemacht, das Glück nicht in ihr, sondern gerade außerhalb ihrer gesucht.

Im weiten Panorama des antiken Romans werden so die beiden entgegengesetzten Eckwerte erotischer Erfahrung ausgelotet. Das freudig-festliche Erleben, der zuversichtliche Glauben wird ebenso gefeiert, wie auf der anderen Seite das freizügig Spielerische der Sexualität in satten Strichen gemalt wird. Sinnlicher Genuß und andererseits seelische Erfüllung prägen diese literarische Provinz. Man wird gut daran tun, sich vor Augen zu halten, daß das jeweils andere mit hineingedacht werden muß in die hier und da vielleicht einseitig wirkende Darstellung. Das mitunter allzu Realistische und das gelegentlich allzu wenig real Wirkende durchkreuzen einander. Der antike Roman bestätigt in seiner Gesamtheit das Wort der Sappho, von dem wir ausgingen, er bekräftigt die Ambivalenz im Erleben des Phänomens Eros: »Süß« wirkt er und »bitter«, ein Untier, das den Menschen jagt und umtreibt, wie er auch eine göttliche Gewalt ist, die ihre Opfer wohl peinigt, sie aber auch erhebt und beglückt.

Ordnung und Unordnung sind so gleichermaßen im antiken Liebesroman thematisiert: Die ungeregelte Frivolität phallischer Freuden wie andererseits der geordnete Genuß gegenseitigen Glücks ergänzen einander. Derart ist ein doppeltes Spannungsfeld aufgebaut: Einmal die Antithese zwischen Schmerz und Freude, wie sie sich in Trennung und Wiederfinden, in Leid und Freude manifestiert. Und zum anderen die Antinomie zwischen Eros und Sexus, zwischen liebend erfüllter Ehegemeinschaft und vagabundierender Sexualität. Deutlich ist darin der antike Liebesroman der antiken Liebeselegie überlegen: Nicht nur, daß er das erotische Element dramatischer auszugestalten vermag, er umfaßt es auch in einer breiteren Auffächerung seiner kontrastierenden Aspekte. Doch wie tief und weit er auch diesen Bereich auszuschöpfen vermag, sein Motivreservoir ist noch wesentlich breiter gestreut.

III

Nach der Erotik muß an erster Stelle der Exotik gedacht werden. Sieht man vom Pastoralidyll des Longos ab, so sind die antiken Romane zuvörderst *Reiseschilderungen.* Die Figuren vollführen ihre Fahrten vielfach unfreiwillig; freiwillig vor allem dann, wenn sie den Freund, die verlorene Freundin zu finden versuchen. So ist für Ortswechsel genug, oft mehr als genug gesorgt; häufig wird die ganze Weite der *Oikumene*, des menschenbewohnten Erdkreises, durchmessen. Dieser Wirbel der Schauplätze hat ein fernes

Vorbild, dem er folgt: die fabulösen Fahrten des Odysseus, von ihm selbst dem freundlichen Phäakenkönig beim Fest in nächtlicher Runde vorgetragen, von Homers ›Odyssee‹ mit phantastischen Farben vor Augen geführt. Reiseberichte hat es dann immer wieder gegeben, die mündlichen, uns verlorenen, und die dokumentarischen, respektive literarischen, die uns teilweise erhalten sind. Dichtung und Wahrheit haben sich nicht selten vermengt. Aber der Reiz ferner Zonen, unbekannter Völker, fremder Pflanzen und absonderlicher Tiere übte hier wie da seine Wirkung. Schauplätze wie Ägypten und Äthiopien, wie der Orient insgesamt oder der nebulöse Norden blieben von Homer und Herodot bis zu den spätantiken Romanen faszinierend. Nicht umsonst tragen einige von diesen Namen wie ›Aithiopika‹ und ›Babylonika‹ oder ›Die Wunder jenseits von Thule‹, nicht umsonst schildert Achilleus Tatios mit vollem rhetorischen Aufputz ein sonderbares Wesen – das Krokodil!

Der Name Homer ist bereits gefallen. Er steht für eine ganze Gattung, die, imitiert oder parodiert, eine Art Einzugsgebiet für mannigfache Elemente im antiken Roman darstellt: das *Epos*. Nicht ohne Grund hat sich in der modernen literarwissenschaftlichen Terminologie der Ausdruck »episch« eingebürgert als Gattungsbezeichnung für die Erzählweise des Romans. Gewiß hat man in der Antike das »hohe« Epos vom weniger hohen Roman deutlich geschieden; dennoch ist ihre Verwandtschaft im Hinblick auf den weitausgreifenden Duktus der Darstellung nicht zu leugnen, und die Texte selbst verweisen deutlich genug auf diese Beziehung: durch Einflechtung von Homer- und Vergilzitaten ebenso wie durch direkte Nennung des karikierten Vorbilds am Anfang der ›Wahren Geschichte‹ Lukians. So ist der antike Roman ein illegitimer Halbbruder des großen Epos, dessen Kulissen und Konventionen er kunstvoll kombiniert.

Neben dem weiträumig erzählenden Epos ist auch die breit berichtende *Geschichtsschreibung* eine Gattung, die bereits zu hoher Kunst entwickelt war, als sich in späteren Jahrhunderten der Roman herausbildete. Und gerade die hellenistische Historiographie – die uns freilich nur trümmerhaft vorliegt – strebte nicht strenge, unanfechtbare Genauigkeit an, sondern eher emotionale Wirkung auf den Leser. Sie bediente sich der Reizmittel der Rhetorik, verwendete poetisches Kolorit, scheute nicht vor melodramatischen Wirkungen zurück. Es liegt auf der Hand, wie sich hier romanhafte Elemente und narrative Techniken vorbereiteten. So ist es auch nicht von ungefähr, daß so mancher antike Roman-Autor Erzählformen und sogar wörtliche Wendungen benutzt, die aus der Historiographie geläufig sind.

Auch die *Komödie* hat für das Motivreservoir der Romane nicht unbeträchtlich beizutragen gehabt. Das vor allem deswegen, weil in der Komödie, insbesondere der sogenannten »Neuen Komödie«, im allgemeinen die Liebesintrige im Mittelpunkt steht. Hier sind jene Szenen dichterisch dramatisch vorgeformt, die hernach in der Prosaerzählung begegnen: die Trennungen Liebender, die Täuschungen, Verwechslungen, Verkleidungen, die Momente des Wiedererkennens und des Wiederfindens. So sagt es ja auch Macrob. Daß sich dieselben Elemente teilweise auch in der Tragödie finden, ist, parallel zum Epos, als ferner Hintergrund zu verstehen, der mehr indirekt auf die Romanliteratur einwirkt.

Neben der Komödie steht der *Mimus*. Man sieht in ihm eine Kleinform, die vom frühen Griechenland bis in die späte Kaiserzeit Roms lebendig geblieben ist. Der Mimus gehört zur Volksbelustigung, zum Jahrmarkt. Er läßt – mitunter aus dem Stegreif – charakteristische Typen mit ihren Schwächen und Skurrilitäten erscheinen, führt prägnante Kurzszenen mit Ridikülitäten und Clownerien vor Augen. Was er an literarischer Vervollkommnung vermissen ließ, das ersetzte er durch pralle Vitalität. Der Mimus war Unterhaltungsliteratur *par excellence* – und der Roman ließ sich solch wirkungsvolle Versatzstücke natürlich nicht entgehen. Hier ist insbesondere der Schelmenroman angesprochen. Die Spottlust des südlichen Menschen, die italische Neigung zu beißendem Hohn auf alles, was lächerlich wirken mochte, konnte sich in dieser Form ungezügelt ausleben. Hinzu trat die scharfe realistische Beobachtung der Schwächen und Verkehrtheiten des Menschen; hinzu gehört auch eine derbe Erotik, die im Mimus immer wieder durchbricht. Am Fest der Floralien erschienen die *mimae* zur Belustigung des Publikums vollständig nackt, zum ständigen Repertoire gehörten amouröse Szenen und Ehebrüche, welch letztere Kaiser Heliogabal realistisch aus- und vorzuführen gebot. Literarisch ist uns aus diesem Bereich wenig erhalten, das wenige ist auch kaum bekannt. Die Stücke aus Theokrit, die Mimjamben des Herondas werden nicht vielen geläufig sein. Aber wie viele der Liebesabenteuer und Prügeleien im Werke des Petron muten wie solch eine Stegreifszene an! Spricht er doch selbst mehrfach von *mimicus risus* und *mimica mors.* Die Prellung der Erbschleicher in Kroton nennt der Autor sogar selbst einen *mimus.* Und die Einlagen bei Apuleius, so manche auch bei Achilleus Tatios und in den Nebenhandlungen des Heliodor, tragen einschlägige Züge.

Mit der Nennung der Einlagen ist ein letzter Bereich angesprochen. Immer wieder finden sich *novellen*artige Gebilde mit eigener abgeschlossener Handlung in den Fluß der Erzählung eingefügt. Am bekanntesten ist wohl aus Petrons Werk die ›Witwe von Ephesus‹ geworden, aus dem Roman des Apuleius die Erzählung von ›Amor und Psyche‹. Grade die erstgenannte weist in die hier angesprochene Richtung. Kürzere Erzählungen novellistischen Charakters finden sich schon in den Historien Herodots. Ihre nachhaltigste Ausprägung scheinen sie in den – uns verlorenen – ›Milesischen Geschichten‹ des Aristeides aus Milet, der um 100 v. Chr. lebte, gefunden zu haben. Sie wurden bald von Sisenna ins Lateinische übersetzt und fanden sich in dieser Form im Gepäck römischer Offiziere, die bei Karrhae fielen, wie Plutarch uns berichtet (Crassus XXII 3). Hier ist ein Typus ausgeformt worden, der uns aus ›Decamerone‹ und ›Heptameron‹ geläufig ist: die kurze, mitunter maliziöse, meist pikante, gelegentlich gepfefferte schwankartige Erzählung, dem Mimus inhaltlich verwandt, von ihm mehr formal als motivisch unterschieden. Dieses Modell lebt von der griffigen, prägnant präsentierten Pointe, von Typenkomik und satirischem Salz. Zahlreiche Beispiele dieser Art beleben insbesondere den Roman des Apuleius; sie finden sich aber auch im Beiwerk, in den Nebenhandlungen und Einlagen, bei Petron und bei mehreren griechischen Autoren. Ein technischer Trugschluß in ihrer Anwendung scheint dem Achilleus Tatios unterlaufen zu sein: Er hat ein solches Motiv, die einmalige Untreue, gedeckt durch eine Ausrede, die die reine, aber nicht die volle Wahrheit sagt, seinem Haupthelden angedichtet und so einen Bruch in der Charakterisierung des Protagonisten zustande kommen lassen, für den das Grundschema griechischer Romane ja die unanfechtbare Treue vorsieht, die der Autor seinem Helden auch im übrigen Verlauf zuschreibt. Daß bei der Gattungsmischung, die den antiken Roman kennzeichnet, gelegentlich auch ein Mißgriff vorkommt, muß nicht wunder nehmen.

Der Blick auf die Novellentradition hat, wie man sieht, nicht nur einen inhaltlichen, sondern auch einen formalen Aspekt. Das Novellengut hat seine Motive mehr dem realistischen Schelmenroman als dem idealistischen Liebesroman zugeführt. Es hat in beiden Bereichen Integration in die Haupthandlung ebenso erfahren wie Einfügung in der Form von selbständigen Einlagen. Das aber führt auf die Frage der Erzähltechnik der antiken Romane insgesamt.

IV

Wenn wir uns der Frage der *Erzähltechnik* im antiken Roman zuwenden, so wäre es fast an der Zeit, das Wort »Roman« erneut in distanzierende Anführungszeichen zu setzen. Denn hier insbesondere ist der Roman der Neuzeit in seiner Entwicklung eigene Wege gegangen; ein Vergleich zwischen damals und heute führt meist nicht zu tieferer Einsicht in das antike Phänomen. Sprechen wir also von der fiktiven Prosaerzählung der Klassischen Antike und ihrem Erzählstil, so bleibt das im vorangegangenen Abschnitt gekennzeichnete literarische Einzugsgebiet zu beachten, aus dem viel in den Roman eingeflossen ist. Er verdankt dem Epos die großräumige Gliederung, der Komödie die abgerundete Ausgestaltung so mancher Einzelszene, dem Mimus den scharf zupackenden Griff in der Zeichnung von Typen und Situationen, der Novelle die flüssige Darstellung kurzer, in sich geschlossener Abläufe.

Darüber hinaus ist aus der rhetorischen Schulung jener Zeit viel Einzelgut in der Romanerzählung manifest. Da sind die Bildbeschreibungen, nach dem Muster der sogenannten *ekphrasis* gestaltet, da sind die Gebete mit den Elementen aus dem Hymnenstil, ferner die dem *Agon,* dem Wettstreit der Gedanken und Formulierungen, verpflichteten Auseinandersetzungen über philosophische, juristische und erotische Probleme, dann die Briefe und Reden, die den Regeln der Rhetoren folgen: alles Bausteine, die zu gestalten und zu verwenden die Schule lehrte – und die Romanautoren waren aufmerksame Schüler.

In der Komposition der Geschehnisse zeichnet sich der antike Roman durch eine höchst kunstvolle, komplexe Konstruktion aus. Die Haupthandlung und die ihr beigeordneten Nebenhandlungen sind auf komplizierte Art ineinander verschlungen. Es wird nicht einplanig und gradlinig heruntererzählt, sondern eine Textur von Teilen geschaffen, die sich nach und nach zum vollen Bilde zusammenschließen. So wird die durch die Trennung der beiden Liebenden herbeigeführte Verteilung auf unterschiedliche Schauplätze für eine gegenspielige Struktur eingesetzt. Diese wiederum wird des weiteren entfaltet durch Einführung der Schicksale von Nebenfiguren, Dienern etwa oder Verwandten, die den größeren Rahmen füllen. Am höchsten steht hier Heliodor, der – nach dem Muster der ›Odyssee‹ – seine Erzählung nicht nur räumlich, sondern vor allem zeitlich zu staffeln gewußt hat und aus der Tiefe der Vorgeschichte im Voranschreiten der Erzählung Stein für Stein ans Licht holt, bis endlich die grundlegenden Zusammenhänge des großen Gebäudes der ganzen Geschichte sich dem Leser genau enthüllen. So wird neben der gespannten Erwartung auf den Ausgang der Geschehnisse im Leser auch ein wachsendes Interesse für die Voraussetzungen der Vorkommnisse geweckt – und befriedigt.

Man darf allerdings nicht diese voranschreitende Erschließung der Geschichte mit der Form etwa eines Bildungsromans, mit dem Ablauf einer Entwicklungsschilderung verwechseln. Dieser Art Perspektive bedient sich der antike Roman nicht; er spricht vom Standpunkt des voll informierten Erzählers aus, nicht von dem des sich irrenden und erst allmählich wissender werdenden Subjektes. Selbst da, wo eine Ich-Form die Erzählung strukturiert, redet dieses Ich aus der Sicht nachträglicher Erfahrung, aus der Einsicht des Autors und nicht der des Protagonisten, inmitten seiner Schicksale, auf dem Weg seiner Leiden und Abenteuer.

Bereicherung erfährt der Bericht durch die bereits genannten Einlagen: teils sind es Erzählungen, in denen neu hinzutretende Personen ihr bisheriges Schicksal darstellen oder bereits bekannte Figuren bislang verborgene Einzelheiten aus ihrer Vergangenheit preisgeben; teils sind es kürzere oder längere Erzählungen, die, losgelöst von der zentralen Handlung, eine eigene Geschichte gestalten. Diese Einschübe sind freilich nicht willkürlich angeheftete putzende Zierate; sie stehen vielmehr, wenn nicht thematisch, so doch in der Tendenz dem Zentralgeschehen nahe, verstärken seine Atmosphäre und unterstreichen seine Gefühlssphäre.

Sind diese Einlagen durch ihren Inhalt Einsprengsel im Fluß der Gesamterzählung, so gibt es daneben auch noch einen Sonderfall, wo nicht inhaltliche, sondern formale Ausweitung auffällt. Gemeint ist die bei Petron zu konstatierende Form des sogenannten *Prosimetrums,* einer Verbindung von erzählender Prosa mit metrisch gestalteten, poetischen Einfügungen. Diese führen jedoch nicht aus der Handlung heraus, sondern erhöhen sie vielmehr in sprachlich aufwendigerer, gedanklich geschmückterer Form. Sie setzen Akzente und geben Farbe, lockern den Ablauf auf und verleihen ihm eine spielerische, reizvolle Note. Das *Prosimetrum*, von Petrons Zeitgenossen Seneca in der satirischen ›Apokolokynthosis‹ der »Verkürbissung« des Kaisers Claudius, wirkungsvoll eingesetzt, war schon von Varro, dem Zeitgenossen Ciceros und Caesars, in seinen Satiren verwendet worden. Er hatte damit die sogenannte menippeische Satire in Rom eingebürgert, eine Gattung, benannt nach Menippos von Gadara aus dem 3. Jh. v. Chr., dessen Werk uns verloren ist, der jedoch inhaltlich Lukian sehr stark beeinflußt hat und formal sich sogar in der ›Consolatio Philosophiae‹ des Boethius fortgesetzt findet.

Neben den hier aufgeführten Gemeinsamkeiten wird der Leser antiker Romane aber nicht minder stark ihre jeweilige Individualität bemerken: das parodistische Parlando Petrons kontrastiert mit der rhetorischen Reife des Achilleus Tatios; der pastoralen Poesie des Longos steht die dramatische Dichte Heliodors gegenüber, und Apuleius versteht sich meisterlich darauf, den verbalen Reiz der Rede bis zum Grunde auszukosten. So viele Köpfe, so viele Stile – in der Welt des antiken Romans herrscht eine lebendige, scharf profilierte Vielfalt, die dem genießenden Leser gewiß nicht entgehen wird.

V

Wissenschaftliche Streitfragen aufzurollen ist hier nicht der Ort. Dennoch kann nicht verschwiegen werden, daß die moderne Forschung bei zwei wichtigen Problemen im Zusammenhang mit der antiken Romanliteratur bislang noch keine klare, allgemein geteilte Stellung hat beziehen können. Das eine von diesen ist die *Chronologie* der Einzelerzählungen in ihrem relativen Verhältnis zueinander wie auch absolut gesehen. Hierüber wird in den Einführungen zu den einzelnen Autoren jeweils knapp referiert; ein Gesamtbild, das Entstehung und Entwicklung dieser Literaturgattung darstellt, liegt bislang nicht vor; es zu entwerfen, soll auch hier nicht versucht werden.

Das andere Problem zielt auf die *religionswissenschaftliche Deutung* der Erzähltexte aus der Antike. Man hat, teilweise mit bestechenden Argumenten, in den meisten der uns vorliegenden Romane jener Epoche eine hinter der vordergründigen Handlung liegende symbolische Bedeutung vermutet, hat in ihnen verborgene Mysterienerzählungen, verschleierte Kultlegenden gesehen. In der Tat ist es nicht schwer, den Weg der Liebenden, die durch Mühsal und Bewährung zum göttlich gewährten Glück finden, als Bild vom Lebensweg des Menschen zu verstehen, der durch Anfechtungen und Leiden hindurch zum verheißenen Ziel der Freude unterwegs ist. Tatsächlich stammen die Romane, wie immer sie genauer zu datieren sein mögen, in jedem Fall aus den späteren Jahrhunderten der Alten Welt; sie atmen den Geist jener Zeiten, in denen – in einem sehr »modernen« Sinne – der einzelne aus der engen Bindung einer geschlossenen Stadtgesellschaft herausgelangt und sich selbst als Individuum den Sinnfragen der Existenz gegenübergestellt fand. Da boten sich philosophische Systeme ebenso wie religiöse Lehren in großer Zahl als Orientierungshilfe an. Kyniker predigten im weiten Römerreich nicht weniger als Mithraspriester und Isisapostel. Mysterienkulte gewannen Jünger in allen geographischen Bereichen und gesellschaftlichen Schichten. Von den skurrilen Kybelepriestern ist bei Apuleius deutlich und drastisch genug die Rede – ebenso aber auch, im letzten Buch, von der Beglückung durch die Gnade der großen Göttin Isis. Diese ist auch in Xenophons Roman die große Helferin, während in anderen Texten oft die Glücksgöttin Tyche/Fortuna die Rolle der Gutes oder Böses bewirkenden übermenschlichen Macht spielt.

Wie weit man in der Gleichsetzung von Romanelementen

mit Kultelementen gehen darf, ist schwer zu bestimmen. Sind uns doch auch die Kulte selbst, deren geheimes Spiegelbild hier vorliegen mag, nicht deutlich genug bekannt. Der häufiger begegnende Scheintod etwa mag dem einen als vordergründiges Romanmotiv zur Spannungssteigerung erscheinen, dem anderen als hintergründige Integration der Mysterienmotive des kultischen Todes und der Auferstehung. Auch hier, ebenso wie in der Datierungsfrage, sind weitere, nicht geringe Forschungsarbeiten vonnöten, um klarere und sichere Aussagen zu ermöglichen.

Nicht anders steht es mit der Frage nach der *Leserschaft*, für die diese Texte geschaffen wurden. So wenig bereits befriedigende Untersuchungen hierzu vorliegen, so deutlich ist es doch, daß durchaus unterschiedliche Kreise angesprochen, unterschiedliche Bedürfnisse befriedigt werden sollten. Die gepfefferten Erotika der Schelmenromane zielen auf andere Zuhörer als die Hymnen auf die Gattentreue, wie die Liebesromane sie anstimmen. Auch ist die rhetorische Rede reduziert etwa bei Longos, potenziert dagegen bei Achilleus Tatios und Apuleius.

Damit berühren wir die schwierigsten Fragen zum Komplex der antiken Romanliteratur. Sind diese Erzählungen Trivialliteratur, hemmungslos in der Wahl ihrer Mittel? Sind es nur ihre Hörer betörende Unterhaltungstexte ohne größere Ambitionen? Oder sind sie, auch wenn antike und moderne Theorie ihnen die höheren Weihen verweigerte, doch selbst geheimnisvolle Schätze voll tieferer Bedeutung?

Für den Leser von heute sind sie vor allem genußreiche Lektüre. Zweifellos wird man sich dem Zauber der idyllischen Hirtensphäre im Longosroman mit der in ihr erwachsenden ersten Liebe nicht entziehen können; gewiß wird man sich von der großen Erzählkunst Heliodors gern gefangennehmen lassen. Und auch für die Parodien Petrons, die Sarkasmen Lukians erwacht leicht Interesse, wie andererseits Anteilnahme schnell erwächst für die Schicksale der so vielen Prüfungen ausgesetzten Liebes- und Freundespaare. Ein weites Feld also, das die antike Romanliteratur eröffnet, Genüsse bietend von vielfältiger, gelegentlich gar gegensätzlicher Art. Über allem aber steht der goldene Satz des Apuleius, mit dem er seine Erzählung anhebt: »Intende, lector: laetaber« – »Merk auf, Leser! Du wirst dich amüsieren!«

Bernhard Kytzler

LONGOS

DAPHNIS UND CHLOË

EINLEITUNG

Das Leben des Longos ist uns durch äußere Nachrichten nicht bekannt; die inneren Indizien, die die Forschung bisweilen an Einzelheiten seiner Erzählung meinte ablesen zu können, sind umstritten und nicht eigentlich stichhaltig. Möglicherweise hat er in der Tat Lesbos gekannt oder gar dort gelebt, vielleicht auch wirklich durch ein Werk der bildenden Kunst die Anregung zu seinem Hirtenidyll bekommen – obschon Ähnliches öfter als Einleitungsmotiv Verwendung findet, vgl. zum Beispiel Achilleus Tatios. Immerhin kann man die Zeit der Abfassung approximativ ablesen; nachdem die Ansätze zuvor vom 2. bis 5. Jahrhundert geschwankt hatten, sieht man jetzt die Datierung auf ca. 200 n. Chr. allgemein für gerechtfertigt an.

Der Roman von ›Daphnis und Chloë‹ ist der einzige uns aus der Antike vorliegende, der sich in die bukolische Welt einfügt; im Grunde ist gerade diese Verbindung der romanhaften Erzählung von den zwei jungen Liebesleuten und ihrem beschwerlichen Weg zueinander mit dem pastoralen Rahmen sein besonderes Kennzeichen. Dabei ist die Hirtenwelt, in der die beiden Protagonisten aufwachsen, mehr als nur ein bunt gefälliger Hintergrund: Sie steht vielmehr für die Sphäre des einfachen, natürlichen Lebens, in der die Liebe sich rein entfaltet, während die Welt der Stadt, der Zivilisation nur Umwege und Abwege mit sich bringt. Symbolisch trägt der alte Hirte, der zu Beginn des zweiten Buches die beiden jungen Menschen über Wesen und Wirken des Gottes Eros belehrt, den Namen Philetas: Der Autor weist so hin auf Philetas von Kos (um 300 v. Chr.), den Begründer der bukolischen Dichtung in der Antike. Und umgekehrt leiten sich die Bedrohungen des keimenden Glücks von Daphnis und Chloë regelmäßig aus jener Gegenwelt her: Räuberische Soldaten und störende Stutzer stammen aus der Stadt, mächtige Grundbesitzer und pervertierte Parasiten. Auf dem Lande hingegen bleibt das friedliche Leben in seiner Bahn, bewahrend und erhaltend.

Entsprechend den Jahreszeiten, die das ländliche Leben regeln, gliedert sich auch die Handlung: Der Verlauf der Erzählung führt vom anfänglichen Frühling bis zum freudevollen Erntefest im folgenden Jahr. Die Buchschlüsse setzen im jahreszeitlichen Rahmen entscheidende Entwicklungsstadien der Zuneigung der beiden Liebenden fest.

Stilistisch kontrastieren einfache Erzählpartien, die – gewissermaßen rezitativisch – die Handlung voranführen, mit Beschreibungen, die – gewissermaßen arienhaft – Gefühlszustände, Reden, Kurzerzählungen mit Modellcharakter in größerer Aufwendigkeit ausmalen.

Die beiden Hirtenkinder Daphnis und Chloë erscheinen in schier endloser Folge auf Bildteppichen und Porzellanmalereien, auf Kupferstichen und Holzschnitten, als Skulpturen; sie erscheinen auch auf der Bühne, stehen im Mittelpunkt von Opern, Operetten und Balletten, haben Künstler wie Händel und Gluck, Jean-Jacques Rousseau und Jacques Offenbach, Tschaikowsky und Ravel inspiriert. Natürlich sind ihre Figuren auch in den Werken der Weltliteratur präsent, bei Lope de Vega (›Arcadia‹, 1598) und Shakespeare (›Wintermärchen‹) bis hin zu den ›Chansons de Bilitis‹ des Pierre Louys vom Ende des vorigen Jahrhunderts.

In Deutschland sind es nicht wenige wichtige Autoren, die Longos gelobt bzw. nachgeahmt haben, Geister wie Gottsched und Geßner, Goethe und W. Raabe (›Hastenbeck‹, 1899). Goethes Werk mag mancherlei Spuren des Longos aufweisen; am bedeutendsten bleibt die Charakterisierung des Werkes durch den über achtzigjährigen Dichter (zu Eckermann; 9., 18., 20. 3. 1831): »Es ist darin der helleste Tag ... Und keine Spur von trüben Tagen, von Nebel, Wolken und Feuchtigkeit, sondern immer der blaueste, reinste Himmel, die anmutigste Luft und ein beständig trockener Boden, so daß man sich überall nackend hinlegen möchte.«

VORREDE DES LONGOS

Zu Lesbos auf der Jagd, in einem Hain der Nymphen, sah ich den schönsten Gegenstand, den ich je gesehen, ein Werk der Malerei, eine Geschichte der Liebe. Schön war auch der Hain, baumreich, blumengeschmückt und wohlbewässert: Eine Quelle nährte alles, die Blumen wie die Bäume. Ergötzlicher aber war das Gemälde, das überschwengliche Kunst zeigte und ein Abenteuer der Liebe; weshalb denn auch viele Fremde dahin kamen auf des Bildes Ruf, Verehrer der Nymphen und Bewunderer des Kunstwerks. Gebärende Weiber sah man darauf; andere, die Säuglinge in Windeln legten; ausgesetzte Kinder; Tiere, die sie nährten; Hirten, die sie forttrugen; Liebesschwüre der Jugend; einen Streifzug von Räubern, einen feindlichen Einfall.

Als ich nun vieles andere noch und alles voll von Liebe sah und bewunderte, ergriff mich ein Verlangen, es mit dieser Schilderung um die Wette darzustellen. Nachdem ich mir also einen Erklärer des Bildes gesucht hatte, arbeitete ich vier Bücher aus, ein Weihgeschenk dem Eros, den Nymphen und dem Pan; allen Menschen aber ein erfreuliches Besitztum, das dem Kranken zur Heilung, dem Trauernden zum Trost, dem Liebeskundigen zur Erinnerung, dem Unkundigen als lehrende Vorbereitung dienen wird. Denn keiner ist je dem Eros entflohen oder wird ihm entfliehen, so lang es Schönheit gibt und Augen sehen. Uns aber verleihe der Gott, die Geschichte der andern mit klarem Sinn zu schreiben!

ERSTES BUCH

Auf Lesbos liegt eine Stadt, Mytilene, so groß wie schön; denn sie ist von Kanälen durchschnitten, in die das Meer einströmt, und geschmückt durch Brücken von behauenem und weißem Gestein. Du wirst glauben, nicht eine Stadt, sondern ein Eiland zu sehen. Von dieser Stadt Mytilene also, etwa zweihundert Stadien entfernt, liegt das Gut eines reichen Mannes, ein herrlicher Besitz; wildnährende Berge, fruchttragende Ebenen, Hügel mit Reben, Weiden mit Herden bedeckt, und die Meerflut spült an den weichen Sand der langgestreckten Küsten an.

Auf dieser Flur weidend fand ein Ziegenhirt, Lamon genannt, ein Knäblein, von einer Ziege genährt. Ein Wald war hier und ein Dickicht von Dorngebüsch und schweifender Efeu und weiches Gras, auf dem das Knäblein lag. Hierher lief die Ziege unaufhörlich und wurde oft unsichtbar und weilte, ihres Zickleins vergessend, bei dem Kind. Da belauerte Lamon, den das vernachlässigte Böckchen jammerte, ihre Gänge, und als die Sonne im Mittag stand, verfolgte er die Spur der Ziege und sah sie mit vorsichtig gespreizten Beinen über dem Kinde stehen, um ihm mit den Klauen keinen Schaden zu tun; das Kind aber trank wie aus mütterlicher Brust die zuströmende Milch. Verwundert, wie man glauben kann, trat er näher und fand ein Knäblein, so groß wie schön, mit Beigaben, die auf etwas Besseres als auf das Los der Aussetzung deuteten. Denn eine purpurne Chlamys war hier und eine goldene Spange und ein kleines Schwert mit einem Elfenbeingriff.

Zuerst nun gedachte der Hirt, die Erkennungszeichen allein wegzutragen, ohne sich um das Kind zu kümmern; dann aber, sich schämend, daß er nicht einmal so viel Menschlichkeit zeigte wie eine Ziege, erwartete er die Nacht und trug alles zu seinem Weib Myrtale, die Erkennungszeichen, das

Knäblein und die Ziege selbst. Als diese nun staunte, daß Ziegen auch Kinder zur Welt brächten, erzählte er ihr alles, wie er es ausgesetzt gefunden, wie er es genährt gesehen, wie er sich geschämt habe, es dem Tod zur Beute zu lassen. Da gab sie nun auch ihre Zustimmung; sie verbargen, was mit ausgesetzt war, nannten das Kind das ihrige und überließen der Ziege seine Ernährung. Damit aber auch der Name des Knäbchens hirtenmäßig schiene, beschlossen sie, es Daphnis zu nennen.

Schon waren zwei Jahre verflossen, als ein auf der angrenzenden Flur weidender Schäfer, Dryas genannt, ebenfalls zu einem gleichen Fund und Anblick kam. Eine Grotte der Nymphen war hier, ein großer Fels, inwendig hohl, von außen gerundet. Die Bilder der Nymphen selbst waren von Stein gefertigt, die Füße unbeschuht, die Arme bis zu den Schultern nackt, das Haar bis zum Nacken aufgelöst, ein gürtender Bund um die Hüfte, Lächeln um die Augenbrauen; die ganze Stellung ein Ringeltanz. Innerhalb der Grotte, in des großen Felsens Mitte, war eine Quelle. Aus dieser Quelle sprudelte Wasser auf, das sich zu einem Bach ergoß, so daß sich auch eine höchst anmutige Wiese vor der Grotte hinzog, indem vieles und weiches Gras von dem Nasse genährt wurde. Auch waren hier Milchgefäße und Querpfeifen und Panflöten und Rohre aufgestellt, Weihgeschenke der bejahrten Hirten.

Zu diesem Heiligtum begab sich häufig ein Schaf, das kürzlich geworfen hatte, und oft meinte man, daß es verloren sei. Um es zu züchtigen und zur früheren Ordnung zurückzubringen, bog Dryas eine grüne Weide wie eine Schlinge und begab sich zu dem Felsen hin, wo er es zu fangen meinte; als er aber hinzutrat, sah er nicht, was er zu sehen gehofft hatte, sondern das Schaf, das recht nach menschlicher Weise seine Euter darbot zum reichlichen Genuß der Milch, und das Kind, das lautlos und gierig beide Euter abwechselnd mit dem reinen hellen Mund faßte; denn das Schaf leckte mit der Zunge des Kindes Angesicht, wenn es der Nahrung genug hatte. Das Kind war weiblichen Geschlechts, und auch ihm waren Erkennungszeichen beigegeben, eine golddurchwirkte Mitra, übergoldete Schuhe und goldene Beinspangen.

In diesem Fund glaubte der Hirt etwas Göttliches zu erkennen, und von dem Schaf gelehrt, Mitleiden gegen das Kind und Liebe zu fühlen, nahm er das Mägdlein auf den Arm, verwahrte die Erkennungszeichen in der Hirtentasche und betete zu den Nymphen um Segen für die Erziehung ihres Schützlings. Und als es Zeit war, die Herde wegzutreiben, ging er in seine Hütte, erzählte seinem Weib, was er gesehen, zeigte ihr, was er gefunden, ermahnte sie, das Kind für ihr Töchterchen zu halten und es im stillen als ihr eigenes aufzuziehen. Sogleich wurde Nape – denn dies war ihr Name – Mutter des Kindes und liebte es nicht anders, als ob sie fürchtete, von dem Schaf übertroffen zu werden, und gibt ihm ebenfalls zur Bestätigung der Sache den Hirtennamen Chloë.

Diese Kinder wuchsen nun schnell heran, und es gab sich eine Schönheit an ihnen kund, die ihren Stand weit übertraf. Schon hatte der Knabe fünfzehn Jahre, das Mägdlein zwei weniger, als Dryas und Lamon in einer Nacht folgenden Traum sahen. Sie meinten, jene Nymphen der Grotte, wo die Quelle war und Dryas das Mädchen gefunden hatte, übergäben den Daphnis und Chloë einem raschen und schönen Knaben, welcher Flügel an den Schultern hatte und kleine Pfeile und einen kleinen Bogen führte; dieser Knabe berührte beide mit einem Pfeil und geböte ihnen, von nun an auf die Weide zu treiben, Daphnis die Ziegen, Chloë die Schafe.

Diesen Traum sahen die Hirten, und es betrübte sie, daß auch diese Kinder Schäfer und Hirten werden sollten, denen die mitgegebenen Erkennungszeichen ein besseres Los verhießen, weshalb sie auch mit zarterer Kost genährt und im Lesen unterwiesen worden und was sonst auf dem Lande schön ist. Doch meinten sie, an Schützlingen der Götter das Gebot der Götter vollziehen zu müssen. Und nachdem sie einander ihren Traum mitgeteilt und dem geflügelten Knaben bei den Nymphen – denn seinen Namen wußten sie nicht zu nennen – geopfert hatten, schickten sie die Kinder als Hirten mit den Herden hinaus, über alles sie belehrend, wie man weiden müsse vor der Mittagszeit und wie beim Nachlassen der Tageshitze; wann die Zeit der Tränke und wann die Zeit der Ruhe sei; wo sie den Hirtenstab anzuwenden hätten und wo die Stimme allein. Sie aber übernahmen die Herden wie eine große Herrschaft und liebten die Ziegen und die Schafe mehr, als der Hirten Brauch ist; sie, weil sie den Schafen ihre Erhaltung verdankte, er, weil er nicht vergaß, daß ihn als Kind eine Ziege genährt hatte.

Der Lenz begann, und alle Blumen entfalteten sich in den Wäldern und auf den Wiesen, und die das Gebirge erzeugt. Da tönte das Summen der Bienen und die Stimme gesangreicher Vögel, und die neugeborenen Lämmer sprangen. Die Lämmer hüpften auf den Bergen, auf den Wiesen summten die Bienen, die Vögel erfüllten das Gebüsch mit Gesang. Und während solche Frühlingslust überall herrschte, ahmte das junge und zarte Paar, was sie hörten und sahen, nach. Wenn sie die Vögel singen hörten, sangen sie; wenn sie die Lämmer springen sahen, sprangen sie leichten Fußes; auch die Bienen ahmten sie nach und sammelten Blumen, und einige steckten sie an die Brust, andere flochten sie zu Kränzen und brachten sie den Nymphen dar.

Sie taten aber alles gemeinschaftlich, denn sie hüteten nah beieinander. Oft trieb Daphnis die verirrten Schafe zusammen; oft auch jagte Chloë die dreisteren Ziegen von den Klippen herab. Auch wachte manchmal eines über beide Herden, während das andere emsig bei seinem Spielwerk war. Ihre Spielwerke aber waren hirtlich und kindlich. Sie sammelte Halme und flocht ein Grillenhäuschen, und bei solcher Beschäftigung vergaß sie die Herde; er aber schnitt zartes Rohr, und nachdem er es zwischen den Knoten durchbohrt und die Rohre mit weichem Wachs zusammengefügt hatte, übte er sich im Flöten bis in die Nacht. Oft auch genossen sie Milch und Wein gemeinschaftlich und trugen die Speisen zusammen, die sie von Hause mitgebracht hatten; und eher hätte man die Schafe und Ziegen voneinander getrennt gesehen als Chloë und Daphnis.

Indem sie auf solche Weise spielten, ersann Eros ernste Sorgen. Eine Wölfin, welche Junge hatte, raubte auf den benachbarten Fluren oft von andern Herden; denn sie bedurfte viel Futter zur Nahrung ihrer Brut. Die Landleute kamen also bei Nacht zusammen und machten Gruben, ein Klafter in der Breite und vier in der Tiefe. Den Schutt trugen sie weit weg und verstreuten ihn größtenteils, legten dann lange trockene Hölzer über die Öffnung und streuten den übrigen Schutt darauf, so daß es dem vorigen Boden glich; wenn aber nur ein Hase darüber lief, brachen die Hölzer, die schwächer als Strohhalme waren, und dann ward man inne, daß es nicht Erde war, sondern ein Schein von Erde. Solcher Gruben machten sie viele, teils auf den Bergen, teils in der Ebene; doch glückte es ihnen nicht, die Wölfin zu fangen – denn sie merkte die List –, aber viele Ziegen und Schafe verunglückten und auch Daphnis fast auf folgende Weise:

Zwei hitzige Böcke waren in Kampf geraten. Bei einem gewaltsamen Stoß ward dem einen das eine Horn verletzt, und blökend ergriff er in seinem Schmerz die Flucht. Der Sieger aber folgte ihm auf dem Fuße nach und läßt ihm keine Ruhe. Ärgerlich über das Horn und über die Keckheit des Siegers ergriff Daphnis einen Stock und den Hirtenstab und verfolgte den Verfolgenden. Während nun dieser floh, jener ihn zornig verfolgte, achtete keiner genau auf das, was vor den Füßen war, sondern beide stürzten in eine der Gruben, der Bock voraus und Daphnis ihm nach. Dies rettete den Knaben, daß ihm der Bock beim Sturz als Träger diente. Hier harrte er nun weinend, daß jemand käme und ihn herauszöge; Chloë aber, die den Vorgang gesehen hatte, kam zu der Grube, und da sie inne ward, daß er lebte, rief sie einen Rinderhirten der nächsten Flur zur Hilfe herbei. Dieser kam und suchte nach einem langen Seil, um ihn daran herauszuziehen. Ein Seil war nun nicht da. Chloë aber löste die Kopfbinde ab und gab sie dem Hirten, um sie hinabzulassen. Und so standen diese am Rand und zogen, und Daphnis kam herauf, indem er dem Zuge der Binde mit den Händen folgte. Dann zogen sie auch den unglücklichen Bock herauf, dem beide Hörner zerschellt waren, denn eine solche Rache des besiegten Bockes hatte ihn getroffen! Ihn schenkten sie dem Hirten zum Lohn, um ihn zu opfern, und wenn er zu Hause vermißt würde, wollten sie einen Überfall der Wölfe vorgeben. Dann kehrten sie selbst zurück, um nach ihren Schafen und Ziegen zu schauen, und da sie alle in guter Ordnung weideten, so die Ziegen wie die Schafe, setzten sie sich an einem Eichenstamm nieder und sahen zu, ob nicht Daphnis im Fall irgendeinen Teil seines Leibes blutig verletzt hätte. Verletzt aber war nichts, auch nichts blutig; aber mit Schmutz und Erde war sein Haar bedeckt und der übrige Leib. Daher beschloß er sich zu baden, ehe Lamon und Myrtale des Vorfalls inne würden.

Wie er nun mit Chloë zu dem Heiligtum der Nymphen kam, gab er ihr sein Gewand und die Hirtentasche aufzuheben; er selbst aber trat zur Quelle und wusch sich das Haar und den ganzen Körper ab. Das Haar war schwarz und stark, der Leib aber von der Sonne gedunkelt. Man hätte mutmaßen können, er sei von dem Schatten des Haares gefärbt; Chloës Augen aber schien Daphnis schön, und da er ihr vordem nicht schön geschienen hatte, hielt sie das Bad für die Ursache der Schönheit. Und als sie den Rücken ihm abwusch, bemerkte sie das weiche Fleisch, so daß sie sich selbst unvermerkt öfterer berührte, um zu versuchen, ob es wohl zarter sei. Und für jetzt trieben sie die Herden nach Hause, denn die Sonne neigte sich zum Untergang; und Chloë fühlte nichts Ungewöhnliches, außer daß sie wünschte, den Daphnis wiederum baden zu sehen. Am folgenden Tag aber, da sie auf die Weide gekommen waren, setzte sich Daphnis unter die gewohnte Eiche und flötete und sah zugleich auf die Ziegen hin, die gelagert waren und seinen Tönen zu horchen schienen; Chloë aber saß in seiner Nähe und sah zwar auch auf die Herde der Schafe, mehr aber noch auf Daphnis hin, und wiederum schien er ihr flötend schön, und wiederum hielt sie die Musik für die Ursache der Schönheit, daher sie nach ihm auch selbst die Syrinx nahm, ob sie wohl ebenfalls schön würde. Sie beredete ihn aber auch wiederum zu baden und sah ihn beim Baden an und berührte ihn, indem sie ihn ansah, und ging wieder lobend hinweg, und das Lob war der Liebe Anfang. Was ihr aber widerfuhr, wußte sie nicht, denn sie war jung und in ländlicher Unwissenheit erwachsen, und nicht einmal von andern hatte sie den Namen der Liebe gehört. Mißmut beherrschte ihre Seele; der Augen war sie nicht Herr, und oft sprach sie von Daphnis. Nahrung verabsäumte sie, bei Nacht wachte sie, die Herde verachtete sie, bald lachte, bald weinte sie, bald sprang sie auf, ihr Angesicht ward blaß und wiederum von Erröten glühend. Kein Rind von der Bremse gestochen hat solche Not. Einstmals kamen ihr auch solche Reden in den Sinn, als sie allein war:

»Ich bin jetzt krank; was aber meine Krankheit ist, weiß ich nicht. Ich fühle Schmerzen und habe doch keine Wunde; ich bin traurig, und doch ist mir keines meiner Schafe verlorengegangen. Ich glühe und sitze doch in so dichtem Schatten. Wie viele Dornen haben mich oft verwundet, und ich habe nicht geweint; wie viele Bienen haben mich ihren Stachel fühlen lassen, und doch hab' ich Nahrung genossen! Das also, was mir das Herz sticht, ist bitterer als alles das. Daphnis ist schön, auch die Blumen sind es; schön tönt seine Syrinx; aber auch die Nachtigallen: dennoch frag' ich nach jenen nichts. Möchte ich doch seine Syrinx sein, damit ich seinen Hauch aufnähme! Möchte ich eine Ziege sein, um von ihm geweidet zu werden! O schlimmes Wasser! Nur ihn hast du schön gemacht; ich aber habe mich umsonst gebadet. Ich sterbe, geliebte Nymphen, und auch ihr rettet das Mädchen nicht, das bei euch genährt worden ist. Wer wird euch kränzen, wenn ich nicht mehr bin? Wer wird die unglücklichen Lämmer füttern? Wer wird die plaudernde Grille pflegen, die ich mit so vieler Mühe gefangen habe, um mich zirpend an meinem Bett einzusingen? Jetzt aber flieht mich der Schlaf um Daphnis' willen, und sie plaudert umsonst.«

Solcher Art war ihr Zustand, solcher Art ihre Reden, indem sie den Namen der Liebe suchte. Dorkon aber, der Rinderhirt, der den Daphnis und den Bock aus der Grube gezogen hatte, ein Jüngling mit Flaum um das Kinn, der die Werke der Liebe und auch ihren Namen kannte, hatte sogleich von jenem Tag an Liebe für Chloë gefühlt; nach mehreren Tagen aber entbrannte er noch mehr, und da er den Daphnis als einen Knaben geringschätzte, beschloß er, zum Zweck zu gelangen durch Gaben oder durch Gewalt. Da bracht' er ihnen denn zuerst Geschenke, ihm eine Syrinx von neuen Röhren, mit Erz verbunden statt des Wachses; ihr aber ein bacchisches Rehfell, das wie mit Flecken gemalt war. Wie er nun von dieser Zeit an für einen Freund galt, vernachlässigte er allmählich den Daphnis; Chloë aber brachte er Tag für Tag bald zarten Käse, bald einen blumenreichen Kranz, bald einen schönen Apfel; einstmals brachte er ihr auch ein Wildkalb, auf dem Gebirge geboren, und einen übergoldeten Becher und Nestlinge der Vögel des Waldes. Sie aber, unkundig der Kunst des Liebenden, freute sich des Empfangs der Gaben; mehr aber noch freute sie sich, daß sie nun selbst etwas dem Daphnis zu schenken hatte. Jetzt sollte nun auch Daphnis die Werke der Liebe kennenlernen, und es entstand einst dem Dorkon mit ihm ein Wettstreit über die Schönheit, und Chloë richtete, und der Preis des Siegers war Chloës Kuß. Dorkon sprach zuerst also:

»Ich, Mädchen, bin größer als Daphnis; er ein Ziegenhirt, ich ein Rinderhirt, und so weit Rinder die Ziegen, so weit übertreff' ich ihn. Ich bin weiß wie Milch und goldgelb wie Ähren zur Erntezeit. Eine Mutter hat mich genährt, nicht ein Tier. Er aber ist klein und glattkinnig wie ein Weib und schwarz wie ein Wolf. Er weidet Böcke und riecht furchtbar. Auch arm ist er, so daß er nicht einmal einen Hund ernähren kann. Wenn ihn aber, wie man sagt, eine Ziege gesäugt hat, so ist er in keinem Stück von einem Böckchen verschieden.«

Dies und ähnliches sagte Dorkon, und nachher Daphnis:

»Eine Ziege hat mich ernährt wie den Zeus. Ich weide

Böcke wie Brachos, und ich will sie größer machen, als Rinder sind, keineswegs aber rieche ich danach, so wenig als Pan, ob der gleich zum größeren Teil ein Bock ist. Mir genügt der Käse und Obelusbrot und weißer Wein, was die Kost wohlhabender Landleute ist. Ich bin glatt um das Kinn; Dionysos auch; schwarz; die Hyazinthe auch; besser aber ist Dionysos als die Satyrn und die Hyazinthe als Lilien. Er aber ist gelb wie der Fuchs, bärtig wie ein Bock und weiß wie ein Weib aus der Stadt. Und wenn du küssen sollst, so wirst du bei mir den Mund küssen, bei ihm die Haare an dem Kinn. Gedenke aber, Mädchen, daß dich ein Schaf gesäugt hat, und dennoch bist du schön.«

Jetzt zögerte Chloë nicht mehr, sondern erfreut durch das Lob und schon längst voll Verlangen, den Daphnis zu küssen, sprang sie auf und gab ihm einen Kuß, ungelehrt zwar und kunstlos, aber die Seele zu entflammen ganz geeignet. Dorkon aber eilte betrübt von dannen und suchte einen anderen Weg der Liebe, und Daphnis, als ob er nicht geküßt, sondern von einer Natter gestochen worden, ward auf der Stelle ganz finster; er schauerte oft zusammen; das Herz klopfte ihm ungestüm, er wünschte, Chloë zu sehen; und wenn er sie sah, bedeckte Röte sein Angesicht. Damals erst bewunderte er ihr Haar, daß es blond war, ihre Augen, daß sie groß waren, und ihr Angesicht, daß es in Wahrheit weißer war als die Milch der Ziegen, nicht anders, als hab' er damals erst Augen bekommen und sei die Zeit vorher ihrer beraubt gewesen. Jetzt nahm er keine Nahrung mehr zu sich, sondern kostete nur davon; auch keinen Trank; und wenn er gezwungen wurde, netzte er nur den Mund damit. Vormals geschwätziger als die Grillen, wurde er schweigsam; sonst beweglicher als die Ziegen, ward er träge. Auch die Herde wurde verabsäumt; die Syrinx lag ungebraucht; blasser war sein Angesicht als Gras im Sommer. Gegen Chloë allein war er gesprächig, und wenn er manchmal allein und getrennt von ihr war, sprach er ungefähr so zu sich selbst:

»Was tut mir nur Chloës Kuß? Ihre Lippen sind zarter als

Rosen, ihr Mund süßer als Honigscheiben, ihr Kuß aber herber als der Stachel der Biene. Oftmals hab' ich Böckchen geküßt, oft auch küßt' ich junge Hunde und das Wildkalb, Dorkons Geschenk; aber dieser Kuß ist von neuer Art. Hastig drängt sich der Atem heraus, das Herz schlägt gewaltsam, meine Seele zerrinnt, und doch will ich wiederum küssen. O feindlicher Sieg! O neue Krankheit, von der ich nicht einmal den Namen weiß. Hatte Chloë etwa Gift gekostet, ehe sie mich küßte? Warum starb sie denn also nicht? – Wie singen die Nachtigallen! Aber meine Syrinx schweigt. Wie springen die Böckchen! Und ich sitze müßig. Wie blühen die Blumen! Und ich flechte keine Kränze. Das Veilchen und die Hyazinthe blüht. Daphnis aber welkt dahin. Soll denn auch Dorkon wohlgestalter sein als ich?«

Auf solche Weise fühlte und sprach der gute Daphnis; denn zum erstenmal kostete er die Werke und Worte der Liebe. Dorkon aber, der Rinderhirt, der Liebhaber Chloës, benutzte die Zeit, als Dryas in der Nähe Weinreben setzte, und trat zu ihm hin mit einigen ansehnlichen Käsen. Diese gab er ihm zum Geschenk als Freund aus alter Zeit, wo Dryas noch selbst hütete, und nach diesem Eingang tat er Chloës Heirat Erwähnung und versprach, wenn er sie zum Weib bekäme, viele und große Geschenke als ein Rinderhirt: ein Joch Pflugstiere, vier Bienenstöcke, fünfzig junge Apfelstämme, eine Rindshaut, Schuhe daraus zu schneiden, und jährlich ein der Milch entwöhntes Kalb, so daß wenig fehlte, Dryas hätte ihm, durch die Geschenke bestochen, Chloës Ehe zugesagt. Er bedachte aber, daß das Mädchen einen besseren Gatten verdiene; und da er, wenn einst die Sache an den Tag käme, schlimme Folgen für sich fürchtete, versagte er ihm ihre Ehe, bat um Verzeihung und verbat sich die verheißenen Gaben.

Als sich nun Dorkon in seiner zweiten Hoffnung getäuscht sah und umsonst seine guten Käse aufgeopfert hatte, beschloß er, Hand an Chloë zu legen, wenn sie allein wäre. Und da er beobachtet hatte, daß sie einen Tag um den andern die Herden zur Tränke führten, einmal Daphnis und einmal das Mädchen, veranstaltete er eine List, die einem Hirten ziemte. Er nahm die Haut eines großen Wolfes, den einst ein Stier im Kampf für seine Kühe mit den Hörnern getötet hatte, und zog sie sich über den Leib, so daß sie den Rücken bis zu den Füßen bedeckte. Die Vorderfüße breitete er über die Hände, die hinteren über seine Schenkel bis zu den Fersen, und der Rachen des Tieres bedeckte sein Haupt wie der Helm eines Mannes in voller Rüstung; und nachdem er sich solchergestalt, so gut es möglich war, zum reißenden Tier gemacht hatte, begab er sich an die Quelle, aus welcher die Ziegen und Schafe nach der Weide getränkt wurden. In einer tiefen Senkung der Erde war die Quelle, und um sie her war der ganze Platz mit Dornen und Busch und niedrigen Wacholdersträuchern und Disteln umwildert; leicht hätte sich dort auch ein wahrer Wolf im Hinterhalt versteckt. Hier verborgen erwartete Dorkon die Zeit der Tränke und hegte große Hoffnung, Chloë durch die Gestalt zu schrecken und dann mit seinen Händen zu greifen.

Wenige Zeit verging, und Chloë trieb die Herden zu der Quelle, während Daphnis zurückblieb, grünes Laubwerk abzuhauen, als Futter den Böckchen nach der Weide. Die Hunde, der Schafe und Ziegen Wächter, folgten, und nach der geschäftigen Weise der Hunde umherspürend, gewahrten sie den Dorkon, als er sich zum Angriff des Mädchens regte, und mit furchtbarem Bellen stürzten sie auf ihn zu, wie auf einen Wolf, umringten ihn und fielen, ehe ihm die Bestürzung ganz aufzustehen erlaubte, mit ihren Zähnen in das Fell. Ein Weilchen nun und solange ihm das umhüllende Fell Schutz gewährte, blieb er, der Entdeckung sich schämend, still in dem Dickicht liegen; als aber Chloë im Schrekken des ersten Anblicks den Daphnis zum Beistand rief und die Hunde das Fell abrissen und ihm selbst auf den Leib kamen, fing er laut an zu jammern und beschwor das Mädchen und den Daphnis, der auch schon da war, ihm beizustehen. Die Hunde hatten sie schnell durch gewohnten Zuruf besänftigt, den Dorkon aber, der in Lenden und Schultern gebissen war, führten sie zur Quelle, wuschen ihm die Wunden aus, wo die Zähne gefaßt hatten, und breiteten grünen weichgekauten Splint von Ulmen darauf. Unerfahren in Wagnissen der Liebenden, hielten sie die Umhüllung der Wolfshaut für einen Hirtenscherz, und ohne Zorn, ja mit tröstenden Worten führten sie ihn eine Strecke Wegs und entließen ihn.

Nachdem er also mit genauer Not der Gefahr entgangen und, wie das Sprichwort sagt, aus dem Rachen, nicht des Wolfes, sondern des Hundes gerettet war, pflegte Dorkon seine Wunden; Daphnis und Chloë aber hatten viele Mühe bis in die Nacht, die Ziegen und Schafe zu sammeln. Denn durch die Wolfshaut geschreckt und durch das Bellen der Hunde verschüchtert, waren die einen die Felsen hinauf, die andern bis an das Meer hinabgelaufen. Zwar waren sie gewöhnt, der Stimme zu folgen und sich durch die Syrinx beruhigen zu lassen und auf das Klatschen der Hände zu sammeln; damals aber hatte sie die Furcht alles vergessen lassen. Mit genauer Not also fanden sie sie, wie Hasen nach der Fährte, auf und führten sie nach den Ställen. Nur in dieser einen Nacht genossen sie tiefen Schlaf, und die Ermüdung der Arbeit linderte ihren verliebten Gram. Als aber der Tag wieder anbrach, kehrte der vorige Zustand zurück. Sie freuten sich des Wiedersehens, trauerten bei der Trennung, litten Schmerzen, wünschten etwas und wußten nicht, was sie wünschten. Nur das wußten sie, daß ihn der Kuß, sie das Bad um die Ruhe gebracht hatte.

Aber auch die Jahreszeit entflammte sie. Schon war das Ende des Frühlings da und der Anfang des Sommers, und alles stand im Flor; die Bäume mit Früchten, die Flur mit Saaten geschmückt. Süß war der Zikaden Gezirp, lieblich der Duft des Obstes, ergötzlich der Herden Geblök. Man hätte gemeint, daß auch die Flüsse sängen, wenn sie leise dahinglitten, und daß die Winde flöteten, wenn sie in die Pinien hauchten, und daß die Äpfel in Liebeslust zur Erde fielen und die Sonne, der Schönheit Freundin, alles entkleide. Da stieg nun Daphnis, von alldem durchglüht, in die Flüsse; und bald wusch er sich ab; bald jagte er den darin wirbelnden Fischen nach; oftmals trank er auch, den inneren Brand zu löschen. Chloë aber, wenn sie die Schafe und viele von den Ziegen gemolken hatte, hatte bei dem Gerinnen der Milch viele Not; denn die Fliegen waren arg, sie zu beunruhigen und zu stechen, wenn sie gescheucht wurden; wenn sie aber hierauf das Gesicht gewaschen hatte, bekränzte sie sich mit Zweigen der Pinie, gürtete ihr Rehfell um, füllte die Schale mit Wein und Milch und hielt mit Daphnis ein gemeinsames Mahl.

Wenn nun aber der Mittag kam, da drohte ihren Augen neue Gefahr. Denn wenn sie den Daphnis entkleidet sah, da fielen ihre Blicke auf seine blühende Schönheit, und sie härmte sich, daß sie keinen Teil an ihm zu tadeln fand; er aber wähnte, wenn er sie im Rehfell und mit dem Kranz sah, wie sie ihm die Schale bot, eine der Nymphen aus der Grotte zu sehen. Dann riß er ihr den Pinienkranz vom Haupt und kränzte sich selbst damit, nachdem er vorher den Kranz geküßt hatte; sie aber zog, wenn er sich entblößt hatte und badete, sein Kleid an, nachdem sie es auch vorher geküßt hatte. Bisweilen bewarfen sie sich auch mit Äpfeln und schmückten einer des andern Haupt, indem sie sich die Haare scheitelten. Und sie verglich sein Haar, weil es schwarz war, den Myrten, und er ihr Angesicht mit einem Apfel, weil es weiß und rötlich war. Auch unterwies er sie im Flöten, und wenn sie anfing, in das Rohr zu hauchen, riß er ihr die Syrinx weg und durchlief selbst mit den Lippen das Geröhr, und während es schien, daß er die Irrende belehrte, gab er ihr recht schicklich Küsse durch der Syrinx Hilfe.

Einstmals, als er um die Mittagszeit flötete und die Herde im Schatten lag, war Chloë unvermerkt eingenickt. Wie dies Daphnis bemerkte, legte er die Syrinx weg und beschaute mit unersättlichen Blicken sie über und über, weil er nichts zu scheuen hatte, und sprach zugleich mit leiser Stimme zu sich selbst:

»Wie schlummern die Augen! Wie atmet der Mund! So duften nicht die Äpfel, nicht der Blütenbusch. Aber ihn zu küssen scheu' ich mich; der Kuß verwundet das Herz und macht wie frischer Honig rasend; auch fürcht' ich, sie küssend im Schlaf zu stören. O über die schwatzhaften Grillen! Sie werden sie nicht schlafen lassen mit ihrem lauten Geschrei. Aber auch die Böcke klappern kämpfend mit den Hörnern. O über die Wölfe! Sind sie nicht feiger als die Füchse, daß sie diese Böcke nicht rauben!«

Indem er auf diese Weise sprach, fiel eine Zikade auf der Flucht vor einer Schwalbe, die sie fangen wollte, in Chloës Busen, und die ihr folgende Schwalbe konnte jene zwar nicht fangen, strich aber, beim Verfolgen sich nahend, mit ihren Schwingen an des Mädchens Wangen hin. Sie, die nicht wußte, was vorgegangen war, fuhr mit lautem Ruf aus dem Schlaf empor. Als sie aber die Schwalbe sah, die noch in der Nähe schwebte, und den Daphnis, der über ihr Erschrecken lachte, verlor sie ihre Furcht und rieb sich die Augen, die noch nicht ausgeschlafen hatten. Da schrillte die Zikade aus dem Busen herauf, einem Flehenden ähnlich, der für die Rettung seinen Dank bekennt. Von neuem schrie nun Chloë laut auf und Daphnis lachte, und den Vorwand nutzend, schob er seine Hand in den Busen des Mädchens und zog die Zikade heraus, die auch in seiner Rechten nicht schwieg. Sie aber freute sich des Anblicks und nahm und küßte sie und warf die Plaudernde wieder in den Busen hinab.

Einst ergötzte sie auch die Holztaube mit ihrer ländlichen Stimme aus dem Walde her, und da Chloë zu wissen begehrte, was sie sagte, belehrte sie Daphnis durch die Erzählung der bekannten Geschichte:

»Es war einst ein Mädchen wie du, Mädchen, ebenfalls schön, und hütete viele Rinder in gleichem Alter wie du. Es war aber auch reich an Liedern, und die Rinder erfreuten sich seiner Musik, und es lenkte sie nicht mit Schlägen des Hirtenstocks oder des Stachels; sondern unter der Pinie sitzend und in einem Pinienkranz besang es den Pan und die Pitys. Und die Rinder weilten bei seinem Gesang. Nicht weit davon hütete ein Knabe Rinder, auch schön und gesangreich, und wetteiferte mit den Melodien des Mädchens, und seine Stimme, als eine männliche, tönte stärker und doch süß, weil er ein Knabe war. Und so lockte er acht der besten Kühe zu seiner eigenen Herde herüber. Betrübt über die Verminderung der Herde und den Sieg des Gegners, flehte das Mädchen zu den Göttern, daß es ein Vogel würde, ehe es nach Hause käme. Die Götter erhörten es und machten es zu diesem Vogel hier, der wie das Mädchen auf den Bergen wohnt und reich an Gesang ist wie es. Und noch jetzt verkündet seine Stimme das erfahrene Mißgeschick, indem es die verirrten Rinder sucht.«

Solche Freuden bot ihnen der Sommer dar. Als aber die Herbstzeit kam und die Traube reifte, landeten tyrische Räuber auf einer karischen Barke, um nicht als Barbaren zu erscheinen, an jenen Fluren, stiegen mit Schwertern gerüstet und in Halbpanzern aus, rafften alles zusammen, was ihnen unter die Hände kam, würzigen Wein, eine Fülle von Weizen, Honig in Scheiben; auch einige Rinder von Dorkons Herde trieben sie weg. Sie ergriffen auch den Daphnis, der am Meer wandelte. Denn als Mädchen trieb Chloë des Dryas Schafe später auf die Weide, aus Furcht vor den rohen Hirten. Wie aber die Räuber den großen und schönen Knaben sahen, der mehr wert war als der Raub von den Äckern, kümmerten sie sich weiter um nichts, weder um die Ziegen noch um die Fluren, sondern schleppten ihn hinab auf das Schiff, der weinend und ratlos laut nach Chloë rief. Und schon hatten sie das Tau losgebunden und die Ruder zur Hand genommen und stachen in die See; Chloë aber trieb jetzt ihre Herde herbei, mit einer neuen Syrinx in der Hand, die sie dem Daphnis zum Geschenk brachte. Wie sie aber die Ziegen verschüchtert sah und Daphnis' Stimme hörte, der sie immer lauter und lauter rief, da kümmerte sie sich nicht weiter um die Schafe und warf die Syrinx hin und lief zu Dorkon, ihn um Beistand anzuflehen.

Dieser aber war von den Räubern hart geschlagen und lag da mit wenigem Atem, und vieles Blut strömte aus seinen Wunden. Als er aber Chloë sah, regte sich ein schwacher Funke der alten Liebe in ihm, und er sagte:

»Ich, o Chloë, werde in kurzem tot sein; denn als ich für

meine Rinder kämpfte, haben mich die ruchlosen Räuber erschlagen wie einen Stier. Du aber rette dir den Daphnis, und mir schaffe Rache und jenen den Untergang. Ich habe die Rinder gelehrt, dem Ton der Syrinx zu folgen und ihren Melodien nachzugehen, wenn sie auch in weiter Ferne weiden. Geh also und nimm diese Syrinx und stimme das Lied darauf an, das ich einst den Daphnis gelehrt habe und Daphnis dich; für das übrige wird die Syrinx sorgen und die Rinder dort. Ich schenke dir auch die Syrinx selbst, mit der ich viele Hirten von Rindern und Ziegen im Wettstreit besiegt habe. Dafür aber küsse mich, da ich noch lebe, und wenn ich tot bin, beweine mich, und wenn du einen andern diese Rinder weiden siehst, so denke an mich.«

Nachdem Dorkon diese Worte gesprochen und den letzten Kuß geküßt hatte, entwich ihm zugleich mit dem Kuß und der Stimme der Geist. Chloë aber nahm die Syrinx, setzte sie an die Lippen und blies darauf, so stark sie vermochte; und die Rinder hören es und erkennen die Weise und stürzen sich in einem Anlauf brüllend in das Meer. Indem sich nun die Gewalt des Sprunges auf die eine Seite des Schiffes warf und bei dem Sturz der Rinder das Meer sich in die Tiefe öffnete, schlägt das Fahrzeug um und sinkt in den zusammenschlagenden Wellen unter. Die Mannschaft stürzt heraus mit ungleicher Hoffnung der Rettung. Die Räuber trugen Schwerter im Gurt und waren mit schuppigen Halbpanzern angetan und mit Stiefeln an den Füßen, welche die Hälfte des Beines bedeckten; Daphnis aber war unbeschuht, weil er auf der Ebene hütete, und halb entkleidet, weil die Jahreszeit noch brennend heiß war. Jene hatten nun nicht lange geschwommen, als die Waffen sie in die Tiefe zogen; Daphnis aber hatte die Kleidung leicht ausgezogen; doch machte ihm das Schwimmen Mühe, weil er vorher nur in Flüssen geschwommen hatte. Bald aber, durch die Not belehrt, was er zu tun habe, warf er sich mitten unter die Rinder, faßte ihrer zwei an den Hörnern mit beiden Händen und wurde so in ihrer Mitte ohne Arbeit und Mühe getragen, als ob er einen Wagen lenkte. Der Stier schwimmt aber wie kein Mensch es kann; nur den Wasservögeln steht er nach und den Fischen. Auch würde kein Rind beim Schwimmen umkommen, wenn ihm nicht das Horn an den Klauen, wenn es durchgeweicht ist, abfiele. Dies bezeugen bis auf den heutigen Tag viele Plätze des Meeres, welche die Rinderfurt heißen.

Auf diese Art also wird Daphnis gerettet, indem er gegen alles Erwarten der zweifachen Gefahr, des Raubes und des Schiffbruchs, entkam. Als er nun ans Land gestiegen war und Chloë am Ufer lachend zugleich und weinend fand, warf er sich an ihre Brust und fragte sie, weshalb sie auf der Syrinx geblasen hätte. Da erzählte sie ihm alles: den Lauf zu Dorkon; der Rinder Unterweisung; wie er ihr zu flöten befohlen habe und daß Dorkon gestorben sei; nur den Kuß verschwieg sie aus Scheu. Sie beschlossen also, ihren Wohltäter zu ehren und begruben den armen Dorkon gemeinschaftlich mit seinen Verwandten. Dann häuften sie vieles Erdreich auf, pflanzten viele fruchttragende Bäume und hingen ihm die Erstlinge ihrer Arbeiten auf; aber auch Milch spendeten sie und drückten Trauben aus und zerbrachen viele Syringen. Auch klägliches Brüllen der Rinder wurde vernommen, und bei dem Brüllen sah man sie unruhig hin und her rennen; und dies war, wie unter den Schäfern und Ziegenhirten vermutet wurde, die Totenklage der Rinder um den verstorbenen Hirten.

Nach Dorkons Beerdigung führte Chloë den Daphnis zu den Nymphen in die Felsengrotte und wusch ihn ab. Und auch sie selbst badete damals zum ersten Male in Daphnis' Gegenwart ihren Leib, der, weiß und rein von Schönheit, keines Bades zur Schönheit bedurfte; dann sammelten sie Blumen, so viele deren diese Jahreszeit bot, und schmückten die Bilder damit und hingen Dorkons Syrinx an der Felsenwand zum Weihgeschenk auf. Hierauf gingen sie zu dem Weideplatz und sahen nach den Ziegen und den Schafen. Diese aber waren alle gelagert und weideten nicht und blökten nicht, sondern sehnten sich, wie ich glaube, nach Daphnis und Chloë, die ihnen entschwunden waren. Denn als sie sich zeigten und ihnen nach gewohnter Weise zuriefen und flöteten, da standen die Schafe auf und weideten; die Ziegen aber sprangen voll von reger Lust, als freuten sie sich der Rettung des gewohnten Hirten. In Daphnis' Seele aber sprach die Freude nicht an; denn seitdem er Chloë entkleidet und die zuvor verhüllte Schönheit entschleiert gesehen hatte, da krankte sein Herz wie von Gift verzehrt. Der Atem selbst ging bisweilen so ungestüm, als ob ihn jemand verfolgte; dann blieb er aus, als ob er erschöpft sei durch den vorigen Anlauf. Das Bad kam ihm furchtbarer vor als das Meer, und es war ihm, als wäre seine Seele noch bei den Räubern geblieben; denn jung, wie er war, und unwissend, war ihm des Eros Räuberart fremd.

ZWEITES BUCH

Schon war der Herbst in voller Kraft, und die Weinlese nahte mit starken Schritten, und alles war auf den Feldern in Arbeit. Der eine richtete die Keltern zu; der andere reinigte Fässer; ein dritter flocht Körbe. Einer sorgte für eine kleine Hippe zum Schneiden der Trauben; ein anderer für einen Stein, die saftreichen Trauben zu pressen; noch einer für trockene mürbegeklopfte Weidenschosse, um bei Licht zur Nachtzeit den Most zu tragen. Auch Daphnis und Chloë, unbekümmert um die Schafe und Ziegen, boten sich gegenseitig hilfreich die Hände. Er trug in Körben die Trauben zu, zertrat sie in den Kufen und schaffte den Wein in die Fässer; sie aber bereitete den Winzern die Kost und schenkte ihnen älteren Wein zum Trank aus und las die Trauben von den niedrigeren Stöcken ab. Denn aller Wein auf Lesbos wächst niedrig, nicht hoch hinauf noch an Bäumen gezogen; sondern die Reben in der Tiefe ausbreitend; auch ein Kind könnte die Traube erreichen, wenn ihm eben die Hände aus den Windeln gelöst sind.

Wie es nun bei dem Fest des Dionysos und des Weines Erzeugung natürlich ist: Die von der benachbarten Flur zum

Beistand geladenen Weiber warfen die Augen auf den Daphnis und lobten ihn und sagten, daß er an Schönheit dem Bacchus gleiche. Eine der Dreisteren küßte ihn auch wohl und reizte den Daphnis und kränkte Chloë. Die Männer in den Keltern aber neckten Chloë mit mancherlei Reden, und wie nach den Mänaden die Satyrn, so taten sie wahnsinnige Sprünge und wünschten Schafe zu werden, um von ihr geweidet zu sein; so daß sie sich nun freute und Daphnis gekränkt war. Beide wünschten also, daß die Weinlese schnell sich ende und sie wieder die gewohnten Plätze bezögen und statt des unharmonischen Geschreis die Syrinx hörten oder die blökenden Herden. Als nach Verlauf weniger Tage die Reben abgelesen und der Most in den Fässern gefaßt war und es nicht mehr so vieler Hände bedurfte, da trieben sie die Herden auf die Flur und verehrten freudigen Sinnes die Nymphen, indem sie ihnen als Erstlinge der Weinlese Trauben an den Reben brachten. Aber auch vorher waren sie nicht achtlos bei ihnen vorübergegangen, sondern immer beteten sie zu ihnen beim Anfang der Weide, und bei der Rückkehr von der Weide knieten sie vor ihnen, und jederzeit brachten sie etwas dar, entweder eine Blume oder eine Frucht oder einen grünen Zweig oder eine Spende von Milch. Und dafür ward ihnen späterhin Vergeltung von den Göttern zuteil. Damals aber, wie das Sprichwort sagt, war der Hund von der Kette, und sie hüpften, flöteten und sangen, und balgten sich mit den Böcken und den Schafen.

Bei solcher Kurzweil tritt ein Greis zu ihnen, mit einem Ziegenfell bekleidet, Sohlen von rohem Leder an den Füßen und einen Ranzen übergehängt, einen alten Ranzen. Dieser setzte sich nah zu ihnen und sprach also:

»Ich bin der alte Philetas, ihr Kinder. Viel hab' ich zu diesen Nymphen gesungen; viel auch jenem Pan geflötet und große Herden von Rindern nur durch Musik geführt. Jetzt bin ich zu euch gekommen, euch zu sagen, was ich gesehen, und zu melden, was ich gehört habe. Ich besitze einen Garten, meiner Hände Werk; denn seitdem ich des Alters wegen aufgehört habe zu weiden, bearbeit' ich mir ihn, und was die

Jahreszeiten bringen, hab' ich alles in ihm zu jeder Zeit: im Frühling Rosen und Lilien, Hyazinthen und Veilchen beiderlei Art; im Sommer Mohn und Birnen, auch alle Gattungen Äpfel; jetzt Trauben und Feigen, Granatäpfel und grüne Myrten. Zu diesem Garten kommen Scharen von Vögeln zur Morgenzeit; einige der Nahrung wegen, andere um zu singen; denn er ist von Bäumen überwölbt und schattenreich und von drei Quellen bewässert. Wenn man die Mauer hinwegnähme, würde man glauben, einen Hain zu sehn.

Als ich nun heute um die Mittagszeit hineintrat, ward ich unter den Granat- und Myrtenbüschen ein Kind gewahr, mit Myrten und Granatäpfeln, weiß wie Milch, das Haar rot wie Feuer, strahlend wie eben aus dem Bad kommend. Es war nackt; es war allein; es spielte, als ob es in seinem eigenen Garten Früchte sammle. Ich lief also hinzu, den Knaben zu fangen; denn mir war bang, daß er in seinem Mutwillen die Myrten und Granatbüsche knickte; er aber entschlüpfte mir gar behend und leicht, bald unter die Rosenhecken, bald unter die Mohnstauden, wie ein junges Rebhuhn. Oftmals haben mir wohl säugende Böckchen, wenn ich sie verfolgte, zu schaffen gemacht; oftmals haben mich auch die kleinen Kälber, wenn ich ihnen nachlief, ermüdet; aber das war ein ganz listiges Wesen, das sich durchaus nicht fangen ließ. Wie ich nun ermattet war, ich alter Mann, und, auf meinen Stab gestützt, Achtung zugleich gab, daß er nicht entliefe, fragte ich ihn, wem in der Nachbarschaft er angehöre und mit welchem Recht er einen fremden Garten plündere. Er aber gab keine Antwort, sondern ganz nah bei mir lachte er recht zart und warf mit Myrten nach mir und schmeichelte mir, ich weiß nicht wie, den Zorn weg. Da bat ich ihn, in meine Arme zu kommen, ohne weitere Furcht, und schwur bei den Myrten, ihn frei zu lassen und ihm noch Äpfel und Granaten dazu zu geben und gern zu gestatten, daß er zu jeder Zeit Früchte von den Bäumen nehme und Blumen pflücke, wenn ich nur einen einzigen Kuß von ihm erhielte.

Da lachte er nun mit gar hellem Ton und ließ mich eine Stimme hören, wie weder die Schwalbe hat noch die Nachtigall noch der Schwan, wenn er alt worden ist wie ich. ›Mir‹, sagte er, ›Philetas, wär' es leicht, dich zu küssen; denn ich wünsche mehr, geküßt zu werden, als du, dich zu verjüngen. Sieh aber zu, ob diese Gabe deinem Alter gemäß ist. Denn nach dem einen Kuß wird dich das Alter nicht abhalten, mich noch mehr zu verfolgen. Aber es ist schwer, mich zu fangen, selbst für Falken und Adler, oder wenn es noch schnellere Vögel gibt. Ich bin kein Kind, obschon ich ein Kind scheine, sondern älter als Chronos, ja als die ganze Zeit. Wohl weiß ich, wie du in deiner ersten Jugend in jener Niederung die große Rinderherde weidetest, und ich saß neben dir, wenn du bei jenen Buchen flötetest, als du die Amaryllis liebtest; aber du sahst mich nicht, so nah ich auch dem Mädchen stand. Ich gab sie dir, und schon hast du Söhne, wackere Hirten und Landleute. Jetzt aber hüte ich Daphnis und Chloë, und wenn ich sie am Morgen zusammengeführt habe, begeb' ich mich in deinen Garten und ergötze mich an den Blumen und Pflanzen und bade mich in diesen Quellen; und darum sind die Blumen und Pflanzen so schön, weil sie von meinem Bad getränkt werden. Sieh zu, ob dir eine der Pflanzen geknickt, ob eine Frucht dir geraubt, ob die Wurzel einer Blume zertreten, ob eine Quelle getrübt ist; und freue dich, daß du allein von den Menschen im Alter dies Knäblein gesehen hast.‹

Nach diesen Worten erhob er sich wie das Junge der Nachtigall auf die Myrtensträucher, und von Zweig zu Zweig schlüpft' er durch das Laub bis zum Wipfel empor. Da sah ich auch Flügel auf seinen Schultern und einen Bogen zwischen den Flügeln und den Schultern; bald aber sah ich weder dies noch ihn selbst. Wenn ich aber nicht umsonst diese grauen Haare trage noch vor Alter kindisch geworden bin, so seid ihr Kinder dem Eros geweiht, und Eros trägt für euch Sorge.«

Mit großem Ergötzen hörten sie zu, als ob sie ein Märchen, nicht eine Geschichte hörten, und fragten, was denn nur der Eros sei, ob ein Knabe oder ein Vogel, und was er vermöge? Da erwiderte Philetas: »Ein Gott, ihr Kinder, ist Eros, jung und schön und beschwingt. Deshalb freut er sich auch der Jugend und jagt der Schönheit nach und beflügelt die Seelen. Er vermag aber mehr als Zeus selbst. Er herrscht über die Elemente; er herrscht über die Gestirne; er herrscht über die ihm ähnlichen Götter, mächtiger als ihr über die Ziegen und Schafe. Die Blumen alle sind Eros' Werk; diese Pflanzen hier sind seine Gebilde. Durch ihn ergießen sich die Flüsse, und die Winde wehen durch ihn. Ich sah den Stier, wenn er liebte; und wie von der Bremse gestochen, brüllte er; auch den Bock, der die Ziege liebte; und er folgte ihr überall. Ich selbst war jung und liebte die Amaryllis; da gedacht' ich der Nahrung nicht und nahm keinen Trank zu mir und genoß keinen Schlaf. Meine Seele krankte, mein Herz klopfte, mein Leib schauerte. Ich schrie, als ob ich geschlagen würde, ich war stumm, als ob ich gestorben wäre; ich warf mich in die Flüsse, als ob ich brennte. Ich rief den Pan um Beistand an, weil auch er die Pitys geliebt habe: ich pries die Echo, die mit mir der Amaryllis Namen rief; ich zerbrach meine Flöten, weil sie wohl meine Rinder beruhigten, die Geliebte aber nicht zu mir führten. Denn gegen den Eros hilft kein Mittel, nicht was getrunken, nicht was eingenommen, nicht was in Zauberliedern ausgesprochen wird; keines als Kuß und Umarmung und Zusammenliegen mit nackten Leibern.«

Als Philetas sie soweit unterwiesen hatte, begab er sich weg, nachdem er einige Käse von ihnen und ein schön gehörntes Böckchen empfangen hatte; sie aber, die jetzt zum erstenmal des Eros Namen gehört hatten, versanken, als sie allein gelassen waren, in tiefe Traurigkeit, und in der Nacht, nach der Rückkehr in die Ställe, hielten sie das, was sie vernommen, mit dem zusammen, was sie selbst erfahren hatten: »Die Liebenden härmen sich: auch wir härmen uns; sie achten der Nahrung nicht: auf gleiche Weise achteten auch wir ihrer nicht; sie können nicht schlafen: das widerfährt jetzt auch uns; sie glauben zu brennen: auch in uns ist die Glut; sie wünschen einander zu sehen: darum bricht auch uns der Tag immer später an, als wir wünschen. Wohl mag das Liebe sein, und wir lieben einander, ohne es zu wissen. Wenn es aber nicht Liebe ist und ich nicht der Liebende bin, warum grämen wir uns denn? Warum suchen wir einander? Philetas hat in allem wahr gesprochen. Das Knäblein aus dem Garten erschien ja auch unsern Vätern in jenem Traum und hat uns die Herden zu weiden befohlen. Wie möchte man es doch fangen? Es ist klein und wird fliehen. Und wie möchte einer ihm selbst entfliehen? Es hat Flügel und wird ihn einholen. Wir müssen uns an die hilfreichen Nymphen wenden. Aber auch dem Philetas half Pan nicht, als er die Amaryllis liebte. So müssen wir also die Mittel suchen, die er nannte, den Kuß, die Umarmung und unbekleidet zusammenliegen. Zwar wird es schon kalt; aber wir werden das so gut wie Philetas aushalten.«

Dies war nun ihre nächtliche Erkenntnis. Und als sie am folgenden Morgen mit den Herden auf den Weideplatz kamen und sich ansichtig wurden, küßten sie einander, was sie nie vorher getan hatten, und umfaßten sich mit verschlungenen Armen; das dritte Mittel aber, das Auskleiden und Niederlegen, zögerte noch; denn es war zu dreist, nicht bloß für Mädchen, sondern auch für junge Ziegenhirten. Und die Nacht kam wieder und Schlaflosigkeit mit ihr und Sinnen über das Geschehene und Unmut über das Unterlassene. »Wir haben geküßt: und es hat nichts geholfen; wir haben umarmt; und auch ohne Nutzen. Zusammenzuliegen ist also das einzige Mittel der Liebe; auch dieses muß versucht werden. Sicher ist in ihm eine größere Kraft als in dem Kuß.«

Bei solchen Gedanken erblickten sie denn auch, wie zu erwarten, Träume der Liebe, Küsse und Umarmungen; und was sie am Tage nicht getan haben, das vollbrachten sie im Traum und lagen entkleidet zusammen. Begeisterter also standen sie am folgenden Morgen auf und trieben die Herden rasch hinab, denn sie eilten den Küssen zu: und als sie einander erblickten, liefen sie lächelnd den Weg hinab. Die Küsse erfolgten; das Umfangen mit den Händen kam nachher, das dritte Mittel aber zögerte. Denn weder Daphnis wagte es zu nennen, noch wollte Chloë den Anfang machen, bis sie durch Zufall auch dieses taten.

Sie saßen unter dem Stamm einer Eiche nah zusammen, und da sie einmal die Wonne der Küsse gekostet hatten, schwelgten sie unersättlich in Lust. Auch der Hände Umschlingung übten sie, wodurch Mund an Mund festgedrückt wurde. Als nun bei diesem Umfangen Daphnis sie gewaltsamer an sich zog, so sank Chloë auf die Seite hin, und er, dem Kusse folgend, sank ihr nach. Da erkannten sie das Abbild ihrer Träume und lagen lange Zeit wie zusammengebunden. Da sie aber von dem weiteren nichts wußten und dies für das Ziel des Genusses hielten, verschwendeten sie den größten Teil des Tages umsonst und trennten sich dann und trieben die Herden hinweg, der Nacht grollend. Vielleicht aber hätten sie doch das Wirkliche vollbracht, wenn nicht ein Vorfall die ganze Nachbarschaft mit Schrekken erfüllt hätte.

Reiche Jünglinge aus Methymna, welche die Zeit der Weinlese in ungewohntem Genuß feiern wollten, zogen eine kleine Barke in die See, setzten ihre Diener an das Ruder und besuchten alle Fluren der Mytilenäer, die dem Meer nah liegen. Denn die Seeküste ist an schönen Häfen reich und mit Gebäuden herrlich geschmückt. Auch zahlreiche Bäder, Lustgärten und Haine liegen dort, zum Teil Werke der Natur, zum Teil der Menschen Kunst, alle zu frohem Genuß geeignet. Sie schifften also längs dem Ufer hin, legten hier und da an, taten niemandem Böses, sondern ergötzten sich auf mannigfaltige Art. Bald fingen sie mit Angeln, die durch zarte Fäden an Rohrstäben befestigt waren, von überhängenden Klippen herab, die zwischen den Felsen hausenden Fische; bald erbeuteten sie mit Hunden und Netzen die durch die Unruhe in den Weinbergen verschüchterten Hasen. Jetzt gingen sie auch wohl dem Vogelfang nach und fingen wilde Gänse, Enten und Trappen in Schlingen, so daß sie von der Ergötzung auch Nutzen für den Tisch hatten. Wenn sie aber etwas bedurften, so nahmen sie es von den Landbewohnern, denen sie mehr dafür zahlten, als der Wert betrug. Sie bedurften aber nur Brot und Wein und Obdach; denn in der Herbstzeit auf dem Meer zu weilen, schien nicht ohne Gefahr; daher sie auch aus Furcht vor stürmischen Nächten die Barke an das Ufer zogen.

Da geschah es nun, daß einer der Landleute, der zum Aufziehen des Steines, womit die getretenen Trauben gepreßt werden, eines Strickes bedurfte, da der vorige zerrissen war, heimlich an das Meer und zu dem unbewachten Schiff ging, das Tau losband und es zu Haus zu seinem Zweck benutzte. Am Morgen stellten die methymnäischen Jünglinge Nachforschungen nach dem Tau an, und da niemand den Diebstahl eingestand, schalten sie die Wirte ein wenig und fuhren weiter; und nach einer Fahrt von dreißig Stadien legten sie an den Fluren an, wo Daphnis und Chloë wohnten: denn das Gefild schien ihnen wohlgeeignet zur Jagd der Hasen. Nun hatten sie keinen Strick zur Befestigung; daher drehten sie einen langen grünen Weidenschoß zu einem Tau zusammen und banden damit das Schiff an seinem Hinterteil am Ufer fest. Hierauf ließen sie die Hunde los, Wild aufzustöbern, und stellten Netze in den Gängen auf, wo es ihnen am geeignetsten schien. Bellend liefen nun die Hunde umher und scheuchten die Ziegen, und diese verließen die Anhöhen und eilten mehr nach dem Ufer hin. Da sie aber auf dem Sand keine Nahrung fanden, wagten sich die Dreisteren zu dem Schiff und nagten die grünen Weiden, womit das Schiff befestigt war, ab.

Nun hatte sich von den Bergen der Wind erhoben, und das Meer warf kleine Wellen. Schnell entführte daher der Rückschlag der Wellen das losgebundene Schiff und riß es auf die hohe See hinaus. Als dies die Methymnäer bemerkten, liefen die einen zum Meer hin, die andern riefen die Hunde zusammen; alle aber schrien laut, so daß alles von den nahen Fluren zusammenkam. Aber umsonst. Der Wind war frisch, und mit unaufhaltsamer Eile flog das Schiff mit der Flut dahin. Nun suchten also die Methymnäer, die nicht wenig dabei verloren, den Ziegenhirten auf, und als sie den Daphnis gefunden hatten, schlugen sie ihn und zogen ihn aus. Ja einer nahm das Leitseil eines Hundes und zog ihm die Hände auf den Rücken, um ihn zu binden. Er aber schrie bei den Schlägen und beschwor die Landleute und rief vor allen den Lamon und Dryas zu Hilfe. Diese, bejahrte, aber rüstige Männer, mit Händen, die durch die Landarbeit gestärkt waren, taten Widerstand und verlangten rechtliche Untersuchung über den Vorfall.

Da nun dies auch die andern verlangten, setzten sie den Rinderhirten Philetas zum Richter; denn er war unter den Anwesenden der älteste und hatte unter den Landleuten den Ruf vorzüglicher Gerechtigkeit. Zuerst brachten die Methymnäer ihre Klage an, deutlich und kurz, da sie einen Hirten zum Richter hatten: »Wir kamen auf diese Flur in der Absicht zu jagen. Nun hatten wir unser Schiff mit einem grünen Weidenschoß festgebunden und am Ufer zurückgelassen; wir selbst aber suchten mit den Hunden nach Wild. In dieser Zeit kommen die Ziegen dieses Knaben zum Meer hinab, fressen den Weidenschoß ab und machen das Schiff los. Du hast es auf dem Meer treiben sehen; aber wie viele Güter, meinst du, daß es in sich hält? Welche Kleider sind da verloren! Wieviel Schmuck der Hunde! Wieviel Geld! Alle diese Äcker könnte einer damit kaufen. Dafür wollen wir nun diesen hier mit uns nehmen, da er ein schlechter Hirt ist und die Ziegen am Meer weidet wie ein Schiffer.«

So lautete die Klage der Methymnäer. Daphnis aber, so arg er auch von den Schlägen mißhandelt war, achtete doch alles gering, da er Chloë gegenwärtig sah, und sprach also: »Ich weide die Ziegen, wie es sich gebührt. Nie hat mich ein Nachbar beschuldigt, auch nicht einer, daß eine meiner Ziegen ihm den Garten beschädigt oder eine junge Rebe zertreten hätte; aber diese Männer sind schlechte Jäger und haben übel abgerichtete Hunde, die durch ihr vieles Umherlaufen und ihr rauhes Gebell die Ziegen von den Bergen und den Ebenen nach dem Meer gejagt haben wie Wölfe. Aber sie haben das grüne Seil abgefressen. Allerdings, weil sie auf dem Sand kein Gras, keinen Klee oder Thymian fanden. Aber das Schiff ist von Wind und Wellen verlorengegangen.

Das ist des Sturmes, nicht der Ziegen Schuld. Aber es lagen Kleider darin und Geld. Welcher Mensch von gesundem Verstand wird glauben, daß ein so reich beladenes Schiff zum Tau einen Weidenschoß hat?«

Bei diesen Worten weinte Daphnis und erregte großes Mitleiden bei den Landleuten; so daß Philetas, der Richter, beim Pan und den Nymphen schwur, Daphnis habe keine Schuld, so wie auch die Ziegen nicht, sondern Meer und Wind, worüber andere zu richten hätten. Hierdurch überzeugte Philetas die Methymnäer nicht; sondern sie ergriffen in ihrem Zorn den Daphnis von neuem und wollten ihn binden. Da gerieten aber die Landleute in Aufruhr und drangen auf sie ein wie Stare oder Dohlen; und schnell entrissen sie ihnen den Daphnis, der auch selbst mit kämpfte, schlugen mit Stöcken drein und jagten sie in die Flucht, ließen auch nicht eher ab, bis sie über die Grenzen hinaus in eine andere Flur getrieben waren.

Während nun jene die Methymnäer verfolgten, führte Chloë in aller Stille den Daphnis zu den Nymphen und wusch ihm das blutige Gesicht ab – denn er hatte einen Schlag auf die Nase bekommen –, nahm aus der Hirtentasche ein Stück gesäuertes Brot und einen Schnitt Käse und gab es ihm zu essen, und was ihn am meisten erquickte, sie drückte ihm einen honigsüßen Kuß mit ihren zarten Lippen auf.

So entrann also damals Daphnis einer großen Gefahr: Die Sache aber war damit nicht geendigt. Denn kaum waren die Methymnäer in ihrer Heimat angekommen, Fußgänger statt Schiffer, und statt üppigen Schmuckes mit Wunden bedeckt, als sie eine Versammlung ihrer Mitbürger beriefen, als Flehende auftraten und um Rache baten. Von dem wahren Verlauf der Sache aber sagten sie kein Wort, um nicht noch obendrein verlacht zu werden, wenn man erführe, daß sie so große Schmach von Hirten erduldet hätten; sondern beschuldigten die Mytilenäer, ihnen ihr Schiff genommen und ihre Güter geraubt zu haben nach der Weise des Krieges. Jene glaubten ihnen wegen der Wunden, und da sie es für billig hielten, Jünglingen aus ihren ersten Häusern Genugtuung zu verschaffen, beschlossen sie gegen die Mytilenäer einen Krieg ohne Kriegserklärung und befahlen dem Feldherrn, mit zehn Schiffen in See zu gehen und die Seeküsten zu verheeren; denn da der Winter so nah war, schien es nicht sicher, dem Meer eine größere Flotte anzuvertrauen.

Dieser brach sogleich mit seinen Kriegern, die auch Ruderer waren, auf und überfiel die am Meer gelegenen Fluren der Mytilenäer. Hier raubte er viele Herden, auch viel Getreide und Wein, da die Weinlese eben zu Ende war, und nicht wenige Menschen, die dort auf dem Land arbeiteten. Auch Chloës und Daphnis' Flur überfiel er, unternahm eine schnelle Landung und trieb, was ihm in die Hände kam, als Beute weg. Daphnis war nicht bei den Ziegen, sondern hieb oben im Wald grünes Laub ab, um im Winter Futter für die jungen Ziegen zu haben; und da er von der Höhe herab den feindlichen Überfall sah, verbarg er sich in dem hohlen Stamm einer abgestorbenen Buche. Chloë aber war bei den Herden, und da sie verfolgt wurde, floh sie zu den Nymphen und bat die Verfolgenden, ihre Herde zu schonen und sie selbst, um der Göttinnen willen. Umsonst. Die Methymnäer verhöhnten die Bilder mit vielem Spott und trieben die Herden weg und zogen auch Chloë fort, wie eine Ziege oder ein Schaf, und schlugen mit Reisern auf sie.

Als sie nun die Schiffe mit mannigfaltigem Raub angefüllt hatten, beschlossen sie, nicht weiter zu segeln, sondern nahmen den Weg nach Hause, da sie Winterstürme und Feinde fürchteten. Sie fuhren also mit mühsamer Ruderarbeit fort, denn es regte sich kein Wind; Daphnis aber kehrte, als es ruhig geworden, auf die Ebene nach dem Weideplatz zurück; und da er hier weder die Ziegen sah noch die Schafe antraf noch Chloë fand, sondern überall die tiefste Einsamkeit und auch die Syrinx, Chloës gewohnte Freude, auf die Erde geworfen, lief er mit lautem Geschrei und kläglichem Jammer bald zu der Eiche, wo sie zu sitzen pflegten, bald zu dem Meer, in der Hoffnung, sie hier zu sehen; bald zu den Nymphen, zu denen sie geflohen war.

Hier warf er sich zur Erde und klagte die Nymphen des Verrates an:

»Von euch wurde Chloë weggerissen; und ihr habt dies mit anzusehen vermocht? Sie, die euch Kränze flocht; die euch die erste Milch spendete; deren Gabe diese Syrinx ist! Keine Ziege hat mir der Wolf geraubt, und nun rauben Feinde die Herde und die Gefährtin! Ach! Sie erwürgen die Ziegen und schlachten die Schafe; und Chloë wird künftig in der Stadt wohnen. Wie soll ich nun zum Vater und zur Mutter gehen, ohne die Ziegen, ohne Chloë, künftig ein elender Mietling? Denn ich habe nichts mehr zu hüten. Hier will ich liegen bleiben und den Tod erwarten, oder einen zweiten Krieg. Fühlst du, Chloë, Gleiches mit mir? Denkst du an diese Gefilde, an diese Nymphen und an mich? Oder geben dir die Schafe und Ziegen, deine Mitgefangenen, Trost?«

Indem er so sprach, überfiel ihn unter Tränen und Schmerz ein tiefer Schlaf, und die drei Nymphen traten zu ihm hin, als große und schöne Weiber, halb entblößt und unbeschuht, die Haare aufgelöst und ihren Bildern gleich. Zuerst, wie es ihm vorkam, bezeigten sie sich mitleidig gegen ihn; dann nahm die älteste das Wort und sprach ihm Mut zu: »Schilt uns nicht, Daphnis! Mehr noch als dir liegt uns Chloë am Herzen. Wir erbarmten uns ihrer, da sie ein Kind war; und als sie in dieser Grotte lag, verliehen wir ihr Nahrung. Sie hat nichts mit diesen Fluren, nichts mit Lamons Schafen gemein. Und auch jetzt ist von uns für sie gesorgt, daß sie nicht nach Methymna entführt, Sklavendienste tun noch ein Teil der Kriegsbeute werde. Auch den Pan dort, der unter der Pinie steht, und den ihr nie, nicht einmal mit Blumen geehrt habt, den haben wir gebeten, Chloës Retter zu werden. Er ist des Krieges mehr gewohnt als wir und hat schon oft die Flur verlassen, um im Kriege mitzukämpfen. So wird er auch jetzt weggehen, den Methymnäern kein erfreulicher Gegner. Überlaß dich also nicht der Traurigkeit, sondern stehe auf und zeige dich dem Lamon und der Myrtale, die ebenfalls auf der Erde liegen, weil sie glauben, auch du seist ein Teil des Raubes geworden. Am morgigen Tag wird Chloë zu dir zurückkehren mit den Ziegen und mit den Schafen, und ihr werdet zusammen weiden und zusammen flöten; für das übrige wird Eros bei euch sorgen.«

Als nun Daphnis solches gesehen und vernommen hatte, sprang er auf aus dem Schlaf, und weinend vor Lust und Kummer kniete er vor den Bildern der Nymphen nieder und gelobte, wenn Chloë gerettet wäre, die beste seiner Ziegen zu opfern. Dann lief er auch zu der Pinie hin, wo das Bildnis des Pan aufgestellt war, bockfüßig und gehörnt, in der einen Hand die Syrinx, in der andern einen springenden Bock; und kniete auch vor diesem nieder und betete für Chloë und gelobte ihm, einen Bock zu opfern. Und schon neigte sich die Sonne zum Untergang, als er endlich von Beten und Weinen rastete. Da nahm er das Laub, das er gehauen hatte, zusammen und kehrte zu den Ställen zurück und wandelte Lamons und seines Weibes Trauer in Freudigkeit um; dann genoß er einige Nahrung und überließ sich dem Schlaf, der aber auch nicht ohne Tränen war. Denn er wünschte die Nymphen wiederum im Traum zu sehen; auch daß schnell der Tag kommen möchte, wünschte er, wo sie ihm Chloë verheißen hatten. Während dieser Nacht aber trug sich folgendes zu:

Die Flotte der Methymnäer hatte sich etwa zehn Stadien weit entfernt, als der Führer beschloß, den von ihrem Feldzug ermüdeten Kriegern eine Erholung zu gönnen. Daher ließ er bei einem Vorgebirge, das sich mondförmig in das Meer erstreckte und eine Bucht bildete, in welcher das Meer ruhiger als in einem Hafen lag, die Schiffe auf hoher See Anker werfen, so daß die Landleute keines vom Ufer aus beschädigen konnten, und gestattete seinen Methymnäern den Genuß einer friedlichen Ergötzlichkeit. Da sie nun durch den Raub Überfluß an allem hatten, begingen sie trinkend und scherzend eine Art von Siegesfest. Als aber der Tag zu Ende ging und die Lust in anbrechender Nacht erlosch, da schien plötzlich das ganze Land in Feuer zu stehen, und ein Geräusch wurde vernommen wie vom Schlagen der

Ruder, als ob ein großes Geschwader nahte. Da schrie einer dem Feldherrn zu, die Waffen zu ergreifen; einer rief den andern; einer glaubte auch verwundet zu sein, und einer lag wie tot auf der Erde. Man hätte meinen sollen, es werde eine nächtliche Schlacht geliefert, ohne daß doch Feinde zugegen waren.

Auf eine solche Nacht folgte ihnen ein Tag, der noch furchtbarer war als die Nacht. Die Böcke von der Herde des Daphnis und die Ziegen hatten traubigen Efeu um die Hörner; Chloës Widder und Schafe aber heulten den Wölfen gleich. Sie selbst erschien mit einem Fichtenzweig bekränzt. Auch auf dem Meer begaben sich seltsame Zeichen. Die Anker blieben in der Tiefe, wenn man sie aufzuwinden versuchte; die Ruder zerbrachen, wenn man sie in das Wasser senkte; und Delphine sprangen auf aus dem Meer, schlugen mit den Schwänzen gegen das Schiff und lösten seine Fugen auf. Auch wurde von dem schroffen Felsen herüber, der über dem Vorgebirge lag, der Ton der Syrinx vernommen; aber nicht erfreulich klang er wie die Syrinx, sondern schreckte die Hörenden wie die Trompete. Bestürzung ergriff sie, und sie liefen nach den Waffen und riefen die Feinde an, die nicht sichtbar waren, so daß sie die Nacht zurückwünschten, von der sie Frieden erwarteten. So viel erkannten nun bei diesen Vorfällen alle, die gesunden Sinnes waren, daß diese Trugbilder und Stimmen ein Werk des Pan wären, der den Schiffern zürne. Die Ursache aber konnten sie nicht erraten; denn kein Heiligtum des Pan war beraubt worden; bis um die Mittagszeit nicht ohne göttliche Schickung der Feldherr in Schlaf fiel, den Pan erblickte und folgendes von ihm vernahm:

»Oh, ihr aller Menschen ruchloseste und gottvergessenste, wie habt ihr rasenden Sinnes solchen Frevel begangen? Ihr habt über Fluren, die ich liebe, den Krieg verbreitet; ihr habt Herden von Rindern und Ziegen und Schafen, die unter meiner Obhut stehen, hinweggetrieben, ihr habt von den Altären ein Mädchen weggerissen, aus welchem Eros eine Geschichte der Liebe machen will; und weder die Blicke der

Nymphen habt ihr gescheut, noch mich, den Pan. Ihr werdet Methymna nicht wiedersehen, wenn ihr mit solcher Beute schifft, noch werdet ihr dieser Syrinx entrinnen, die euch mit Schrecken erfüllt hat; sondern ich werde euch in die Fluten versenken und den Fischen zum Futter geben, wenn du nicht auf das schleunigste Chloë den Nymphen zurückgibst und Chloës Herden, die Ziegen wie die Schafe. Auf denn, und schiffe das Mädchen aus mit dem, was ich gesagt habe. Dann werd' ich dich geleiten auf deiner Fahrt, und jene auf ihrem Wege.«

In großer Bestürzung sprang Bryaxis – dies war des Feldherrn Name – auf, rief die Befehlshaber der Schiffe zusammen und befahl ihnen, auf das schleunigste unter den Gefangenen Chloë aufzusuchen. Sie fanden sie schnell und führten sie zu ihm; denn sie saß mit dem Fichtenzweige bekränzt; und da er auch hierin eine Bestätigung seines Traumgesichtes sah, brachte er sie auf seinem eigenen Schiffe an das Land. Und kaum war sie ausgestiegen, als wiederum der Ton der Syrinx von dem Felsen her vernommen wurde, aber nicht mehr kriegerisch und furchtbar, sondern hirtlich wie der Ton, der die Herden zur Weide führt. Auch eilten die Schafe auf den Stiegen hinab, ohne auf dem Horn ihrer Klauen auszugleiten, und noch weit kecker die Ziegen, weil sie auf Felsen zu klettern gewohnt sind.

Diese umringten nun Chloë wie ein Chor, hüpfend und blökend, wie von Freude belebt; die Ziegen der andern Hirten aber und die Schafe und die Rinderherden blieben an ihrer Stelle im Schiffsraum, als ob die Gesangsweise sie nichts anginge. Indem nun alle voll Staunens waren und den Pan mit lauter Stimme priesen, zeigte sich auf beiden Elementen noch Wunderbareres. Die Schiffe der Methymnäer begannen ihren Lauf, ehe die Anker aufgewunden waren, und ein Delphin tauchte aus dem Wasser auf und zog vor dem Schiff des Feldherrn her; die Ziegen und Schafe aber führte der süßeste Flötenton, den Flötenden aber sah niemand, und die Schafe und Ziegen gingen fort und weideten zugleich, durch die Töne erfreut.

Es war etwa die Zeit der zweiten Weide, als Daphnis von einer hohen Warte herab die Herden und Chloë erblickte und mit dem Rufe: »O Nymphen und Pan!« auf die Ebene hinablief und Chloë umarmend leblos niedersank. Langsam kehrte er durch Chloës Küsse und Umarmungen in das Leben zurück und begab sich zu der gewohnten Buche, und unter dem Stamm sitzend, fragte er sie, wie sie so vielen Feinden entronnen sei? Sie aber erzählte ihm alles, den Efeu der Ziegen, das Heulen der Schafe, den Fichtenkranz, der ihrem Haupt entblüht war, das Feuer auf dem Land, das Getöse auf dem Meer, die zwiefache Weise der Flöte, die kriegerische wie die friedliche, die furchtbare Nacht, und wie ihr auf unbekanntem Weg die Musik zur Führerin gedient habe. Daphnis erkannte die Träume der Nymphen und die Werke Pans und erzählte auch seinerseits, was er gesehen, was er gehört hatte und wie die Nymphen ihn, als er habe sterben wollen, in das Leben zurückgerufen. Dann schickte er sie ab, um den Dryas und Lamon, und was zum Opfer nötig war, zu holen; er selbst aber ergriff während dieser Zeit die schönste der Ziegen, kränzte sie mit Efeu, so wie sie sich den Feinden gezeigt hatten, goß Milch auf ihre Hörner und opferte sie den Nymphen; dann hing er sie auf, häutete sie und weihte die Haut.

Als sich jetzt Chloë mit ihren Begleitern eingefunden, zündete er Feuer an und kochte einiges von dem Fleisch, anderes röstete er, weihte dann den Nymphen die ersten Stücke und einen Mischkrug voll Most; häufte Laub zum Lager auf und freute sich beim Mahl, beim Trank und frohem Scherz; zugleich aber sah er nach den Herden, damit nicht der Wolf sie überfiele und Taten der Feinde verübte. Auch sangen sie Lieder auf die Nymphen, Werke alter Hirten. Als die Nacht kam, legten sie sich dort auf dem Feld nieder, und am folgenden Tage gedachten sie des Pan. Sie bekränzten einen der Böcke, den Führer der Herde, mit Fichtenlaub und führten ihn zu der Pinie; dann nach gespendetem Wein und Anrufung des Gottes opferten sie den Bock, hingen ihn auf und häuteten ihn; und nachdem sie das

Fleisch geröstet und gesotten hatten, legten sie es zunächst auf die Wiese, auf Blätter; die Haut aber mit den Hörnern hefteten sie an die Pinie neben dem Bild, ein ländliches Weihgeschenk dem ländlichen Gott. Auch schnitten sie ihm von dem Fleisch ab und spendeten aus einem größeren Mischkrug. Chloë sang, Daphnis flötete.

Nach vollbrachtem Opfer legten sie sich nieder und aßen; da trat zufällig der Rinderhirt Philetas zu ihnen, der dem Pan einige Kränze brachte und Trauben, noch an den Blättern und an den Reben fest. Ihm folgte der jüngste seiner Söhne, Tityrus, ein blondes Knäblein mit blauen Augen und weißer Haut und keck; leicht einherspringend, wie ein Böckchen hüpft. Sie sprangen also vom Lager auf, halfen den Pan bekränzen und hingen die Reben an den Zweigen der Pinie auf; dann luden sie ihn an ihre Seite ein und machten ihn zum Genossen des Mahls. Und nun, nach zechender Greise Art, sprachen sie viel miteinander; wie sie in ihrer Jugend geweidet und vielen Überfällen der Räuber entronnen waren. Der eine rühmte sich, daß er einen Wolf getötet; der andere, daß er nur dem Pan im Flötenspiel nachstehe; und diesen Ruhm eignete Philetas sich zu.

Da boten nun Daphnis und Chloë alles auf, ihn zu bitten, daß er auch ihnen etwas von seiner Kunst gönne und die Syrinx tönen lasse bei dem Fest des Gottes, der sich der Syrinx freut. Philetas sagte es zu, ob er gleich das atemlose Alter schalt, und nahm die Syrinx des Daphnis in die Hand. Diese aber war für so große Kunst zu klein; denn nur für eines Knaben Mund war sie gemacht. Er schickte also den Tityrus nach seiner eigenen Syrinx zu dem Haus, das zehn Stadien entlegen war. Jener warf seinen Schurz ab und lief nackt dahin wie ein Reh; Lamon aber erbot sich, ihnen das Märchen von der Syrinx zu erzählen, das ihm einst ein sizilischer Ziegenhirt für einen Bock und eine Syrinx gesungen hatte:

»Diese Syrinx, das Werkzeug hier, war kein Werkzeug, sondern ein schönes, lieblich singendes Mädchen. Es weidete Ziegen, scherzte mit den Nymphen und sang wie jetzt. Als es nun weidete, scherzte, sang, trat Pan zu ihm hin und wollte es bereden zu dem, was er wünschte, und verhieß ihm, allen seinen Ziegen zwiefache Junge zu verleihen. Sie spottete aber seiner Liebe und sagte, sie begehre einen Liebhaber nicht, der weder ein Bock noch ein ganzer Mensch sei. Da schickte er sich an zur Gewalt; und die Syrinx floh den Pan und seine Gewalt; fliehend, ermüdet, verbirgt sie sich in dem Geröhr und verschwindet in einem Sumpf. Zornig schneidet Pan das Rohr, und da er das Mädchen nicht findet und dessen Schicksal gewahrt, ersinnt er das Werkzeug und verbindet ungleiche Rohre mit Wachs, so wie auch ihre Liebe ungleich gewesen war; und sie, vordem ein schönes Mädchen, ist jetzt eine tönende Syrinx.«

Eben hatte Lamon die Erzählung geendigt, und Philetas lobte ihn, daß seine Geschichten süßer tönten als Gesang, da trat Tityrus zu ihnen mit der Syrinx seines Vaters, einem großen Werkzeug aus großen Pfeifen; wo sie mit Wachs verbunden war, war sie mit Erz geschmückt. Man hätte mutmaßen können, es sei dieselbe, welche Pan zuerst gefügt hatte. Da erhob sich Philetas und setzte sich aufrecht auf seinen Sitz und prüfte zuerst die Rohre, ob sie leicht ansprächen: dann, als er sah, daß der Hauch sie ungehindert durchlief, blies er stark und kräftig hinein. Man hätte glauben sollen, ein Konzert mehrerer Flöten zu hören; so laut war sein Spiel. Allmählich aber milderte er die Kraft des Tones und gab ihm größere Lieblichkeit; und indem er jegliche Kunst musikalischer Hirtenart zeigte, flötete er, wie es sich für Rinderherden paßt, wie es Ziegen angemessen ist, wie es die Schafe lieben. Lieblich war der Ton für die Schafe; stark für die Rinder; durchdringend für die Ziegen: kurz, alle Syringen ahmte die eine Syrinx nach.

Die andern saßen nun in schweigendem Ergötzen; Dryas aber stand auf und verlangte eine bacchische Weise und tanzte ihnen einen Winzertanz. Bald glich er einem, der Trauben abliest; bald einem, der Körbe trägt; dann dem, der Trauben tritt; dann dem, der die Fässer füllt; dann dem, der von dem Most trinkt. Dies alles tanzte Dryas mit solcher Geschicklichkeit, daß man die Weinstöcke sah, und die

Kelter, und die Fässer, und Dryas in Wahrheit zu trinken schien.

So zeigte sich auch der dritte Greis gar löblich im Tanz und küßte Chloë und Daphnis; und diese erhoben sich sogleich und tanzten Lamons Geschichte nach. Daphnis stellte den Pan, Chloë die Syrinx dar. Er flehte um Erhörung; sie aber lächelte achtlos. Er verfolgte sie und lief auf den Fußzehen, die Bocksklauen nachahmend; sie aber stellte sich ermüdet von der Flucht. Dann verbarg sich Chloë im Gebüsch, wie in dem Sumpf; Daphnis aber nahm des Philetas Syrinx, die große, und stimmte klagende Töne an, als spräch' er von Liebe; zärtliche, als wollt' er sie bereden; zurückrufende, als suche er sie; so daß Philetas voll Bewunderung aufsprang und ihn küßte und nach dem Kuß ihm die Syrinx schenkte, mit dem Wunsch, daß auch Daphnis sie einem ähnlichen Erben hinterlassen möchte. Dieser aber weihte die eigene Syrinx, die kleine, dem Pan, küßte Chloë, als sei sie von ihm nach einer wirklichen Flucht gefunden, und trieb die Herde flötend weg. Da es schon Nacht geworden war, rief auch Chloë die Herde mit der Syrinx zusammen und trieb sie weg; und die Ziegen gingen neben den Schafen her, und Daphnis an Chloës Seite. So genossen sie einander bis in die Nacht und kamen überein, am nächsten Morgen die Herden früher auszutreiben; und so taten sie auch. Denn kaum war der Tag angebrochen, so kamen sie auf die Weide. Hier beteten sie erst zu den Nymphen; dann zum Pan, setzten sich dann unter die Eiche und flöteten; dann küßten sie sich, umarmten sich, legten sich nieder; und ohne etwas weiter getan zu haben, standen sie auf. Auch trugen sie Sorge für Speise und tranken Wein, den sie mit Milch gemischt hatten.

Durch dieses alles wärmer und dreister geworden, gerieten sie zusammen in einen Liebesstreit, und allmählich kam es zu Schwüren der Treue. Daphnis trat zu der Pinie hin und schwur beim Pan, nie allein ohne Chloë zu leben, auch nicht einen Tag; Chloë aber begab sich in die Grotte und schwur bei den Nymphen, Leben und Tod mit Daphnis zu teilen. So groß aber war Chloës Mädchenhaftigkeit, daß, als sie aus der

Grotte trat, sie einen zweiten Schwur von ihm verlangte: »Oh, Daphnis«, sagte sie, »Pan ist ein verliebter und ungetreuer Gott; er hat die Pitys geliebt, er hat die Syrinx geliebt; nie hört er auf, die Dryaden zu plagen und den epimelischen Nymphen Händel zu machen. Kümmerst du dich also nicht um deinen Schwur, so wird er sich auch nicht kümmern, dich zu strafen, wenn du dich auch zu mehr Weibern hieltest, als die Syrinx Rohre hat. Schwöre du mir bei dieser Herde und bei jener Ziege, die dich genährt hat, Chloë nicht zu verlassen, solange sie dir die Treue bewahrt; wenn sie aber gegen dich und die Nymphen sündigt, dann fliehe, hasse, töte sie, wie einen Wolf.«

Daphnis freute sich ihres Mißtrauens; stellte sich dann mitten in die Herde, faßte mit der einen Hand eine Ziege, mit der andern einen Bock und schwur, Chloë zu lieben, so lange sie liebte, und wenn sie dem Daphnis einen andern vorzöge, statt ihrer sich selbst zu töten. Da freute sie sich und traute ihm als ein Mädchen und eine Hirtin, weil sie Ziegen und Schafe für der Schäfer und Ziegenhirten eigentliche Götter hielt.

DRITTES BUCH

Als die Mytilenäer die Landung der zehn Schiffe erfuhren und einige Leute, die von dem Land kamen, ihnen die Plünderung anzeigten, meinten sie, solches Unrecht auf keine Weise von den Methymnäern dulden zu dürfen, sondern beschlossen, ebenfalls die Waffen gegen sie auf das schleunigste zu ergreifen. Sie rüsteten also dreitausend Schildträger und fünfhundert Pferde aus und schickten den Feldherrn Hippasus zu Land ab, da sie das Meer zur Zeit des Winters bedenklich fanden.

Hippasus zog also aus, verheerte aber die Fluren der Methymnäer nicht und raubte auch keine Herden noch andere Güter der Landbewohner, was ihm mehr Taten eines Räubers als eines Feldherrn schienen; sondern eilte nach der

Stadt selbst, um durch die unbewachten Tore einzudringen. Als er aber etwa noch hundert Stadien entfernt war, kam ihm ein Herold mit dem Anerbieten eines Vergleiches entgegen. Denn da die Methymnäer von den Gefangenen erfahren hatten, daß die Mytilenäer gar nicht um die früheren Vorgänge wußten, sondern daß Landleute und Hirten dies gegen frevelnde Jünglinge getan hatten, gereute es sie, sich gegen eine Nachbarstadt mehr rasch als klug gewagt zu haben, und sie beeiferten sich jetzt, durch Erstattung des ganzen Raubes den friedlichen Verkehr zu Wasser und zu Lande wiederherzustellen. Den Herold verwies nun Hippasus, obgleich mit unumschränkter Vollmacht zum Feldherrn ernannt, an die Mytilenäer; und nachdem er in einer Entfernung von etwa zehn Stadien von Methymna ein Lager aufgeschlagen hatte, erwartete er hier die Befehle der Stadt; und nach Verlauf von zwei Tagen kam der Bote mit dem Befehl, sich den Raub ausliefern zu lassen und ohne weitere Feindseligkeiten nach Hause zurückzukehren. Denn da sie die Wahl zwischen Krieg und Frieden hatten, fanden sie den Frieden vorteilhafter.

So wurde der Krieg der Methymnäer und Mytilenäer, ebenso unerwartet in seinem Anfang als in seinem Ende, beigelegt. Jetzt begann aber der Winter, der für Daphnis und Chloë herber war als der Krieg; denn ein starker Schnee, der plötzlich gefallen war, sperrte alle Wege ab und alle Landbewohner ein. Ungestüm ergossen sich die Bäche hernieder; es fror Eis, und die Bäume sahen wie abgestorben aus. Das ganze Erdreich war bedeckt, außer etwa um die Quellen und Flüsse her. Niemand trieb also die Herden auf die Weide; niemand ging selbst vor die Tür hinaus; sondern, nachdem sie beim Hahnenruf ein großes Feuer angezündet hatten, spannen einige Flachs, andere flochten Ziegenhaare, noch andere verfertigten mit Kunst Fallen für Vögel. Die Rinder wurden an den Krippen mit Kleie versorgt; Schafe und Ziegen in den Ställen mit Laub; die Schweine in den Kofen mit Eicheln und Bucheckern.

Bei dieser erzwungenen Häuslichkeit freuten sich die anderen Landleute und Hirten, auf einige Zeit der Arbeit enthoben zu sein, das Morgenbrot in Ruhe zu verzehren und langen Schlaf zu genießen, so daß ihnen der Winter süßer dünkte als Sommer und Herbst, ja als der Frühling selbst; Chloë aber und Daphnis, die nur die zurückgelassenen Freuden im Sinn hatten, wie sie geküßt, wie sie sich umarmt, wie sie zusammen ihr Mahl eingenommen hatten, brachten die Nächte schlaflos und traurig hin und erwarteten die Frühlingszeit, als die Wiedergeburt vom Tode. Alles betrübte sie: wenn ihnen eine Hirtentasche in die Hände fiel, aus der sie aßen; oder ein Becher, aus dem sie zusammen tranken; oder die Syrinx, die jetzt vernachlässigt dalag, sie, die eine Gabe der Liebe gewesen war. Da beteten sie zu den Nymphen und zum Pan, sie auch aus diesen Übeln zu erlösen und ihnen und den Herden doch einmal die Sonne zu zeigen; und bei dem Gebet sannen sie auf Mittel, einander zu sehen. Chloë zwar sah nirgends Rat und Hilfe; denn immer war ihr die vermeintliche Mutter zur Seite und lehrte sie Wolle krempeln und die Spindel drehen und sprach vom Heiraten; Daphnis aber, welcher Muße hatte und erfindsamer als ein Mädchen war, erfand folgende List, um Chloë zu sehen:

Vor des Dryas Hofraum, unmittelbar an dem Hof, standen zwei starke Myrten und Efeu. Die Myrten waren nah beisammen, und der Efeu zwischen beiden, so daß er seine Ranken zwischen beiden verteilte und durch die verschlungenen Blätter eine Art von Grotte bildete, und viele und große Dolden hingen wie Trauben von den Reben herab. Um ihn her war eine große Menge von Wintervögeln versammelt, aus Mangel an Nahrung im Feld; viele Amseln, viele Drosseln, Waldtauben und Stare und andere Vögel, die den Efeu lieben. Sie zu fangen machte sich Daphnis auf den Weg, nachdem er die Hirtentasche mit Honigbrot gefüllt hatte, und um sein Vorgehen zu beglaubigen, nahm er auch Vogelleim und Schlingen mit. Der Weg war nicht weiter als zehn Stadien; aber der Schnee, der noch nicht geschmolzen war, machte ihm viel Mühe; die Liebe aber findet durch alles einen Weg, durch Feuer, durch Wasser und durch skythischen Schnee.

Daphnis eilte also schnell dem Hof zu, und nachdem er den Schnee von den Füßen abgeschüttelt hatte, stellte er die Dohnen auf und strich den Vogelleim auf lange Stäbe; setzte sich dann nieder und sann zugleich auf die Vögel und auf Chloë. Vögel kamen nun wohl in Menge und wurden reichlich gefangen, so daß er tausend Mühe hatte, sie zu sammeln, zu töten und zu rupfen; aus dem Hof aber kam niemand, kein Mann, kein Weib, kein Haushuhn, sondern alles weilte drin beim Feuer eingesperrt; so daß ihm bange war, er möchte mit »ungünstigen Vögeln« gekommen sein, und schon wagen wollte, unter irgendeinem Vorwand einzudringen, und bei sich sann, was er wohl am wahrscheinlichsten vorbringen könnte. »Ich wollte hier Feuer holen. – Gab es denn keine näheren Nachbarn? – Ich wollte mir Brot hier ausbitten. – Aber du hast ja die Tasche voll Lebensmittel. – Ich brauche Wein. – Ihr habt ja kaum gestern oder vorgestern selbst gekeltert. – Ein Wolf verfolgte mich. – Und wo sind die Spuren des Wolfs? – Ich wollte hier Vögel fangen. – Nun, warum gehst du nicht fort, wenn du welche gefangen hast? – Ich will Chloë sehn. – Wer gesteht dies den Eltern eines Mädchens? – Soll ich niesen? Es ist überall so still. – Aber nichts von dem allem ist unverdächtig. – Besser also ist's, mich still zu verhalten. Chloë werde ich im Frühling sehen, da es mir, wie es scheint, nicht beschieden ist, sie im Winter zu sehen.« Nachdem er so bei sich hin und her gedacht hatte, nahm er seine Beute zusammen und war im Begriff zu gehen. Da geschah, als ob Eros Mitleiden mit ihm gehabt hätte, folgendes.

Dryas war mit den Seinigen beim Essen. Das Fleisch war ausgeteilt, die Brote aufgesetzt, der Mischkrug gefüllt. Da ersah einer der Schafhunde die Zeit, wo niemand Achtung gab, raubte ein Stück Fleisch und entfloh durch die Tür. Ärgerlich darüber ergriff Dryas – denn es war sein Anteil – einen Stock und verfolgte ihn auf dem Fuß, wie ein zweiter Hund; und als er dabei zu dem Efeu kam, erblickte er den

Daphnis, der seinen Fang eben aufgeladen hatte und fortgehen wollte. Sogleich hatte er Fleisch und Hund vergessen und rief mit lauter Stimme: »Sei gegrüßt, mein Sohn!« umarmte und küßte ihn, und führte ihn an der Hand hinein. Fast wären die Liebenden jetzt, als sie einander sahen, zur Erde gesunken; sie umarmten sich aber und hielten sich aufrecht, und grüßten und küßten sich; und das war ihnen wie eine Stütze, daß sie nicht niederfielen.

So war Daphnis unverhofft zu einem Kuß und zu Chloë gelangt und setzte sich nun an das Feuer und lud von seinen Schultern die Waldtauben und die Amseln ab auf den Tisch und erzählte, wie er verdrießlich über das Daheimsitzen sich aufgemacht zur Jagd, und wie er einige mit Schlingen, andere mit Leimruten fange, wenn sie Myrten und Efeu naschten. Sie lobten nun seine Tätigkeit und luden ihn ein zu essen, was der Hund übriggelassen habe; Chloë aber befahlen sie einzuschenken. Vergnügt hierüber, reichte sie den andern und dem Daphnis nach den andern; denn sie stellte sich ungehalten, weil er habe weggehen wollen, ohne sie zu sehen. Doch nippte sie erst, ehe sie ihm den Becher reichte; dann gab sie ihn so hin. Er aber trank, so durstig er auch war, doch langsam, und verschaffte sich durch das Zögern einen längeren Genuß.

Schnell war der Tisch von Brot und Fleisch geleert; doch blieben sie sitzen und fragten nach Lamon und Myrtale und priesen ihr Glück, eine solche Stütze ihres Alters zu haben. Und Daphnis freute sich des Lobes, weil Chloë es hörte; als sie ihn aber gar bei sich zurückhielten, weil sie am folgenden Tage dem Dionysos opfern wollten, so fehlte nicht viel, daß er nicht sie statt des Dionysos angebetet hätte. Sogleich zog er aus seiner Hirtentasche viel Honigkuchen und die gefangenen Vögel; und diese bereiteten sie zum Nachtessen zu. Ein zweiter Mischkrug wurde nun aufgestellt und zum zweitenmal Feuer angezündet; und da die Nacht früh einfiel, genossen sie ein zweites Mahl, und nachdem sie hierauf bald Geschichten erzählt, bald gesungen hatten, legten sie sich zu schlafen nieder, Chloë mit ihrer Mutter. Dryas mit dem

Daphnis. Chloë hatte davon keinen Gewinn, außer der Hoffnung, am folgenden Morgen den Daphnis zu sehen. Daphnis aber erfreute sich mit einem Wahne der Lust; denn es schien ihm ergötzlich, wenigstens mit Chloës Vater zusammenzuschlafen; daher er diesen umarmte und oftmals küßte, nicht anders wähnend, als daß er dieses alles Chloë täte.

Als es nun Tag wurde, war die Kälte außerordentlich, und alles erstarrte bei der Nordluft. Sie aber standen auf und opferten dem Dionysos einen jährigen Widder, zündeten dann ein großes Feuer an und bereiteten das Mahl. Während nun Nape Brot buk und Dryas das Fleisch kochte, nutzten Daphnis und Chloë die Zeit und gingen vor den Hof, wo der Efeu stand; hier stellten sie wieder Schlingen auf und bestrichen Ruten mit Vogelleim und fingen keine kleine Menge Vögel; und dabei hatten sie den ungestörten Genuß der Küsse und der Worte erfreulichen Austausch.

»Um deinetwillen bin ich gekommen, Chloë.« – »Ich weiß es, Daphnis.« – »Um deinetwillen mord' ich die armen Vögel. Wie steh' ich nun bei dir? Warst du auch meiner eingedenk?« – »Ich bin deiner eingedenk, bei den Nymphen, zu denen ich einst in jener Grotte geschworen habe, in die wir sogleich zurückkehren wollen, wenn der Schnee geschmolzen ist.« – »Ach, des Schnees ist viel, Chloë, und ich fürchte, daß ich früher schmelze als er.« – »Fasse Mut, Daphnis; die Sonne scheint warm.« – »Wäre sie doch so warm wie das Feuer, das mein Herz durchglüht!« – »Du scherzest und täuschest mich.« – »Nein, bei den Ziegen, bei denen du mir befohlen hast, zu schwören!«

Indem Chloë auf diese Weise dem Daphnis wie ein Echo entgegnete, rief Nape sie herein, und sie brachten eine noch weit reichlichere Beute als die gestrige mit. Dann spendeten sie dem Dionysos aus dem Mischkrug und aßen, mit Efeukränzen um das Haupt. Und als es Zeit war und nachdem sie mit Jubelruf den Jacchos gefeiert hatten, entließen sie den Daphnis, dem sie die Hirtentasche mit Fleisch und Brot reichlich gefüllt hatten. Auch gaben sie ihm die Waldtauben und die Drosseln, um sie dem Lamon und der Myrtale mitzubringen, weil sie andere zu fangen hofften, so lange der Winter dauerte und es nicht an Efeu fehlte. Er nahm nun Abschied und küßte sie, die Alten aber früher als Chloë, um ihren Kuß unvermischt zu bewahren. Und nun kam er noch vielmal unter andern Vorwänden, so daß auch der Winter ihnen nicht ganz ohne Liebeslust schnell verging.

Als nun aber der Lenz begann und der Schnee zerfloß und die Erde ihre Hülle abwarf und das Gras sproß, da führten die andern Hirten die Herden auf die Weide, und vor den andern Chloë und Daphnis, als Sklaven eines mächtigen Hirten. Sogleich ging jetzt ihr Lauf zu den Nymphen und in die Grotte; von da zum Pan und zu der Pinie; dann zu der Eiche, unter die sie sich setzten und die Herden weideten und sich küßten. Auch Blumen suchten sie, um die Götter zu kränzen; und eben erst lockte diese der nährende Zephyr und die wärmende Sonne hervor; doch fanden sie Veilchen und Narzissen und Anagallis und andere Erstlinge der Frühlingszeit. Auch hatten sie schon von einigen Schafen und von den Ziegen frische Milch, und von dieser gossen sie Trankopfer aus, indem sie die Bilder kränzten. Auch weihten sie die Syrinx wieder ein, gleichsam um die Nachtigallen zum Gesang zu reizen; und diese antworteten aus den Sträuchern und übten allmählich ihre Klage um Itys ein, als erinnerten sie sich des Gesangs nach langem Schweigen wieder.

Es blökte jetzt die Herde; es hüpften jetzt die Lämmer, und unter die Mutter sich beugend sogen sie an ihren Eutern; die Widder aber verfolgten die, so noch nicht geworfen hatten, stellten sie unter sich und besprangen sie, einer diese, ein anderer jene. So trieben es auch die Böcke und verfolgten die Ziegen mit brünstigen Sprüngen und kämpften um sie untereinander, und jeder hatte die seinigen und hütete sie, damit kein anderer mit ihnen heimlich buhle. Auch Greise hätte wohl ein Anblick solcher Art zur Liebeslust gereizt. Sie aber, jung und in lebendiger Fülle und schon seit langer Zeit die Liebe suchend, erglühten bei dem, was sie hörten, und schmolzen dahin bei dem, was sie sahen, und strebten ebenfalls nach etwas mehr als nach Umarmung und Kuß; am meisten Daphnis. Denn als ob er während des Winters durch die Einsamkeit und Muße gereift wäre, strebte er jetzt heftiger nach den Küssen und schmachtete nach den Umarmungen und war zu jedem Werk unternehmender und kühner.

Jetzt bat er Chloë, ihm alles zu gewähren, was er wünsche, und entkleidet sich zu ihm zu legen und auf längere Zeit, als sie vorher getan – denn nur dieses eine noch fehle an Philetas Unterricht – als das einzige Mittel, die Liebe zu stillen: und als sie fragte, was es denn weiter gebe als Kuß und Umarmung und das Liegen selbst, und was er zu tun gedenke, wenn er entkleidet bei ihr liege?, antwortete er: »Das, was die Widder den Schafen tun und die Böcke den Ziegen! Siehst du nicht, wie nach jenem Werke die einen nicht mehr fliehen, die andern sich nicht mehr im Verfolgen abmühn, sondern wie im Genuß gemeinsamer Lust von nun an nebeneinander weiden? Süß ist also, wie es scheint, jenes Werk und siegt über das Bittre der Liebe ob.«

»Siehst du aber nicht, Daphnis, daß die Ziegen und die Böcke, die Schafe und die Widder aufrecht dabei stehen; die einen aufspringen, die andern den Rücken bieten? Und du verlangst, daß ich neben dir liegen soll, und zwar entkleidet! Wieviel umhüllter sind jene doch als ich in der Kleidung!«

Daphnis gab ihr nach und legte sich zu ihr nieder und lag so lange Zeit, und da er das, wonach er trachtete, nicht zu vollbringen wußte, richtete er sie auf und schmiegte sich an ihren Rücken, nach der Weise der Böcke. Endlich, da er so noch weit weniger Befriedigung fand, setzte er sich nieder und weinte, daß er unwissender sei als die Widder in den Werken der Liebe.

Nun lebte dort ein Nachbar, ein Landmann, auf einem eignen Grundstück, Chromis mit Namen, der über die Jahre der Jugend hinaus war. Mit diesem lebte ein Weib, das er aus der Stadt zu sich genommen hatte, jung und blühend und zu zart für das Land. Sie hieß Lycänion. Da nun diese Lycänion den Daphnis Tag für Tag die Ziegen vorbeitreiben sah, früh nach der Weide hin, abends von der Weide weg, bekam sie

Lust, ihn durch Geschenke an sich zu locken und zu ihrem Liebhaber zu machen. Sie lauerte ihm also einstmals auf, da er allein war, und gab ihm eine Syrinx zum Geschenk und Honig in Scheiben und eine Tasche von Hirschfell; zu sprechen aber scheute sie sich, weil sie Chloës Liebe ahnte; denn sie sah, daß er sehr mit dem Mädchen beschäftigt war. Dies mutmaßte sie zuerst aus Winken und ihrem Lachen; dann aber schlich sie einstmals, unter dem Vorwand, zu einer kreißenden Nachbarin zu gehen, früh am Morgen ihnen nach, und in einem Gebüsch versteckt, um nicht gesehen zu werden, hörte sie alles, was sie sprachen, und sah alles, was sie taten; und auch daß Daphnis weinte, blieb ihr nicht unbemerkt. Da sie nun Mitleid mit dem Armen hatte und sich hier die Gelegenheit darbot, jenem zu helfen und ihr eigenes Verlangen zu befriedigen, ersann sie folgende List.

Am folgenden Tage, als sie unter dem Vorwand, jene Wöchnerin zu besuchen, von Hause weggegangen war, begab sie sich unverhohlen nach der Eiche, wo Daphnis mit Chloë saß, und indem sie recht täuschend die Bestürzte spielte, sagte sie:

»Hilf mir, Daphnis, hilf mir Unglücklichen. Soeben hat mir von meinen zwanzig Gänsen ein Adler die schönste geraubt; doch hat er sich mit der großen Last nicht zu dem hohen Felsen seiner Wohnung erheben können, sondern ist mit ihr dort in das niedrige Gesträuch herabgefallen. Komm also, um der Nymphen und um des Pans dort willen, mit mir in das Gehölz – denn allein fürchte ich mich – und rette mir die Gans und laß mir die Zahl nicht unvollständig werden. Vielleicht wirst du auch den Adler selbst erlegen, und er wird euch dann nicht mehr die vielen Lämmer und Böckchen rauben. Die Herde wird unterdessen Chloë hüten. Sie ist ja den Ziegen bekannt genug, da sie immer an deiner Seite hütet.«

Ohne Ahnung dessen, was ihn erwartete, stand Daphnis unverzüglich auf, nahm den Hirtenstab und folgte der Lycänion nach. Diese führte ihn weit von Chloë weg, und nachdem sie in das dichteste Gebüsch gekommen waren, ließ sie ihn an einer Quelle niedersitzen und sagte:

»Du liebst Chloë, Daphnis; dies hab' ich nachts von den Nymphen erfahren. Im Traum haben sie mir deine gestrigen Tränen erzählt und mir geboten, dir beizustehen und dich die Werke der Liebe zu lehren. Das sind nicht Küsse und Umarmungen und was Widder und Böcke tun; andere Freuden sind es, süßer als jene; denn sie gewähren einen längeren Genuß. Wünschest du also deiner Not los zu sein und die gesuchten Freuden zu erproben, so komm und ergib dich mir als einen ergötzlichen Schüler. Ich aber will dich unterweisen, um den Nymphen gefällig zu sein.«

Daphnis wußte sich jetzt vor Freude nicht zu lassen, sondern unwissend und ein Ziegenhirt, verliebt und jung, fiel er ihr zu Füßen und beschwor sie, ihn auf das schleunigste die Kunst zu lehren, durch die er bei Chloë zu seinen Wünschen gelangen könnte; und nicht anders, als ob er etwas gar Großes und recht eigentlich Gottgesandtes lernen sollte, versprach er ihr ein säugendes Böckchen zu geben und zarten Käse von der fettesten Milch und die Ziege selbst. Da nun Lycänion hier eine so hirtliche Bereitwilligkeit fand, als sie nicht erwartet hatte, fing sie ihren Unterricht auf folgende Weise an. Sie hieß ihn sich sogleich nah zu ihr zu setzen und ihr Küsse zu geben, wie er zu tun pflege und so viele er wolle und sie beim Küssen zu umarmen und sich auf die Erde zu legen. Als er sich nun gesetzt und geküßt und sich niedergelegt hatte und sie wahrnahm, daß er zur Tat gerüstet war, richtete sie ihn von seiner Lage auf der Seite auf, schob sich ihm selbst mit Geschick unter und brachte ihn auf den bisher gesuchten Pfad; weiter aber hatte sie nicht nötig, etwas Besonderes zu tun; denn die Natur selbst übernahm den übrigen Unterricht.

Nach Vollendung dieser erotischen Schule wollte Daphnis, noch immer in seinem kindischen Sinn, sogleich zu Chloë laufen, um, was er gelernt hatte, auf der Stelle zu tun, als wär' ihm bange, es zu vergessen, wenn er zögerte; Lycänion aber hielt ihn zurück und sagte:

»Auch das mußt du lernen, Daphnis. Ich habe jetzt keinen Schmerz gehabt, weil ich Frau bin; denn längst hat mir ein anderer Mann diesen Unterricht gegeben und die Jungfrauschaft zum Lohne erhalten. Wenn aber Chloë diesen Kampf mit dir kämpft, wird sie jammern und weinen und wie ermordet im Blut schwimmen. Scheue du indes das Blut nicht; sondern wenn du sie beredet hast, dir zu willfahren, so führe sie an diesen Platz; damit, wenn sie schreit, niemand es höre; und wenn sie weint, niemand es sehe; und wenn sie blutet, sie in der Quelle sich bade. Vergiß endlich auch nicht, daß ich dich vor Chloë zum Mann gemacht habe.«

Nach diesem Rat ging Lycänion nach einer anderen Seite des Waldes ab, als suche sie noch die Gans; Daphnis aber überdachte noch einmal, was sie gesagt hatte, und da schwand sein früheres Ungestüm, und er trug Bedenken, mehr als Küsse und Umarmung von Chloë zu fordern; denn sie sollte seinetwegen weder schreien, wie über einen Feind, noch weinen vor Schmerz, noch wie verwundet bluten; denn als ein Neuling fürchtete er das Blut, weil er meinte, daß Blut nur aus Wunden käme. Entschlossen also, sich mit ihr nach gewohnter Weise zu freuen, verließ er den Wald und kehrte dahin zurück, wo sie saß und einen Kranz von Veilchen flocht. Hier gab er vor, die Gans den Klauen des Adlers entrissen zu haben, umarmte sie dann und küßte sie, wie er mit Lycänion im Genusse getan hatte; denn das gestattete er sich als gefahrlos. Sie aber schlang den Kranz um sein Haupt und küßte seine Locken, die ihr schöner dünkten als die Veilchen. Dann zog sie aus ihrer Hirtentasche ein Stück von einem Feigenkuchen und einige Brote und gab sie ihm zu essen, und indem er aß, nahm sie ihm die Bissen vom Mund weg und aß auf diese Weise wie der Nestling eines Vogels.

Während sie nun so aßen und mehr noch küßten als aßen, zeigte sich ihren Blicken eine vorüberfahrende Barke von Fischern. Kein Wind wehte; das Meer lag ruhig; sie mußten rudern. Und kräftig ruderten sie; denn sie eilten, neugefangene Fische wohlbehalten einem der Reichen in der Stadt zu bringen. Wie nun Schiffer zu tun pflegen, um die Mühe der Arbeit zu vergessen, das taten diese auch beim Rudern; denn einer von ihnen stimmte als Vorsänger Schifferlieder an, und die übrigen fielen wie ein Chor von Zeit zu Zeit mit ihren Stimmen ein. So lange sie dies nun auf offenem Meere taten, verloren sich die Töne, weil die Stimme in der weiten Luft zerfloß; wenn sie aber an ein Vorgebirge kamen und in eine hohle, mondförmige Bucht fuhren, da schallte die Stimme lauter, und die ermunternden Gesänge tönten vernehmlich in das Land hinein. Denn ein hohler Talgrund, der an die Ebene stieß und wie eine Flöte den Schall in sich aufnahm, gab jeden Laut mit nachahmendem Ton zurück, ebenso das Rauschen der Ruder, wie die Stimme der Schiffer. Es war ergötzlich zu hören. Denn wie die Stimme vom Meere her voraneilte, so endete die Stimme vom Land in demselben Verhältnis, in welchem jene begonnen hatte.

Daphnis, welcher diese Erscheinung kannte, achtete nur auf das Meer und erfreute sich an dem Schiff, das längs der Ebene hin schneller als ein Vogel vorüberschwebte, und suchte sich etwas von den Weisen der Lieder zu merken, um es auf der Syrinx nachzuahmen. Chloë aber, die damals zuerst das sogenannte Echo hörte, schaute bald nach dem Meer und den taktschlagenden Schiffern hin; bald kehrte sie sich nach dem Wald und suchte die Antwortenden. Und als jene vorüber waren und es auch in dem Talgrund still war, fragte sie den Daphnis, ob denn auch hinter dem Vorgebirge ein Meer läge, und ein anderes Schiff vorüberführe und andere Schiffer dasselbe sängen und alle zugleich verstummten. Da lächelte Daphnis gar anmutig und gab ihr einen noch anmutigeren Kuß, und nachdem er ihr den Veilchenkranz aufgesetzt hatte, begann er das Märchen von der Echo zu erzählen, indem er sich dafür zehn andre Küsse zur Belohnung bedang:

»Das Geschlecht der Nymphen, o Mädchen, ist groß: da sind Melische, Dryaden und Heleïsche, alle schön, alle voll Liebe zur Musik. Tochter einer dieser Nymphen war Echo; sterblich zwar, denn ihr Vater war sterblich; aber schön, so wie ihre Mutter schön war. Sie ward erzogen von den Nymphen, von den Musen unterwiesen im Flötenspiel und auf der Syrinx, auch zur Leier zu singen und zur Zither, jede Art des Gesangs; so daß sie auch in der Blüte jungfräulichen Alters mit den Nymphen tanzte und mit den Musen sang; die Männer aber floh sie insgesamt, so Götter als Menschen, ihren Stand als Jungfrau liebend. Pan aber zürnte dem Mädchen, weil er ihr den Gesang neidete und nicht zum Genuß ihrer Reize gelangt war, und erfüllte die Schäfer und Ziegenhirten mit Wahnsinn. Diese zerrissen sie, wie Hunde oder Wölfe, und zerstreuten die noch singenden Glieder über die ganze Erde. Und die Erde bedeckte den Nymphen zuliebe sämtliche Glieder; und sie bewahrt die Tonkunst und sendet, nach dem Willen der Musen, Stimmen aus und ahmt alles nach, wie vormals die Jungfrau: Götter, Menschen, Toninstrumente und Tiere; auch selbst den flötenden Pan ahmt sie nach. Und er, wenn er die Stimme vernimmt, springt auf und jagt ihr auf den Bergen nach, nicht um sie zu fangen, sondern um zu erfahren, wer der verborgene Lehrling sei.«

Nachdem Daphnis dieses erzählt hatte, gab ihm Chloë nicht bloß zehn, sondern unzählige Küsse; denn fast dasselbe sagte auch Echo, nicht anders, als ob sie bezeugen wollte, daß er nicht unwahr rede.

Da nun die Sonne mit jedem Tag wärmer schien (denn der Frühling ging zu Ende und der Sommer begann), da kamen auch wieder für sie neue und sommerliche Freuden. Er schwamm in den Flüssen; sie badete in den Quellen; er flötete wetteifernd mit Pinien; sie aber sang um die Wette mit den Nachtigallen. Sie jagten auch geschwätzigen Grillen nach und fingen schwirrende Zikaden, sammelten Blumen, schüttelten Bäume, aßen die Früchte. Auch legten sie sich wohl entkleidet zusammen nieder und zogen ein Ziegenfell zur Decke über sich. Und leicht wäre jetzt Chloë zur Frau geworden, hätte nicht das Blut den Daphnis geschreckt; ja, aus Besorgnis, sein Vorsatz möchte unterliegen, hinderte er Chloë häufig, sich zu entblößen; so daß sich Chloë wunderte, nach der Ursache aber aus Scheu nicht fragen wollte.

In diesem Sommer warb auch eine Schar von Freiern um Chloë, und viele von vielen Seiten her kamen zum Dryas und verlangten sie zur Ehe. Einige brachten ein Geschenk, andere machten große Versprechungen. Nape nun, von Hoffnungen gereizt, riet sehr dazu, Chloë wegzugeben und ein so großes Mädchen nicht länger im Hause zu behalten, das vielleicht nach kurzer Frist auf der Weide um ihre Keuschheit käme und einen der Hirten für Äpfel und Rosen zum Manne machte; sondern sie zur gebietenden Hausfrau zu machen, selbst aber die gebotenen Geschenke zu nehmen und sie für ihren eigenen echten Sohn, den sie vor nicht langer Zeit bekommen hatte, aufzuheben. Bisweilen machten nun wohl diese Reden Eindruck; denn jeder Freier bot größere Gaben, als für ein Hirtenmädchen zu erwarten war: zu andern Zeiten aber, wenn er bedachte, daß das Mädchen für einen Bauern zu gut sei, und daß, wenn sie einst ihre wirklichen Eltern fände, sie ihn reich und glücklich machen würde, schob er die Entscheidung auf und setzte eine Frist nach der andern und gewann in der Zwischenzeit nicht wenige Geschenke. Als Chloë dies erfuhr, war sie sehr betrübt, ließ aber den Daphnis lange Zeit nichts davon merken, weil sie ihn nicht auch betrüben wollte; da er sie aber inständig bat und mit Fragen in sie drang und sich noch mehr, weil er es nicht erfuhr, betrübte als sonst, erzählte sie ihm alles – die Freier, wieviel ihrer und wie reich sie wären; was Nape gesagt habe, um die Heirat zu betreiben; und wie Dryas es nicht gerade abgesagt, aber die Entscheidung auf die Weinlese ausgesetzt habe.

Hierüber kam Daphnis fast von Sinnen, setzte sich nieder und weinte und sagte, er werde sterben, wenn Chloë nicht mehr auf die Weide käme; und nicht er allein, sondern auch die Schafe, wenn sie einen andern Hirten bekämen. Dann ermannte er sich wieder und schöpfte Mut und gedachte den Vater für sich zu gewinnen und sich auch unter die Freier zu stellen, und hoffte dann über die andern obzusiegen. Nur eines beunruhigte ihn: Lamon war nicht reich; dies allein schwächte seine Hoffnung. Dennoch beschloß er zu werben, und auch Chloë fand dies gut. Mit Lamon nun wagte er zwar nicht zu sprechen; der Myrtale aber entdeckte er seine Liebe ohne Furcht und sprach vom Heiraten mit ihr; sie aber teilte es dem Lamon mit. Dieser nahm jedoch den Antrag mit großem Unwillen auf und schalt seine Frau, daß sie den Knaben an ein Hirtenmädchen verkupple, dem ja den Erkennungszeichen nach ein großes Los beschieden sei, so daß er sie, wenn er die Seinigen fände, wohl frei und sie zu Herren größerer Güter machen würde; daher denn Myrtale, um dem Daphnis nicht alle Hoffnung zu rauben, da sie fürchtete, daß er bei seiner Liebe einen verzweifelten Entschluß fassen möchte, ihm andere Gründe von Lamons Weigerung angab:

»Wir sind arm, mein Sohn, und brauchen eine Schwiegertochter, die etwas mehr mitbringt; jene Leute sind reich und wollen reiche Freier. Geh also und suche Chloë zu bewegen, daß sie ihrem Vater zurede, keine große Forderung zu machen und euch zu verheiraten. Denn sie liebt dich ganz gewiß und will lieber bei einem schönen armen Manne als bei einem reichen Affen schlafen.«

Myrtale, die durchaus nicht glaubte, daß Dryas bei der Wahl, die er unter reichen Freiern hatte, seine Einwilligung geben würde, hoffte auf diese Weise der Sache schicklich abgeholfen zu haben. Daphnis konnte auch, was sie sagte, nicht tadeln; da er sich aber so weit von seinem Ziel entfernt sah, tat er, was arme Liebhaber gewöhnlich tun: er weinte und rief von neuem den Beistand der Nymphen an. Diese traten in der Nacht, als er schlief, zu ihm in derselben Gestalt, wie auch das vorige Mal. Und wiederum sprach die älteste:

»Für Chloës Ehe sorgt ein anderer Gott; wir aber wollen dir Geschenke geben, die den Dryas erweichen können. Das Schiff der methymnäischen Jünglinge, an dem deine Ziegen einst den Weidenschoß abgenagt haben, wurde zwar an jenem Tag weit vom Land entfernt; in der Nacht aber, wo das Meer von einem starken Wind beunruhigt wurde, ist es an die Klippen des Vorgebirges geworfen worden. Das Schiff selbst und vieles, was darin war, ist zugrunde gegangen; aber einen Beutel mit dreitausend Drachmen haben die Wellen ausgespien, und dieser liegt, von Meertang bedeckt, nah bei einem toten Delphin, weshalb ihm auch bisher kein Wanderer genaht hat, da jedermann dem schlimmen Geruch der Fäulnis ausweicht. Du aber tritt hinzu, und bist du hinzugetreten, so heb auf, was du findest, und gib, was du aufgenommen hast. Dies ist genug, um jetzt nicht für arm zu gelten; mit der Zeit wirst du auch reich sein.«

So sprachen die Nymphen und entschwanden mit der Nacht. Als aber der Tag angebrochen war, sprang Daphnis freudig auf und trieb mit großer Hast die Ziegen auf die Weide, und nachdem er Chloë geküßt und zu den Nymphen gebetet hatte, ging er zum Meer hinab, als ob er sich abspülen wollte, und hier wanderte er in der Nähe der Brandung auf dem Sand fort und suchte das Geld. Dazu aber bedurfte es nicht vieler Mühe; denn der schlimme Geruch des Delphins, der hier am Ufer lag und faulte, wehte ihn an; und hierdurch geleitet ging er gerade darauf los, entfernte das Meergras und fand den Beutel voll Geld. Diesen hob er auf und schob ihn in seine Hirtentasche; ging aber nicht eher von dannen, bis er die Nymphen und selbst das Meer mit lauter Stimme gepriesen hatte. Denn obgleich ein Ziegenhirt, war ihm doch jetzt das Meer lieber als das Land, weil es ihm zu der Ehe mit Chloë Hilfe bot.

So wie er nun die dreitausend Drachmen hatte, zauderte er nicht, sondern als der reichste nicht bloß von den dortigen Landleuten, sondern von allen Menschen (wie er meinte), eilt er zu Chloë hin, erzählt ihr seinen Traum, zeigt ihr den Beutel, empfiehlt ihr die Obhut der Herde bis zu seiner Rückkehr und begibt sich stracks zum Dryas, und da er diesen mit Nape auf der Tenne Früchte dreschend fand, trug er ihm ganz dreist sein Verlangen vor.

»Mir gib Chloë zum Weibe. Ich weiß gut auf der Syrinx zu spielen und die Reben zu schneiden und Bäume zu setzen. Auch pflügen kann ich und weiß gegen den Wind zu worfeln. Wie ich die Herde weide, bezeugt mir Chloë. Fünfzig Ziegen hab' ich übernommen, und jetzt sind ihrer doppelt so viel. Auch große und schöne Böcke hab' ich gezogen;

und vormals legten wir fremden Böcken die Ziegen unter. Überdies bin ich jung und ein tadelloser Nachbar für euch, und eine Ziege hat mich genährt, wie Chloë ein Schaf. Wie ich nun schon so den Vorzug vor andern habe, so werd' ich an Gaben nicht nachstehen. Die andern wollen dir Ziegen und Schafe geben und ein Joch räudiger Ochsen und Korn, womit man nicht einmal die Hühner füttern kann; von mir aber erhältst du hier dreitausend Silberstücke. Nur laß es niemanden wissen, auch meinen Vater Lamon nicht.« Und zugleich gab er ihm den Beutel und umarmte und küßte ihn.

Wie sie nun gegen Erwarten so vieles Geld erblickten, sagten sie ihm Chloë auf der Stelle zu und versprachen auch den Lamon zu bereden. Nape blieb also mit Daphnis dort zurück und trieb die Ochsen um die Tenne und drückte mit dem Dreschbrett die Ähren aus; Dryas aber verwahrte den Beutel, wo die Erkennungszeichen lagen, und begab sich sofort zum Lamon und der Myrtale, um bei ihnen – eine ganz neue Sache! – um den Bräutigam zu freien. Da er sie nun beschäftigt fand, Gerste zu messen, die sie vor kurzem geworfelt hatten, aber mißmutig, weil es fast weniger war als die Aussaat, tröstete er sie damit, daß dieses überall die gemeine Klage sei, und hielt dann für Chloë um den Daphnis an, indem er hinzusetzte: ob ihm gleich andere viele Geschenke gäben, werde er doch von ihnen nichts nehmen, sondern ihnen vielmehr von seinem eigenen noch hinzugeben; denn beide wären ja miteinander auferzogen und durch das gemeinsame Geschäft zu einer Freundschaft verbunden, die sich nicht leicht würde trennen lassen, auch wären sie jetzt alt genug, um zusammen zu schlafen.

Dies sagte er und noch manches andere; denn die dreitausend Drachmen waren der Preis seiner Beredsamkeit. Lamon aber, der die Armut nicht mehr vorschützen konnte – denn jene verachteten sie ja nicht – und auch Daphnis' Jugend nicht, denn er war zum Jüngling gereift –, sprach doch seine wahre Gesinnung nicht aus, daß für eine solche Ehe Daphnis zu gut wäre; und nach kurzem Schweigen antwortete er folgendermaßen:

»Ihr tut schon recht, daß ihr die Nachbarn fremden Leuten vorzieht und den Reichtum nicht höher schätzt als eine rechtschaffene Armut. Dafür mögen euch Pan und die Nymphen Liebe beweisen! Auch ich selbst wünsche diese Ehe. Denn ich müßte nicht klug sein, wenn ich in meinen Jahren und da ich mehrere Hände zur Arbeit brauche, nicht die Freundschaft eures Hauses als ein großes Gut annehmen sollte. Auch ist Chloë recht der Mühe wert – ein schönes angenehmes Mädchen, und tüchtig zu allem! Aber ich bin ein Knecht, und keiner Sache Herr; daher ich es meinem Herrn zu wissen tun muß, ob er es zugibt. Wohlan denn! Laß uns die Hochzeit bis zum Herbst verschieben. Denn dann soll er, wie die Leute von dorther sagen, zu uns aus der Stadt kommen. Dann können sie Mann und Frau werden; jetzt aber mögen sie sich noch als Geschwister lieben. Nur wisse, Dryas, noch so viel: du wirbst um einen Jüngling, der mehr ist als wir.«

Nach diesen Worten küßte er ihn und reichte ihm zu trinken – denn schon stand die Sonne im Mittag – und gab ihm endlich mit vieler Freundlichkeit eine Strecke Wegs das Geleit.

Dryas hatte Lamons letzte Worte nicht überhört und sann im Gehen bei sich nach, wer Daphnis sei.

»Er wurde von einer Ziege gesäugt wie ein Schützling der Götter: Er ist schön und gleicht im geringsten nicht dem plattnasigen Alten und seinem kahlköpfigen Weib. Er hatte auch dreitausend Silberstücke, mehr als ein Ziegenhirt Birnen hat. Hat ihn vielleicht auch jemand ausgesetzt, wie Chloë? Hat auch ihn vielleicht Lamon gefunden, wie ich sie? Haben vielleicht auch Erkennungszeichen bei ihm gelegen, wie die, welche ich gefunden habe? Möchte doch das sein, o Herrscher Pan, und ihr, geliebte Nymphen! Vielleicht wird er, wenn er die Seinigen aufgefunden hat, etwas von Chloës Geheimnissen auffinden.«

So dachte er bei sich und träumte bis zu der Tenne hin. Hier fand er den Daphnis in großer Erwartung dessen, was er hören würde, und belebte seinen Mut, indem er ihn als

Eidam begrüßte und im Herbst die Hochzeit auszurichten versprach; auch gab er ihm die Hand darauf, daß Chloë keinem andern als dem Daphnis angehören solle.

Schneller nun als ein Gedanke und ohne getrunken, ohne gegessen zu haben, lief er zu Chloë; und wie er sie beim Melken und Käsemachen fand, rief er ihr die frohe Botschaft von der Hochzeit zu und küßte sie von nun an unverhohlen und nahm an ihrer Arbeit teil. Er molk die Milch in die Eimer, formte die Käse auf der Darre, legte Lämmer und Zicklein an die Mütter; und da dies in Ordnung war, wuschen sie sich ab, aßen, tranken und gingen herum, reifes Obst zu suchen. Von diesem war auch großer Überfluß bei der Fruchtbarkeit der Jahreszeit; viele wilde, viele Gartenbirnen, viele Äpfel; einige schon zur Erde gefallen, andere noch an den Bäumen. Die auf der Erde dufteten besser; die an den Zweigen strahlten blühender; die einen rochen wie Wein, die andern leuchteten wie Gold. Ein Apfelbaum war abgelesen und hatte weder Frucht noch Blatt; alle Zweige waren kahl. Nur ein Apfel, der höchste von allen, hing in dem hohen Wipfel, groß und schön, und übertraf allein die Menge der andern an Wohlgeruch. Der Gärtner hatte beim Ablesen nicht gewagt hinaufzusteigen und verabsäumt ihn abzunehmen; vielleicht auch bewahrte er die schöne Frucht für einen liebenden Hirten auf.

Als Daphnis diesen Apfel erblickte, machte er Anstalt hinaufzusteigen und ihn zu brechen und achtete Chloës Abwehren nicht. Sie ging eilfertig zu der Herde; Daphnis aber stieg behende hinauf, brach glücklich die Frucht, brachte sie der schmollenden Chloë zum Geschenk und begleitete es mit diesen Worten:

»Diesen Apfel, Mädchen, haben die schönen Horen erzeugt, ein schöner Baum hat ihn ernährt, die Sonne hat ihn gereift und das Glück ihn aufbewahrt. Ich konnte ihn nicht dort lassen, da ich Augen hatte. Er wäre zur Erde gefallen, und ein Schaf hätte ihn beim Weiden zertreten oder ein kriechender Wurm ihn vergiftet oder die Zeit ihn verzehrt, den daliegenden, den beschauten, den gepriesenen! Einen Apfel empfing Aphrodite als Preis der Schönheit; einen Apfel geb' ich dir als Siegeslohn. Auch wir, der Schönheit Zeugen, stehen einander gleich; jener hütete Schafe, die Ziegen ich.«

Mit diesen Worten legte er ihr den Apfel in den Busen, und als er ihr nahte, küßte sie ihn. Darum reute ihn auch die Kühnheit nicht, in den hohen Wipfel gestiegen zu sein; denn er empfing, was besser war, als selbst ein goldener Apfel, einen Kuß.

VIERTES BUCH

Ein Mitsklave Lamons war jetzt aus Mytilene gekommen und brachte die Nachricht, der Herr werde kurz vor der Weinlese eintreffen, um sich selbst zu unterrichten, ob seine Besitzungen durch den Überfall der Methymnäer gelitten hätten. Da nun der Sommer Abschied nahm und der Herbst nahte, bereitete ihm Lamon einen Aufenthalt voll jeder Augenlust. Er reinigte die Bäche, damit das Wasser darin recht hell wäre, und führte den Dünger vom Hof weg, damit sein Geruch niemand belästige, und pflegte den Lustgarten, damit er schön in die Augen fiele.

Dieser Lustgarten war eine gar schöne, den königlichen Gärten ähnliche Anlage. Er dehnte sich in der Länge bis zu einem Stadium aus, lag in einer hohen Gegend und hielt in der Breite vier Plethren. Man hätte ihn für eine weite Aue halten können. Alle Arten von Bäumen wuchsen darin, Äpfel-, Myrten-, Birnen-, auch Granaten- und Feigen- und Olivenbäume; auf der andern Seite hohe Weinstöcke, die sich mit reifenden Trauben an die Äpfel- und Birnbäume anschmiegten, gleich als wollten sie in der Frucht mit ihnen wetteifern. Dies waren die kultivierten Bäume. Aber auch Zypressen waren da und Lorbeeren und Platanen und Pinien. Um diese alle schlang sich statt des Weines Efeu, und die Dolden von diesen, die groß und schwarz waren, ahmten die Trauben nach. Im inneren Bezirk standen die fruchttragenden Bäume, gleichsam umschirmt: Von außen standen die unfruchtbaren, wie eine Befriedung von Menschenhand; und um dieses lief wieder die Umgebung eines schmalen Mauerwerks. Alles war durchschnitten und gesondert, und ein Stamm stand von dem andern gehörig ab. In der Höhe aber stießen die Zweige zusammen und tauschten gegenseitig ihr Haar; aber auch ihre Natur schien Kunst. Es waren auch Beete von Blumen da, deren einige die Erde erzeugte, andere die Kunst bildete; Rosenhecken und Hyazinthen und Lilien waren durch Kunst gezogen; Veilchen, Narzissen und Anagallis trug die Erde. Schatten war hier im Sommer, Blumen im Frühling, Früchte im Herbst, und in jeder Jahreszeit üppige Fülle.

Von hier hatte man die freie Aussicht auf die Ebene, und man konnte die Weidenden sehen; man hatte die Aussicht auf das Meer und sah die Vorbeisegelnden; so daß auch dies ein Teil der Üppigkeit dieses Paradieses war. Da, wo nach Länge und Breite seine Mitte war, stand ein Tempel und Altar des Dionysos; den Altar umschlang Efeu, den Tempel Reben. Es enthielt aber auch das Innere des Tempels bacchische Gemälde; die gebärende Semele, die schlummernde Ariadne, den gebundenen Lykurgos, den zerrissenen Pentheus. Auch die besiegten Inder waren hier und die verwandelten Tyrrhener; überall kelternde Satyrn, überall tanzende Bacchantinnen. Auch Pan war nicht vergessen. Auf der Syrinx spielend saß dieser auf einem Felsen, gleich als stimmte er ein gemeinsames Lied den Kelternden und den Tanzenden an.

Diesen schönen Lustgarten pflegte Lamon, indem er die dürren Äste ausschnitt und die Reben aufband. Den Dionysos kränzte er; den Blumen führte er Wasser zu. Denn eine Quelle war hier, die Daphnis für die Blumen aufgefunden hatte. Nur für die Blumen floß die Quelle; doch wurde sie Quelle des Daphnis genannt. Aber auch den Daphnis ermahnte Lamon, die Ziegen so gut als möglich zu ernähren; denn auch diese würde der Herr in Augenschein nehmen, wenn er nach so langer Zeit hierherkäme. Daphnis war dabei ganz getrost und erwartete Lob dafür; denn seitdem er sie unter Aufsicht hatte, hatte er ihre Zahl verdoppelt, und der Wolf hatte auch nicht eine geraubt, und sie waren fetter als die Schafe; um den Herrn aber seiner Heirat recht geneigt zu machen, widmete er ihnen alle Sorgfalt mit großem Eifer, indem er sie sehr früh austrieb und spät am Abend nach Hause führte. Zweimal führte er sie zur Tränke und suchte die ergiebigsten Weideplätze auf. Er sorgte für neue Krippen und viele Eimer und größere Darren. Ja, so weit ging seine Sorgfalt, daß er ihnen die Hörner salbte und die Haare kämmte. Man hätte gemeint, eine heilige Herde des Pan zu sehen. An allen diesen Bemühungen nahm auch Chloë teil; ja, sie vernachlässigte fast ihre eigene Herde und machte sich mehr mit den Ziegen zu tun; daher denn Daphnis meinte, sie zeigten sich durch sie so schön.

Während dieser Beschäftigung kam ein zweiter Bote aus der Stadt und brachte den Befehl, die Weinlese auf das schleunigste zu halten; er selbst wolle bleiben, sagte er, bis sie den Most aus den Trauben gekeltert hätten, und dann nach der Stadt zurückkehren, um seinen Herrn abzuholen, wenn die Lese vollendet sei. Diesen Boten nun, den Eudromos – denn so hieß er, weil sein Geschäft im Laufen bestand –, nahmen sie mit größter Freundlichkeit auf und leerten die Weinstöcke ab, trugen die Trauben in die Kelter und den Most in die Fässer; die vollsten Trauben aber nahmen sie samt den Reben ab, damit auch die Städter bei ihrer Ankunft ein Bild der Weinlese und Freude davon hätten.

Als nun Eudromos schon im Begriff war, nach der Stadt zurückzukehren, gab ihm Daphnis, außer andern nicht wenigen Gaben, alles, was nur ein Ziegenhirt schenken kann, gut gepreßte Käse, ein spätgeworfenes Zicklein und ein weißes zottiges Ziegenfell, um es im Winter beim Laufen umzunehmen. Jener freute sich und küßte Daphnis und versprach ihm, seinem Herrn viel Gutes von ihm zu sagen, und trennte sich so von ihnen mit freundlicher Gesinnung. Daphnis aber hütete mit Chloë voll Bangigkeit. Auch sie war voll Bangigkeit. Denn er, ein Knabe, bisher nur gewohnt, Ziegen zu sehen und Schafe und Landleute und Chloë, sollte jetzt zum erstenmal einem Herrn unter die Augen treten, den er bisher nur hatte nennen hören. Sie war also seinetwegen voll Sorgen, wie er sich gegen den Herrn benehmen würde; auch ihrer Heirat wegen war sie voll von Unruhe, sie möchte vielleicht nur ein eitler Traum gewesen sein. Ununterbrochen waren daher ihre Küsse und ihre Umarmungen, als ob sie miteinander verwachsen wären; aber mit ihren Küssen war Furcht gemischt, und trübe waren ihre Umarmungen, als ob sie schon das Auge des Herrn fürchteten oder sich verbergen müßten. Nun kam aber auch noch folgender Schrecken hinzu.

Es wohnte dort ein gewisser Lampis, ein frecher Rinderhirt. Dieser hatte auch beim Dryas um Chloë gefreit und hatte ihm viele Geschenke gegeben, um ihn für seinen Wunsch zu gewinnen. Da er nun merkte, daß, wenn der Herr einwilligte, Daphnis sie heimführen würde, sann er auf eine List, den Herrn gegen sie aufzubringen; und weil er wußte, wieviel Freude er an dem Lustgarten hatte, beschloß er, diesen, so weit er könnte, zu verheeren und zu verunstalten. Wenn er nun die Bäume niederhieb, so war er in Gefahr, bei dem Geräusch darüber ertappt zu werden; er hielt sich also an die Blumen, die er leicht verwüsten konnte; erwartete die Nacht, und nachdem er über die Mauer gestiegen war, riß er einige aus, brach andere ab, noch andere zertrat er, wie ein Schwein getan hätte. Dann entfernte er sich unbemerkt; Lamon aber kam am folgenden Morgen in den Garten und wollte die Blumen aus der Quelle wässern. Wie er nun den ganzen Platz verheert und eine Verwüstung sah, wie kaum ein Räuber mit den feindseligsten Gesinnungen angerichtet hätte, zerriß er augenblicklich seinen Rock und rief mit lauter Stimme die Götter an; so daß Myrtale, was sie unter den Händen hatte, stehen ließ und hinauslief, und Daphnis, der eben die Ziegen ausgetrieben hatte, zurückkehrte. Auch diese erhoben bei dem Anblick ein Geschrei und vergossen beim Schreien Tränen.

Die Trauer über die Blumen war zwar eitel; aber sie weinten aus Furcht vor dem Herrn; es hätte aber auch wohl ein

Fremder geweint, wär' er dazu gekommen. Der Platz war verunstaltet. Der ganze Erdboden war jetzt nichts als Unrat; und was etwa dem Frevel entgangen war, blühte und strahlte und war auch liegend noch schön. Auch setzten sich die Bienen noch unablässig darauf und summten unaufhörlich, eben als ob sie wehklagten.

Lamon rief jetzt in seinem Schrecken: »Weh, weh über die Rosenhecken, wie sind sie gebrochen! Weh über das Veilchenbeet, wie ist es niedergetreten! Weh über die Hyazinthen und Narzissen, die ein böser Mensch ausgerissen hat! Der Frühling wird kommen; sie aber werden nicht sprießen: es wird Sommer werden; aber sie werden nicht blühen: der Herbst; aber sie werden niemanden kränzen. Hast denn auch du dich, o Dionysos, dieser armen Blumen nicht erbarmt, bei denen du wohntest, die du unter den Augen hattest, mit denen ich dich öfters bekränzt habe? Wie, wie soll ich nun den Garten dem Herrn zeigen? Was wird er bei diesem Anblick tun? Er wird mich alten Mann an eine Fichte hängen, wie den Marsyas; vielleicht auch den Daphnis, als ob es die Ziegen getan hätten.«

Heißer strömten bei diesen Worten die Tränen, und sie beweinten jetzt nicht mehr die Blumen, sondern ihren eigenen Leib. Auch Chloë beweinte den Daphnis, daß er gehenkt werden sollte, und wünschte, daß ihr Herr nun nicht kommen möchte, und brachte den Tag traurig hin, als ob sie den Daphnis schon gegeißelt sehe. Beim Anbruch der Nacht meldete ihnen Eudromos, der ältere Herr würde in drei Tagen kommen; sein Sohn aber früher, am nächsten Tag. Nun wurde über den Vorfall Rat gepflogen, und auch dem Eudromos teilten sie ihre Gedanken mit, und dieser, der dem Daphnis wohlwollte, riet ihnen, den ganzen Verlauf dem jüngeren Herrn zu bekennen, und versprach, sie selbst zu unterstützen, da er als sein Milchbruder etwas gelte; und da es Tag wurde, taten sie also.

Astylos kam jetzt zu Pferde an und sein Parasit mit ihm, auch zu Pferde; jenem keimte der erste Flaum um das Kinn; der andere, Gnathon, denn dies war sein Name, hatte schon längst den Bart geschoren. Als er nun ankam, warf sich ihm Lamon und mit ihm Myrtale und Daphnis zu Füßen und beschworen ihn, Mitleid zu haben mit einem unglücklichen Greis und einen unschuldigen Mann dem Zorn seines Vaters zu entreißen; und zugleich erzählte er alles. Astylos hatte Mitleid mit ihm und begab sich selbst in den Garten, und da er die Verheerung unter den Blumen sah, versprach er, selbst bei seinem Vater vorzubitten und die Schuld den Pferden zu geben, als ob sie dort angebunden gewesen und scheu geworden wären; worauf sie sich losgemacht und einiges zerbrochen, anderes niedergetreten und ausgewühlt hätten. Für diese Zusage wünschten ihm Lamon und Myrtale Glück und Segen; Daphnis aber brachte Geschenke herbei, Zicklein, Käse, Hühner und auch Kuchen, Trauben an den Reben und Äpfel an den Zweigen. Unter den Geschenken war auch lesbischer Wein, ein ganz köstlicher Wein zum Trunk.

Astylos lobte dieses und begab sich auf die Hasenjagd; denn als ein reicher Jüngling, der gewohnt war, in Weichlichkeit zu schwelgen, war er auf das Land gekommen, um den Genuß eines seltenen Vergnügens zu haben. Gnathon aber, ein Mensch, der gelernt hatte, zu essen und bis zum Rausch zu trinken und nach dem Rausch sich wohl sein zu lassen und überhaupt nichts war als Gaumen, Bauch und was noch niedriger ist als dieser, hatte den Daphnis nicht unbeachtet gelassen, als er die Geschenke brachte; und da er von Haus aus ein Liebhaber schöner Knaben war und hier eine Schönheit fand wie noch nie in der Stadt, nahm er sich vor, dem Daphnis nachzustellen, und hoffte, ihn als einen Ziegenhirten leicht zu bereden. Voll dieses Gedankens nahm er an Astylos' Jagd keinen Teil, sondern begab sich hinab, wo Daphnis weidete, um, wie er vorgab, die Ziegen, in Wahrheit aber, um den Hirten zu sehen. Um ihn sich gefällig zu machen, lobte er die Ziegen und bat ihn um eine Hirtenmelodie auf der Syrinx und sagte, er wolle ihm gar bald die Freiheit verschaffen, denn er vermöchte alles.

Als er ihn nun ganz zahm sah, lauerte er ihm auf, wie er in der Nacht die Ziegen von der Weide trieb, lief auf ihn zu, küßte ihn und bat ihn um die Gunst, welche die Ziegen den Böcken gewähren. Da ihn nun Daphnis endlich verstand und sagte, daß Böcke die Ziegen besprängen, zieme sich wohl; nie aber habe man einen Bock gesehen, der einen Bock, oder einen Widder, der statt der Schafe einen andern Widder, oder Hähne, die statt der Hennen andere Hähne bestiegen, war Gnathon im Begriff, Gewalt zu gebrauchen und legte Hand an ihn. Er aber stieß den berauschten Menschen, der sich kaum auf den Füßen hielt, von sich und warf ihn zur Erde; dann lief er wie ein Reh davon und ließ jenen liegen, der nun einen Mann, nicht einen Knaben zum Führer brauchte. Seitdem ließ er ihn sich nicht mehr nah kommen, sondern weidete die Ziegen bald hier, bald dort, um jenem zu entgehen und Chloë zu bewachen. Auch machte Gnathon keinen Versuch weiter, da er erfahren hatte, daß Daphnis nicht bloß schön, sondern auch stark war, suchte aber einen günstigen Augenblick, um mit Astylos von ihm zu sprechen und hoffte, ihn von dem reichen und freigebigen Jüngling als Geschenk zu erhalten.

Damals war das nun nicht ausführbar; denn Dionysophanes und Klearista waren angekommen, und es war ein großes Drängen von Zugvieh und Dienern, Männern und Weibern; in der Zwischenzeit aber faßte er eine lange erotische Rede ab. Dionysophanes nun aber war zwar schon halb grau, aber ein großer und schöner Mann, der es im Kampf auch wohl mit Jünglingen aufgenommen hätte; auch war er reich wie wenige und rechtlich wie kein anderer. Am ersten Tage nach seiner Ankunft opferte er den Göttern des Feldbaues, der Demeter und dem Dionysos, dem Pan und den Nymphen, und stellte für alle Anwesenden einen gemeinsamen Mischkrug auf; an den folgenden Tagen aber nahm er Lamons Wirtschaft in Augenschein; und da er das Feld gut gepflügt, die Weingärten reichlich bepflanzt, den Lustgarten schön gehalten sah – denn wegen der Blumen hatte Astylos die Schuld auf sich genommen –, freute er sich außerordentlich und lobte den Lamon und versprach, ihm die Freiheit zu schenken. Dann begab er sich auch mit ihm auf die Weide hinab, um auch die Ziegen in Augenschein zu nehmen und ihren Hüter.

Chloë hatte sich aus Furcht und Scheu vor dem Gewühl in den Wald geflüchtet; Daphnis aber stand da, mit einem zottigen Ziegenfell angetan und einer neugenähten Hirtentasche über den Schultern und hielt in der einen Hand frische Käse, in der andern säugende Zicklein. Wenn jemals Apollo im Dienst Laomedons die Rinderherden weidete, so war er so gestaltet, wie damals Daphnis erschien. Er selbst sagte nichts, sondern, sein Gesicht mit Röte bedeckt, sah er zur Erde und reichte die Geschenke hin. Lamon aber sagte:

»Das, Herr, ist der Hirt der Ziegen. Du hast mir fünfzig zu weiden gegeben und zwei Böcke; er hat ihre Zahl auf hundert gebracht und zehn Böcke. Du siehst, wie wohlgenährt sie glänzen, wie lang und zottig ihre Haare, wie unverletzt ihre Hörner sind. Auch musikalisch hat er sie gemacht, denn sie tun alles nach dem Ton der Syrinx.«

Klearista, die hierbei zugegen war, wünschte eine Probe davon zu sehen und befahl dem Daphnis, den Ziegen, wie er gewohnt sei, zu flöten, und versprach, ihm dafür einen Leibrock und Schuhe zu schenken. Er ließ sie also niedersitzen, wie Zuschauer auf dem Schauplatz, stellte sich dann selbst unter die Buche und nahm die Syrinx aus der Hirtentasche. Anfänglich blies er nur schwach, und die Ziegen standen mit aufgeregten Köpfen; dann stimmte er den Weidegesang an, und die Ziegen senkten die Köpfe zur Erde und weideten; wiederum gab er helle Töne an, und sie legten sich sämtlich nieder. Auch in scharfem Ton blies er, und sie flohen nach dem Walde, als ob der Wolf sich näherte; kurz darauf blies er zum Rückzug, und sie traten aus dem Wald hervor und versammelten sich zu seinen Füßen. Keine Diener konnte man dem Befehl ihres Herrn gehorsamer sehen. Alle die andern bewunderten das, vor allem aber Klearista, die dem schönen, kunstreichen Hirten noch einmal Gaben zu reichen gelobte; und nachdem sie in ihre Wohnung zurückgekommen waren, setzten sie sich zum Frühstück und schickten dem Daphnis von dem, was sie genossen.

Er aß mit Chloë und freute sich, städtische Küche zu kosten, und war voll guter Hoffnung, die Einwilligung der Herrschaft zu der Heirat zu erhalten. Gnathon aber, der durch das, was sich bei der Herde begeben hatte, noch mehr entflammt worden war, meinte nicht leben zu können, wenn ihm Daphnis nicht zuteil würde; und nachdem er dem Astylos beim Spaziergang in dem Lustgarten aufgepaßt hatte, führte er ihn in den Tempel des Dionysos und küßte ihm Hände und Füße. Als ihn dieser nun fragte, warum er das täte, und ihm zu reden befahl und seinen Wünschen gefällig zu sein schwur, sagte er:

»Es ist aus mit deinem Gnathon, Herr. Er, der bis jetzt nur deine Tafel liebte; er, der vormals schwur, nichts Schöneres zu kennen als alten Wein; der deine Mundköche der ganzen Jugend von Mytilene vorzog – ich finde jetzt nichts schön als den Daphnis. Die köstlichsten Gerichte berühre ich nicht, so viel man auch Tag für Tag aufträgt, Fleisch, Fische, Kuchenwerk. Gern würde ich zur Ziege werden und Gras und Laub fressen, wenn ich nur Daphnis' Syrinx hörte und von ihm geweidet würde. Rette deinen Gnathon und besiege die überschwengliche Liebe; wo nicht, so schwöre ich bei dir, meinem Abgott, daß ich ein Messer nehme, mich mit Speisen vollstopfe, und dann vor Daphnis' Tür mich ums Leben bringe. Dann wirst du dein kleines Gnathonchen nicht mehr rufen, wie du immer im Scherz gewohnt warst.«

Wie er nun so jammerte und wiederum Astylos' Füße küßte, widerstand ihm der großmütige, mit den Schmerzen der Liebe nicht unbekannte Jüngling nicht, sondern versprach ihm, sich den Knaben von seinem Vater auszubitten und ihn in die Stadt zu nehmen, für sich zum Sklaven, für Gnathon als Geliebten. Um ihn aber zu erheitern, fragte er ihn lächelnd, ob er sich nicht schäme, Lamons Sohn zu küssen und gar bei einem Knaben schlafen wolle, der Ziegen weide? Und zugleich stellte er sich, als ob ihm vor dem Bockgeruch ekle. Gnathon aber, der bei den Mahlen der Schlemmer die ganze erotische Mythologie gelernt hatte, verteidigte nicht unpassend sowohl sich als den Daphnis:

»Kein Liebender«, sagte er, »nimmt Anstoß an solchen Dingen; er gibt sich der Schönheit gefangen, an welchem Leibe er sie auch finden mag. Darum hat mancher einen Baum geliebt und einen Fluß und ein Tier. Und wer sollte nicht einen Verliebten bemitleiden, der sich vor dem Geliebten fürchten muß? Ich aber liebe eine freie Schönheit, wenn schon in einem unfreien Leibe. Siehst du nicht, wie sein Haar den Hyazinthen gleich, wie unter seinen Brauen die Augen leuchten wie in goldener Fassung ein Edelstein? Sein Gesicht ist mit Röte bedeckt; sein Mund aber voll von Zähnen, so weiß wie Elfenbein. Wer möchte nicht wünschen, von diesen Lippen süße Küsse zu nehmen? Wenn ich aber einen Hirten liebe, ahm' ich Götter nach. Anchises weidete Rinder, und ihn liebte Aphrodite; Branchos weidete Ziegen, und Apollo küßte ihn; Ganymedes hütete die Schafe, und Zeus raubte ihn. Laß uns also einen Knaben nicht gering achten, dem, wie wir sahen, auch die Ziegen gehorchen, als liebten sie ihn; sondern vielmehr den Adlern des Zeus danken, daß sie eine solche Schönheit auf Erden weilen lassen.«

Anmutig lächelnd vorzüglich über diesen Teil der Rede, bemerkte Astylos, daß Eros aus den Menschen große Sophisten mache, und erwartete nun den Augenblick, wo er mit seinem Vater über den Knaben sprechen könnte. Eudromos aber hatte alles im verborgenen gehört, und weil er den Daphnis als einen wackeren Knaben liebte, teils auch, weil es ihn verdroß, daß eine solche Schönheit in Gnathons unreine Hände fallen sollte, erzählte er sogleich die ganze Sache ihm und dem Lamon. Voll Bestürzung beschloß Daphnis, lieber mit Chloë zu entfliehen oder zu sterben, ebenfalls mit ihr. Lamon aber rief die Myrtale heraus und sagte:

»Wir sind verloren! Die Zeit ist da, wo wir das Geheimnis entdecken müssen. Unsere Ziegen zwar werden verlassen sein, und alles übrige; aber beim Pan und den Nymphen, sollt' ich auch, wie es heißt, als Stier im Stall zurückbleiben, ich kann Daphnis' Geschick nicht verschweigen, sondern will sagen, wo ich ihn ausgesetzt gefunden; ich will anzeigen, wie er genährt worden, und, was ich bei ihm gefunden habe, vorzeigen. Dieser schändliche Gnathon soll erfahren, wer er ist und wen er sich untersteht zu lieben. Halte mir nur die Erkennungszeichen bereit!«

Nach dieser Verabredung gingen sie wieder hinein; Astylos aber trat zu seinem Vater, als er ihn ohne Geschäfte sah, und bat ihn, den Daphnis in die Stadt zu nehmen, weil er schön und für das Land zu gut sei und von Gnathon gar schnell die städtische Weise lernen könne. Mit Freude gewährte ihm der Vater seine Bitte, und nachdem er den Lamon und die Myrtale hatte kommen lassen, verkündete er ihnen, daß Daphnis künftig statt den Ziegen und den Böcken dem Astylos dienen würde, und versprach, ihnen an seiner Statt zwei andere Hirten zu geben. Und schon liefen alle zusammen und freuten sich, einen so schönen Mitsklaven zu bekommen, als Lamon um die Erlaubnis bat zu sprechen und also begann:

»Vernimm, o Herr, von einem bejahrten Mann ein wahrhaftes Wort; ich schwöre beim Pan und bei den Nymphen, daß ich nichts Falsches sagen werde. Ich bin nicht Daphnis' Vater, und Myrtale hat nicht das Glück gehabt, Mutter zu werden. Andre Eltern haben ihn als Kind ausgesetzt, vielleicht weil sie schon genug andere Kinder hatten; ich aber habe ihn ausgesetzt und von meiner Ziege genährt gefunden, die ich denn auch nach ihrem Tode in der Umgebung des Gartens begraben habe, aus Liebe, weil sie wie eine Mutter getan hat. Ich habe auch Erkennungszeichen mit ihm niedergelegt gefunden; ich bekenne dies, Herr, und bewahrte sie auf; sie verraten einen besseren Stand, als der unsrige ist. Daß er nun Astylos' Diener sei, der schöne Diener eines schönen und edeln Herrn, weise ich nicht zurück; das aber kann ich nicht zugeben, daß er den Lüsten eines Gnathon diene, der ihn nach Mytilene führen und zum Weibe machen will.«

Nach diesen Worten schwieg Lamon und vergoß viele Tränen. Da aber Gnathon keck genug war, mit Schlägen zu drohen, zeigte Dionysophanes großes Erstaunen und gebot dem Gnathon mit drohender Miene, zu schweigen; den Lamon aber befragte er von neuem und befahl ihm, die Wahrheit zu sagen und nicht etwas zu erdichten, das wie ein Märchen aussehe, um nur den Sohn bei sich zu behalten. Da dieser aber fest blieb und bei allen Göttern schwur und sich zur Folter erbot, wenn er löge, erwog Dionysophanes in Klearistes Gegenwart alles, was er gesagt hatte.

»Warum sollte Lamon lügen, wenn er zwei Hirten für einen bekommen kann? Wie könnte auch ein Bauer das ersinnen? War es denn nicht gleich unglaublich, daß ein solcher alter Mann und ein ganz alltägliches Weib einen so schönen Sohn haben sollten?«

Statt indes weiter den Mutmaßungen nachzuhängen, verlangte er die Erkennungszeichen zu sehen, ob sie wirklich ein glänzendes und ausgezeichneteres Los verrieten, und Myrtale entfernte sich, um alles zu holen, wie sie es in einer alten Hirtentasche aufbewahrte. Als es gebracht worden, betrachtete es Dionysophanes zuerst, und als er eine purpurne Chlamys sah, eine goldene Schnalle und ein kleines Schwert mit elfenbeinernem Griff, schrie er laut auf: »O Zeus! O Gott!« und rief seine Gemahlin, um es zu betrachten. Auch diese rief ebenfalls beim ersten Blick aus:

»O ihr heiligen Parzen! Haben wir das nicht unserem eigenen Sohn mitgegeben? Haben wir nicht Sophrosyne damit hier auf das Land geschickt? Nichts anderes war es, sondern eben dasselbe, lieber Mann. Es ist unser Kind; Daphnis ist dein Sohn; er weidete seines Vaters Ziegen.«

Während sie noch sprach und Dionysophanes die Sachen küßte und vor großer Freude weinte, warf Astylos, als er hörte, daß Daphnis sein Bruder sei, seinen Mantel von sich und lief nach dem Garten, um ihn zuerst zu küssen. Als ihn Daphnis aber nebst vielen andern herzulaufen sah, und ihn »Daphnis! Daphnis!« rufen hörte und nicht anders meinte, als er wolle ihn gefangennehmen, warf er Hirtentasche und Syrinx von sich und eilte dem Meer zu, um sich von dem hohen Felsen herabzustürzen. Und so wäre Daphnis vielleicht sonderbarerweise eben, da er gefunden war, verloren worden, hätte nicht Astylos von neuem gerufen:

»Steh still, Daphnis, fürchte nichts; ich bin dein Bruder,

und deine bisherigen Herren sind deine Eltern. Eben hat uns Lamon von der Ziege erzählt und die Merkzeichen vorgewiesen. Sieh dich nur um, wie heiter und lachend sie dort kommen. Mich aber küsse zuerst! Ich schwöre dir bei den Nymphen, daß ich nicht lüge.«

Erst nach diesem Schwur blieb er stehen und erwartete den Astylos, und als er herbeikam, küßte er ihn. In der Zeit, wo er diesen küßte, strömte auch die übrige Schar der Diener und Dienerinnen herbei und der Vater selbst und die Mutter mit ihm. Diese alle umarmten und küßten ihn freudig und weinend. Er aber begrüßte vor den andern Vater und Mutter, und als ob er es längst schon gewußt hätte, drückte er sie an seine Brust und wollte sich nicht aus ihren Armen losmachen: so schnellen Glauben bewirkt die Natur! Fast hätt' er auch Chloë vergessen. Nachdem er nun in das Haus zurückgekehrt war, legte er ein kostbares Kleid an, und, neben seinem Vater sitzend, vernahm er aus seinem Mund folgendes:

»Ich habe sehr jung geheiratet, meine Kinder, und nach kurzer Zeit war ich ein glücklicher Vater, wie ich glaubte; denn zuerst wurde mir ein Sohn geboren, dann eine Tochter, und nach dieser Astylos. Ich glaubte hinlänglich mit Kindern versorgt zu sein, und als mir nach allen dieser Sohn geboren wurde, setzte ich ihn aus und gab ihm diese Sachen mit, nicht als Erkennungszeichen, sondern als Totenschmuck. Das Schicksal hatte es anders beschlossen. Mein ältester Sohn und meine älteste Tochter starben an einer ähnlichen Krankheit an einem Tage; du aber wurdest mir durch die Vorsehung der Götter erhalten, damit ich mehrere Stützen hätte. Hege also keinen Groll wegen deiner Aussetzung gegen mich, denn es war kein freiwilliger Entschluß; und auch du, Astylos, laß es dich nicht verdrießen, daß du statt meiner ganzen Habe nur einen Teil bekommen sollst; denn für wohlgesinnte Menschen gibt es kein schöneres Gut als einen Bruder; sondern liebt euch gegenseitig; dann könnt ihr Reichtums wegen mit Königen wetteifern. Ich werde euch vieles Land hinterlassen und viele brauchbare Sklaven, auch Gold und Silber und viele andere Habe reicher Leute. Dem Daphnis geb' ich nur diese Flur im voraus, und den Lamon und die Myrtale und die Ziegen, die er selbst geweidet hat.«

Während er noch sprach, sprang Daphnis auf mit den Worten: »Da hast du mich zur rechten Zeit an etwas erinnert. Ich muß die Ziegen zur Tränke führen, die gewiß schon recht durstig auf meine Syrinx warten, während ich hier sitze.«

Alle lachten, daß er, der ein Herr geworden war, noch immer ein Ziegenhirt sein wollte; und ein anderer wurde abgeschickt, für die Ziegen zu sorgen; sie aber opferten dem rettenden Zeus und hielten ein Mahl. Bei diesem Mahl erschien bloß Gnathon nicht, sondern blieb aus Furcht den ganzen Tag und die ganze Nacht wie ein Schutzsuchender in des Dionysos Tempel. Als sich nun schnell unter allen die Nachricht verbreitete, daß Dionysophanes einen Sohn gefunden und daß sich Daphnis, der Ziegenhirt, als Herr der Flur ausgewiesen habe, strömten die Leute von allen Seiten herzu und freuten sich mit dem Knaben und brachten seinem Vater Geschenke. Unter ihnen war Dryas der erste, Chloës Pflegevater.

Dionysophanes behielt alle bei sich, um als Teilnehmer der Freude auch an dem Fest teilzunehmen. Viel Wein wurde herbeigeschafft und viel Mehl, auch Wasservögel, Spanferkel und mancherlei Backwerk; und viele Opfer wurden den heimischen Göttern dargebracht. Jetzt nahm Daphnis all sein Hirtengerät zusammen und verteilte es unter die Götter als Weihgeschenke. Dem Dionysos weihte er die Hirtentasche und das Fell; dem Pan die Syrinx und die Querpfeife; den Hirtenstab den Nymphen und die Milchgefäße, die er selbst verfertigt hatte. Wie aber immer das Gewohnte einem erfreulicher ist als ein fremdes und ungewohntes Glück, so weinte er bei jedem Stück, von dem er sich trennte; und hing die Milchgefäße nicht eher auf, bis er gemolken, das Fell nicht eher, als bis er es umgehängt; die Syrinx, bis er darauf geflötet hatte; ja er küßte das alles und redete die Ziegen an und rief die Böcke mit Namen. Aus der Quelle trank er auch, weil er oft mit Chloë daraus getrunken hatte. Noch aber bekannte er seine Liebe nicht, sondern erwartete die gelegene Zeit.

Während der Zeit, wo Daphnis bei den Opfern war, trug sich mit Chloë folgendes zu: Sie saß bei ihrer Herde und weinte und sagte, wie natürlich war:

»Daphnis hat mich vergessen. Er träumt von einer reichen Heirat. Warum ließ ich ihn auch statt bei den Nymphen bei den Ziegen schwören? Er hat sie verlassen, wie Chloë. Nicht einmal jetzt, wo er dem Pan und den Nymphen opfert, hat er Chloë zu sehen gewünscht. Er hat vielleicht bei seiner Mutter Mägde gefunden, die besser sind als ich. Nun, wohl ihm! Ich aber will nicht länger leben.«

Indem sie so bei sich sprach und so bei sich dachte, überfiel sie Lampis, der Rinderhirt, mit einer Begleitung von Landleuten und raubte sie weg, weil Daphnis sie nun doch nicht heiraten und Dryas jetzt nur allzu gut mit ihm zufrieden sein würde. Sie wurde also unter kläglichem Geschrei fortgerissen; aber einer, der es gesehen hatte, zeigte es der Nape an, Nape dem Dryas, Dryas dem Daphnis. Dieser geriet darüber fast von Sinnen; da er aber nicht wagte, mit seinem Vater zu sprechen, und sich doch nicht fassen konnte, ging er in den Garten und jammerte:

»Oh, welch unseliges Finden!« sagte er. »Wieviel besser wär' es für mich, die Herde zu weiden! Wieviel glücklicher war ich, als ich ein Knecht war! Da sah ich doch Chloë! Da küßt' ich sie. Nun hat Lampis sie geraubt, und wenn die Nacht kommt, wird er bei ihr liegen. Ich aber trinke und schwelge und habe umsonst beim Pan und den Ziegen und den Nymphen geschworen.«

Diese Worte des Daphnis vernahm Gnathon, der in dem Garten versteckt war, und da er jetzt den günstigen Zeitpunkt zur Aussöhnung gefunden zu haben glaubte, nahm er einige von Astylos' jungen Leuten zu sich und eilte dem Dryas nach. Nachdem er sich von diesen die Wohnung des Lampis hatte zeigen lassen, beschleunigte er seine Schritte und traf ihn, als er eben Chloë in sein Haus führte, nahm sie ihm ab und züchtigte die Bauern, die ihm geholfen hatten, mit Faustschlägen. Auch wollte er den Lampis binden und wie einen Kriegsgefangenen fortführen, dieser aber war vorher davongelaufen. Nach so rühmlicher Tat kehrte er bei Anbruch der Nacht zurück. Den Dionysophanes fand er schlafend; Daphnis aber wachte noch und weinte im Garten. Er führte also Chloë zu ihm, und nachdem er sie ihm übergeben hatte, erzählte er ihm den ganzen Verlauf; bat ihn hierauf, das Geschehene zu vergessen, ihn als einen treuen Diener zu behalten und nicht von seinem Tisch zu verstoßen, ohne den er verhungern würde. Als aber Daphnis Chloë wiedersah und sie in seinen Armen hatte, verzieh er ihm als seinem Wohltäter und rechtfertigte sich bei ihr über seine Vernachlässigung.

Jetzt gingen sie miteinander zu Rate und beschlossen, ihren Bund geheim zu halten; Daphnis aber wollte Chloë im Verborgenen behalten und nur seiner Mutter diese Liebe bekennen. Dryas aber gestattete das nicht, sondern verlangte mit dem Vater zu sprechen und versprach ihn zu bereden. Am folgenden Morgen begab er sich mit den Erkennungszeichen in der Hirtentasche zu Dionysophanes und der Klearista, die in dem Lustgarten saßen; auch Astylos war zugegen und Daphnis; und da alle schwiegen, hob er also an:

»Eine gleiche Notwendigkeit wie dem Lamon gebietet auch mir, das bisher bewahrte Geheimnis kundzutun. Diese Chloë hier hab' ich nicht gezeugt, auch nicht ernährt; andere haben sie erzeugt, und als sie in der Grotte der Nymphen lag, hat ein Schaf sie ernährt. Dies sah ich mit meinen eigenen Augen und staunte, als ich es sah; dann zog ich sie auf. Mir zeugt ihre Schönheit; denn uns gleicht sie nicht; es zeugen auch die mit ihr gefundenen Merkmale, die zu kostbar für Hirten sind. Seht sie hier und sucht die Angehörigen des Mädchens auf, ob sie sich vielleicht des Daphnis würdig zeigt.«

Diese Worte warf Dryas nicht ohne Bedacht hin, und auch Dionysophanes hörte sie nicht achtlos an; sondern mit einem Blick auf Daphnis, den er erblassen und heimlich weinen sah, erkannte er sogleich seine Liebe; und mehr aus Sorge für seinen eigenen Sohn als für ein fremdes Mädchen prüfte er die Erzählung des Dryas mit größter Genauigkeit. Als ihm aber auch die Erkennungszeichen vor Augen gelegt wurden, die übergoldeten Schuhe, die Spangen, die Mitra, rief er Chloë zu sich und sprach ihr Mut ein; sie habe schon den Mann, bald würde sie auch Vater und Mutter finden. Jetzt nahm sich Klearista ihrer an und schmückte sie als die Gattin ihres Sohnes; den Daphnis aber nahm Dionysophanes allein und fragte ihn, ob sie noch Jungfrau sei; und da er mit einem Eid beteuerte, daß nichts weiter als Küssen und Schwüre unter ihnen vorgefallen, freute er sich und ließ sie zusammensitzen.

Jetzt konnte man sehen, was die Schönheit ist, wenn sie im Schmuck erscheint! Denn jetzt, da Chloë angekleidet war, ihr Haar aufgeflochten und ihr Angesicht gewaschen hatte, fanden alle ihre Schönheit um so viel erhöht, daß selbst Daphnis sie kaum wiedererkannte; und auch ohne die Erkennungszeichen hätte man geschworen, daß Dryas nicht der Vater eines solchen Mädchens sei. Dennoch war er auch gegenwärtig und schmauste mit und Nape ebenfalls, und auf einem besonderen Lager hatten sie den Lamon und die Myrtale zur Gesellschaft. Nun wurden wiederum an den folgenden Tagen Opfertiere geschlachtet und Mischkrüge aufgestellt; und auch Chloë weihte jetzt, was sie besaß, die Syrinx, die Hirtentasche, das Fell, die Milchgefäße. Auch mischte sie die Quelle in der Nymphengrotte mit Wein, weil sie bei ihr gesäugt worden war und sich oft darin gebadet hatte. Sie bekränzte auch den Grabhügel des Schafes, den Dryas ihr zeigte. Auch flötete sie noch selbst der Herde etwas vor, und nach dem Flöten betete sie zu den Göttinnen und flehte zu ihnen, daß sie Eltern finden möchte, die sie der Ehe ihres Daphnis würdig machten.

Als aber nun auf dem Lande der Feste genug gefeiert waren, beschloß man, sich nach der Stadt zu begeben und nach Chloës Eltern zu forschen und die Hochzeit nicht länger aufzuschieben. Sie schickten sich also mit Tagesanbruch zur Reise an, schenkten dem Dryas noch weitere dreitausend Drachmen, dem Lamon aber die Hälfte des Ertrages von dem Grundstück an Früchten und Wein, drei Ziegen samt den Hirten, vier Joche Stiere und Winterkleider; auch seinem Weib wurde die Freiheit geschenkt. Hierauf reisten sie nach Mytilene ab mit Pferden und Wagen und großer Pracht. Damals bemerkten die Bürger sie nicht, da sie in der Nacht ankamen; am folgenden Morgen aber sammelte sich die Menge um ihre Tür, Männer und Weiber. Jene freuten sich mit Dionysophanes, daß er einen Sohn gefunden, und mehr noch, als sie die Schönheit des Daphnis sahen; die Weiber aber wünschten Kleariste Glück, daß sie zugleich einen Sohn und seine Braut in das Haus gebracht habe. Auch diese setzte Chloë durch ihre Schönheit, die durch nichts verdunkelt werden konnte, in Erstaunen. Die ganze Stadt geriet in Bewegung über den Jüngling und das Mädchen; sie priesen schon das Glück dieser Ehe und wünschten, daß die Abkunft des Mädchens ihrer Schönheit angemessen möchte gefunden werden. Ja viele der reichsten Frauen baten die Götter, sie für die Mutter einer so schönen Tochter gelten zu lassen.

Nun hatte Dionysophanes einst, als er nach vielem Sinnen in einen tiefen Schlaf gesunken war, folgenden Traum. Es kam ihm vor, als bäten die Nymphen den Eros, endlich doch den Liebenden die Ehe zuzugestehen; und als ob dieser den Bogen abspanne und zu dem Köcher von sich lege und dem Dionysophanes befehle, die Edelsten der Mytilenäer zu einem Mahl einzuladen und, wenn er den letzten Mischkrug gefüllt habe, die Erkennungszeichen jedem vorzuweisen und hierauf den Hochzeitsgesang anzustimmen. Wie er nun dies gesehen und gehört hatte, stand er mit Tagesanbruch auf und befahl, ein glänzendes Mahl zu bereiten von den Gaben des Landes und des Meeres und was Seen und Flüsse böten, und lud hierauf alle die Vornehmsten der Mytilenäer zu Gästen ein. Als es nun schon Nacht geworden und der Mischkrug gefüllt war, aus dem sie dem Hermes spenden, brachte ein

Diener auf einem silbernen Becken die Erkennungszeichen herein, trug sie rechts herum und zeigte sie allen vor.

Von den andern erkannte sie keiner; ein gewisser Megakles aber, der um seines Alters willen den obersten Platz hatte, sah sie nicht sobald, als er sie erkannte und mit lauter Stimme ausrief:

»Was seh' ich hier? Was ist aus dir geworden, mein Töchterchen? Lebst du wohl auch noch? Oder hat ein Hirt nur dies gefunden und aufgehoben? Ich bitte dich, Dionysophanes, sage mir, woher du die Erkennungszeichen meines Kindes hast. Gönne nach deines Daphnis' Entdeckung auch mir etwas zu finden!«

Da nun Dionysophanes von ihm verlangte, zuerst die Geschichte der Aussetzung zu erzählen, sagte Megakles, ohne den Ton der Stimme zu senken:

»Meine Habe war in früherer Zeit gering; denn was ich hatte, war für Choregien und Trierarchien draufgegangen. In diesen Umständen wurde mir meine Tochter geboren. Weil ich sie nun nicht in Dürftigkeit erziehen wollte, setzte ich sie geschmückt mit diesen Merkzeichen aus, weil ich wußte, daß viele auch so Väter zu werden wünschen. Sie war nun also in einer Grotte der Nymphen ausgesetzt und den Göttinnen anvertraut; mir aber strömte täglich Reichtum zu und ich hatte keinen Erben; denn nicht einmal eine Tochter gönnte mir das Glück; sondern als ob die Götter meiner spotteten, sandten sie mir Träume bei Nacht, daß ich durch ein Schaf Vater werden würde.«

Jetzt stieß Dionysophanes noch lautere Ausrufungen aus als Megakles vorher, sprang von seinem Platz auf und führte Chloë, köstlich geschmückt, mit diesen Worten herein:

»Dieses Kind hast du ausgesetzt: dieses Mädchen hat dir ein Schaf durch der Götter Vorsehung ernährt; wie mir eine Ziege den Daphnis. Nimm diese Merkzeichen und die Tochter, nimm sie und gib sie dem Daphnis als Braut zurück. Wir haben beide ausgesetzt und beide wiedergefunden; für beide hat Pan, haben die Nymphen und Eros gesorgt.«

Megakles stimmte in diese Rede ein, schickte nach seiner

Gemahlin Rhode und hielt Chloë an seiner Brust. Auch blieben sie zum Schlafen dort; denn Daphnis schwur, er werde Chloë niemandem überlassen, selbst ihrem Vater nicht.

Als es Tag geworden, kamen sie überein, wieder auf das Land zu gehn; denn Daphnis und Chloë hatten sich dieses erbeten, weil ihnen das Weilen in der Stadt unerträglich war. Auch jene wünschten, eine ländliche Hochzeit für sie zu veranstalten. Sie begaben sich also zu Lamon, führten den Dryas zu Megakles, stellten Nape der Rhode vor und machten Anstalten zu einem glänzenden Fest. Nun empfing Daphnis Chloë in Gegenwart der Nymphen, und nebst vielen andern Dingen weihten sie auch die Erkennungszeichen und vermehrten den Reichtum des Dryas bis zu zehntausend Drachmen.

Da der Himmel günstig und heiter war, ließ Dionysophanes dort vor der Grotte Lager aus grünem Laubwerk ausbreiten und bewirtete hier die ganze Nachbarschaft auf das reichlichste. Da war Lamon und Myrtale, Dryas und Nape zugegen; auch Dorkons Angehörige, Philetas, des Philetas Söhne, Chromis und Lycänion; auch Lampis hatte Verzeihung erhalten und fehlte nicht. Hier war nun alles, wie natürlich in solcher Gesellschaft, dörflich und landgemäß: einer sang, wie die Schnitter singen; ein anderer ahmte die spottende Kurzweil der Kelternden nach; Philetas spielte die Syrinx; Lampis flötete; Dryas und Lamon tanzten; Chloë und Daphnis küßten sich. Es weideten auch die Ziegen in der Nähe, als ob sie ebenfalls an dem Fest Anteil nähmen. Für die Städter hatte dies keinen großen Reiz; Daphnis aber rief einige mit Namen herbei, gab ihnen grünes Laub, faßte sie bei den Hörnern und küßte sie.

Und nicht bloß damals, sondern so lange sie lebten, führten sie die meiste Zeit ein Hirtenleben, verehrten die Götter, die Nymphen, den Pan, den Eros, schafften große Herden von Schafen und Ziegen an und kannten keine süßere Kost als Obst und Milch. Auch legten sie ein Knäbchen einer Ziege an, und ihr zweites Kind, ein Töchterchen, ließen sie an einem Schaf trinken; und nannten jenes Philopoimen, dieses Agele. So lebten sie auch dort zusammen bis in ihr spätes Alter und schmückten die Grotte und stellten Bilder auf und weihten einen Altar dem hirtlichen Eros; dem Pan aber gaben sie statt der Pinie einen Tempel zum Obdach und nannten ihn Pan den Krieger.

Doch dies taten sie erst in der Folge. Damals aber wurden sie, als es Nacht geworden, von allen in das Brautgemach geleitet, wobei die einen die Syrinx, andere die Flöte bliesen, noch andere große Fackeln trugen. An der Tür sangen sie mit rauher und kreischender Stimme, als ob sie die Erde mit Dreizacken aufrissen, nicht aber ein Brautlied sängen. Daphnis und Chloë aber lagen entkleidet zusammen, umarmten einander und küßten sich und schliefen in dieser Nacht nicht mehr als die Nachteulen tun. Daphnis übte jetzt Lycänions Unterricht aus; und Chloë erfuhr nun zuerst, daß ihre Kurzweil am Wald nur Hirtenspiel gewesen war.

ACHILLEUS TATIOS

LEUKIPPE UND KLEITOPHON

EINLEITUNG

Das Leben des Achilleus Tatios ist weithin unbekannt. Wenn es in der ›Suda‹ (griechisches Sprach- und Reallexikon des 10. Jahrhunderts n. Chr.) von ihm heißt, er sei in späteren Jahren Christ und sogar Bischof geworden, so ist bei ihm – wie auch bei Heliodor – wohl hierin nichts anderes als der Versuch zu sehen, den Autor eines verbreiteten und vielgelesenen Werkes für die neue Religion in Anspruch zu nehmen. Von den ihm an derselben Stelle zugeschriebenen Werken sind zwei nicht erhalten (die ›Etymologien‹ und die ›Vermischte Geschichte vieler großer und bedeutender Männer‹), ein drittes liegt zwar teilweise vor (›Über die Sphäre‹), ist jedoch in seiner Authentizität höchst umstritten.

Wie mehrfach in der antiken Literatur (vgl. z. B. den Anfang von ›Daphnis und Chloë‹ und Petron) geht auch der Roman des Achilleus Tatios von einer Bildbeschreibung aus: Im Anschluß an die Darstellung des Raubes der Europa durch den Stier wird in Form der Ich-Erzählung das wechselvolle Liebesgeschick des Kleitophon mit Leukippe berichtet, wobei die Hauptheldcn Vetter und Base sind. Der Rahmen der Erzählung ist am Ende vergessen und wird nicht wieder erwähnt; die Darstellung brilliert mit den Prunkstücken der Rhetorik jener Zeit, sie gibt neben Beschreibungen und Briefen auch Reden, Mythen, Fabeln, naturwissenschaftliche Exkurse und dergleichen mehr. Mit Effekten wird nicht gespart: Gleich dreimal wird der Tod der Heldin drastisch dargestellt, um hernach alsbald als Täuschung entlarvt zu werden.

Auch im Erotischen ist dieser Roman der nächst Longos am wenigsten zurückhaltende, im Theoretischen wie im Praktischen: Wider die Konvention wird der Held zur Untreue verführt, wobei sich der Autor offenbar von einer Vermischung der milesischen Novelle (s. Einführung in die antike Erzählkunst, S. 14f.) mit der Haupthandlung hat verleiten lassen, indem er einen lustig-listigen Ausweg ersinnt und statt der »vollen« nur die »reine« Wahrheit beschwören läßt. Andererseits wird am Ende des zweiten Buches eine ausführliche Erörterung über die wechselseitigen Vorzüge und Nachteile der Knabenliebe im Vergleich zur heterosexuellen Liebe mit spürbarer Detailfreude dargeboten, wird an zahlreichen anderen Stellen mehr oder minder tiefgründig über die Liebe, ihre Elemente und Phänomene theoretisiert, über Blick, Berührung und Kuß, über Mitteilsamkeit und Argwohn, Eifersucht und Vertrauensbereitschaft, Verweigerung und Hingabe.

Während dem modernen Leser der Leukippe-Roman in manchem künstlich und fremdartig erscheinen mag, gefiel er der Antike und dem byzantinischen Mittelalter offenbar sehr. Hatte man ihn früher als späteste Blüte der antiken Romanschriftstellerei eingeordnet, so sind inzwischen durch Papyrus-Funde wie auch durch Beobachtung von Einzelheiten der Erzählung seine Entstehung und Verbreitung für das 2. Jahrhundert n. Chr. gesichert. Das bedeutet, daß nicht wenige andere Romanautoren und nicht zum wenigsten auch Heliodor aus ihm geschöpft haben. Ähnlich war es auch in der Folgezeit, wo er auf den Roman des Makrembolites Eumathios ›Hysmine und Hysminias‹ (2. Hälfte des 12. Jahrhunderts) eingewirkt hat und auch in Legenden eingegangen ist. Für die Hochschätzung des Werkes zeugen nicht nur die zahlreichen Handschriften, sondern auch ein Gedicht aus der ›Anthologia Graeca‹ (9, 203), das Leon der Philosoph zur Betonung der moralischen Werte des Werkes geschaffen hat:

> Zwar bittre Liebe, doch ein reines Leben wird
> durch Kleitophons Geschichte gleichsam offenbar.
> Leukippes reines Leben reißt uns alle hin,
> wie sie geschlagen ward, wie man das Haupt ihr schor,
> wie man sie schnöd behandelte und sonderlich
> wie dreimal sie, schier tot schon, dennoch alles trug.

Wenn, Freund, auch du ein reines Leben führen willst,
schau nicht auf Einzelheiten der Erzählung hin,
begreif vor allem der Geschichte letzten Schluß:
ins Brautgemach führt sie ein Paar, das keusch geliebt.

(Übersetzung von H. Beckby)

ERSTES BUCH

Am Meere der Assyrer liegt Sidon, die Mutterstadt der Phöniker, von welcher die Thebaner abstammen. Der Meerbusen faßt einen doppelten Hafen von weitem Umfang in sich, der das Meer allmählich einschließt; denn da, wo sich der Busen nach der rechten Seite zu krümmt, geht eine zweite Mündung ins Land, in welche sich das Wasser wiederum ergießt, und bildet einen zweiten Hafen, so daß die Schiffe in diesem Vorhafen den Sommer über und in jenem im Winter sicher liegen.

Hierher gelangte ich nach einem heftigen Sturm und brachte der Göttin der Phöniker, welche die Sidonier Astarte nennen, das Opfer für meine Erhaltung. Ich ging um die Stadt herum und betrachtete die Weihgeschenke.

Unter andern sah ich hier ein Gemälde aufgestellt, auf dem das Land von Sidon und das Meer der Phöniker abgebildet war; der eigentliche Gegenstand desselben war Europa. Auf dem Lande war eine Wiese und ein Chor von Mädchen. Auf dem Meere schwamm ein Stier, auf dessen Rücken ein schönes Mädchen saß, das nach Kreta zu schiffte. Viele Blumen, mit Bäumen und Gesträuchen dicht verschlungen, schmückten die Wiese. Die Bäume standen dicht, die Blätter bedeckten einander; die Zweige verknüpften die Blätter; und diese Verflechtung des Laubes bildete ein Dach für die Blumen. Unter die Blätter hatte der Künstler auch den Schatten gemalt; und die Sonne ergoß sich, so weit sich die Umschattungen des Laubes öffneten, unterhalb in zerstreuten Strahlen auf die Wiese hin. Die ganze Wiese umkränzte eine Umzäunung von Rohr. Unterhalb der Blätter der Bäume standen Blumenbeete in Reihen, auf denen Narzissen, Rosen und Myrrhen blühten. Mitten durch die Wiese des Gemäldes floß Wasser, das teils aus der Erde hervorquoll, teils sich über die Blumen und Gesträuche ergoß. Ein Mann mit einer

Hacke stand über dem einen Graben gebückt und bahnte dem Flusse den Weg.

An das Ende der Wiese, da, wo sich das Land ins Meer hinzog, hatte der Künstler die Mädchen gestellt. Ihr Äußeres drückte Freude und Furcht aus; ihre Stirn war mit Kränzen umwunden, und ihr Haar floß von den Schultern herab. Die Beine waren entblößt, oben vom Gewande und unten von der Sandale; der Gürtel zog das Gewand bis über das Knie herauf. Ihr Gesicht war bleich, ihre Wangen verzogen, die Augen auf das Meer gerichtet, ihr Mund etwas geöffnet, als wollten sie aus Furcht schreien, und ihre Hände streckten sich nach dem Stier aus. Sie schritten auf das Meer zu, so daß die Flut ihre Fußsohlen etwas bedeckte; und schienen auf den Stier zulaufen zu wollen, aber vor dem Meere sich zu scheuen.

Das Wasser war von doppelter Farbe: nach dem Lande zu rötlich und nach dem Meere hin grünlich. Auch hatte der Maler den Meeresschaum, Felsen und Fluten dargestellt; die Felsen ragten über das Land hervor; der Schaum färbte die Felsen weiß, und die Flut stieg sich krümmend empor und löste sich nach dem Felsen hin in Schaum auf. Der Stier war in der Mitte des Meeres auf den Fluten schwimmend abgebildet; wie ein Berg erhob sich die Flut; und daher krümmte sich der arbeitende Schenkel des Stiers.

Das Mädchen saß mitten auf seinem Rücken, nicht reitend, sondern seitwärts gerichtet; zur Rechten hingen ihre Beine herab; mit der linken Hand hielt sie das Horn, wie ein Wagenlenker den Zügel; auch wendete sich der Stier dahin, wohin ihn die leitende Hand zog. Ein Gewand bedeckte die Brust des Mädchens bis zur Scham; und von da umhüllte ein Obergewand den untern Teil des Körpers. Das Unterkleid war weiß und das Obergewand purpurn; der Körper aber schimmerte durch die Kleidung hindurch. Ihr Nabel saß tief, der Unterleib war glatt, die Taille war schmal und gewann zu den Hüften hin an Breite; sanft hob sich ihr Busen vom Körper ab. Der Gürtel, der das Gewand zusammenhielt, schloß es auch fest an die Brüste, und das Gewand war der Spiegel des Körpers. Ihre beiden Hände waren ausgestreckt, die eine nach dem Horne zu, die andere nach dem Schwanze. Von beiden Seiten der Schultern über dem Kopfe herab hing der Schleier, der sich rings um die Schultern ausbreitete. Der Bausch des Gewandes war von allen Seiten gekrümmt und ausgespannt; dadurch hatte der Maler den Wind angedeutet. Sie saß auf dem Stiere wie auf einem Schiff, und das Gewand diente ihr gleichsam zum Segel.

Auf den Stier zu tanzten Delphine, um ihn spielten Eroten; und selbst ihre Bewegungen schienen dargestellt zu sein. Ein Eros zog den Stier, ein anderer, als kleiner Knabe gebildet, breitete seine Flügel aus. Auf seinem Rücken hing ein Köcher, und in der Hand hielt er die Fackel. Er wendete sich zu Zeus, und lächelte, um ihn gleichsam zu verspotten, daß er durch ihn ein Stier geworden sei.

Unter anderm, was mir am Gemälde gefiel, sah ich mit besonderer Aufmerksamkeit auf den Eros, der den Stier führte – denn ich huldige der Liebe –, und sagte: »Wie mächtig beherrscht nicht ein Knabe Himmel und Erde und Meer!«

Da ich dies sagte, sprach ein Jüngling, der auch dabei stand: »Ich weiß davon zu reden; ich habe schon oft die Gewalt der Liebe empfunden.«

»Wieso, mein Lieber?« sagte ich zu ihm. »Auch spricht dein Gesicht eben nicht für eine Unvertrautheit mit den Mysterien des Gottes.«

»Ach!« erwiderte er, »du rufst mir eine Menge von Begebenheiten wieder hervor, die sich so wunderbar durchkreuzen, daß sie den Fabeln gleichen.«

»Weigere dich nicht, mein Bester«, sagte ich, »ich beschwöre dich beim Zeus und dem Eros selbst, durch ihre Erzählung mich um so mehr zu vergnügen, wenn sie den Fabeln gleichkommen.«

Mit diesen Worten faßte ich ihn bei der rechten Hand und führte ihn in ein benachbartes Wäldchen, wo Platanen in großer Menge und sehr dicht standen; ein kaltes und durchsichtiges Wasser, wie vom Schnee, der eben geschmolzen ist, floß vorbei. Ich wies ihm einen Sitz an; setzte mich selbst neben ihn und sagte: »Jetzt wär' es schicklich, deine Erzählung zu beginnen; ein solcher Ort ist gewiß sehr anmutig und einer Liebeserzählung nicht unwürdig.«

Er fing nun an, so zu erzählen. »Ich bin von Geburt an Phöniker; Tyros ist meine Vaterstadt; ich heiße Kleitophon, mein Vater Hippias und meines Vaters Bruder Sostratos. Sie waren nicht leibliche Brüder, sondern nur von einem Vater erzeugt; denn die Mutter des Sostratos war aus Byzantion und die Mutter meines Vaters aus Tyros. Jener lebte die ganze Zeit in Byzantion, wo ihm seine Mutter viele Besitzungen hinterlassen hatte. Mein Vater aber lebte in Tyros. Meine Mutter hab' ich nicht gekannt; denn sie starb, da ich noch ein Kind war. Mein Vater verband sich bald darauf mit einer andern Frau, mit der er eine Tochter, namens Kalligone, zeugte. Er befand für gut, uns durch das Band der Ehe noch mehr zu verknüpfen; aber das Schicksal, das mächtiger als die Menschen ist, hatte für mich eine andere Frau aufgehoben.

Oft pflegt der Dämon der Menschen im Schlafe die Zukunft vorher zu sagen; nicht, damit sie sich vor dem Unglücke hüten sollen, denn das einmal bestimmte Verhängnis können sie nicht besiegen – sondern, um es leichter zu ertragen, wenn es ihnen begegnet. Denn das, was schnell, auf einmal und unerwartet geschieht, betäubt die Seele, indem es sie plötzlich befällt, und versenkt sie in die Flut des Unglücks; dadurch aber, daß man den Unfall, noch eh' er uns trifft, erwartet und schon vorher auf ihn denkt, wird seine Heftigkeit vermindert.

Ich war eben neunzehn Jahre alt, und mein Vater hatte die Hochzeit auf das folgende Jahr festgesetzt, als das Schicksal mein Drama anfing. Es träumte mir, der untere Teil meines Körpers sei bis zum Nabel mit meiner Schwester zusammengewachsen, der obere aber von ihr getrennt; eine furchtbare, große Frau mit wildem Gesichte, blutigen Augen, abschreckenden Wangen und Schlangenhaaren stand gegen mich gerichtet, mit einer Sichel in der Rechten und einer Fackel in der Linken. Zornig fiel sie auf mich ein, streckte die Sichel aus, ließ sie auf die Hüfte herunterfallen, da, wo unsre beiden Körper vereinigt waren, und hieb das Mädchen von mir los.

Voll Furcht über das Schreckbild sprang ich auf. Ich sagte zwar niemandem etwas davon; aber für mich ahnte ich böse Dinge.

Unterdessen ereignete sich folgendes. Mein Vater hatte, wie ich schon gesagt habe, einen Bruder, namens Sostratos. Von ihm brachte jemand einen Brief von Byzantion folgenden Inhalts:

›Sostratos grüßt seinen Bruder
Hippias.

Meine Tochter Leukippe und meine Gattin Panthia kommen zu dir, weil ein Krieg mit den Thrakern die Byzantier beunruhigt. Bewahre mir die Teuersten meiner Familie bis zum Ausgange des Kriegs.‹

Mein Vater las dieses, sprang auf, eilte ans Meer und kam kurze Zeit darauf wieder zurück, von einer großen Anzahl Sklaven und Dienerinnen begleitet, die Sostratos seiner Gattin und Tochter zur Begleitung gegeben hatte. In ihrer Mitte befand sich eine große Frau in einem kostbaren Gewande. Als ich meinen Blick auf sie richtete, zeigte sich mir zur linken Seite ein Mädchen und blendete mir durch ihr Antlitz die Augen. So sah ich einst Europa auf dem Stier abgebildet. Ihr Auge flößte mir ein süßes Schaudern ein. Ihr Haar war blond und kraus, die Augenbrauen ganz schwarz, die Wange weiß, die Weiße rötete sich aber nach der Mitte zu und glich dem Purpur des Elfenbeins, wie es die Lydierinnen färben. Ihr Mund war die Blume der Rosen, wenn die Rose die Lippen der Blätter zu öffnen anfängt. Sowie ich sie sah, war ich gleich außer mir. Die Schönheit verwundet heftiger als Pfeile, und fließt durch die Augen in die Seele hinab; denn das Auge ist der Weg für die Liebeswunde.

Alles erfüllte zugleich meine Brust: Wohlgefallen, Erstaunen, Zittern, Scheu und Kühnheit; ich fand Wohlgefallen an ihrer Größe, erstaunte vor ihrer Schönheit, zitterte in meiner Brust, warf kühne Blicke auf sie und scheute mich, gefesselt zu werden. Ich bestrebte mich mit Gewalt, meine Augen von dem Mädchen abzuziehen; sie widerstanden mir aber, richteten sich, von dem überredenden Reize der Schönheit angezogen, von selbst auf sie hin und siegten endlich.

Darauf wurden sie zu uns geführt. Der Vater wies ihnen einen Teil der Wohnung an und besorgte das Gastmahl. Dann tranken wir zusammen, zwei und zwei auf einem Lager; denn so hatte es der Vater angeordnet. Er selbst und ich hatten das mittlere Lager inne, die beiden Mütter das zur linken, und die beiden Mädchen das zur rechten Hand.

Ich hätte meinen Vater küssen mögen, da ich diese schöne Anordnung vernahm; denn er hatte das Mädchen gerade mir gegenüber gesetzt. Was ich aß, wußte ich bei den Göttern nicht; denn ich aß wie im Traume. Ich stützte meinen Arm auf das Lager, neigte mich nieder und richtete mein Gesicht ganz auf das Mädchen hin, indem ich zugleich ihren Anblick verstohlen auffing; dies war meine Speise.

Nach der Mahlzeit trat ein Jüngling, ein Diener meines Vaters, mit der Kithara ins Zimmer. Er schlug erst bloß mit den Fingern auf die Saiten und lockte mit seinen Fingern eine Melodie hervor; darauf aber berührte er die Saiten mit dem Plektron und zwar ganz leise, indem er dazu sang. Er sang von Apollon, wie er über die fliehende Daphne klagte, sie verfolgte und schon ergreifen wollte; wie das Mädchen ein Gewächs wurde, und Apollon sich mit dem Gewächse bekränzte.

Dieser Gesang setzte nun vollends meine Seele in Flamme; denn eine Liebeserzählung entzündet unvermerkt die Begierde; und wenn man sich auch selbst zur Sittsamkeit und Mäßigung auffordert, so wird man doch durch das Beispiel zur Nachahmung gereizt, und vorzüglich, wenn uns das Beispiel eines Bessern vorgehalten wird; denn eben seine

Würde flößt uns die Dreistigkeit ein, das zu tun, wovon uns sonst eine gewisse Scham zurückhält.

Ich sagte daher zu mir selbst: ›Sieh! auch selbst Apollon liebt ein Mädchen und schämt sich der Liebe nicht, sondern verfolgt das Mädchen; und du trägst Bedenken und schämst dich und willst so zur Unzeit den Enthaltsamen spielen? Du bist doch nicht besser als der Gott?‹

Da es Abend wurde, begaben sich die Frauen zuerst in ihr Schlafgemach und bald darauf auch wir. Die übrigen hatten ihren Magen mit dem vollen Maße der Lust gesättigt, ich meine Augen; denn sie waren mit dem Antlitz des Mädchens erfüllt; ich genoß die unvermischte Betrachtung bis zur Trunkenheit und entfernte mich dann von Liebe berauscht. Als ich in mein Schlafgemach kam, konnt' ich nicht einschlafen; denn auch die Wunden des Körpers, so wie die Krankheiten, pflegen des Nachts heftiger zu sein, sich mehr zu äußern und mehr Schmerzen zu erregen, wenn wir ruhen. Wenn der Körper nämlich ruht, hat die Wunde Muße hervorzubrechen. Aber die Wunden der Seele schmerzen noch weit mehr, wenn der Körper nicht in Bewegung ist; denn den Tag über wird die Heftigkeit der Krankheit dadurch vermindert, daß sich die Augen und Ohren mit vielen Dingen beschäftigen, so daß sie der Seele keine Zeit lassen, die Schmerzen zu empfinden. Wenn aber der Körper von Ruhe gefesselt ist, so bleibt die Seele allein; und dann bestürmen sie die Fluten des Übels; denn alles, was bisher schlummerte, wird aufgeregt: in der Brust der Traurigen der Gram, der Sorgenvollen die Sorgen, in der Brust derer, die in Gefahr schweben, die Furcht, und im Busen der Liebenden das Feuer der Liebe.

Gegen Morgen brachte mich ein mitleidiger Schlaf kaum etwas zur Ruhe. Aber auch da nicht wollte das Mädchen aus meiner Brust weichen; alle meine Träume waren – Leukippe; ich sprach mit ihr, scherzte und aß mit ihr, betastete sie und genoß noch größeres Vergnügen als am Tage – denn ich küßte sie auch; und der Kuß war wahrhaftig – so daß ich mit dem Diener, da er mich so zur ungelegenen Zeit weckte, schmälte, daß er mir einen so süßen Traum entriß.

Nachdem ich aufgestanden war, ging ich absichtlich außerhalb der Wohnung vor den Augen des Mädchens herum. Ich hielt ein Buch in der Hand, neigte meinen Kopf auf dasselbe und las; und wenn ich an der Türe war, schielte ich hinauf. Nachdem ich nun einigemale so auf und nieder gegangen war, und durch ihren Anblick meiner Liebe Nahrung zugeführt hatte, begab ich mich mit verwundeter Seele weg. So zeigte ich mich ihr drei Tage lang.

Ich hatte einen Vetter, namens Kleinias, der verwaist und zwei Jahre älter als ich war. Er war in der Liebe eingeweiht; aber er liebte einen Jüngling. Diesen schätzte er so sehr, daß er ihm ein Pferd, welches er eben gekauft hatte, sogleich schenkte, da der Knabe sein Wohlgefallen an ihm bezeugte. Ich verspottete ihn oft wegen seiner Unbesonnenheit, daß er seine Zeit mit der Liebe hinbringe und sich von ihrer Lust so fesseln lasse. Er schüttelte aber den Kopf und sagte mir lächelnd: ›Auch dir wird sie einst Fesseln anlegen.‹

Ich ging nun gleich zu ihm hin, grüßte ihn, und setzte mich zu ihm nieder. ›Kleinias‹, sagte ich, ›ich habe für die Verspottung gebüßt; auch mich hält die Liebe jetzt gefangen.‹

Er schlug die Hände zusammen, stand lachend auf, küßte mir das Gesicht, welches ihm die Schlaflosigkeit der Liebe verriet, und sagte: ›Du liebst, wahrlich, du liebst! Dies sagen deine Augen.‹

Kaum hatte er dies gesprochen, als Charikles – dies war der Name des Jünglings – ganz bestürzt hereingelaufen kam mit den Worten: ›Ich bin verloren, Kleinias!‹ Kleinias wehklagte mit ihm, so auf seine Reden gespannt, als hing' er an seiner Seele, und sagte mit zitternder Stimme: ›Du tötest mich, wenn du schweigst! Was betrübt dich? Was gibt es zu bekämpfen?‹

›Mein Vater‹, erwiderte Charikles, ›will mich verheiraten, und dies an ein häßliches Mädchen, um das Übel zu verdoppeln; denn schon ein schönes Weib ist etwas Lästiges und, wenn ein Mädchen noch dazu das Unglück hat, häßlich zu sein, so ist das Übel doppelt. Aber mein Vater sieht auf ihren Reichtum und betreibt daher die Heirat. Durch ihr Geld werde ich ihr überliefert, um durch die Ehe ihr Sklave zu werden.‹

Bei dieser Nachricht wurde Kleinias bleich. Er reizte den Jüngling noch mehr auf, die Heirat von sich abzulehnen, und schmähte das weibliche Geschlecht. ›Dein Vater will dich schon verheiraten? Was hast du Böses getan, daß dir Fesseln angelegt werden sollen? Hörst du nicht, was Zeus sagt:

> Ihnen aber verleih' ich, anstatt des Feuers, ein Übel,
> Dessen sich all' im Gemüt erfreuen, ihr Übel umarmend.

So reizt das Übel, das man mit den Sirenen vergleichen könnte; denn auch sie töten durch den Zauber ihres Gesanges. Du kannst schon von der Zurüstung der Hochzeit selbst auf die Größe des Übels schließen: das Rauschen der Flöten, das Schlagen der Türen, das Leuchten der Fackeln! Wenn jemand ein so großes Geräusch hörte, würde er nicht sagen: Ist dem Bräutigam etwas widerfahren? Ich glaube, man will ihn in den Krieg schicken! Und wenn du in den schönen Künsten unerfahren wärest, so würden dir wohl die tragischen Handlungen der Frauen unbekannt sein; so aber würdest du selbst andern erzählen können, wieviel Stoff zu Dramen die Frauen gegeben haben; zum Beispiel das Armband der Eriphyle, das Gastmahl der Philomele, die Verleumdung der Sthenoboia, der Diebstahl der Aërope und der Mord, den Prokne verübte. Wenn Agamemnon nach der schönen Chryseis Verlangen trägt, bewirkt er den Hellenen die Pest; und schmachtet Achilleus nach der schönen Briseis, so bereitet er sich selbst Trauer. Kandaules hat ein schönes Weib, und das Weib tötet den Kandaules; die Hochzeitsfackel der Helena setzte Troja in Brand; und die keusche Gattin Penelope, wieviel Freier hat sie ins Verderben gestürzt? Den Hippolytos tötete die liebende Phaidra; Klytaimnestra aber den Agamemnon, ohne ihn zu lieben. Oh! die ihr jeden Frevel verübt, ihr Frauen! Auch wenn sie lieben, töten sie, und wenn sie nicht lieben, töten sie. Der schöne Agamemnon mußte sterben, dessen Schönheit himmlisch war:

Er, an Augen und an Kopf dem Blitz sich erfreuenden
Zeus gleich.
Und diesen Kopf, o Zeus, hieb eine Frau ab!

Dies könnte man über die schönen Frauen sagen, wo doch das Unglück nur mäßig ist; denn die Schönheit gewährt Linderung des Übels, und sie ist Glück im Unglück. Wenn aber, wie du sagst, das Mädchen nicht schön ist, so ist das Übel doppelt. Und wie könnte dies jemand ertragen? zumal ein schöner Jüngling? Nein, bei den Göttern, Charikles, laß dich nicht fesseln: vernichte nicht vor der Zeit die Blüte der Jugend. Denn zu den Unannehmlichkeiten der Heirat kommt auch noch diese, daß sie die Blüte der Jugend verdorren läßt. O Charikles, ich bitte dich, laß mir nicht die schön gebildete Rose verdorren, laß sie nicht von einem häßlichen Landbebauer pflücken.‹

›Dies wird‹, erwiderte Charikles, ›meine Sorge und die Sorge der Götter sein; und bis zum Hochzeitstage haben wir noch Zeit; vieles kann auch in *einer* Nacht geschehen; wir wollen es mit Muße überlegen. Jetzt aber will ich weggehen und reiten; denn seitdem du mir das schöne Pferd geschenkt hast, habe ich von deinem Geschenk noch keinen Gebrauch gemacht; diese Übung wird mir die Traurigkeit der Seele erleichtern.‹ Er ging zum letzten Male hinweg, um das erste und letzte Mal zu reiten.

Ich erzählte nun dem Kleinias, was mit mir vorgegangen sei; was ich für sie empfinde, wie ich sie in unser Haus habe kommen sehen, daß ich mit ihr gespeist habe, und pries die Schönheit des Mädchens. Endlich fügte ich noch hinzu, da ich einsah, daß meine Erzählung ihm unschicklich erscheinen mußte: ›Ich ertrage den Schmerz nicht, Kleinias; denn die Liebe hat sich meiner ganz bemächtigt und verscheucht mir den Schlaf von den Augen; überall sehe ich das Bild der Leukippe; keiner ist noch so unglücklich gewesen; das Unglück wohnt selbst bei mir.‹

›Du sprichst töricht‹, erwiderte Kleinias, ›da du bei deiner Liebe so glücklich bist; denn du brauchst nicht vor eine fremde Tür zu gehen, noch einen Diener anzusprechen. Das Glück hat dir die Geliebte selbst in die Hände gegeben und in dein Haus gesetzt. Einem andern Liebhaber genügt schon der Anblick des geliebten Mädchens, und er hält dies für das größte Gut, wenn er nur einen Blick empfängt; und die glücklichern Liebhaber preisen sich selig, wenn sie mit ihr sprechen können; du aber siehst und hörst sie immer, speisest und trinkest mit ihr; und du klagst noch bei diesem Glück? Du erkennst nicht das Geschenk der Liebe; du weißt nicht, was es schon für ein Glück ist, die Geliebte nur zu sehen; das Vergnügen, das du da empfindest, ist größer, als der Genuß der Liebe selbst; denn die Strahlen der Augen brechen sich einander und stellen so das Bild der Körper, wie in einem Spiegel, dar: Der Abfluß der Schönheit fließt durch die Augen in die Seele und bewirkt eine Vereinigung, selbst beim Abstande der Körper voneinander; die Vereinigung der Körper hingegen dauert nur kurze Zeit; denn sie ist nichtig. Ich sage dir aber vorher, daß du bald auch zum vollkommenen Genusse gelangen wirst; denn der beständige Umgang mit der Geliebten trägt sehr viel dazu bei, sie zu überreden. Das Auge nämlich gibt der Vertraulichkeit Nahrung, und die tägliche Gemeinschaft erfleht Gunstbezeugungen; denn wenn auch die wilden Tiere durch gewöhnlichen Umgang zahm werden, sollte nicht ein Mädchen weit eher durch ihn erweicht werden? Auch hat die Gleichheit des Alters mit dem Liebhaber für das Mädchen etwas Anlockendes; der Naturtrieb zur Zeit der Blüte, verbunden mit dem Bewußtsein, daß man geliebt werde, erzeugt öfters Gegenliebe. Ein jedes Mädchen will nämlich schön sein, freut sich, wenn sie geliebt wird, und findet am Geliebten Wohlgefallen wegen des Zeugnisses ihrer Schönheit, das er ihr durch seine Liebe ablegt; liebt sie niemand, so hält sie sich nicht für schön. Nur eines will ich dir raten: Suche sie zu überzeugen, daß du sie liebst, und bald wird sie dir es nachtun.‹

›Aber‹, erwiderte ich, ›wie kann dieses dein Orakel in Erfüllung gehen? Gib mir die Mittel dazu an; denn du bist ein älterer Priester als ich und mit den Geheimnissen des Gottes vertrauter. Was soll ich sagen? was tun? wie kann ich ihre Gunst erlangen? Ich kenne die Art und Weise nicht.‹

›Suche dies nicht‹, sagte Kleinias, ›von einem andern zu erfahren; Eros ist ein Sophist, er bedarf nicht fremden Unterrichts. Und so wie niemand den neugebornen Kindern ihre Nahrung zeigt – sie lernen sie von sich selbst in den Brüsten der Mutter finden –, so bedarf auch der Jüngling, der mit der ersten Liebe schwanger geht, keines Unterrichts im Gebären; denn nahen die Geburtsschmerzen heran und tritt der Tag der Not ein, so wird das Gebären, und sollt' es auch das erste Mal sein, unter Beistand des Gottes, unfehlbar glücklich vonstattengehen. Was ich dir aber jetzt sagen werde, betrifft ganz gemeine Dinge, die weiter keines glücklichen Zufalls bedürfen. Erwähne beim Mädchen nichts von den Freuden der Liebe, und suche sie im Stillen zu genießen; denn der Jüngling und das Mädchen besitzen gleiche Schamhaftigkeit, und von der Gabe der Aphrodite, wenn sie auch wissen, wie sie sich hingeben, wollen sie nichts hören. Sie glauben, das, dessen man sich schäme, liege in den Worten. Den Frauen freilich gewähren auch die Reden Ergötzung; die Mädchen aber dulden zwar die Angriffe von außen, wodurch die Liebhaber sie versuchen, und willigen sogleich durch Winke ein. Wenn man aber gerade mit der Forderung an sie geht, so betäubt man mit seiner Stimme ihre Ohren; sie erröten, hassen die Reden und halten sich für beschimpft. Ja, möchten sie auch wohl den Genuß der Liebe versprechen wollen, so verbietet es ihnen doch die Scham; denn sie glauben, je mehr sie durch die Reizungen der Reden dazu versucht werden, um so größer sei ihre Hingabe. Versuche sie auf eine andere Art; mache sie dir erst folgsam, dann kannst du dich ihr voll Zuversicht nahen; doch mußt du das meiste, wie in Mysterien, verschweigen, nur leise dich ihr nähern und sie küssen. Der Kuß, den der Liebhaber seiner Geliebten mit ihrer Einwilligung gibt, ist eine stille Bitte; weigert sie sich aber, so ist er ein Opfer, das ihr der Liebhaber bringt, ihre Gunst zu erflehen; und sollt' auch schon zwischen ihnen ein Vertrag gemacht sein, so will sie doch, wenn sie es gleich selbst wünscht, dazu gezwungen zu sein scheinen, um durch den Schein des Zwanges die Schamhaftigkeit, die mit einer freiwilligen Hingebung verbunden ist, zu entfernen. Werde daher nicht unwillig, wenn du sie sich sträuben siehst; sondern beobachte nur, wie sie sich sträubt; auch hierin ist Klugheit nötig. Beharrt sie bei ihrem Widerstand, so brauche keine Gewalt; denn sie wird sich dir nicht ergeben; willst du dir sie aber nachgiebiger machen, so wende Verstellung an, sonst verfehlst du deinen Endzweck.‹

Darauf erwiderte ich: ›Du hast mir vieles an die Hand gegeben, und ich wünschte, Kleinias, mein Ziel zu erreichen; jedoch befürcht' ich, das Glück möchte mir der Anfang größeres Unglücks sein, und noch stärkere Glut in mir entzünden. Wenn sich nun das Übel verstärkt, was soll ich tun? Heiraten würde ich sie doch nicht können; denn ich bin an ein anderes Mädchen gebunden; mein Vater liegt mir mit dieser Heirat an, und tut eine billige Forderung an mich, nicht ein fremdes, nicht ein häßliches Mädchen zu heiraten; noch verkauft er mich, wie es mit dem Charikles geschieht, an eine reiche Frau, sondern er gibt mir seine Tochter, die vorher schön war, o ihr Götter! ehe ich Leukippe sah; jetzt aber bin ich für ihre Schönheit blind und habe nur für Leukippe Augen. Ich werde von zwei Seiten bestürmt: Die Liebe und mein Vater kämpfen gegeneinander; er steht gegen mich und ist mächtig durch Ehrfurcht; sie aber hält den feindlichen Ort besetzt und verheert mit Feuer. Wie soll ich den Streit entscheiden? Zwang kämpft mit Natur; ich will dir zwar Recht widerfahren lassen, Vater; aber dann hab' ich noch einen heftigeren Gegner; er foltert den Richter, steht mit Pfeilen gerüstet, und urteilt mit Feuer; geb' ich ihm nicht nach, Vater, so verzehren mich seine Flammen.‹

So sprachen wir untereinander von der Liebe, als plötzlich ein Sklave des Charikles herbeigelaufen kam, dessen Gesicht Unglück verkündete, so daß Kleinias aufschrie, sobald er ihn sah: ›Ach! dem Charikles ist ein Unglück begegnet!‹ Der Diener fiel mit den Worten in seine Reden ein: ›Charikles ist tot!‹

Den Kleinias verließ bei dieser Nachricht die Stimme, und er blieb unbeweglich, von der Rede, wie von einem Sturme, zu Boden geschlagen. Der Diener erzählte dann: ›Er setzte sich auf dein Pferd, Kleinias, und ritt anfangs langsam; da er zwei- oder dreimal herumgeritten war, hielt er inne, wischte dem Pferde mit streichelnder Hand den Schweiß ab und ließ dabei den Zügel außer acht; da er auch vom Sitze den Schweiß abwischte, entstand von hinten ein Geräusch; das Pferd sprang scheu auf, bäumte sich und stürzte blindlings fort; es biß in den Zügel, krümmte den Nacken, sträubte das Haar empor und flog, von Furcht in Wut gesetzt, durch die Luft. Die Vorderfüße sprangen in die Höhe, die hintern eilten den vordern zuvorzukommen, verfolgten und trieben sie zum Laufen an. Das Pferd krümmte sich beim Streite der Füße, sprang in die Höhe und wieder herab, so wie die Vorderfüße es drängten, und sein Nacken wogte gleich einem Schiff im Sturme. Der arme Charikles schwankte auf dem Pferde, das, wie ein Schiff auf der Flut, in die Höhe stieg und niedersank, und wurde, wie ein Ball, aus seinem Sitze geworfen, indem er bald nach dem Schweife zu herabglitt, bald auf den Nacken vorstürzte: So übermannte ihn der Sturm der Wogen. Da er nun die Zügel nicht mehr in seiner Gewalt hatte, überließ er sich dem blinden Laufe, ein Spiel des Zufalls. Das Pferd lief mit voller Kraft fort, kam vom Wege ab, sprang in einen Wald und zerschlug den unglücklichen Charikles an einem Baume; wie durch eine Wurfmaschine daran geschleudert, wurde er aus seinem Sitze geschlagen und die Zweige des Baumes entstellten sein Gesicht; es wurde mit so vielen Wunden geritzt, als Spitzen der Bäume waren. Die Zügel waren um ihn geschlungen und wollten den Körper nicht loslassen, sondern zogen ihn zurück und rissen ihn mit sich auf den Weg des Todes. Das Pferd aber, durch den Fall noch mehr erschreckt und durch den Körper in seinem Laufe gehemmt, schlug den Unglücklichen und suchte sich durch Ausschlagen von der Fessel der Furcht zu befreien. – Den Charikles würde wohl niemand wiedererkennen!‹

Kleinias hörte dies und schwieg eine Zeitlang vor Bestürzung. Bald aber kam er wieder zur Besinnung; dann schrie er heftig auf und eilte zu dem Leichnam. Ich folgte ihm und suchte ihn, so gut ich konnte, zu trösten.

Unterdessen brachte man den Charikles getragen, ein erbarmenswürdiger, kläglicher Anblick: Denn sein Körper war *eine* Wunde; und keiner der Anwesenden konnte sich der Tränen enthalten.

Sein Vater fing mit erschütternder Stimme an zu jammern: ›O Sohn, bist du so von mir weggegangen? Kommst du so mir wieder zurück? O das verwünschte Reiten! Nicht, wie andere, entriß dich mir der Tod; du erscheinst nicht im Tode noch schön; die andern Toten behalten doch noch Spuren ihrer Bildung, an denen man sie erkennen kann; und haben sie auch die Blüte des Gesichts verloren, so behalten sie doch noch ein Bild davon und trösten den Betrübten, indem sie Schlafenden gleichen; die Seele zwar entreißt der Tod, im Körper jedoch bewahrt er den Menschen. Aber an dir hat das Schicksal auch dieses vernichtet; du starbst mir einen doppelten Tod, an der Seele und am Körper; so ist auch der Schatten von deinem Bilde gestorben: denn die Seele ist von dir geflohen, und ich finde dich nicht einmal im Körper wieder. Und die Heirat? – Ach, du unglücklicher Reiter und nur halber Bräutigam! Das Grab ist nun dein Brautgemach, der Tod deine Hochzeit, der Leichengesang dein Brautgesang, und dieses Wehklagen deine Brautlieder. Ich hoffte, dir andere Fackeln anzuzünden, o Sohn; aber diese hat das neidische Schicksal mit dir ausgelöscht; es zündet dir die Fakkeln des Unglücks an. O die verhaßten Flammen, die dich jetzt erwarten! Der Brautzug unter Fackelbegleitung wird dir zum Leichenzuge.‹

So jammerte der Vater; von der andern Seite aber Kleinias – und Vater und Liebhaber wetteiferten gleichsam im Wehklagen. ›Ich habe meinen Gebieter verloren! O warum gab ich ihm auch ein solches Geschenk! Nicht eine goldene Schale, der er sich bei der Opferspende, als eines Geschenks von mir, hätt' erfreuen können, gab ich ihm, sondern ich

Unglücklicher schenkte dem schönen Jüngling ein Tier und zierte das verderbliche Tier mit Brustriemen, Stirnbinden, mit prächtigem Gehänge und goldnem Zügel. O Charikles! Ich, ich schmückte deinen Mörder mit Gold; und du, Pferd, du wildestes unter allen Tieren, du verderbliches, undankbares und für die Schönheit gefühlloses! Dir wischte er streichelnd den Schweiß ab, versprach er noch reichlicheres Futter und pries deinen Lauf; und du tötetest den, der dich lobte! Du empfandst keine Achtung, keine Ehrfurcht, da dich ein solcher Körper berührte! du warst nicht stolz auf einen solchen Reiter, sondern warfst, o liebloses Tier! die Schönheit zu Boden. O ich Unglücklicher! Ich kaufte deinen Mörder, das mörderische Roß!‹

Nach dem Begräbnis eilte ich gleich zum Mädchen. Sie war im Lustgarten des Hauses. Dieser war ein Hain, ein großer, erfreulicher Anblick für das Auge! Um den Hain lief eine ziemlich hohe Mauer, und jede von ihren Seiten, deren vier waren, war von einer Säulenreihe bedeckt. Unter den Säulen im Garten standen dichte Bäume. Die Zweige blühten, und einer fiel auf den andern. Die benachbarten Äste waren ineinander verflochten, die Blätter umschlangen sich und die Früchte waren gepaart: so eine Gemeinschaft herrschte unter den Gewächsen.

An einigen der stärkeren Bäume waren Efeu und Taxus gewachsen; dieser hing an Platanen, und umschattete sie mit zartem Laub; der Efeu umwand die Fichte, mit dem Baume in eins verschlungen; der Baum war die Stütze des Efeus, der Efeu der Kranz des Baumes. Weinstöcke, von Rohr gestützt, umgaben von beiden Seiten mit grünenden Blättern den Baum. Die Frucht war in reifer Blüte, hing durch die Öffnungen aus dem Rohrgeflecht heraus, und war gleichsam die Locke des Gewächses. Indem sich die Blätter emporhoben, strahlte die Erde von der Sonne, die nach dem Winde bald hier, bald da durchschimmerte, einen bleichen Schatten zurück. Die Blüten waren von bunter Farbe, und jede zeigte für sich ihre Schönheit. Die Narzisse und Rose malten die Erde mit Purpur; ihre Kelche hatten einerlei Umriß, und dies war die Trinkschale der Blume. Die Farbe der Blätter, die um den Kelch zerteilt waren, glich bei der Rose dem Blute; der untere Teil des Blattes hatte die Farbe der Veilchen und der Milch, und die Narzisse war dem untern Teil der Rose gleich. Das Veilchen hatte keinen Kelch, aber eine Farbe, wie sie vom ruhigen Meere zurückstrahlt. Mitten unter den Blumen sprudelte eine Quelle auf, und ein viereckiger Graben war für ihren Fluß gemacht. Das Wasser war der Spiegel der Blumen, so daß man einen doppelten Hain zu sehen glaubte: einen wirklichen und einen im Schattenbilde. Unter den Vögeln wurden die zahmen, welche das Futter der Menschen lockte, im Hain unterhalten; die aber, deren Flügel frei waren, spielten um die Wipfel der Bäume. Einige von ihnen sangen die Gesänge der Vögel, andere brüsteten sich mit dem Schmuck ihrer Federn. Die Singvögel waren die Zikaden und die Schwalben; jene sangen das Lager der Eos, und diese die Mahlzeit des Tereus. Die zahmen Vögel waren der Pfau, der Schwan und der Papagei. Der Schwan hielt sich um die Quellen der Gewässer auf; der Papagei hing in einem Käfig an einem Baum, und der Pfau breitete seine Federn über die Blumen aus. Die Blumen strahlten gegen die Farbe der Federn, und beide waren so miteinander vermischt, daß sie eins zu sein schienen.

Meiner Absicht gemäß, dem Mädchen Liebe zu erwecken, fing ich mit Satyros ein Gespräch an, und nahm den Vogel zur Veranlassung. Sie ging mit der Kleio spazieren und stand ihr beim Pfau gegenüber. Es traf sich eben, daß der Pfau die Schönheit seiner Federn ausbreitete und ihren schönen Anblick zeigte. ›Dies tut er‹, sagte ich, ›gewiß nicht ohne listige Absicht; denn er liebt, und wenn er seine Geliebte anlocken will, brüstet er sich so. Siehst du diese neben der Platane?‹ – ich zeigte auf das Weibchen hin – ›ihr zeigt er die Schönheit seiner bunten Federn; der Schmuck seiner Federn ist schöner und voller als beim Weibchen, denn auch Gold schmückt seine Federn, und rings um das Gold läuft in einem gleichen Kreise Purpur, und seine Federn ziert ein Auge.‹

Satyros merkte den Zweck meiner Rede und fuhr also, um mir noch mehr Stoff zu geben, mit den Worten fort: ›Hat denn Eros eine so große Gewalt, daß er sogar in den Vögeln seine Flammen entzündet?‹

›Nicht allein auf die Vögel‹, sagt' ich, ›denn dies ist nicht zu verwundern, da er selbst Flügel hat, auch auf die kriechenden und wilden Tiere und die Gewächse wirft er seine feurigen Pfeile; ja, ich glaube selbst auf die Steine; denn der Magnet wenigstens liebt das Eisen, und wenn er es nur sieht und berührt, so zieht er es, gleichsam als wenn er ein Liebesfeuer in sich nährte, zu sich hin. Und ist dies nicht eine Umarmung des liebenden Magnets und des geliebten Eisens? Von den Pflanzen sagen die Gelehrten – und ich würd' es für eine Fabel halten, wenn es nicht die Bauern bestätigten –, daß ein Gewächs das andere liebe und daß vorzüglich der Palmbaum an der Liebe leide. Man gibt eine männliche und weibliche Palme an; die männliche liebt die weibliche, und wenn die weibliche an einem zu weit entfernten Orte angepflanzt ist, so verdorrt die männliche. Der Bauer kennt den Grund der Trauer des Baums, geht auf eine Anhöhe, wo er die Gegend überschauen kann, und gibt acht, wohin sie sich neigt; denn sie neigt sich allemal zu ihrer Geliebten hin. Sobald er es bemerkt hat, heilt er die Krankheit des Baums. Er nimmt einen Zweig von der weiblichen Dattel, legt ihn in die Brust der männlichen und belebt so die Seele des Baums wieder. Der absterbende Körper lebt wieder auf, richtet sich empor und erfreut sich der Umarmung seiner Geliebten. Dies ist die Vermählung der Bäume.

Auf eine andere Art vermählen sich die Gewässer im Meere miteinander. So begattet sich der Fluß Alpheios mit der sizilischen Quelle. Er läuft durch das Meer hindurch, wie auf einer Ebene hin, ohne daß der süße Liebhaber in der salzigen Flut verschwindet. Das Meer teilt sich für seinen Lauf, bildet für ihn einen Kanal und führt so den Alpheios als Bräutigam zur Arethusa. Zur Zeit des Olympischen Festes werfen viele Geschenke in seine Strudel, der eine diese, der andere jene. Diese trägt der Fluß zu seiner Geliebten und bringt sie ihr als Brautgeschenke dar.

Unter den kriechenden Tieren findet eine andere Feier der Liebe statt; und nicht allein unter denen, die gleichen Geschlechts sind, sondern auch unter ungleichartigen. Die Otter liebt die Muräne, die, wie die Otter, der Gestalt nach eine Schlange ist, aber im Meere lebt und als Fisch genossen wird. Wenn sie sich begatten wollen, geht die Otter ans Ufer und gibt durch Zeichen gegen das Meer hin der Muräne das Zeichen. Diese erkennt es und geht aus den Fluten hervor. Aber sie begibt sich nicht sogleich zum Geliebten; denn sie weiß, daß er den Tod in den Zähnen trägt; sondern sie geht auf einen Felsen und wartet, bis der Bräutigam seinen Mund gereinigt hat. Sie stehen dann und sehen sich wechselseitig an. Sieht nun die Braut, daß ihr Liebhaber das Gift, vor dem sie sich fürchtet, auf dem Lande ausgeworfen hat, so geht sie von dem Felsen herab, begibt sich auf das Land, umarmt ihren Geliebten und fürchtet nicht mehr seine Küsse.‹

Hierbei sah ich auf das Mädchen, um sie zu beobachten, wie sie sich bei diesem Liebesgespräch benehme. Sie gab zu erkennen, daß sie nicht ungern zuhöre. Die Schönheit des Pfaus schien mir weniger zu strahlen als das Antlitz der Leukippe; denn die Schönheit ihres Körpers wetteiferte mit den Blumen der Wiese; ihr Gesicht strahlte die Farbe der Narzisse zurück; die Rose stieg aus ihrer Wange empor; der Glanz ihrer Augen schimmerte wie Veilchen, und ihr gelocktes Haar krümmte sich mehr als Efeu: so strahlte ihr Antlitz, gleich dem Blumenflor der Wiese. Bald darauf eilte sie hinweg; denn sie pflegte um die Zeit ihre Kithara zu spielen. Sie schien mir aber immer gegenwärtig zu sein; denn beim Weggehen hatte sich ihre Gestalt meinen Augen eingedrückt.

Wir erteilten uns nun gegenseitig Lobsprüche; ich lobte mich wegen der Erzählung der Fabeln, und Satyros sich, weil er mir Stoff dazu gegeben hatte. Kurz darauf trat die Stunde der Mahlzeit ein, und wir tranken wieder zusammen.

ZWEITES BUCH

Unter diesen wechselseitigen Lobeserhebungen gingen wir in das Gemach des Mädchens, um sie auf der Kithara spielen zu hören; denn ich konnte nicht einen Augenblick leben, ohne sie zu sehen. Sie sang zuerst nach dem Homer den Kampf des Ebers mit dem Löwen; darauf stimmte sie eine sanftere Melodie an. Ihr Gesang war ein Loblied auf die Rose; und wenn man die Wendungen des Gesanges wegläßt, und die Worte von der Harmonie entblößt, so war ihr Inhalt ungefähr dieser: ›Wenn Zeus den Blumen einen König geben wollte, so würde er die Rose zur Königin der Blumen machen; denn sie ist der Schmuck der Erde, die Zierde der Gewächse, das Auge der Blumen, die Röte und strahlende Schönheit der Wiese; sie haucht Liebe, lockt zum Genuß, ist mit wohlriechendem Laube geziert, brüstet sich mit ihren leichtbeweglichen Blättern, und das Blatt lächelt dem Zephir.‹ So sang sie. Ich aber glaubte, die Rose auf ihren Lippen zu sehen, so als wär' ihr Mund mit dem Kelche der Rosen bekränzt.

Kaum hatte sie aufgehört zu spielen, als die Zeit zu speisen herankam. Es wurde gerade das Fest des Dionysos Protrygaios gefeiert; denn die Tyrier halten den Dionysos für ihre eigene Gottheit. Sie singen auch die Fabel vom Kadmos, und als Veranlassung des Festes geben sie folgende Fabel an:

Vordem kannten weder andere Menschen noch auch sie den Wein, weder den dunklen noch den duftenden noch auch den vom biblinischen Weinstock, den thrakischen des Maron, den chiischen aus Lakaine noch auch endlich den Inselwein von Ikaros; denn alle diese Weine waren erst Abkömmlinge des tyrischen, und die erste Mutter der Reben wuchs bei ihnen.

Ein gewisser gastfreundlicher Hirt unter ihnen gab, wie sie erzählen, zu der Fabel die erste Veranlassung, so wie die Athener auch vom Ikaros erzählen; und die Fabel selbst scheint beinahe attisch zu sein. Zu diesem Hirten kam Dionysos; er setzte ihm alles vor, was nur die Erde erzeugt und eingefahren wird; und zum Getränke hatten sie das, was auch der Stier trank; denn sie kannten den Wein noch nicht. Dionysos lobt den Hirten wegen seiner Freigebigkeit und reicht ihm den Becher der Freundschaft dar. Das Getränke war Wein. Der Hirt trank davon, wurde vom Vergnügen begeistert und sagte zum Gott:

›Woher, Fremdling, hast du dieses purpurne Wasser? Wo hast du so süßes Blut gefunden? denn das Getränk ist nicht so, wie es auf der Erde fließt; dieses steigt in die Brust herab und gewährt ein schwaches Vergnügen; das deinige aber ergötzt vor dem Munde schon die Nase und ist kalt, wenn man es berührt; ist es aber in den Magen hinabgesprungen, so haucht es von unten ein Feuer des Vergnügens herauf.‹

›Dies ist‹, sagte Dionysos, ›das Wasser der Herbstfrucht, das Blut der Weintraube.‹ Er führte dann den Hirten zum Weinstock, nahm eine Weinbeere, drückte sie und sagte, auf den Weinstock zeigend: ›Dies ist das Wasser, dies die Quelle.‹

So kam der Wein unter die Menschen, wie die Tyrier erzählen.

An diesem Tag feierte man nun dem Gotte das Fest. Mein Vater setzte aus Ehrbegierde unter andern Dingen, wodurch er die Mahlzeit glänzender zu machen suchte, auch einen dem Gotte geheiligten Krater auf, welcher nach dem vom Chier Glaukos den zweiten Rang behauptete. Das ganze Werk war aus Glas von erhabener Arbeit. Weinstöcke umkränzten es rings, so daß sie aus dem Krater herausgewachsen zu sein schienen. Die Weintrauben hingen überall herum; jede von ihnen erschien unreif, so lange der Krater noch leer war; goß man aber Wein hinein, so fing sie nach und nach an, sich zu färben und zur reifen Traube zu werden. Dionysos war unter den Trauben als Winzer vorgestellt.

Während der Wein schon herumging, sah ich etwas dreist auf Leukippe hin; denn Eros und Dionysos sind zwei gewaltige Götter; sie bemächtigen sich der Seele und setzen sie bis zur Schamlosigkeit außer sich: Eros, indem er sie mit seinem gewöhnlichen Feuer entzündet, und Dionysos dadurch, daß er dieses durch den Wein noch mehr anfacht: denn Wein ist die Nahrung der Liebe.

Auch *sie* faßte schon Mut, mich häufiger anzublicken. Und so verstrichen zehn Tage, ohne daß wir weitere Fortschritte machten: denn wir wagten weiter nichts als wechselseitige Blicke.

Ich entdeckte nun dem Satyros meine Liebe, und bat ihn um Beistand. Er sagte mir, er hab' es schon vorher bemerkt, aber mir's nicht vorhalten wollen, um mich's nicht merken zu lassen; denn wer im geheimen liebt, haßt den, der es ihm sagt, gleichsam, als wenn dieser ihm Vorwürfe darüber machte. ›Aber das Schicksal‹, fügte er hinzu, ›hat von selbst für uns gesorgt. Ich stehe nämlich mit der Kleio, welcher ihr Schlafgemach anvertraut ist, in vertrautem Umgang, und sie betrachtet mich als ihren Liebhaber. Diese will ich in kurzem so für uns gewinnen, daß sie unsere Absichten unterstützt. Du mußt aber auch das Mädchen nicht allein durch Blicke zu reizen suchen, sondern etwas dreister mit ihr sprechen. Dann brauche einen zweiten Kunstgriff; berühre ihre Hand, drücke den Finger, und seufze dazu; leidet sie es, so nenne sie Gebieterin und küss' ihr den Hals.‹

›Bei der Athene‹, sagte ich, ›du unterrichtest mich auf eine sehr überredende Art; aber ich befürchte, ich möchte zu wenig Mut haben und mich als einen feigen Kämpfer in der Liebe zeigen.‹

›Eros, mein Lieber‹, erwiderte er, ›verträgt keine Feigheit. Siehst du nicht, wie seine Rüstung so ganz kriegerisch ist? Sein Bogen, sein Köcher, die Pfeile, das Feuer: alles an ihm zeugt von Männlichkeit und Kühnheit; und du, da du einen solchen Gott in dir trägst, bist feig und fürchtest dich? Sieh dich vor, daß du den Gott nicht verleugnest. Ich will dir die Sache einleiten; Kleio entferne ich, wenn ich eine schickliche Gelegenheit für dich wahrnehme, mit dem Mädchen allein zu sein.‹

Mit diesen Worten entfernte er sich. Mir selbst überlassen und vom Satyros angefeuert, suchte ich mir Mut gegen das Mädchen einzuflößen. ›Wie lange‹, sagte ich, ›willst du noch schweigen? Warum so mutlos sein im Dienste eines so tapfern Gottes? Willst du etwa warten, bis das Mädchen von selbst zu dir kommt? Handelst du aber nicht unbesonnen, Unglücklicher?‹ setzte ich dann hinzu. ›Warum liebst du nicht die, welche du lieben solltest? Du hast ein anderes schönes Mädchen in deinem Hause; dieser schenke deine Liebe, dieser deine Blicke; diese darfst du heiraten.‹

Ich glaubte, mich so überredet zu haben; aber aus der Tiefe der Brust sprach Eros dagegen: ›O du Tollkühner! Du stellst dich gegen mich, um mit mir zu streiten? Ich fliege, werfe Pfeile und setze in Flammen. Wie wolltest du mir entgehen? Entgehst du auch meinem Bogen, so kannst du dich doch vor meinem Feuer nicht schützen; und löschest du auch durch besonnene Enthaltsamkeit die Flammen aus, so ergreif' ich dich doch mit meinen Flügeln.‹

Während ich dies bei mir sprach, stand ich, ohne es zu wissen, ganz unvermutet bei dem Mädchen und wurde bleich, da ich sie so plötzlich erblickte; bald aber überzog mich Schamröte. Sie war allein, und auch Kleio war nicht bei ihr. Ungeachtet meiner Bestürzung, in welcher ich nicht wußte, was ich sagen sollte, redete ich sie an: ›Sei gegrüßt, meine Gebieterin!‹

Sie lächelte hold, und zeigte dadurch an, daß sie meine Worte verstanden hatte; darauf sagte sie: ›Deine Gebieterin? Sage dies nicht.‹

›Und doch hat mich ein Gott an dich verkauft, wie einst den Herkules an die Omphale‹, sagte ich darauf.

›Meinst du den Hermes‹, versetzte sie. ›Ja, diesem hatte es Zeus befohlen‹, zugleich brach sie in Lachen aus.

›Wie sprichst du so‹, entgegnete ich, ›da du doch genau weißt, was ich meine?‹

So knüpfte ich eine Rede an die andere, und der Zufall selbst unterstützte mich hierbei.

Den Tag darauf gegen Mittag spielte das Mädchen auf der Kithara. Ich war zugegen, und auch Kleio saß neben ihr. Ich ging hin und her, und unversehens kam eine Biene geflogen, und stach Kleio in die Hand. Diese schrie laut auf, Leukippe sprang in die Höhe und legte die Kithara hin, um nach der Wunde zu sehen; alsbald sprach sie ihr Trost zu: ›Mache dir keinen Kummer; mit zwei Worten will ich dir den Schmerz stillen.‹ Sogleich sprach sie die Zauberworte aus (sie hatte sie von einer Ägypterin gelernt gegen die Bienen- und Wespenstiche); und Kleio sagte, sie spüre etwas Linderung.

Nicht lange, so entdeckte auch mich eine Biene und umflog mir im Kreise das Gesicht. Ich hatte den Einfall, meine Hände vor das Gesicht zu halten, und stellte mich, als ob ich gestochen wäre und Schmerzen empfände. Das Mädchen kam zu mir, zog mir die Hand weg und fragte mich, wo sie mich gestochen hätte.

›Auf die Lippe‹, antwortete ich ihr, ›aber willst du nicht auch bei mir deine Zauberformel brauchen?‹

Darauf nahte sie sich mir und legte ihren Mund auf meine Lippen, als wollte sie die Zauberformel singen; sie flüsterte auch etwas, indem sie die Oberfläche meiner Lippen berührte; ich küßte sie stillschweigend und unterdrückte heimlich das Geräusch der Küsse. Sie öffnete und verschloß ihre Lippen und machte durch das Geflüster des Zaubergesanges das Singen zum Küssen. Darauf küßte ich sie nun sichtbar und umschlang sie; sie wich etwas zurück und sagte: ›Was machst du? singst auch du einen Zaubergesang?‹

›Ich küsse deinen Mund‹, sagte ich, ›dessen Gesang mir die Schmerzen gestillt hat.‹

Sie verstand, was ich wollte, und lächelte; und so faßte ich Mut und sagte: ›Ach, Geliebteste! Ich bin von neuem verwundet, aber noch heftiger; denn die Wunde ist mir ins Herz hinabgeflossen und begehrt deinen Zaubergesang. Trägst du etwa auch eine Biene auf deinem Munde? Denn du bist voll Honig, und deine Küsse verwunden. Aber ich bitte dich, heile mich wieder durch einen Gegengesang, und eile nicht so sehr, damit nicht die Wunde wieder schlimm wird.‹

Mit diesen Worten warf ich meine Hand etwas ungestüm um sie herum, und küßte sie freier. Sie sträubte sich zwar etwas, aber gestattete es doch.

Unterdessen sahen wir von Ferne ihr Mädchen kommen,

und so trennten wir uns; ich ungern und im Herzen betrübt darüber; wie sie? kann ich nicht sagen. Es wurde mir leichter, und ich faßte Hoffnung. Ich empfand noch den Kuß, der, wie ein Körper, auf meinen Lippen lag, und bewahrte ihn sorgfältig, als einen Schatz des Vergnügens.

Der Kuß ist das erste Süße, was der Liebhaber genießt; denn ihn erzeugt das schönste Organ des Körpers; der Mund ist das Organ der Stimme; die Stimme aber ist das Schattenbild der Seele; bei der Vermischung der Lippen fließt das Vergnügen vom Munde in die Brust herab und zieht die Seele zum Kusse herauf. Nie wohl hatte meine Seele vorher eine solche Lust empfunden; und damals lernt' ich zuerst, daß dem Kusse der Liebe kein Vergnügen gleich zu achten ist.

Als die Tischzeit herankam, tranken wir wieder zusammen. Satyros schenkte uns ein, und machte dabei einen Liebesscherz. Er verwechselte die Becher, dem Mädchen gab er den meinigen und mir den ihrigen, füllte beide mit Wein, vermischte ihn mit Wasser und reichte sie uns dar. Ich hatte beobachtet, wo sie beim Trinken den Becher mit ihren Lippen berührt hatte, setzte ihn an die Lippen, trank und küßte dabei den Becher, wie wenn ein von ihr mir zugesandter Kuß an ihm haftete. Hieraus merkte das Mädchen, daß ich auch den Schatten ihrer Lippen küßte. Satyros verwechselte die Becher wieder; da sah ich nun, daß es das Mädchen so wie ich machte und ebenso trank. Dies vergrößerte meine Freude. So machten wir es drei- bis viermal und tranken uns auch den übrigen Teil des Tages Küsse zu.

Nach der Mahlzeit kam Satyros zu mir und sagte: ›Jetzt ist es Zeit, Mut zu fassen. Die Mutter des Mädchens, wie du weißt, ist kränklich und schläft allein, und das Mädchen pflegt, ehe sie sich ins Schlafgemach begibt, bloß von der Kleio begleitet, spazieren zu gehen. Um auch Kleio zu entfernen, will ich mich in ein Gespräch mit ihr einlassen.‹

In dieser Absicht paßten wir ihnen auf; ich Leukippe und Satyros Kleio, und es geschah, wie wir wünschten.

Kleio wurde beiseite geführt und das Mädchen blieb auf dem Spaziergang allein zurück.

Ich wartete nun, bis das Sonnenlicht matter wurde, und ging, durch den ersten Angriff auf sie kühner gemacht, zu ihr, wie ein Krieger, der schon gesiegt hat und den Krieg nicht mehr fürchtet; denn alles rüstete mich mit Mut: Wein, Liebe, Hoffnung und Einsamkeit; und ohne etwas zu sagen, wie wenn wir es verabredet hätten, umarmt' und küßt' ich sie. Da ich noch mehr wagen wollte, entstand hinter uns ein Geräusch. Erschreckt sprangen wir auf; sie begab sich sogleich in ihre Wohnung, und ich ging, sehr bekümmert darüber, daß ich um einen so schönen Genuß gekommen war, einen andern Weg und verwünschte das Geräusch.

Unterdessen kam mir Satyros mit einem freundlichen Gesicht entgegen; er schien uns beobachtet zu haben; denn er hatte unter einem Baume gelauert, damit uns niemand überraschen möchte. Er hatte selbst das Geräusch gemacht, weil er jemanden hatte kommen sehen.

Nach einigen Tagen machte mein Vater Anstalten zur Hochzeit, und früher, als er es willens gewesen war. Es hatten ihn mehrere Träume in Unruhe gesetzt. Es träumte ihm nämlich, er feiere unsere Hochzeit, und wie er die Fackel angezündet habe, sei das Feuer verlöscht; dies bewog ihn, unsere Verbindung zu beschleunigen. Er bestimmte dazu den folgenden Tag und kaufte dem Mädchen den nötigen Hochzeitsschmuck: ein Halsband mit bunten Steinen geschmückt, und ein Kleid, das ganz purpurn, doch da, wo andere Kleider purpurn sind, mit Gold geziert war. Die Steine wetteiferten miteinander; der Hyazinth glich einer Rose, der Amethyst strahlte purpurn, dem Golde ähnlich. In der Mitte waren drei Steine, die so aufeinander lagen, daß sich ihre Farbe gegenseitig abspiegelte. Der Grundstein war schwarz; der mittlere weiß, so daß der schwarze durchschimmerte, und der obere Stein nach dem weißen lief spitz zu und war rötlich. Der Stein war mit Gold bekränzt und glich einem goldenen Auge. Das Gewand war nicht mit gemeinem Purpur gefärbt, sondern mit dem, dessen Entdekkung die Tyrier dem Hunde eines Hirten zuschreiben und mit welchem sie auch noch jetzt das Gewand der Aphrodite färben.

Es war eine Zeit, wo der Scharlach des Purpurs den Menschen noch unbekannt war; eine kleine Muschel in einer ringelförmigen Kluft hielt ihn verborgen. Ein Hirt fing diese Muschel und suchte einen Fisch in ihr. Da er aber sah, daß die Muschel so hart war, wurde er unwillig über seinen Fang und warf sie als einen Auswurf des Meeres weg. Der Hund fand durch einen glücklichen Zufall die Muschel, zerbiß sie, und das Blut des Purpurs floß um seinen Mund, färbte sein Kinn und überzog seinen Rachen mit Scharlach. Der Hirt sah den mit Blut gefärbten Rachen des Hundes, hielt ihn für verwundet, trat näher zu ihm und wusch ihn am Meere ab; hierdurch gewann das Blut noch mehr an Glanz; und als er es mit der Hand berührte, wurde auch seine Hand purpurn gefärbt. Der Hirt sah nun ein, daß die Muschel von Natur ein Verschönerungsmittel in sich enthalte. Er nahm etwas Wolle, tauchte sie in die Höhle der Muschel, um ihr Geheimnis zu untersuchen; und die Wolle wurde, wie das Kinn des Hundes, mit Purpur gefärbt. So lernte er den Purpur kennen. Er nahm dann einige Steine, zerschlug das Gehäus des Purpurs, öffnete sein Inneres und fand so den Schatz der Farbe.

Mein Vater brachte nun das vor der Hochzeit übliche Opfer. Ich war des Todes, da ich dies hörte, und sann auf ein Mittel, die Hochzeit wenigstens noch aufzuschieben. Während ich drauf dachte, entstand auf folgende Veranlassung im Speisesaal ein plötzliches Geräusch.

Mein Vater wollte eben opfern; und schon lag das Opfer auf dem Altar, als ein Adler aus der Höhe herabgeflogen kam und das Opfertier raubte. Sie scheuchten ihn hinweg; aber dies half ihnen nichts; denn der Vogel flog eilig mit dem Raube davon.

Dies hielt man nun für keine gute Vorbedeutung; und so schob man für diesen Tag die Hochzeit auf. Der Vater ließ Wahrsager zu sich kommen und erzählte ihnen, was vorgefallen war. Die Wunderdeuter rieten ihm, dem Zeus, dem Beschützer der Fremden, zur Mitternacht am Meere ein Opfer zu bringen; denn dorthin, sagten sie, ist der Vogel geflogen; der Vogel war auch nach dem Meere zu geflogen und völlig verschwunden. Sogleich wurde dies bewerkstelligt. Ich aber pries den Adler und erkannte ihn für den rechtmäßigen König der Vögel. Nicht lange darauf ging das Wunder in Erfüllung.

Es lebte damals in Byzanz ein Jüngling, namens Kallisthenes, der verwaist und reich war, aber sehr üppig lebte und großen Aufwand machte. Dieser hatte gehört, daß die Tochter des Sostratos schön sei, und wünschte, sie zur Frau zu haben, ob er sie gleich noch nicht gesehen hatte. Denn so weit geht bei Zügellosen die Begierde zur Wollust, daß sie selbst durch das, was sie hören, in Glut versetzt werden und daß Reden eben das bei ihnen bewirken, was der Seele verwundete Augen verursachen. Er ging demnach, ehe noch die Byzantier mit Krieg überfallen wurden, zu Sostratos, und bat ihn um das Mädchen. Dieser aber schlug es ihm aus Abscheu vor seinem unzüchtigen Lebenswandel ab. Zorn ergriff nun den Kallisthenes, teils, weil er sich von Sostratos für verachtet hielt, teils auch, weil er seinen Endzweck verfehlen sollte. Denn er liebte das Mädchen wirklich; er bildete sich selbst ihre Schönheit ab, stellte sich das, was er bloß vom Hörensagen kannte, im Geiste vor und wurde auf diese Art unvermerkt heftig in sie verliebt.

Er beschloß demnach, sich an Sostratos wegen der übermütigen Behandlung zu rächen und seine Begierde zu befriedigen. Da aber die Byzantier ein Gesetz haben, daß, wenn jemand ein Mädchen raubt und sie vor der Verheiratung zur Frau macht, die Gewaltätigkeit, die er an ihr verübt, die Kraft der Hochzeit hat: so dachte er auf schickliche Gelegenheit, seinen Plan dadurch auszuführen.

Während der Krieg ausbrach, und das Mädchen sich bei uns befand, erfuhr er alles, was in unserm Hause vorgegangen war. Doch ließ er von seiner Nachstellung keineswegs ab.

Auch ereignete sich für ihn folgender günstiger Umstand. Die Byzantier bekamen dieses Orakel:

›Stadt auf der Insel, die trägt ihren Namen vom Blute der Pflanzen,
Isthmus hat sie und Hafen zugleich und liegt auf dem Lande,
Wo sich Hephaistos erfreut der blauäugigen Gattin Athene:
Dorthin heiße ich dich dem Herakles Opfer zu bringen.‹

Man wußte nun nicht, welche Insel das Orakel meine; aber Sostratos, der, wie ich schon erwähnt habe, Anführer im Kriege war, sagte: ›Wir müssen nach Tyros dem Herakles ein Opfer schicken; das Orakel deutet ganz dahin; denn eine Insel gleichen Namens mit dem Baume nannte der Gott, und dies ist die Insel der Phöniker, die mit der Palme gleichen Namen führt. Auch streiten die Erde und das Meer um sie; die Erde zieht sie an sich, und das Meer umströmt sie von beiden Seiten; denn sie liegt im Meere und läßt die Erde nicht von sich. Eine enge Zunge verbindet sie mit dem Lande und ist gleichsam der Nacken der Insel. Sie steht nicht fest auf dem Grunde des Meeres, sondern das Wasser fließt unter ihr weg. Unterhalb der Erdzunge liegt ein Hafen, und es gewährt ein seltenes Schauspiel: eine Insel auf dem Lande und eine Stadt auf dem Meere. Die Vermählung des Hephaistos mit der Pallas deutet auf den Ölbaum und das Feuer, die man bei uns miteinander verbunden antrifft. In dem ganzen Umkreise der heiligen Gegend blühen die Zweige des Ölbaums sehr üppig, und es entsteht zugleich mit ihnen Feuer, das die Zweige in Flammen setzt; und die Asche dieses Feuers befruchtet den Baum. Dies ist die Verbindung des Feuers und des Baumes; und so verschmäht Athene den Hephaistos nicht.‹

Darauf pries Chairephon, der mit dem Sostratos das Kommando führte und als ein geborner Tyrier einen höhern

Rang behauptete, den Sostratos und sagte: ›Du hast das ganze Orakel vortrefflich ausgelegt; aber wundere dich nicht allein über die Beschaffenheit des Feuers, sondern hör auch, wie es eine ähnliche Beschaffenheit mit dem Wasser hat; ich selbst habe die bewundernswürdige Eigenschaft, von der ich dir jetzt erzählen will, gesehen.

Das Wasser der sizilischen Quelle enthält Feuer in sich, und man sieht die Flamme von unten aus ihr hervorspringen. Berührt man das Wasser, so ist es kalt wie Schnee, und weder wird das Feuer vom Wasser verlöscht noch das Wasser vom Feuer verzehrt, sondern zwischen beiden findet gleichsam ein Vertrag statt.

Ferner ist auch der iberische Fluß merkwürdig; beim ersten Anblick ist er nicht größer als jeder andere Fluß; bleibt man aber etwas aufmerksam bei ihm stehen, um ihn rauschen zu hören, so wird sein Wasser, wie eine Saite, geschlagen – der Wind ist das Plektron des Wassers –, und der Fluß tönt wie eine Kithara.

Aber auch jener See in Libyen ähnelt Indiens Erde. Die libyschen Mädchen kennen seine verborgenen Schätze. Sein Reichtum wird auf dem Boden bewahrt und ist im Schlamme versteckt; und hier ist die Quelle des Goldes. Man wirft eine mit Pech bestrichene Stange in das Wasser und öffnet seine verborgenen Schätze. Mit der Stange fängt man das Gold wie den Fisch mit der Angel. Das Pech ist gleichsam die Lockspeise des Fanges; denn das Gold, das sie berührt, hängt sich an, und das Pech zieht den Fang mit sich hinauf. So fischt man das Gold aus dem libyschen Flusse.‹

Darauf schickte Sostratos mit Genehmigung der Stadt das Opfer nach Tyros. Kallisthenes brachte es zuwege, der Gesandtschaft mitanzugehören, reiste eilig nach Tyros und stellte, nachdem er das Haus meines Vaters ausgekundschaftet hatte, seine Netze aus. Die Frauen gingen hinaus, um das Opfer zu sehen; es war sehr prächtig und mit einer großen Menge Räucherwerk und vielen Blumen geziert. Das Räucherwerk bestand aus Kassia, Weihrauch und Krokos. Die Blumen waren Narzissen, Rosen und Myrrhen; der Duft der

Blumen wetteiferte mit dem Geruche des Räucherwerks; ihr Hauch stieg in die Lüfte, vermischte sich dem Geruch der Blumen und erregte ein lieblich-duftendes Wehen.

Unter den vielen und bunten Opfertieren zeichneten sich die Stiere des Nils aus; denn der ägyptische Stier behauptet sowohl durch seine Größe als durch seine Farbe einen vorzüglichen Rang. Sein Körper ist überall gleich stark und groß, sein Nacken dick, der Rücken breit; er hat einen starken Leib, und seine Hörner sind nicht, wie bei den sizilischen, niedrig, noch, wie die des kyprischen Ochsen, unförmig, sondern sie erheben sich von den Schläfen gerade empor, krümmen sich etwas an beiden Seiten und nähern sich mit den Spitzen so weit, als sie am untern Teile voneinander abstehen, so daß sie das Bild des gekrümmten Mondes darstellen. Sie haben die Farbe, wie sie Homer an den Pferden des Thrakers preist. Der Stier geht mit erhabenem Nacken einher, um gleichsam zu zeigen, daß er der König der übrigen Stiere ist; und wenn die Fabel von der Europa wahr ist, so verwandelte sich Zeus in einen ägyptischen Stier.

Es traf sich damals, daß meine Mutter krank war; auch Leukippe schützte Krankheit vor und blieb zu Hause; denn dies hatten wir so unter uns verabredet, damit, wenn die übrigen ausgehen würden, wie es auch geschah, meine Schwester die Mutter der Leukippe begleiten sollte.

Kallisthenes hatte Leukippe noch nie gesehen und glaubte, da er Kalligone sah, sie wäre Leukippe – denn er kannte Sostratos' Gemahlin –, und so zeigte er, ohne sich weiter zu erkundigen, ob sie wirklich Leukippe wäre – so sehr hatte ihn ihr Anblick verstrickt – einem seiner treuesten Sklaven das Mädchen, befahl ihm, Räuber zusammenzubringen, und gab ihm an, wie sie geraubt werden sollte; denn es stand eine Feierlichkeit bevor, bei welcher sich, wie er gehört hatte, alle Mädchen am Meere versammeln würden. Darauf begab er sich zum Scheine mit der Gesandtschaft hinweg.

Er hatte ein eigenes Fahrzeug, das er sich zu Hause zugerüstet hatte, wenn etwa sein Unternehmen glücklich vonstatten gehen sollte. Die andern von der Gesandtschaft schifften fort; er aber fuhr vom Lande etwas abwärts, damit es teils scheinen möchte, als sei er mit der Menge abgeschifft, teils auch, um nicht nach dem Raube ertappt zu werden, wenn sein Schiff nahe vor Tyros verweilte.

Als er nach Sarepta, einem tyrischen Ort am Meere, kam, verschaffte er sich noch ein kleines Fahrzeug, und gab es dem Zenon; so hieß nämlich der Sklave, den er zum Raube ausersehen hatte. Dieser Mann, der außerdem, daß er einen sehr starken Körper hatte, von Natur zum Räuber gemacht war, brachte bald aus dem Dorfe Räuberei treibende Fischer zusammen und schiffte von da nach Tyros. Das Fahrzeug lauerte an einem Ankerplatz, einer kleinen Insel der Tyrier, die nicht weit von Tyros entfernt ist und von den Tyriern das Grabmal der Rhodope genannt wird.

Vor der Versammlung der Mädchen, welche auch Kallisthenes erwartete, ereignete sich das Wunder mit dem Adler, weshalb mein Vater die Wahrsager befragt hatte; und wir bereiteten uns eben zum Opfer vor, das wir den folgenden Tag des Nachts dem Gotte bringen wollten. Dem Zenon blieb nichts davon verborgen. Spät des Abend begaben wir uns ans Meer, und er folgte uns nach.

Eben wuschen wir uns am Rande des Meers, als er das verabredete Zeichen gab; und sogleich kam das kleine Fahrzeug herbei, auf dem sich zehn Jünglinge befanden. Acht andere in weiblicher Kleidung und mit geschornem Kinn hatte man auf dem Land in Hinterhalt gestellt. Ein jeder trug unter dem Busen ein Schwert; sie hatten sich, um desto weniger Verdacht zu erregen, ebenfalls mit einem Opfer versehen; und wir hielten sie auch für Weiber.

Als wir den Scheiterhaufen aufstapelten, liefen sie plötzlich herbei, und löschten unsere Fackeln aus. Vor Bestürzung flohen wir ohne Ordnung auseinander. Sie aber entblößten ihre Schwerter, raubten meine Schwester, bestiegen schnell das Fahrzeug, setzten sie darauf und flohen vogelschnell davon. Einige von uns ergriffen die Flucht, ohne etwas davon gesehen zu haben noch aufzuschreien;

andere sahen es und schrien: ›Kalligone ist geraubt!‹ Das Fahrzeug war aber schon in der Mitte des Meeres.

Als die Räuber nach Sarepta kamen, schiffte ihnen Kallisthenes, der von der Ferne das Zeichen erkannte, entgegen, nahm das Mädchen und fuhr sogleich weiter ins Meer. So zerschlug sich unverhofft die Heirat, und ich atmete wieder freier; doch betrübte es mich, daß meiner Schwester ein solcher Unfall begegnet war.

Wenige Tage darauf sagte ich zu Leukippe: ›Wie lange, o Geliebte, wollen wir uns bloß mit Küssen begnügen? Schön ist der Anfang, wohlan! laß uns weiter gehen und uns wechselseitig zur Treue verpflichten; denn hat uns Aphrodite in ihre Mysterien eingeweiht, so muß jeder andere Gott ihrer Macht weichen.‹

Durch diese Worte, die ich öfters wiederholte, überredete ich das Mädchen, mich des Nachts unter dem Beistande der Kleio, die ihr Kammermädchen war, in ihr Schlafgemach zu nehmen. Dieses war so eingerichtet:

Ein großer Platz faßte vier Wohnungen, zwei zur rechten und zwei zur andern Seite. In der Mitte trennte sie ein enger Gang, der zu den Wohnungen führte. Am Eingange desselben war eine Tür verschlossen; dies war die Wohnung der Frauen. Die innern Zimmer bewohnten das Mädchen und ihre Mutter, und beider Wohnungen standen einander gegenüber. Von den äußeren Zimmern nach dem Eingange zu bewohnte Kleio das eine, welches an das Zimmer des Mädchens stieß, und das andere war die Vorratskammer. Die Mutter pflegte Leukippe immer zu Bett zu begleiten, und von innen die Tür des engen Ganges zu verschließen. Sie warf dann die Schlüssel durch eine Öffnung hinaus und ließ sie auch von außen verschließen; dann nahm sie die Schlüssel wieder in Verwahrung. Des Morgens rief sie einen dazu bestellten Diener und warf die Schlüssel wieder durch die Tür, um sie von ihm öffnen zu lassen.

Satyros ließ sich die Schlüssel nachmachen und versuchte, die Tür zu öffnen. Er fand auch wirklich, daß er sie öffnen konnte; und nun überredete er Kleio, unsern Plan nicht zu verhindern, da das Mädchen selbst darum wüßte. So wurde alles verabredet.

Unter den Sklaven war ein neugieriger, immer geschäftiger und geschwätziger Mensch, namens Konops, ein Schlemmer und alles, wofür man nur Benennungen haben mag. Dieser schien alle unsere Handlungen von Ferne zu beobachten; vorzüglich wachte er bis spät in die Nacht, weil er argwöhnte, daß wir des Nachts etwas vornehmen möchten; und zwar öffnete er die Türen des Zimmers, so daß es schwer war, vor ihm verborgen zu bleiben.

Satyros suchte ihn zu gewinnen, scherzte öfters mit ihm und spottete lächelnd über seinen Namen. Der sah aber die List des Satyros wohl ein und stellte sich, als erwidere er den Scherz; aber in seinem Scherze legte er seine feindselige Gesinnung an den Tag. So sagte er zu Satyros: ›Da du über meinen Namen spottest, so will ich dir eine Fabel von der Mücke erzählen.

Der Löwe schalt öfters auf den Prometheus, daß er ihn zwar groß und schön gebildet, seine Kinnladen mit Zähnen versehen, die Füße mit Klauen bewaffnet und ihn mächtiger als die übrigen Tiere gemacht habe; aber, sagte er, ich, ein solches Tier, fürchte mich vor einem Hahne?

Prometheus stand bei ihm und sagte: ‚Warum beschuldigst du mich so vergeblich? Von mir hast du alles empfangen, was ich bilden konnte, nur deine Seele ist hierin allein schwach.‘

Der Löwe beweinte sich selbst, schalt auf seine Feigheit und wollte endlich sterben. Als er damit umging, begegnete er dem Elefanten, blieb stehen und sprach mit ihm. Er bemerkte an ihm, daß sich seine Ohren immer bewegten. ‚Was fehlt dir?‘ sagte er dann zu ihm. ‚Warum sind deine Ohren nicht einen Augenblick ruhig?‘

Der Elefant erwiderte, da eben eine Mücke vorbeiflog: ‚Ich scheue dieses kleine summende Tierchen; fliegt es mir ins Ohr, so bin ich verloren.‘

‚Wie sollte es mir noch einfallen, zu sterben‘, versetzte

darauf der Löwe, ‚da ich so stark bin, und um so viel den Elefanten übertreffe, als der Hahn die Mücke übertrifft?'

Du siehst nun, was die Mücke für eine Macht hat, daß sie der Elefant sogar fürchtet.‹

Satyros verstand seine listige Rede, lächelte etwas und sagte: ›Höre auch von mir eine Fabel vom Löwen und der Mücke, die mir ein Philosoph erzählt hat; für den Elefanten aber in deiner Fabel dank' ich dir.

Einst sagte die Mücke prahlend zum Löwen: ‚Glaubst du etwa auch mich, wie die übrigen Tiere, zu beherrschen? Du bist nicht schöner als ich, nicht stärker noch auch größer. Sage, worin besteht dein Vorzug? Etwa in der Stärke? Ja, du verwundest mit den Krallen und beißest mit den Zähnen; aber tut dies nicht auch ein Weib, wenn es kämpft? Oder bist du etwa mit Größe und Schönheit ausgeschmückt? Deine Brust ist breit, deine Schultern stark und dein Nacken dicht behaart; aber siehst du nicht, wie häßlich du von hinten bist? Meine Größe hingegen ist die ganze Luft, so weit nur meine Flügel sie erreichen; meine Schönheit ist die blühende Wiese; denn ihre Blüten sind wie Kleider, in die ich mich hülle, wenn ich vom Fliegen ausruhen will. Und mein Mut, wär' es nicht lächerlich, noch davon zu reden? Ich bin ganz das Werkzeug des Krieges; ich stelle mich unter dem Schalle der Salpinx dem Feinde entgegen; die Salpinx, die zugleich auch mein Geschoß ist, ist der Mund; und so bin ich Schlachtverkünder und Krieger zugleich. Auch bin ich mir Pfeil und Bogen zugleich. Mein Flügel schießt durch die Luft, wie von einem Bogen geworfen; und fall' ich an, so verwund' ich, wie ein Pfeil. Der Gestochene schreit plötzlich und sucht den Feind; ich aber bin zugegen und auch nicht; ich flieh' und bleibe zugleich; ich schwinge mich eilig mit meinem Flügel um den Menschen und lache, wenn ich sehe, daß er vor Schmerz wütend herumspringt – Aber was nützt das Sprechen? Laß uns den Kampf beginnen.'

Sogleich fiel sie den Löwen an, sprang ihm in die Augen und umflog mit summendem Schalle sein Gesicht, wo immer es von Haaren entblößt war. Der Löwe wurde wild, wendete sich nach allen Seiten hin, und verschlang die Luft. Um so mehr trieb die Mücke mit seinem Zorn ihr Spiel und berührte auch zuweilen seine Lippen. Der Löwe neigte sich nach dem schmerzenden Teile des Körpers hin und bog sich nach der Wunde zu; die Mücke aber krümmte nach Art der Fechter ihren Körper, schlüpfte in den Rachen des Löwen, indem sie mitten durch die geschlossenen Zähne flog; und die Zähne schlugen, den Fang verfehlend, aneinander.

Endlich war der Löwe müde, mit den Zähnen gegen die leere Luft zu kämpfen, und stand da, vom Zorn ermattet. Die Mücke umflog seine Mähne und sang das Siegeslied. Sie nahm einen größeren Umkreis im Fliegen und verstrickte sich aus zu großem Übermut unvermerkt in die Netze einer Spinne. Hier konnte sie nun nicht mehr entfliehen; und voll Verwünschung rief sie aus: ‚Oh! über meine Unbesonnenheit! einen Löwen forderte ich zum Zweikampfe auf, und das kleine Gewebe einer Spinne fängt mich!‘

Bedenke nur, setzte Satyros lächelnd hinzu, daß auch du die Spinnen fürchten mußt.‹

Einige Tage darauf kaufte er, da er wußte, daß sich Konops gern gütlich tat, einen stark wirkenden Schlaftrunk und lud ihn zum Essen ein. Konops argwöhnte die List und wollte anfangs nicht; doch sein gieriger Magen bewegte ihn, und er folgte. Er kam zum Satyros und wollte, nachdem er gegessen hatte, wieder fortgehen. Satyros goß ihm aber in den letzten Becher das Schlafmittel, und Konops trank es auch. Er erreichte kaum noch sein Zimmer, als er hinfiel und durch das Getränk in Schlaf versank. Nun kam Satyros zu mir gelaufen und sagte: ›Konops liegt und schläft, wohlan, sei ein zweiter Odysseus.‹

Wir gingen nun sogleich an die Tür der Geliebten; er blieb zurück; ich aber ging hinein, wo mich Kleio ohne Geräusch empfing. Ich zitterte vor Furcht und Freude. Die Furcht vor der Gefahr beunruhigte die Hoffnungen meiner Seele, und die Hoffnung, meinen Endzweck zu erreichen, hüllte die Furcht in Vergnügen; so war ich in Besorgnis, indem ich hoffte, und freute mich, indem ich Angst empfand.

Eben war ich in das Schlafgemach des Mädchens getreten, so wurde ihre Mutter durch einen Traum beunruhigt, der sie plötzlich in Angst setzte. Es kam ihr nämlich vor, ein Räuber hab' ihre Tochter mit entblößtem Schwerte geraubt; er legte sie rücklings nieder und schneide ihr von unten herauf den Leib mitten voneinander. Von Furcht aufgeschreckt sprang sie auf, wie sie war, und lief, als ich mich eben niedergelegt hatte, in das Gemach ihrer Tochter, das nahe angrenzte. Ich hörte das Geräusch der geöffneten Türen und sprang sogleich in die Höhe; sie stand aber schon am Bette; ich ahnte die Gefahr, sprang heraus und lief durch die Türen. Zitternd und bestürzt wurde ich von Satyros empfangen; dann ergriffen wir in der Dunkelheit die Flucht und gelangten so in unsere Wohnung.

Ihre Mutter geriet anfangs so in Betäubung, daß sie niederfiel. Da sie sich wieder aufgerichtet hatte, schlug sie Kleio aus allen Kräften ins Gesicht, faßte sie bei den Haaren und sagte seufzend zu ihrer Tochter: ›Du hast meine Hoffnungen vernichtet, o Leukippe; wehe dir, Sostratos! Du streitest in Byzanz für fremde Ehen, und in Tyros wirst du bekriegt; hier hat man dir die Hochzeit deiner Tochter geraubt. Ach! ich Unglückliche! nie vermutete ich, dich in einem solchen Brautbette zu finden. Wärest du doch in Byzanz geblieben! Hättest du doch lieber die kriegsrechtliche Gewalttätigkeit erduldet! Hätte dich doch lieber ein siegender Thraker geschändet! Das Unglück würde wegen des Zwanges und der Unvermeidlichkeit mit keinem Schimpf verbunden sein; so aber, du Unglückliche, folgt dir in deinem Unglück auch noch Schande nach. Ja, es täuschten mich selbst die Traumbilder; das Wahre des Traums sah ich nicht. Da ist nur dein Leib – o es ist kläglich! – zerschnitten; dieser Schnitt ist unglücklicher als der des Messers; und den, der dich geschändet hat, sah ich nicht; noch auch kenne ich den eigentlichen Unfall. Es war doch kein Sklave?‹

Da ich entkommen war, schöpfte das Mädchen Mut und sagte: ›Mutter, schmähe nicht auf meine jungfräuliche Unschuld; es ist nichts von der Art unter uns vorgegangen; und ich weiß selbst nicht, wer es war, ob ein Gott, ob ein Heros oder ein Räuber; ich lag voll Furcht da und konnte vor Furcht nicht aufschreien, denn die Furcht ist die Fessel der Zunge. Nur dies weiß ich gewiß, daß niemand meine Ehre geschändet hat.‹

Panthia sank wieder zurück und seufzte. Wir aber überlegten, da wir allein waren, was zu machen sei; und wir hielten es für das Beste, vor Anbruch des Morgens die Flucht zu ergreifen, ehe Kleio auf der Folter alles entdecken müßte. Dies wurde nun auch so ausgeführt.

Wir stellten uns gegen den Türhüter, als wollten wir zur Geliebten gehen, und gingen zu Kleinias. Es war schon Mitternacht, und nur mit Mühe wurde uns die Tür geöffnet. Kleinias, dessen Schlafgemach im obern Stockwerk war, hörte uns sprechen, und eilte bestürzt herunter. Unterdessen sahen wir auch Kleio eilig herbeigelaufen kommen; denn sie hatte sich ebenfalls zur Flucht entschlossen. Kleinias hörte von unserm Vorfall; zugleich entdeckte uns Kleio, daß sie entfliehen wollte; und von uns hörte sie unser Vorhaben. Dem Kleinias erzählten wir nun beim Eintritt in sein Haus unser Geschick und daß wir uns zur Flucht entschlossen hätten. ›Und ich mit euch‹, versetzte Kleio; ›denn bleibe ich bis zum Morgen noch da, so steht mir ein Tod bevor, der süßer ist, als die Folter.‹

Kleinias faßte mich bei der Hand, führte mich von Kleio weg und sagte: ›Ich glaube, den besten Entschluß gefaßt zu haben; wir führen diese hinweg, bleiben noch einige Tage hier und rüsten uns dann, wenn es uns gefällt, zur gemeinschaftlichen Abreise. Denn die Mutter des Mädchens, wie ihr sagt, weiß noch nicht, wer der Täter ist, und ist Kleio aus dem Wege geschafft, so wird ihn niemand ihr anzeigen können. Vielleicht könntet ihr auch das Mädchen überreden, mit uns zu entfliehen.‹ Er versprach uns überdies, selbst auf unserer Flucht Gesellschaft zu leisten.

Sein Rat fand Beifall, und Kleio übergaben wir einem Sklaven mit dem Befehl, sie auf ein Fahrzeug zu setzen. Wir selbst blieben bei Kleinias und überlegten das Weitere. Endlich wurde beschlossen, einen Versuch beim Mädchen zu machen, und, wenn sie einwilligte, mit ihr zu entfliehen; wo nicht, hierzubleiben und uns dem Schicksal zu überlassen. Den übrigen Teil der Nacht ruhten wir noch, und mit dem Anbruch des Morgens gingen wir in unsere Wohnung zurück.

Sobald Panthia aufgestanden war, beschloß sie, Kleio auf der Folter zu verhören, und ließ sie rufen. Da diese aber nirgends zu finden war, ging sie wieder zu ihrer Tochter und sagte: ›Willst du mir nicht den ganzen Ablauf dieses Vorfalls entdecken? Sieh, auch Kleio ist entflohen!‹

Durch diese Nachricht aber bekam das Mädchen noch mehr Mut und sagte: ›Was soll ich dir mehr sagen? Kann ich dir einen bessern Bürgen stellen als die Wahrheit selbst? Wenn man die jungfräuliche Unschuld prüfen kann, wohlan, so prüfe!‹

›Ja, dies fehlt noch‹, sagte Panthia, ›daß wir auch Zeugen unseres Unglücks haben!‹

Mit diesen Worten sprang sie auf und entfernte sich.

In Leukippe, die sich nun allein überlassen war, hatten die Reden ihrer Mutter mannigfache Empfindungen erweckt. Unwille, Scham und Zorn durchkreuzten sich in ihr; sie war unwillig darüber, daß sie ertappt worden war, schämte sich, daß ihre Mutter sie geschmäht hatte, und war erzürnt, daß sie ihr nicht glauben wollte. Scham, Traurigkeit und Zorn sind drei Leidenschaften, die das Gemüt, gleich den Fluten, in Bewegung setzen; denn die Scham ergießt sich in die Augen und tötet die Freiheit des Blicks; die Traurigkeit verweilt in der Brust und läßt das Leben der Seele hinschwinden, und der Zorn umbellt, gleich einem Hunde, das Gemüt und umsprudelt die Vernunft mit dem Schaume der Raserei. Und von allen diesen Leidenschaften ist die Rede der Urheber. Diese scheint zielend ihre Pfeile und ihr vielfältiges Geschoß in die Seele zu schießen und das Ziel zu erreichen; das eine Geschoß ist das der Lästerung, und seine Wunde ist der Zorn; das andere ist der Vorwurf wegen unglücklicher Vorfälle, und daraus entsteht die Traurigkeit; und noch ein anderes ist der Schimpf wegen Vergehungen; seine Wunde nennt man

Scham. Alle diese Geschosse haben das eigene, daß sie tief eindringen und Wunden ohne Blut verursachen. Das einzige Gegenmittel für alle ist, sich gegen den, der uns angreift, mit denselben Geschossen zu verteidigen. Die Rede ist nämlich das Geschoß der Zunge, und ihre Wunde wird durch das Geschoß einer andern Zunge geheilt; diese hemmt den Zorn des Gemüts und schwächt die Traurigkeit der Seele. Verteidigt man sich nicht gegen den Stärkeren und schweigt man, so werden die Wunden durch das Stillschweigen heftiger; denn die Schmerzen, die durch die Rede in uns erzeugt werden, schwellen um sich selbst an, wenn sie nicht den Schaum, den die Flut der Leidenschaft erregt hat, auswerfen.

In dieser Gemütsverfassung nun und von so vielen Unglücksfällen bedrängt, meinte Leukippe, ihr Schicksal nicht mehr ertragen zu können.

Unterdessen schickte ich den Satyros zum Mädchen, um einen Versuch zu machen, ob er sie zur Flucht überreden könnte. Ehe sie aber noch sein Anliegen vernahm, sagte sie zu ihm: ›Ich flehe euch an bei den fremden und einheimischen Göttern! Entreißt mich den Augen meiner Mutter, wohin ihr wollt; wahrlich, wenn ihr fortgeht und mich zurücklaßt, so mache ich mir eine Schlinge, um mir das Leben zu nehmen.‹

Diese Worte befreiten mich von einer Sorge, die mich noch am meisten gequält hatte. Nach zwei Tagen, da mein Vater eben verreist war, rüsteten wir uns zur Flucht.

Satyros hatte noch etwas von dem Schlafmittel, das er gegen den Konops gebraucht hatte. Dies goß er, als er uns aufwartete, unvermerkt in den letzen Becher, den er der Panthia reichte. Sie stand auf, ging in ihr Schlafgemach, und schlief sogleich ein. Leukippe hatte jetzt ein anderes Kammermädchen. Ihr näherte sich Satyros mit demselben Getränk; er hatte sich auch in diese, seitdem sie die Aufsicht über das Schlafgemach bekommen hatte, verliebt gestellt; dann ging er an die dritte Tür zum Türwächter, den er durch dasselbe Getränk betäubte. Ein reisefertiger Wagen, den Kleinias besorgt hatte, empfing uns vor den Toren, wo uns

Kleinias erwartete. Dies geschah um die erste Nachtwache, während alle schliefen, ohne alles Geräusch. Satyros führte Leukippe an der Hand. Zum Glücke war eben Konops, der uns immer aufgepaßt hatte, jenen Tag in Geschäften für seinen Herrn verreist. Satyros öffnete die Türen, und wir gingen heraus. Am Tore bestiegen wir den Wagen. Es waren unserer sechs: wir, Kleinias und zwei von seinen Dienern.

Wir fuhren nach Sidon, und um die zweite Nachtwache gelangten wir in die Stadt. Wir nahmen sogleich unsern Weg nach Borytos, weil wir hier glaubten ein Schiff im Aufbruch zu finden, und täuschten uns auch nicht. Denn als wir in den Hafen von Borytos gelangten, fanden wir ein Schiff, das unter Segel ging und eben im Begriff war, die Taue zu lösen. Ohne weiter zu fragen, wohin es führe, nahmen wir alle unsere Sachen vom Lande mit uns auf das Schiff. Dies geschah etwas vor Tagesanbruch. Das Schiff fuhr nach Alexandrien, jener großen Stadt am Nil.

Der Anblick des Meeres erfreute mich anfangs, als das Schiff noch im Hafen lag. Der Wind schien zur Ausfahrt günstig zu sein, und es entstand ein großer Aufruhr im Schiffe. Die Schiffer liefen durcheinander, und der Steuermann erteilte seine Befehle. Die Taue wurden angezogen, die Segelstange umgedreht, das Segel herabgelassen, das Schiff lag im offenen Meere, man lichtete den Anker und verließ den Hafen. Das Land schien sich nach und nach von dem Schiffe zu entfernen, als wenn es selbst mit fortschiffte. Überall hörte man Loblieder und Gebete zu den Göttern; man rief die schützenden Götter an und bat sie um glückliche Fahrt. Der Wind erhob sich heftiger, das Segel krümmte sich und zog das Schiff mit sich fort.

Neben uns befand sich ein Jüngling in der Kajüte, der uns, als die Zeit zu frühstücken herbeikam, sehr liebreich aufforderte, gemeinschaftlich zu speisen. Satyros brachte uns zu essen herbei; wir taten unsere Speisen zusammen, und bei gemeinschaftlicher Tafel wurde auch die Unterhaltung gemeinschaftlich. Ich fragte den Jüngling zuerst: ›Woher bist du, Jüngling? Wie soll ich dich nennen?‹

›Menelaos‹, antwortete er, ›ich bin von Geburt ein Ägypter – und euer Name?‹ fügte er hinzu.

›Ich bin Kleitophon‹, versetzte ich ihm; ›dies ist Kleinias; wir sind beide Phöniker.‹

›Was bewog euch‹, fragte er dann, ›euch zu entfernen?‹

›Erzähle uns‹, antwortete ich ihm, ›deine Geschichte; dann sollst du auch die unsrige erfahren.‹

›Die Hauptveranlassung zu meiner Entfernung‹, fing Menelaos an zu erzählen, ›gab der neidische Eros und eine unglückliche Jagd. Ich liebte einen schönen Jüngling, der ein Freund der Jagd war. Ich suchte ihn öfters davon abzuhalten, aber vergebens! Da ich ihn nun nicht davon zurückbringen konnte, folgte ich ihm selbst auf die Jagd. Wir jagten beide zu Pferde und waren anfangs, als wir noch schwächere Tiere verfolgten, glücklich. Plötzlich aber sprang ein Eber aus dem Walde hervor. Der Jüngling verfolgt ihn; der Eber dreht sich aber um und läuft mit zugekehrtem Rachen auf ihn los; und der Jüngling wich nicht zurück. Ich schrie laut auf und rief ihm zu: ‚Halte die Zügel an, und ziehe das Pferd zurück; das Tier ist gefährlich!‘ Aber der Eber lief schnell auf ihn zu, und beide gerieten nun kämpfend aneinander. Ich zitterte, da ich dies sah, ergriff aus Furcht, das Wild möchte ihm zuvorkommen und das Pferd verwunden, meinen Wurfspieß und schnellte ihn los, ohne genau zu zielen. Eben ritt aber der Jüngling vorbei und fing den Wurf auf. Wie glaubst du wohl, daß mir da zu Mute gewesen sei? In welchem Zustande sich meine Seele befunden habe? – wenn anders derjenige, der gleichsam lebend stirbt, wirklich noch eine Seele haben kann. Und was das Schauspiel noch kläglicher machte: er streckte seine Hände nach mir aus, da er noch ein wenig atmete, warf sie um mich, und liebte mich, den Elenden, noch im Hinschwinden, da er doch von mir getötet war, und von meiner mörderischen Rechten umschlungen hauchte er seinen Geist aus.

Seine Eltern zogen mich vor Gericht; und ich duldete es gern; denn ich ging vom Gerichte weg, ohne mich zu verteidigen, und verurteilte mich selbst zum Tode. Die Richter aber hatten Mitleid mit mir und bestraften mich mit einer dreijährigen Verbannung; diese ist jetzt zu Ende, und ich kehre in mein Vaterland wieder zurück.‹

Kleinias weinte bei seiner Erzählung, wie die Troerinnen über den Patroklos; denn er dachte dabei an Charikles. ›Weinst du über mich? oder hat dich ein gleicher Unfall zur Flucht genötigt?‹ fragte ihn dann Menelaos. Seufzend erzählte ihm nun Kleinias von seinem Charikles und dem Pferde, und ich darauf von mir.

Da ich sah, daß den Menelaos die Erinnerung an seine Unglücksfälle traurig gemacht hatte und auch Kleinias beim Andenken an den Charikles weinte, leitete ich, um sie von der Traurigkeit abzuziehen und ihr Gemüt zu erheitern, ein Liebesgespräch ein. Leukippe war eben nicht zugegen; sie schlief in einem abgelegenen Gemache des Schiffes. Lächelnd sagte ich nun zu ihnen: ›Wie sehr ist mir jetzt Kleinias überlegen! Er wollte, wie er gewöhnlich tat, gegen die Frauen sprechen. Jetzt hat er leicht reden, da er einen Gefährten seiner Liebe gefunden hat. Ich begreife aber nicht, wie jetzt die Liebe zum männlichen Geschlechte so sehr Eingang gefunden hat.‹

›Nun, ist sie nicht weit besser, als die andere Liebe?‹ fragte Menelaos. ›Denn die Jünglinge sind doch natürlicher und ungekünstelter als die Frauen? und ihre Schönheit reizt mehr zum Vergnügen.‹

›Wie reizt sie mehr?‹ fragte ich, ›etwa dadurch, daß sie, wenn sie sich etwas blicken läßt, sogleich auch verschwindet, und sich dem Liebenden entzieht, wie das Getränk des Tantalos? Denn es entflieht oft, und der Liebhaber geht hinweg, ohne genossen zu haben; eh' er sich gesättigt hat, wird es ihm entrissen, und so kann er nicht vom Jünglinge weggehen, ohne Verdruß bei seinem Vergnügen zu empfinden, weil er ihn ohne Befriedigung verläßt.‹

›Du weißt nicht, Kleitophon‹, erwiderte Menelaos, ›worin das Vergnügen eigentlich besteht. Alles, was uns keine Befriedigung gewährt, erweckt Verlangen in uns; was uns einen längern Genuß verschafft, läßt durch Überdruß das Vergnügen schwinden; was aber schnell entflieht, ist immer neu, und blüht immer mehr: denn sein Vergnügen veraltet nie, und so viel bei andern Dingen durch die Zeit vermindert wird, um so mehr wächst es durch Sehnsucht; und daher ist auch die Rose unter allen Blumen die schönste, weil ihre Schönheit schnell entflieht. Ich nehme an, daß sich zwei Schönheiten unter den Menschen finden: die himmlische und die irdische, wir empfangen sie von den Göttern. Der himmlischen Schönheit ist die Verbindung mit der sterblichen lästig; sie sucht eilig zum Himmel zu fliehen; die gemeine aber liegt hier unten auf der Erde und veraltet am Körper. Soll ich dir noch einen Dichter zur Bestätigung der himmlischen Schönheit anführen, so höre, was Homer sagt:

‚Ihn auch raubten die Götter, der Schönheit wegen, damit er
Unter ihnen verweil' und den Zeus beim Trinken bediene.'

Aber noch keine Frau – Zeus hatte ja auch mit Frauen Gemeinschaft – ist wegen ihrer Schönheit in den Himmel gestiegen; sondern Alkmene wurde Trauer und Flucht zuteil, Danaë eine Kiste und das Meer, und Semele wurde ein Raub des Feuers. Aber wenn er einen phrygischen Knaben liebt, so beschenkt er ihn mit dem Himmel, damit er bei ihm wohne und ihm Nektar einschenke; die aber, die zuerst diese Würde versah, wurde verstoßen; denn sie war, dünkt mich, eine Frau.‹

›Aber ich glaube‹, versetzte ich, ›daß die Schönheit der Frauen um so himmlischer ist, weil sie nicht so schnell vernichtet wird; denn das Unvergängliche ist mit dem Göttlichen verwandt; das aber, was sich verändert und verschwindet, hat eine sterbliche Natur, ist nicht himmlisch, sondern irdisch und gemein. Zeus liebte den phrygischen Knaben und nahm ihn in den Himmel auf; die Schönheit der Frauen aber hat ihn selbst vom Himmel herabgezogen. Einer Frau wegen brüllte einst Zeus; einer Frau wegen tanzte er als Satyr, und einer Frau zu Gefallen verwandelte er sich in Gold. Ganymedes mag immer Weinschenk sein, und unter den Göttern mag sich auch Hera, eine Frau, von dem Knaben bedienen lassen; aber bedenke seine Entführung; ja ich bedaure ihn! ein wilder Vogel stieg zu ihm herab; der Geraubte wurde mißhandelt und gleichsam tyrannisiert; es ist gewiß ein schmählicher Anblick, einen Knaben an Klauen hängen zu sehen. Semele hingegen wurde nicht durch einen Raubvogel, sondern durch Flammen in den Himmel geführt; und wundere dich nicht, daß man durch Feuer in den Himmel steigen kann; denn so stieg auch Herakles empor. Wenn du über die Kiste der Danaë lachst, warum willst du den Perseus verschweigen? Alkmene begnügte sich nur mit dem Geschenk, daß ihretwegen Zeus die Sonne drei ganze Tage verbarg. Soll ich von den Mythen schweigen, und vom Vergnügen selbst sprechen, das man beim Genuß empfindet, so bin ich zwar noch ein Neuling in der Frauenliebe und habe hierin nur so viel Erfahrung gemacht, als man bei Freudenmädchen machen kann; ein anderer, der in den vollkommenen Liebesgenuß schon eingeweiht ist, würde vielleicht mehr sagen können; doch will ich mit meiner geringen Erfahrung auftreten.

Die Frauen haben zur Umarmung einen weichen Körper und zum Küssen zarte Lippen; und die Weichheit ihres Fleisches macht, daß sich ihr Körper ganz in die Arme fügt. Den Liebhaber umschließt die Lust; er drückt den Lippen Küsse, wie Siegel, auf. Sie küßt aber mit einer gewissen Kunst und macht die Küsse süßer; denn sie will nicht allein mit den Lippen küssen, sondern auch ihre Zähne nehmen am Liebeskampf Anteil; denn mit ihnen bricht sie gleichsam die Küsse ab und nährt sich vom Munde des Liebenden. Auch gewährt es ein besonderes Vergnügen, den Busen zu betasten. Im höchsten Liebesgenusse wütet sie vor Entzücken, haucht mit offenem Mund unter Küssen und ist außer sich. Die Zungen berühren sich wechselseitig und streben, sich nach Vermögen zu küssen; denn mit geöffnetem Munde zu küssen, ist eine süßere Lust. Im höchsten Rausche atmet die Frau vor heißer Lust; der Atem geht mit dem Liebeshauche bis zu den Lippen des Mundes hinauf und trifft mit dem irrenden Kusse, der eben hinabzusteigen strebt, zusammen. Der Kuß vermischt sich mit dem Hauche, kehrt mit ihm zurück und trifft das Herz; dieses schlägt, durch den Kuß erschreckt, empor; und wenn es nicht mit den Eingeweiden verbunden wäre, so würde es von den Küssen angezogen ihnen folgen. Die Küsse der Jünglinge hingegen sind kunstlos, ihre Umarmungen ungeschickt, der Genuß ist bei ihnen roh und führt nichts von Lust bei sich.‹

Darauf erwiderte Menelaos: ›Nicht ein Neuling, sondern ein Greis scheinst du mir in der Liebe zu sein: So viel hast du uns von den Künsteleien der Frauen erzählt; nun höre auch mich auf meiner Seite von den Knaben sprechen.

Bei den Frauen ist alles künstlich gebildet, ihre Reden und ihr Anstand; und wenn auch eine Frau schön zu sein scheint, so ist es doch nur der kostspielige Aufwand von Salben, und ihre Schönheit liegt entweder in den Salben oder in der Farbe der Haare oder auch in Küssen. Entblößt man sie von diesen sinnreichen Verschönerungsmitteln, so gleichen sie der Krähe, der man nach der Fabel die Federn ausrupfte. Die Schönheit der Knaben aber ist nicht mit dem Dufte der Salben benetzt, noch mit künstlichen, fremden Wohlgerüchen angefüllt; schöner noch, als alle Salbung der Frauen, duftet der Schweiß der Knaben. Dazu kommt, daß man sie auch auf dem Ringplatze umfassen und öffentlich umarmen kann, ohne daß man sich zu schämen braucht. Auch sind es nicht die weichlichen Umarmungen eines schlüpfrigen Körpers, sondern die Körper widerstehen einander und kämpfen um die Lust. Ihre Küsse haben nichts von der weiblichen Künstelei und täuschen die Lippen nicht mit einem törichten Betrug. Der Knabe küßt, wie er kann; und es sind nicht Küsse der Kunst, sondern der Natur. Wenn Nektar gerönne und zu einer Lippe würde, so würde er das Bild der Knabenküsse darstellen. Du kannst dich im Küssen nicht sättigen, sondern, so viel du ihm auch gibst, so fühlst du doch immer noch einen Durst, ihn zu küssen, und wirst den Mund nicht eher abziehen, bis du etwa aus übergroßer Lust die Küsse selbst fliehst.‹

DRITTES BUCH

Als wir drei Tage geschifft waren, verfinsterte den hellen Himmel eine plötzliche Dunkelheit, die das Licht des Tages verlöschte. Vom Meere auf erhob sich der Wind, stieß gerade gegen das Schiff, und der Steuermann befahl, die Segelstange umzudrehen. Eilig taten es die Schiffer. Auf der einen Seite faßten sie mit Gewalt das Segeltuch und zogen es auf die Segelstange herauf; auf der andern aber mußten sie es in der vorigen Lage lassen; denn vor dem immer heftiger andringenden Winde vermochten sie nicht, sie umzudrehen. Auf der Seite, wo die Segelstange nach dem Winde herumgedreht war, neigte sich schwankend der untere hohle Teil des Schiffes, und auf der andern Seite stieg es empor, und lag ganz schräg, so daß die meisten von uns befürchteten, das Schiff möchte sich bei einfallendem Winde mit einem Mal umkehren. Wir wanderten mit unsern Sachen auf den emporgehobenen Teil des Schiffes, um es auf der einen Seite, wo es niedergesenkt war, wieder emporzurichten und auf der andern durch unsere Schwere niederzudrücken und so wieder ins Gleichgewicht zu bringen. Dies war jedoch umsonst; denn der aufgerichtete Boden des Schiffes hob uns, anstatt sich niederzusenken, vielmehr empor. Indes versuchten wir noch einige Zeit, das schwankende Schiff ins Gleichgewicht niederzudrücken. Plötzlich aber wendete sich der Wind nach dem andern Teile des Schiffes hin und tauchte es beinahe unter. Der eine Teil, der sich bisher in die Fluten geneigt hatte, sprang mit einem heftigen Stoß in die Höhe, und der andere stürzte, so wie jener emporsprang, in die Fluten nieder.

Dadurch entstand ein großes Wehklagen im Schiffe. Man verließ seinen Sitz und lief mit Geschrei zu dem vorigen. So wurden wir über drei-, viermal, wie das Schiff, unstet umhergetrieben; und ehe wir die erste Wanderschaft vollendet hatten, nötigte uns ein plötzlicher Fall zu einer zweiten.

Den ganzen Tag trugen wir uns so mit unsern Sachen im Schiff herum, und gingen wohl doppelt denselben Gang unter unsäglichen Mühen, immer den Tod vor Augen, der uns, wie leicht einzusehen ist, sehr nahe bedrohte. Zu Mittag verschwand die Sonne ganz und gar, und nur wie im Mondschein konnten wir einander sehen. Vom Himmel flog Feuer herab, donnernd brüllte der Himmel, die Luft erfüllte ein dumpfes Geprassel, und von unten tönte ihm der Aufruhr der Fluten gräßlich entgegen. Zwischen dem Himmel und dem Meere sauste und rauschte der Wind, mit sich selbst kämpfend; die Luft hatte den Schall der Salpinx, die Taue fielen um das Segeltuch und schlugen zischend aneinander.

Schon war das Bretterwerk zertrümmert, und wir waren in Furcht, der Bauch des Schiffes möchte sich öffnen, sobald sich die Nägel ablösten. Es überströmte uns auch noch ein starker Regen; wir breiteten daher eine Decke über das ganze Schiff aus, begaben uns unter die Bedeckung und verweilten da, wie in einer Höhle, ganz dem Schicksale hingegeben; denn schon schien uns alle Hoffnung verschwunden.

Dreifach anstürzende Wogen schlugen von allen Seiten, am Schnabel und am Hinterteil des Schiffes, aneinander. Das Schiff stieg immer gegen das aufgetürmte Meer empor und senkte sich gegen die abfließenden, niedrigen Ströme. Einige glichen den Bergen, andere den Schlünden. Noch furchtbarer waren die von beiden Seiten andringenden schrägen Wogen; denn das Meer stieg gegen das Schiff empor, wälzte sich durch das Obdach und überströmte es ganz. Die zu den Wolken emporgehobene Flut erschien uns von Ferne so groß wie das Schiff; betrachtete man sie aber in der Nähe, so glaubte man, sie würde das Schiff verschlingen. Wind und Fluten kämpften miteinander, und wir konnten nicht auf der Stelle bleiben, so sehr erschütterten sie das Schiff. Alles schrie durcheinander; die Flut brauste, der Wind rauschte; das Wehklagen der Weiber, das laute Schreien der Männer; der Zuruf der Schiffer; überall nur Geheul und Geseufze. Der Steuermann befahl, die Ladung abzuwerfen; da sonderten wir nicht erst Silber und Gold vom geringern ab, sondern warfen alles ohne Unterschied aus dem Schiffe. Viele Kaufleute nahmen sogar ihre Schätze, noch ihre einzige

Hoffnung, und stießen sie eilig fort. Schon war das Schiff der Ladung entblößt, der Sturm aber noch nicht versöhnt.

Endlich warf der Steuermann aus Verzweiflung das Steuerruder aus der Hand, überließ das Schiff der Gewalt des Meeres, rüstete schon das Boot aus, befahl den Schiffern hineinzusteigen, und stieg zuerst von der Leiter herunter; jene aber sprangen gerade herab.

Hier entstand nun ein neues Übel; denn man wurde bald handgemein. Die herabgestiegen waren, schnitten das Tau ab, durch welches das Boot mit dem Schiffe verbunden war, und ein jeder von den Schiffern eilte, dem Steuermann, wohin der das Tau zog, nachzuspringen. Die sich aber auf dem Boote befanden, ließen sie nicht hineinsteigen; ja sie drohten denen, die herabsteigen würden, mit Beilen und Messern. Die meisten auf dem Schiffe rüsteten sich, womit sie konnten; der eine ergriff ein Stück von einem alten Ruder, der andere von einer Ruderbank und verteidigte sich damit: denn das Meer machte die Gewalt zum Gesetze. Es war eine neue Art von Seeschlacht: die auf dem Boote schlugen, weil sie besorgten, es möchte durch den Haufen der Hineinsteigenden untersinken, mit Beilen und Schwertern nach den Herabspringenden; und diese hieben zugleich im Herabspringen mit Keulen und Rudern auf sie. Einige berührten kaum den Rand des Schiffs und glitten heraus; andere kämpften, auch da sie noch in das Boot stiegen, mit denen, die sich schon darin befanden; denn es band sie keine Freundschaft, keine Achtung mehr, sondern ein jeder war nur auf seine eigene Sicherheit bedacht; und auf Menschlichkeit nahm man keine Rücksicht. So lösen große Gefahren auch die Bande der Freundschaft.

Unterdessen ergriff ein starker Jüngling auf dem Schiffe das Tau und zog das Boot herbei. Es war dem Schiffe schon nahe, und ein jeder machte sich bereit, sobald es sich ganz nähern würde, darauf zu springen. Zwei oder drei erreichten es auch glücklich, ohne verwundet zu werden; viele aber, die es versuchten, herabzuspringen, stürzten ins Meer. Eilig schnitten die Schiffer das Tau ab, befreiten so das Boot und fuhren, wohin sie der Wind trieb. Die auf dem Schiffe versuchten das Boot zu versenken; das Schiff stürzte aber vorwärts und warf sich in den Fluten umher. Unvermerkt wurde es an eine Meeresklippe getrieben und ganz zertrümmert. Indem das Schiff daran stieß, fiel der Mastbaum auf die andere Seite, und einiges vom Schiffe wurde zerschlagen, anderes versenkt. Die in der Meeresflut gleich umkamen, hatten ein weit erträglicheres Los, da sie die Furcht des Todes nicht so lange quälte. Der langsame Tod auf dem Meere tötet vorher, ehe man selbst stirbt. Das Auge, von der Unermeßlichkeit des Meeres erfüllt, dehnt die Furcht ins Grenzenlose aus und macht so den Tod zu einem doppelten Unglück; so groß der Umfang des Meeres ist, so groß ist auch die Furcht vor dem Tode. Einige versuchten zu schwimmen, wurden aber von der Flut an dem Felsen zerschmettert und kamen um; viele warfen sich auf losgerissene Balken und schwammen wie die Fische; andere wurden schon halbtot herumgetrieben.

Als das Schiff scheiterte, waren wir so glücklich, ein Stück vom Vorderteil zu retten. Ich und Leukippe setzten uns darauf und wurden nach dem Strome des Meeres zu fortgeführt. Menelaos und Satyros mit den andern auf dem Schiffe trafen auf den Mastbaum, warfen sich darauf und schifften so fort. Nahe neben uns sahen wir den Kleinias um die Segelstange herumschwimmen und hörten ihn uns zurufen: ›Fasse das Holz, Kleitophon!‹ Kaum hatte er aber dieses gesagt, so überdeckte ihn von hinten eine Woge, und wir weinten laut.

Auch zu uns strömte die Woge herbei; aber durch einen glücklichen Zufall lief sie, als sie sich uns näherte, unterhalb vorbei, so daß bloß das Holz in die Höhe gehoben wurde und über den Nacken der Woge emporstieg. Jetzt sahen wir auch den Kleinias wieder.

Seufzend sagte ich dann: ›Erbarme dich unsrer, o Gebieter Poseidon; hemme deine Gewalt gegen die Überbleibsel aus dem Schiffbruch; wir haben schon oft den Tod durch die Furcht bestanden; aber willst du uns töten, so laß uns vereint sterben; *eine* Woge mag uns überdecken; und wenn es das Schicksal so beschlossen hat, daß wir ein Raub der Tiere werden sollen, so mag uns *ein* Fisch verzehren, *ein* Magen uns aufnehmen, um auch in den Fischen ein gemeinschaftliches Begräbnis zu finden.‹

Bald nach diesem Gebet ließ das Ungestüm des Windes nach, und die Wildheit der Flut legte sich. Das Meer war mit toten Körpern angefüllt. Den Menelaos mit seinen Gefährten hatte die Woge schneller an das Land geführt, und zwar an die Küste Ägyptens, wo damals die ganze Gegend von Räubern bewohnt war. Gegen Abend gelangten wir zufällig nach Pelusion, und erreichten so unter frohen Danksagungen an die Götter das Land. Darauf bejammerten wir den Kleinias und Satyros; denn wir glaubten, sie wären umgekommen.

In Pelusion befindet sich ein heiliges Bildnis des Kasischen Zeus. Zeus ist als Jüngling abgebildet und gleicht dem Apollon; so jugendlich blühend ist er dargestellt. Er streckt die Hand aus, in welcher er einen Granatapfel hält; dies hat einen mystischen Sinn. Wir gingen im Tempel herum, flehten zu dem Gott und baten uns ein Zeichen über den Kleinias und Satyros aus; denn man hatte uns gesagt, der Gott weissage.

Im hinteren Teil des Tempels sahen wir ein doppeltes Bild vom Maler Euanthes. Das eine stellte die Andromeda und das andere Prometheus, beide gefesselt, dar; daher, vermute ich, hat sie auch der Maler in einer Gruppe zusammengestellt. Die Gemälde waren auch in Rücksicht auf das übrige verschwistert: beiden dienten Felsen zum Gefängnisse, beiden wilde Tiere zu Peinigern; der einen jedoch ein Meertier und dem andern ein Vogel. Zwei verwandte Argaier standen bei ihnen als Helfer; bei Prometheus Herakles und bei Andromeda Perseus. Jener schoß Pfeile auf Zeus' Vogel, und dieser kämpfte mit dem Ungeheuer des Poseidon; aber der eine stand mit dem Bogen auf der Erde, und der andere hing mit den Flügeln in der Luft.

Der Felsen war nach Verhältnis der Größe des Mädchens

ausgehöhlt, und zwar so natürlich, daß ihn niemand für gemalt halten würde; denn der Maler hatte die Höhlung des Steines so rauh gemacht, wie ihn die Erde bildet. Das Mädchen war in die Mauer gestellt, und das Bild bot, wenn man auf seine Schönheit sah, einen ungewöhnlichen Anblick dar; betrachtete man aber die Fesseln und das Tier, so glich es einem nur obenhin und roh gemachten Begräbnisse. Auf ihrem Gesichte war Schönheit mit Furcht gemischt. Die Furcht saß auf den Wangen, und die Schönheit blickte aus ihren Augen hervor. Aber die Bleichheit der Wangen war nicht ganz ohne Purpur, sondern tauchte sich allmählich in Röte. Auch die Blüte des Auges war noch ohne Trauer und Gram und glich dem eben verwelkenden Veilchen. So hatte sie der Maler mit einer schönen Furcht geschmückt.

Ihre Arme waren auf den Felsen gespannt, die Fessel hielt sie an dem Felsen gebunden empor, und die Hand hing, wie die Traube am Weinstock, herab. Ihre Arme waren ganz weiß und gingen ins Bläuliche über; ihre Finger schienen abzusterben. Gefesselt erwartete sie den Tod und stand da, wie eine Braut gekleidet, wie zur Hochzeit mit Hades geschmückt, mit einem langen Gewande, welches weiß und von so zartem Gewebe war, daß es dem Gewebe der Spinnen glich. Es war nicht wie das Gewebe von der Wolle der Tiere, sondern wie es die indischen Frauen bereiten, aus der Wolle der Schmetterlinge, die sie von den Bäumen winden.

Das Tier stieg, gegen das Mädchen gekehrt, von unten herauf und öffnete das Meer. Der größte Teil seines Körpers war von den Fluten überströmt, und nur mit dem Kopf erhob es sich aus dem Meer. Unterhalb der Flut schimmerte der Schatten hervor; man sah die Erhebung der Schuppen, die Krümmungen des Nackens, die hervorstehenden Stacheln, die Windungen des Schwanzes. Sein Rachen war bis zu den Schultern geöffnet, und rührte unmittelbar an den Magen.

Perseus war zwischen dem Tier und dem Mädchen gemalt, als wenn er aus der Luft herabstieg. Er ließ sich zu dem Tier herab, ganz unbewaffnet; bloß seine Schultern umgab ein

Gewand, und an seinen Füßen waren Schuhe befestigt, die den Flügeln glichen. Ein Hut, gleich dem Helme des Hades, bedeckte seinen Kopf; in der Linken hielt er das Haupt der Gorgo, das er, wie einen Schild, vor sich hielt. Die Gorgo war furchtbar dargestellt; sie riß ihre Augen weit auf, sträubte das Haar der Schläfen empor und regte die Schlangen auf: so drohte sie selbst im Gemälde. Seine Rechte war mit einem zweifachen Eisen gerüstet, das sich in eine Sichel und in ein Schwert teilte. Beide liefen unten von einer Spitze aus, und das Schwert ging bis zur Hälfte des Eisens; von da aber brach es sich in zwei Teile; der eine spitzte sich und der andere war gekrümmt. Der zugespitzte Teil blieb Schwert, wie an dem ersten Ende; der gekrümmte aber formte sich zur Sichel, so daß es auf einen Hieb mit dem einen Teile die Wunde eindrückte, mit dem andern sie festhielt.

Auf die Andromeda folgte das Gemälde des Prometheus. Er war durch Eisen am Felsen gefesselt, und Herakles mit Bogen und Speer bewaffnet. Der Vogel fraß gierig an seinem Leib, riß ihn auf, und sein Schnabel wühlte in den schon geöffneten Teilen. Er schien die Wunde aufzugraben und die Leber zu suchen; diese war so weit sichtbar, wie der Maler die Höhlung der Wunde geöffnet hatte. Der Vogel stützte die Spitzen seiner Klauen in die Hüfte des Prometheus; dieser krümmte sich vor Schmerz, zog seine Seite zusammen und hob die Hüfte zu seinem eigenen Schaden empor: denn dadurch zog er den Vogel näher zur Leber. Die andere Hüfte lief mit den Füßen nach unten zu gerade aus, und war bis zu den Zehen ausgedehnt. Seine übrige Stellung deutete auf seinen Schmerz. Er runzelte die Augenbrauen, biß die Lippen zusammen und zeigte die Zähne, so daß das Gemälde durch den Kampf des Schmerzes Mitleid einflößte.

Herakles kommt dem Verlassenen zu Hilfe. Er steht und schießt auf den Henker des Prometheus; auf seinem Bogen liegt ein Pfeil bereit; mit der linken Hand streckt er den Bogen aus, und drückt ihn von sich; die Rechte zieht er nach der Brust zu, und krümmt im Anziehen der Sehne hinten seinen Arm. Alles geschieht in *einem* Moment; er krümmt den Bogen, die Sehne und die Rechte: den Bogen durch die Sehne, die Sehne durch die Hand, und die Hand neigt sich an die Brust. Prometheus ist zugleich mit Hoffnung und Furcht erfüllt und blickt bald auf die Wunde, bald auf den Herakles; er bestrebt sich, ihn gerade anzusehen; aber der Schmerz beansprucht die Hälfte des Blicks.

Nachdem wir uns hier zwei Tage aufgehalten und von unsern Leiden erholt hatten, mieteten wir von dem Gelde, das wir noch im Gürtel hatten, ein ägyptisches Schiff und nahmen unsere Fahrt auf dem Nil nach Alexandrien; hier beschlossen wir vorzüglich deswegen zu verweilen, weil wir glaubten, unsere Freunde, wenn sie etwa das Land erreicht hätten, dort am ersten wiederzufinden. In der Nähe einer Stadt hörten wir plötzlich ein starkes Geschrei, und der Schiffer drehte mit dem Ausruf: ›Der Hirt!‹ das Schiff um, um wieder zurückzufahren; aber sogleich war das Land mit furchtbaren, wilden Menschen angefüllt. Sie waren alle groß und schwarz von Farbe; nicht ganz wie die Inder, sondern wie unechte Äthiopier; ihr Kopf war kahl, ihre Füße dünn und klein, der Körper dick, und alle redeten eine fremde Sprache.

Der Steuermann hielt mit den Worten: ›Wir sind verloren!‹ das Schiff an; denn der Fluß war hier sehr schmal. Vier Räuber stiegen in das Schiff und nahmen alles auf dem Schiffe mit, auch unser Geld. Uns selbst banden sie, schlossen uns in eine Wohnung ein und gingen fort, nachdem sie uns Wächter zurückgelassen hatten, um uns den folgenden Tag zum Könige zu führen; so nannten sie den ersten unter den Räubern; bis dorthin war, wie wir von unsern Mitgefangenen hörten, ein Weg von zwei Tagen.

Die Nacht, als die Wächter schliefen und wir gefesselt da lagen, bracht' ich mit Klagen über Leukippes Schicksal zu. Ich bedachte bei mir, wie viel Unglück ich ihr schon zubereitet habe, seufzte tief in meiner Brust und sagte, nur leise wehklagend:

›O ihr Götter und Dämonen! wenn ihr irgendwo seid und mich hört, was haben wir so sehr verschuldet, daß sich in wenig Tagen ein solcher Strom von Unglück über uns wälzt? Und jetzt gebt ihr uns noch ägyptischen Räubern in die Hände, damit sich niemand unserer erbarme. Einen griechischen Räuber kann doch noch die Stimme erschüttern und das Bitten erweichen; denn die Rede erweckt oft Mitleid; die Zunge, welche dem Schmerz der Seele zu Hilfe kommt, um das Gemüt der Hörenden zu erweichen, besänftigt den Zorn. Aber welcher Stimme sollen wir uns jetzt bedienen? Welche Eide sollen wir schwören? Und besäße jemand mehr Überredungskraft als selbst die Sirenen, der Mörder würde ihn doch nicht hören. Und so bleibt mir nichts übrig, als durch Winke sie anzuflehen, ihnen durch die Bewegung der Hände mein Anliegen, mein Flehen sichtbar zu machen. So will ich nun mein Spiel des Wehklagens beginnen. Meine Leiden, und wären sie auch ein Übermaß von Unglück, schmerzen mich weniger als die deinen, Leukippe. Mit welchen Worten soll ich diese beklagen? Mit welchen Tränen sie beweinen? Du, die du dich selbst in den Leiden der Liebe treu und gegen deinen unglücklichen Liebhaber edel bezeugst: Wie schön sind die Zurüstungen und Ausschmükkungen deiner Hochzeit? Dein Brautgemach ist das Gefängnis; dein Bett die Erde, deine Armbänder und Ringe sind Taue und Stricke, und neben dir sitzt als Brautführer – ein Räuber. Wer wird dir anstatt des Hochzeitsgesanges die Trauermelodie anstimmen? – Ja, vergeblich war die gemeinschaftliche Danksagung, die wir dir, Meer, darbrachten; ich mache dir für deine Menschenliebe Vorwürfe; du warst gütiger gegen die, welche du getötet hast; denn uns, die du errettetest, machtest du weit unglücklicher. Du warst so unbillig, uns nicht sterben zu lassen, bevor du uns den Händen der Räuber überliefertest.‹

So klagte ich stillschweigend: weinen konnte ich aber nicht; dies ist uns bei großen Unglücksfällen eigen. Bei mäßigem Unglück fließen die Tränen reichlich herab; hier dienen sie den Leidenden dazu, die Züchtigenden um Schonung anzuflehen, und sie erleichtern die Schmerzen der Unglücklichen, wie bei einer schwellenden Wunde. Aber bei übermäßigem Unglücke fliehen auch die Tränen und verlassen die Augen. Die Traurigkeit hemmt den Ausbruch der aufsteigenden Tränen und führt sie mit sich hinab; so kehren sie von den Augen zurück, fließen in die Seele hinab und machen ihre Wunde noch heftiger.

Dann sagt' ich zu Leukippe, die beständig schwieg: ›Warum schweigst du, Geliebteste? und sagst gar nichts zu mir?‹

›Ach!‹ antwortete sie, ›was könnt' ich sprechen, Kleitophon, da mir vor der Seele die Stimme entwichen ist?‹

Während wir so miteinander sprachen, überraschte uns der Morgen, und es kam ein Räuber zu Pferde, mit dickem, wildem Haare; auch sein Pferd hatte eine starke Mähne; es war übrigens ohne Bedeckung und ohne allen Schmuck; so sind die Pferde der Räuber.

›Ich komme vom Räuberanführer‹, sagte er; ›wenn sich ein Mädchen unter den Gefangenen befindet, soll ich sie als Reinigungsopfer des Heeres wegführen.‹

Sogleich wendete er sich zu Leukippe. Diese faßte mich an und hing schreiend an mir. Die Räuber rissen sie von mir los und schlugen auf mich ein; sie hoben sie in die Höhe und rissen sie weg; uns aber führten sie dann in Fesseln langsam fort.

Zwei Stadien von jener Ortschaft hörten wir ein starkes Kriegsgeschrei und den Schall der Salpinx. Darauf erschien ein Kriegsheer von lauter Schwerbewaffneten. Sobald es die Räuber erblickten, nahmen sie uns in die Mitte und erwarteten die Anrückenden, um sich gegen sie zu verteidigen; und nicht lange darauf standen fünfzig Schwergerüstete vor uns, von denen einige lange Schilde hatten, andere mit kleinern Schilden bewaffnet waren. Die Räuber, die ihnen an Mannschaft überlegen waren, ergriffen Erdschollen und bewarfen die Krieger damit.

Eine ägyptische Erdscholle ist gefährlicher als jede andere; denn sie ist schwer, rauh und von spitzigen Steinen scharf, so daß sie an demselben Orte eine doppelte Wunde macht, eine Geschwulst, wie von einem Stein, und einen Ritz, wie von einem Pfeil.

Die Soldaten fingen die Steine mit den Schilden auf und achteten die Würfe der Feinde wenig.

Als die Räuber des Werfens müde waren, öffneten die Krieger ihren Haufen, und leichtgerüstete Männer, von denen jeder eine Lanze und ein Schwert führte, sprangen aus den Schwergerüsteten hervor. Sie warfen zugleich mit Wurfspießen und keiner von ihnen fehlte. Darauf stürzten die Schwergerüsteten hinzu. Es entstand ein hartes Gefecht; von beiden Seiten wurde gehauen, verwundet und getötet. Die Geschicklichkeit und Übung ersetzte bei den Kriegern, was ihnen an Mannschaft abging. Wir Gefangenen aber beobachteten sämtlich den unterliegenden Teil der Räuber, schlugen uns mit vereinigter Macht durch ihren Trupp und liefen zu den Feinden über. Die Krieger wollten uns anfangs aus Unwissenheit töten; da sie uns aber ohne Rüstung und gefesselt sahen, vermuteten sie, wie es sich mit uns verhalten möchte, nahmen uns in die Ordnung der Schwergerüsteten auf, stellten uns in die hintern Glieder und ließen uns in Ruhe.

Unterdessen kamen auch die Reiter herbei, dehnten ihren Haufen nach den beiden Flügeln des Räubertrupps aus, umritten ihn rings, trieben ihn eng in einen Kreis zusammen und hieben sie beinahe alle nieder; einige von ihnen lagen tot auf der Erde, andere, bereits halbtot, kämpften noch; die übrigen wurden gefangengenommen.

Es war schon Abend, als der Anführer einen jeden von uns einzeln vernahm und fragte, wer er sei und wie man ihn gefangen habe. Ein jeder erzählte seine Geschichte, auch ich sagte ihm die meinige. Darauf befahl er uns, ihm zu folgen, und er selbst versprach, uns Rüstung zu geben; denn er hatte beschlossen, auf das Heer zu warten und die große Räuberbande, die aus 10000 Mann bestehen sollte, anzugreifen. Ich bat mir ein Pferd aus, weil ich reiten gelernt hatte. Als ich es erhielt, ritt ich im Kreis herum und zeigte in taktmäßiger Bewegung die Schwenkungen der Krieger so geschickt, daß selbst der Anführer meine Fertigkeit pries. Er zog mich diesen Tag zu Tische, erkundigte sich hier nach meinen Schicksalen und nahm Anteil an meinen Leiden.

Der Mensch ist, wenn er die Unglücksfälle anderer hört, aus einem gewissen Mitgefühl zum Mitleid geneigt; und öfters bewirkt dieses Mitleid Freundschaft. Die Seele wird erweicht und, durch die Erzählung des Unglücks beinahe in dieselbe traurige Stimmung versetzt, ruft sie die Trauer zum Mitleid und das Mitleid zur Freundschaft auf.

In eine solche Stimmung versetzte auch ich den Anführer, so daß er selbst weinte; aber weiter konnten wir nichts tun, denn Leukippe befand sich in den Händen der Räuber. Er gab mir auch einen ägyptischen Sklaven, der meine Sachen besorgen sollte.

Den folgenden Tag rüstete er sich zum Aufbruch und ließ einen Graben, der ihm hinderlich war, zuschütten. Auch die Räuber standen jenseits des Grabens mit einer sehr großen Macht gerüstet. Man sah einen Altar, den sie aus Lehm ganz roh hingeworfen hatten; neben ihm war ein Sarg; zwei führten ein Mädchen herbei, dem sie hinten die Hände gebunden hatten; wer sie selbst waren, konnte ich nicht sehen, denn die Rüstung bedeckte sie; in dem Mädchen aber erkannt' ich Leukippe. Darauf gossen sie Trankopfer über ihr Haupt aus und führten sie im Kreise um den Altar. Einer von ihnen blies dazu, und der Priester sang, wie es schien, ein ägyptisches Lied; dies konnten wir aus dem verzogenen Mund und den Gesichtszügen schließen. Darauf entfernten sich alle nach einem gegebenen Zeichen weit vom Altar; einer von den Jünglingen legte sie rücklings nieder und band sie an Pflöcke, die in die Erde geschlagen waren, so wie die Wachsbildner den Marsyas an einen Baum gebunden darstellen; dann nahm er das Schwert und stieß es in das Herz: er zog es hierauf durch den Unterleib und riß ihn auf. Sogleich sprangen die Eingeweide hervor, die man mit den Händen herauszog und auf den Altar legte; dann briet man sie, schnitt sie in Teile und verzehrte sie.

Alles dies sahen wir; die Krieger schrien mit ihrem Anführer bei jeder dieser Handlungen laut auf und wendeten ihren Blick von diesem Schauspiel weg. Ich war ganz ruhig dabei und sah ohne Besinnung zu: so groß war meine Bestürzung; denn das übermäßige Unglück hatte mich wie ein Donnerschlag betäubt; und vielleicht ist die Fabel von Niobe nicht unbegründet; vielleicht war sie beim Hinsterben ihrer Kinder in einer ähnlichen Stimmung, und gab durch ihr Erstarrtsein zu der Meinung Veranlassung, sie sei in einen Stein verwandelt worden.

Da die Handlung vorüber war, wie es mir wenigstens vorkam, legten sie den Körper in den Sarg, deckten ihn zu und gingen fort. Dann warfen sie den Altar um und flohen, ohne sich umzusehen; dies hatte ihnen der Priester nach dem Orakel befohlen.

Gegen Abend war der ganze Graben zugeschüttet. Die Soldaten schlugen etwas oberhalb des Grabens ihr Lager auf und waren mit der Mahlzeit beschäftigt. Der Anführer bemerkte meine Betrübnis und suchte mich zu trösten. Um die erste Nachtwache aber ging ich, da ich alle schlafen sah, mit einem Schwert in der Hand nach dem Sarg, um mich selbst darauf zu töten. Als ich ihm nahe war, hob ich das Schwert und sagte:

›Unglückliche Leukippe! Ja, unglücklichste unter allen Menschen! ich beklage nicht allein deinen Tod, nicht, daß du in einem fremden Lande gestorben bist, nicht, daß man dich gewalttätig ermordet hat, nicht, daß du so ein Spiel deines Unglücks geworden bist, sondern daß man dich als ein Reinigungsopfer für unreine Körper brauchte und dich lebendig zerschnitt, indem du der ganzen Handlung des Schlachtens selbst zusahst; daß sie das Innere deines Leibes zerstückelten und deinen geschlachteten Körper auf diesen verwünschten Altar, in diesen Sarg legten. Deinen Körper legten sie hierher, aber wo sind die Eingeweide? Wenn sie das Feuer verzehrt hätte, so wäre das Unglück geringer; so aber dienten sie Räubern zur Speise. O über die verhaßte Fackelbeleuchtung auf dem Altare! o über die unerhörten Gebräuche, das Opferfleisch zu essen! Und die Götter sahen herab auf dieses Opfer, und das Feuer verlöschte nicht, sondern es stieg in wütenden Flammen empor und führte den Göttern den Opferdampf zu? Empfange nun von mir, Leukippe, das dir geziemende Totenopfer.‹

Bei diesen Worten hielt ich das Schwert empor, um es mir in die Brust zu stoßen, als ich beim Mondschein eilig zwei Männer herbeilaufen sah. – Ich hielt inne, weil ich sie für Räuber hielt, um unter ihren Händen zu sterben. Unterdessen kamen sie mir näher und schrien mir beide zu. Es waren Menelaos und Satyros, es waren meine Freunde: unerwartet sah ich sie noch am Leben: und doch umarmt' ich sie nicht – wurde nicht einmal von Freude ergriffen: so gefühllos hatte mich die Trauer über mein Unglück gemacht.

Sie ergriffen meine Rechte und bemühten sich, mir das Schwert zu entreißen. Ich aber rief: ›O bei den Göttern! versagt mir nicht den mir erwünschten Tod, das Heilmittel für mein Unglück; ich kann nicht mehr leben, wenn ihr mich auch zwingen wolltet, da mir Leukippe entrissen ist; dieses Schwert werdet ihr mir zwar entwinden; aber in meiner Brust steckt das Schwert der Trauer und tötet mich nach und nach. Wollt ihr mich an einer immerquälenden Wunde sterben lassen?‹

›Wenn du deswegen sterben willst‹, sagte Menelaos, ›so kannst du füglich das Schwert zurückhalten; Leukippe wird wieder aufleben.‹

Ich sah ihn an: ›Wie? du verspottest mich noch bei einem solchen Unglück?‹ sagte ich. ›O fürchte den Zeus! er schützt die Fremden.‹

Darauf sagte er: ›Da du mir nicht glauben willst, Kleitophon, so sei du, Leukippe, mein Zeuge, daß du noch lebst‹; und stieß bei diesen Worten ein paar Mal an den Sarg, und ich hörte von unten herauf eine sehr schwache Stimme.

Sogleich ergriff mich ein Zittern; ich sah den Menelaos an und hielt ihn für einen Zauberer. Er öffnete den Sarg, und Leukippe stieg heraus; bei den Göttern! ein fürchterlicher, schauderhafter Anblick! Ihr ganzer Leib war geöffnet und der Eingeweide beraubt. Sie warf sich auf mich, umarmte mich; wir umschlossen uns fest und sanken beide zur Erde.

Nachdem ich kaum wieder zur Besinnung gekommen

war, fragte ich den Menelaos: ›Bei Gott! sage mir, was ist das? seh' ich nicht Leukippe? halt' ich sie nicht in meinen Armen? hör' ich sie nicht lallen? Was war das, was ich gestern sah? Entweder ist jenes oder dieses ein Traum. Auch der Kuß ist wahrhaftig und lebend, und süß, wie ihn Leukippe gibt.‹

›Jetzt‹, sagte Menelaos, ›wird sie auch die Eingeweide wiederbekommen; ihre Brust wird zusammenwachsen, und du wirst sie ohne Wunde sehen. Aber verhülle dein Gesicht; denn ich rufe Hekate zu Hilfe.‹

Ich glaubte ihm und verhüllte mich. Er fing mit seiner Wunderhandlung an und sprach einige Worte; zugleich nahm er das Blendwerk von Leukippe hinweg und stellte sie wieder her. Darauf sagte er mir: ›Enthülle dich.‹ Ich zog, obgleich mit Mühe und in Furcht – denn ich glaubte wirklich, Hekate sei zugegen –, die Hände vom Gesicht hinweg, und sah Leukippe ganz und unverletzt.

Darüber noch mehr erstaunt, fleht' ich Menelaos an: ›O geliebter Menelaos, wenn du ein Diener irgendeines Gottes bist, so beschwör' ich dich: wo bin ich? was seh' ich hier in aller Welt?‹

Darauf sagte Leukippe: ›Hör' auf, Menelaos, ihn in Furcht zu setzen, und erzähle, wie du die Räuber getäuscht hast.‹

Menelaos erzählte nun: ›Du weißt, daß ich von Geburt ein Ägypter bin; dies hab' ich dir schon vorher auf dem Schiffe gesagt. Die meisten Besitzungen dieser Ortschaft und ihre Herrscher sind mir bekannt. Nach dem Schiffbruch trieb mich eine Woge an die Küsten von Ägypten. Ich wurde mit Satyros von den Räubern, die diese Gegend behaupten, ergriffen und zu ihrem Hauptmann geführt. Einige von ihnen erkannten mich sogleich, lösten mir die Bande, sprachen mir Mut zu und munterten mich auf, an ihrer Beschäftigung, wie einer aus ihrer Mitte, Anteil zu nehmen. Ich bat mir den Satyros zum Diener aus. ‚Wohlan!' sagten sie, ‚du sollst uns die erste Probe deiner Kühnheit ablegen.'

Sie hatten eben ein Orakel bekommen, ein Mädchen zu schlachten und die Räuberbande zu reinigen, von der Leber der Geopferten zu essen, den übrigen Körper in einen Sarg zu legen und hinwegzugehen: diese Art zu opfern sollte die Feinde in Erstaunen setzen. Erzähle nun das übrige, Satyros; denn hier beginnt deine Geschichte.‹

›Ich weinte, mein Gebieter‹, fuhr Satyros fort, ›als man mich mit Gewalt ins Lager führte; ich wehklagte, da ich erfuhr, was mit Leukippe geschehen sollte, und bat Menelaos, wenn möglich, das Mädchen zu retten; ein guter Dämon stand uns hierin bei.

Den Tag vor dem Opfer saßen wir betrübt am Meer und dachten darüber nach. Einige von den Räubern erblickten ein Schiff, das aus Unkunde herumirrte, und fielen es an. Die auf dem Schiff erkannten die Räuber und versuchten, wieder zurückzufahren. Die Räuber kamen ihnen aber zuvor, ergriffen es und nötigten sie, sich zu verteidigen. Unter denen auf dem Schiffe befand sich ein Rhapsode. Dieser legte mit seinen Gefährten seine Theaterrüstung an; und so versuchten sie den Kampf. Den ersten, die auf sie eindrangen, leisteten sie sehr starken Widerstand; bald aber kamen noch mehrere Räuber herbeigeschifft. Diese versenkten das Schiff und töteten die Umherschwimmenden.

Unbemerkt fiel auch eine Kiste heraus. Die Flut trieb sie zu uns; Menelaos hob sie auf, ging etwas auf die Seite und öffnete sie in meiner Gegenwart; denn er glaubte, etwas von Bedeutung darin zu finden. Wir fanden ein Gewand und einen Dolch, dessen Griff vier Ellen lang war; die Klinge war sehr kurz, kaum drei Finger lang. Menelaos hob den Dolch empor und kehrte ihn unvermerkt um. Die kurze Klinge lief aus dem hohlen Griffe so weit heraus, als dieser lang war; und als er ihn wieder umwendete, ging die Klinge wieder hinein. Wahrscheinlich bediente sich der Unglückliche dieses Dolches zu vorgetäuschten Ermordungen auf der Bühne.

‚Uns wird ein Gott beistehen, wenn du dich brav bezeugst‘, sagt’ ich dann zu Menelaos; ‚wir können das Mädchen noch retten und die Räuber hintergehen; hör’, auf welche Weise. Wir nehmen ein Schaffell, so fein wir es bekommen können, und heften es wie einen Beutel von der Größe eines Menschenbauchs zusammen; dann füllen wir es mit Tiereingeweiden und Blut und nähen es zu, damit nicht die Eingeweide so leicht herausfallen. Diesen falschen Bauch legen wir Leukippe an, werfen das Gewand darüber, versehen sie mit Kopfschmuck und Gürtel und verbergen so die Zurüstung. Auch das Orakel und der Dolch sind uns zu diesem Betruge überaus günstig; jenes befiehlt ja, das Mädchen in dieser Kleidung zu durchschneiden; und was den Dolch betrifft, so siehst du selbst, wie künstlich er ist. Denn stößt man damit auf einen Körper, so zieht er sich in den Griff, wie in eine Scheide, zurück, so daß die Zuschauer glauben, er dringe in den Körper ein; er springt aber in die Höhlung des Griffes zurück und läßt nur die Spitze übrig; so zerschneidet er den falschen Bauch und der Griff steht auf der Haut dessen, der geschlachtet werden soll, auf. Zieht man dann den Dolch aus der Wunde hervor, so läuft er, je höher man den Griff hält, aus der Höhlung wieder heraus, und auf diese Art werden die Zuschauer getäuscht. So werden die Räuber die List nicht bemerken, weil das Fell verhüllt ist und die Eingeweide durch den Stich hervorspringen. Wir nehmen sie heraus und legen sie auf den Altar; die Räuber werden sich dann entfernen und wir den Körper in den Sarg legen. Du hast gehört, daß der Räuberhauptmann kurz vorher zu uns sagte, du müßtest ihnen Proben deiner Kühnheit ablegen. Gehe zu ihm und versprich ihm, dieses Probestück zu machen.‘ Dabei beschwor ich ihn beim Zeus, dem Beschützer der Gastfreunde, und erinnerte ihn an den gemeinschaftlichen Tisch und Schiffbruch.

Darauf antwortete der edle Mann: ‚Es ist zwar ein gefährliches Unternehmen; jedoch wird mir, wenn ich auch meinem Freunde zu Gefallen mein Leben auf Spiel setzen sollte, der Tod süß sein.‘

‚Und ich glaube‘, sagte ich, ‚daß auch Kleitophon lebt; denn das Mädchen sagte mir, sie habe ihn unter den Gefangenen der Räuber gefesselt zurückgelassen; und diejenigen von den Räubern, die durch die Flucht entkommen waren, sagten zu ihrem Anführer, alle ihre Gefangenen seien aus dem

Schlachtgetümmel zu den Kriegern geflohen. Dadurch wirst du dir ihn verbindlich machen; zugleich wirst du dich eines unglücklichen Mädchens erbarmen und sie aus einer so großen Gefahr erretten.'

Durch diese Worte überredete ich ihn, und der Zufall begünstigte uns. Ich beschäftigte mich nun mit der Zurüstung des täuschenden Opfers.

Eben wollte Menelaos wegen des Opfers mit den Räubern sprechen, als ihm der Hauptmann zufällig zuvorkam und ihm sagte: ,Es ist bei uns Sitte, daß die, welche zuerst eingeweiht werden sollen, die Weihe mit einem Opfer beginnen, vorzüglich mit einem Menschenopfer. Rüste dich also auf morgen zum Opfer; dein Diener soll zugleich mit dir die Weihe empfangen.'

,Wir werden es uns sehr angelegen sein lassen', versetzte dieser, ,uns eurer würdig zu zeigen.'

,Ihr sollt aber selbst', versetzte der Hauptmann, ,das Mädchen zum Opfer gehörig einkleiden.'

Demnach rüsteten wir das Mädchen auf die vorbesagte Weise zu, sprachen ihr Mut zu, setzten ihr unsern Plan auseinander und befahlen ihr, wenn sie auch der Schlaf früher verlassen würde, den Tag über im Sarge zu bleiben; und sollte etwa keiner von uns kommen, sich dann selbst in das Lager zu retten. Darauf führten wir sie zum Altare; das übrige ist dir bekannt.‹

Dies versetzte mein Gemüt in mancherlei Empfindungen, und ich wußte nicht, wie ich mich Menelaos dafür erkenntlich erweisen sollte. Was das Gewöhnlichste ist: ich fiel vor ihm nieder, umarmte ihn, verehrte ihn wie einen Gott, und das Entzücken der Freude über Leukippens Errettung überströmte meine Brust.

›Aber was ist mit Kleinias geworden?‹ fragte ich ihn dann.

›Ich weiß es nicht‹, antwortete Menelaos. ›Als unser Schiff zertrümmert war, sah ich ihn an der Segelstange hängen; wo er aber hingekommen ist, kann ich nicht sagen.‹

Durch diese Nachricht erschüttert, brach ich mitten in der Freude in Wehklagen aus: ›Vielleicht hat mir ein Dämon ein ungetrübtes Glück nicht gönnen wollen; ihn, der durch meine Schuld nun verschwunden ist, der nach Leukippe mein Gebieter ist, ihn allein hält das Meer in seinen Banden gefesselt, und beraubt ihn nicht allein des Lebens, sondern auch der Beerdigung. O du grausames Meer! den vollständigen Beweis deiner Menschenliebe hast du uns nicht geben wollen!‹

Darauf gingen wir in das Lager zurück, begaben uns in mein Zelt und brachten da den übrigen Teil der Nacht zu. Der Vorfall selbst aber wurde bald den meisten bekannt.

Gleich mit Anbruch des Tages führte ich Menelaos zum Anführer und erzählte ihm die Sache. Er freute sich mit mir und schloß mit Menelaos Freundschaft. Dann fragte er ihn, wie stark die Macht der Feinde sei. Menelaos benachrichtigte ihn, die ganze benachbarte Gegend sei mit Räubergesindel angefüllt; ihre Anzahl vermehre sich stark und belaufe sich schon auf zehntausend.

›O‹, versetzte der Anführer, ›diese 5000 sind hinreichend, ein Heer von 20000 Räubern zu schlagen: nächstens werden noch 2000 Mann von der Armee, die im Delta und in Heliopolis steht, zu ihnen stoßen.‹

Kaum hatte er dies gesagt, da kam ein Sklave zu ihm geeilt, mit der Nachricht, es sei ein Kurier von der Armee im Delta angekommen, mit der Botschaft, daß die 2000 Mann noch einige Tage dort verweilen würden; die Barbaren hätten zwar von ihren Streifereien abgelassen; als aber die Armee hätte aufbrechen wollen, sei der heilige Vogel mit dem Leichnam seines Vaters bei ihnen angekommen; deshalb hätten sie den Aufbruch verschieben müssen.

›Was ist das für ein Vogel, der eine so große Auszeichnung genießt?‹ sagte ich. ›Was trägt er für einen Leichnam?‹

›Phönix ist sein Name‹, antwortete er mir; ›er stammt aus Äthiopien und hat die Größe eines Pfaus; aber an Schönheit der Farbe steht ihm der Pfau nach; denn auf seinen Flügeln strahlt Gold und Purpur vermischt. Stolz nennt er die Sonne seine Gebieterin, und sein Kopf bezeugt es; denn ein schöner Kreis umkränzt ihn, und der Kranz ist das Bild der

Sonne. Er ist dunkelfarbig, den Rosen ähnlich und schön von Ansehen. Prachtvoll strahlen seine Federn, wie die Sonne im Aufgang. Die Äthioper und Ägypter teilen sich in seinen Tod und seine Geburt; denn wenn er stirbt – und dies ist im höhern Alter –, trägt ihn sein Sohn zum Nil und beerdigt ihn auf folgende Weise. Er gräbt ein Stück der wohlriechendsten Myrrhe so groß, als zum Begräbnisse eines Vogels hinreicht, mit seinem Schnabel auf und höhlt es in der Mitte aus: dies ist der Sarg des Toten. Den Vogel fügt er in ein Behältnis, fliegt zum Nil und trägt ihn in die mit Erde aufgeworfene Gruft. Eine Schar von andern Vögeln folgt ihm gleichsam zur Bedeckung; der Vogel gleicht einem auswandernden Könige und kommt richtig in Heliopolis an; dies ist der Leichenzug des Toten. Der Vogel stellt sich dann auf einen erhabenen Ort und erwartet die Priester des Gottes. Es kommt ein Priester mit einem Buche aus dem Heiligtum und prüft ihn nach der Schrift. Der Vogel weiß, daß man ihm nicht glaubt, enthüllt den Leichnam, zeigt ihn vor und wird sein Leichenredner. Die Priester des Sonnengottes empfangen den toten Vogel und begraben ihn. So lebt er in Äthiopien, und wird in Ägypten begraben.‹

VIERTES BUCH

Als der Anführer von der Zurüstung der Feinde und der Zögerung der Hilfstruppen hörte, hielt er für gut, bis zur Ankunft der letztern in die Ortschaft, von welcher wir aufgebrochen waren, wieder zurückzukehren. Mir und Leukippe wurde eine Wohnung etwas oberhalb der des Anführers angewiesen.

Gleich beim Eintritt umarmte ich sie und wollte mich in ihren Schoß werfen. Als sie sich weigerte, sagte ich zu ihr: ›Wie lange noch wollen wir uns der Freuden der Liebe enthalten? Siehst du nicht, wie alles so unerwartet trifft: der Schiffbruch, die Seeräuber, das Opfer, das Schlachten? Laß uns, so lange wir vor dem Sturme des Schicksals gesichert sind, die günstige Zeit benutzen, ehe noch heftigere Stürme über uns emporsteigen.‹

›Für jetzt ist es uns noch nicht erlaubt, jenes zu tun‹, erwiderte sie; ›denn neulich, als ich eben geschlachtet werden sollte und darüber wehklagte, erschien mir im Schlafe die Göttin Artemis; ‚Weine nicht', sagte sie, ‚du wirst nicht sterben, ich werde dir zu Hilfe kommen; aber du mußt Jungfrau bleiben, bis ich dich deinem Bräutigam zuführe, und dies wird gewiß kein anderer sein als Kleitophon.' Ich war zwar über den Aufschub unwillig, doch die Hoffnung des Zukünftigen erfreute mich.‹

Dieser Traum erinnerte mich an einen ähnlichen, den ich in der verflossenen Nacht gehabt hatte. Ich glaubte, den Tempel der Aphrodite und in demselben ihr Bildnis zu sehen, und näherte mich, um es anzuflehen; aber die Türen waren verschlossen. Dies machte mich unwillig. Sogleich erschien eine Frau, die der Bildsäule ähnlich sah, und sagte: ‚Jetzt ist es dir noch nicht erlaubt, in den Tempel zu gehen; aber wenn du noch einige Zeit wartest, so werde ich dir ihn nicht allein öffnen, sondern dich auch zum Priester der Göttin weihen.'

Diesen Traum erzählte ich nun Leukippe, und stand von meinem Begehren ab. Doch, da ich über Leukippes Traum mehr bei mir nachdachte, wurde ich nicht wenig durch ihn erschüttert.

Unterdessen traf es sich, daß Charmides – dies war der Name des Anführers – Leukippe bei folgender Gelegenheit sah und sich in sie verliebte.

Man hatte ein Flußtier gefangen, das sehr sehenswert war. Die Ägypter nennen es Nilpferd, und nach der Erzählung sind auch seine Füße und sein Bauch wie beim Pferde gestaltet; nur hat es einen gespaltenen Huf. Es ist so groß wie der größte Stier; hat einen breiten Schwanz, welcher wie der ganze übrige Körper ganz glatt ist, und einen runden großen Kopf. Seine Kinnbacken gleichen denen des Pferdes; die Nase steht weit offen und haucht einen feuerähnlichen Dampf, wie aus einer Feuerquelle, aus. Sein Knie ist so breit wie die

Kinnbacken und sein Rachen bis zu den Schläfen geöffnet. Es hat krumme Spitzzähne, die ihrer Form und Ordnung nach den Pferdezähnen gleichen, aber noch dreimal größer als sie sind.

Um dieses Tier zu sehen, rief uns der Anführer herbei. Leukippe war bei uns. Wir hatten unsere Augen auf das Tier, der Anführer aber auf Leukippe gerichtet; und ihre Schönheit fesselte ihn gleich beim ersten Anblick. Um uns nun länger aufzuhalten und seine Augen an ihrem Anblick weiden zu können, suchte er uns durch lange Erzählungen und Reden hinzuhalten. Er erklärte uns erstlich die natürliche Beschaffenheit des Tieres, dann wie es gefangen werde; daß es das unersättlichste Tier sei, und ein ganzes Saatfeld abfresse.

›Der Fang‹, fuhr er fort, ›geschieht auf folgende Art: Man beobachtet seinen Aufenthalt, macht einen Graben und bedeckt ihn von oben mit Rohr und Schutt; unter dem Rohr steht ein Behältnis von Holz, dessen Türen über dem Graben geöffnet sind und auf den Fall des Tieres lauern. Tritt das Tier darauf, so stürzt es sogleich herunter; das Behältnis nimmt es, wie eine Gruft, auf, und die Jäger springen schnell herbei, verschließen die Türen des Behälters und bewahren so den Fang. Mit Gewalt würde das Tier, da es so stark ist, niemand besiegen können; und außerdem, daß es eine so große Stärke besitzt, ist auch sein Fell, wie ihr seht, so rauh, daß es vom Eisen nicht verwundet werden kann. Kurz: es ist der ägyptische Elefant; denn an Stärke kommt es dem indischen Elefanten beinahe gleich.‹

›Hast du schon einen Elefanten gesehen?‹ fragte ihn dann Menelaos.

›Wohl‹, sagte Charmides; ›auch hab' ich mir von Männern, die genau darum wissen, seine wunderbare Geburt erzählen lassen.‹

›Wir kennen ihn‹, sagte ich, ›bis diesen Tag nur aus Gemälden.‹

›Ich will es euch erzählen‹, erwiderte Charmides: ›wir haben ja Muße. Die Mutter gebiert ihn, wenn er schon alt ist;

denn er bildet sich im Mutterleibe erst in zehn Jahren; und nach Ablauf dieser Zeit tritt er, als Säugling ein Greis, ans Licht. Daher, glaube ich auch, wird er so groß, so unbezwingbar von Stärke und lebt so lange; denn man sagt von ihm, er übertreffe noch an Alter die Hesiodische Krähe. Das Kinn des Elefanten ist so beschaffen wie der Kopf des Stiers. Wenn du ihn sähest, würdest du glauben, sein Rachen habe zwei Hörner; dies sind aber seine krummen Zähne. Zwischen diesen ragt ein Rüssel hervor, der an Gestalt und Größe der Salpinx gleicht und dem Elefanten vorzügliche Dienste leistet; denn er reicht ihm die Nahrung zu und alle Speisen, die er findet. Findet er eine Speise für den Elefanten, so ergreift er sie sogleich und reicht sie, indem er sich unten nach dem Kinne zu krümmt, dem Munde dar; und trifft er etwas Härteres an, so umfaßt er rings den Fang, hebt ihn empor und reicht ihn als ein Geschenk seinem Gebieter in die Höhe; es sitzt nämlich – eine ungewöhnliche Art zu reiten – ein Äthiopier auf ihm. Der Elefant schmeichelt ihm, hat Furcht vor ihm, hört auf seine Stimme, und duldet die Schläge, die ihm der Reiter mit einer eisernen Keule versetzt.

Einst sah ich auch ein seltenes Schauspiel. Ein Grieche steckte seinen Kopf mitten in den Rachen des Tieres; der Elefant hatte seinen Rachen geöffnet und umhauchte den darin liegenden Menschen. Ich wunderte mich sowohl über die Kühnheit des Mannes als über die Menschenliebe des Elefanten. Der Grieche sagte, er habe ihn auch dafür bezahlt, es umwehen ihn beinahe indische Wohlgerüche, und dies sei ein Heilmittel für Kopfschmerzen. Der Elefant weiß dies und öffnet den Mund nicht umsonst, sondern fordert, wie ein Marktschreier, erst die Bezahlung. Gibt man sie ihm, so folgt er und zeigt sich dafür erkenntlich; er öffnet den Mund und umschließt den Menschen, so weit dieser will: denn er weiß, daß er die Wohlgerüche verkauft hat.‹

›Woher‹, fragte ich ihn darauf, ›hat ein so ungestaltetes Tier den lieblichen Wohlgeruch?‹

›Von seiner Nahrung‹, antwortete Charmides. ›Das Land der Inder ist nämlich der Sonne benachbart; die Inder sehen zuerst sie aufgehen; sie trifft das Licht heißer, und auch die Farbe ihres Körpers trägt die Spur von dem Feuer. Bei den Hellenen wächst eine Blume von schwarzer Farbe; bei den Indern aber ist sie keine Blume, sondern ein Zweig, so wie bei uns die Zweige der Gewächse sind. Sie verbirgt den Wohlgeruch ihres Hauches und macht kein Aufsehen, entweder weil sie sich bei denen, die darum wissen, mit der Süßigkeit des Geruchs nicht brüsten will, oder weil sie ihn den Einwohnern mißgönnt. Pflanzt man sie aber etwas entfernt von dem Lande, wenn sie nur über die Grenze kommt, so öffnet sie die versteckte Süßigkeit und wird eine lieblich duftende Blume. Dies ist die schwarze Rose der Inder. Sie dient den Elefanten zur Nahrung, so wie bei uns dem Rindvieh das Gras; der junge Elefant nährt sich von seiner Geburt an von ihr; und daher kommt es, daß er aus dem Magen die süßesten Düfte aushaucht; denn er riecht nach seinem Futter. Dies ist die Quelle seines duftenden Atems.‹

Nach dieser Erzählung des Anführers entfernten wir uns. Bald darauf ließ er Menelaos zu sich kommen – denn wenn man verwundet ist und vom Feuer der Liebe beunruhigt wird, kann man nicht an sich halten –, faßte ihn bei der Hand und sagte zu ihm: ›Aus dem, was du für den Kleitophon getan hast, weiß ich, daß du ein rechtschaffener Freund bist, aber auch an mir wirst du einen eben so braven Mann finden. Ich bitte mir von dir eine Gefälligkeit aus, die dir leicht ist, mir aber das Leben retten kann. Ich bin in Leukippe sterblich verliebt und flehe dich um Hilfe und Rettung an. Sie ist dir noch für die Erhaltung ihres Lebens verbindlich. Erweisest du mir den Dienst, so sollst du fünfzig Goldstücke zur Belohnung empfangen, sie aber, so viel sie nur will.‹

›Deine Goldstücke‹, erwiderte Menelaos, ›behalte; hebe sie für die auf, die sich für ihre Gefälligkeiten bezahlen lassen; ich werde mich als dein Freund bemühen, dir zu dienen.‹

Er ging darauf zu mir und erzählte mir alles. Wir beratschlagten uns, was zu tun sei; und unser Entschluß fiel dahin, ihn zu hintergehen; denn es ihm abzuschlagen, war damals nicht ohne Gefahr; wir mußten besorgen, er möchte selbst Gewalt brauchen, und zu entfliehen, war unmöglich, da uns von allen Seiten Räuber einschlossen und er selbst ein so zahlreiches Heer hatte.

Kurz darauf ging Menelaos zu Charmides und sagte ihm: ›Das Werk ist vollbracht! Das Mädchen sträubte sich zwar anfangs sehr; als ich aber mit Bitten in sie drang und sie daran erinnerte, wie sehr sie mir verpflichtet sei, willigte sie ein. Doch macht sie diese gerechte Forderung an dich: Du sollst ihr Frist geben, bis sie nach Alexandrien gelangt sei; dies sei eine Ortschaft; hier würde alles so leicht bemerkt, und es seien viele Zeugen da.‹

›Du willst mir deine Gefälligkeit‹, sagte darauf Charmides, ›weit hinaus schieben; wer könnte wohl im Kriege seinen Leidenschaften Frist geben? Wie weiß ein Krieger, der immer das Schwert in der Hand führt, ob er am Leben bleiben wird, da ihm der Tod auf allen Seiten bevorsteht? Erflehe mir vom Schicksal die Sicherheit meines Lebens, und ich warte. Ich rücke jetzt zum Kampfe mit den Räubern aus, und in meiner Brust tobt ein anderer Kampf; ein Krieger, mit Bogen und Pfeilen gerüstet, bestürmt mich; ich bin besiegt, und mein Herz ist mit Geschossen angefüllt; rufe mir, mein Lieber, schnell den Arzt herbei: die Wunde greift um sich; ich gehe den Feinden mit Feuer entgegen, und gegen mich hat Eros Fackeln in Brand gesetzt. Lösche mir erst dieses Feuer, Menelaos; die Liebesgemeinschaft, ehe man mit dem Feinde handgemein wird, hat eine schöne Vorbedeutung. Aphrodite mag mich zum Ares geleiten.‹

›Du siehst doch aber‹, erwiderte Menelaos, ›die Schwierigkeit ein, dies vor ihrem Manne, der sich bei ihr befindet und sie liebt, verborgen zu halten.‹

›Das wird doch wohl nicht schwer halten, Kleitophon wegzuschaffen?‹ versetzte Charmides.

Menelaos sah nun wohl ein, daß Charmides die Sache schleunig betrieb, und war meinetwegen in Besorgnis. Er sann daher schnell auf eine andere Ausflucht, den Anführer zu überreden, und sagte: ›Willst du die wahre Ursache des

Aufschubs hören? Sie hat gestern das Monatliche bekommen und muß sich daher enthalten.‹

›Nun so wollen wir‹, sagte Charmides, ›drei oder vier Tage warten; das wird genug sein; aber dies fordere ich von ihr, und das kann sie tun: sie soll zu mir kommen, daß ich sie immer vor Augen habe und mit ihr sprechen kann; ich will wenigstens ihre Stimme hören, ihre Hand berühren und ihren Körper betasten; dies sind Tröstungen der Liebe; auch kann sie ohne Gefahr küssen.‹

Als mir Menelaos davon Nachricht brachte, schrie ich auf: ›Wie? lieber will ich sterben, als sehen, daß Leukippe einen andern küßt. Nichts ist süßer als ein Kuß von ihr; die Begattung hat ihre Grenzen und ihre Sättigung ist nichts, wenn man ihr die Küsse wegnimmt; ein Kuß hingegen kennt keine Grenzen, erweckt nicht Überdruß, sondern ist immer neu. Die drei schönsten Dinge gehen aus dem Munde: der Hauch, die Stimme und der Kuß; man küßt sich mit den Lippen, und die Quelle der Lust entspringt aus der Seele. Glaube mir, Menelaos – in der Not verrate ich die Geheimnisse der Liebe –, ich selbst habe nur dies allein von Leukippe empfangen; sie ist noch Jungfrau und nur insofern meine Frau, als ich sie geküßt habe; und wollte mir jemand auch dieses rauben, so würde ich den Verlust nicht ertragen können. Niemand soll mir die Küsse entheiligen!‹

›Sonach müssen wir‹, versetzte Menelaos, ›den besten und schleunigsten Rat fassen; denn der Liebende duldet, so lange als er noch Hoffnung hat, zu seinem Endzweck zu gelangen, immer auf die Erfüllung seines Wunsches gespannt; wird ihm alle Hoffnung genommen, so läßt er seine Begierde in Rache ausbrechen und sucht die, welche ihm im Wege stehen, so viel er vermag, zu kränken; wenn er zumal so mächtig ist, sich rächen zu können, ohne selbst dabei zu leiden; der Zorn wird noch heftiger und wilder, wenn das Gemüt nichts fürchtet, und auch die günstige Gelegenheit drängt uns, selbst schwierige Dinge durchzusetzen.‹

Während wir diese Betrachtungen machten, kam jemand bestürzt hereingelaufen und sagte, Leukippe sei beim Spazierengehen plötzlich umgefallen und verdrehe die Augen. Wir sprangen auf, liefen zu ihr hin und fanden sie auf der Erde liegend. Ich trat zu ihr und fragte sie, was ihr fehle. Als sie mich sah, sprang sie auf und schlug mich mit einem wilden Blicke ins Gesicht; auch den Menelaos, der ihr zu Hilfe kommen wollte, schlug sie mit dem Fuße.

Als wir nun sahen, daß mit dem Übel eine Art von Raserei verbunden war, ergriffen wir sie mit Gewalt und suchten ihrer mächtig zu werden. Sie schlug aber gegen uns, ohne auf Züchtigkeit Rücksicht zu nehmen.

Es entstand ein großer Auflauf um das Zelt herum; auch der Anführer lief hinzu, um zu sehen, was vorgefallen sei. Er argwöhnte anfangs, es wäre verstellte List gegen ihn und warf einen unvermerkten Blick auf Menelaos. Bald aber bemerkte er, daß sich die Sache wirklich so verhalte, wurde selbst gerührt und hatte Mitleiden mit ihr. Man brachte Stricke herbei und band ihr die Arme. Als ich ihre Hände gefesselt sah und die meisten sich entfernt hatten, fleht' ich zu Menelaos: ›Löst sie, löst sie! Die zarten Hände vertragen keine Fesseln; laßt mich mit ihr allein; ich will sie mit meinen Armen umfesseln; gegen mich mag sie ihre Wut auslassen; denn was soll ich noch länger leben? Leukippe kennt mich ja nicht, wenn ich bei ihr bin. Gefesselt liegt sie vor mir; ich könnt sie lösen; und ich bin so grausam, es nicht zu tun? Hat uns darum das Schicksal aus den Händen der Räuber befreit, daß du ein Spiel der Raserei werdest? O wir Unglücklichen, wann wird uns das Glück lächeln? Dem, was wir zu Hause fürchteten, sind wir entflohen, um Schiffbruch zu erleiden; vom Meere sind wir errettet und aus den Händen der Räuber befreit worden, weil uns Raserei vorbehalten war. Ja, wenn du auch wieder zu Besinnung kommst, so muß ich doch noch einen zweiten Anfall befürchten. Wer kann unglücklicher als wir sein, da wir selbst das Glück fürchten? Aber erhältst du nur deine Besinnung wieder, kommst du nur wieder zu dir selbst, dann mag immerhin das Schicksal sein Spiel mit uns treiben.‹

Menelaos und die mit ihm waren, suchten mich darauf zu

trösten und stellten mir vor, solche Krankheiten dauerten nicht lange und wären im Feuer der Jugend sehr häufig. Das jugendliche und von zu großer Heftigkeit aufbrausende Blut überströme oft die Adern und lasse, indem es den Kopf innerlich bestürme, den Verstand in Betäubung versinken. Man müsse Ärzte kommen lassen und Heilmittel anwenden.

Menelaos ging darauf zum Anführer und bat ihn, den Feldarzt holen zu lassen. Charmides war auch gleich bereitwillig dazu; denn Liebende freuen sich, wenn sie für ihre Geliebte etwas tun können. Der Arzt kam sogleich und erklärte, sie müsse vor allen Dingen schlafen, damit sich der wilde Ausbruch der Krankheit besänftige. ›Der Schlaf ist das Heilmittel aller Krankheiten‹, setzte er hinzu; ›dann wollen wir das Weitere besorgen.‹

Er gab uns eine Arznei von der Größe einer Hülsenfrucht und befahl uns, sie in Öl aufzulösen und ihr die Mitte des Kopfes damit zu bestreichen; er wolle ihr auch noch ein anderes Mittel zur Reinigung des Magens zubereiten.

Wir taten, wie er befohlen hatte. Sie schlummerte kurz darauf, nachdem sie damit gesalbt war, ein und schlief den übrigen Teil der Nacht bis zum Morgen. Ich wachte die ganze Nacht hindurch, saß weinend neben ihr und sagte sie anblickend: ›Du bist gefesselt, meine Geliebte, und bist nicht einmal im Schlafe frei. Was magst du wohl jetzt für Erscheinungen haben? Bist du wohl im Schlafe bei Besinnung oder sind auch deine Träume Raserei?‹

Als sie aufstand, schrie sie wieder; wir konnten es aber nicht verstehen. Der Arzt war zugegen und wendete die andern Mittel an.

Unterdessen bekam der Anführer einen Brief vom Satrapen Ägyptens. Dieser enthielt wahrscheinlich eine Aufforderung, den Krieg zu beschleunigen; denn der Heerführer gab sogleich den Befehl, daß sich alle gegen die Räuber bewaffnen sollten. Ein jeder schritt sogleich, wie er nur konnte, zu den Waffen, und die Soldaten standen mit ihrem Anführer gerüstet da. Nachdem er ihnen das Zeichen zum Aufbruch und für später die Ordre gegeben hatte, das Lager aufzuschlagen, blieb er allein. Am folgenden Tag führte er die Armee gegen die Feinde. Die Lage des Orts war diese:

Der Nil strömt vom ägyptischen Theben herab und fließt so bis Memphis; unterhalb ist er aber etwas gekrümmt. Der Name der Ortschaft am Ende des großen Stromes ist Syros. Von da durchbricht er die Erde, und aus einem Flusse entstehen drei, von denen sich zwei nach beiden Seiten hin frei ergießen; der dritte bildet das Land, wie ein Delta, und fließt ebenso stark, wie vorher, ehe er getrennt war. Aber keiner von diesen Strömen fließt bis ans Meer hin, sondern der eine Arm verteilt sich hier, der andere dort in die Städte; und diese Trennungen sind größer, als die Flüsse in Griechenland, das Wasser aber wird, ob es sich gleich nach allen Seiten hin verteilt, nicht vermindert, sondern man beschifft, trinkt und benutzt es zur Saat.

Der große Nil ist ihnen alles: Fluß und Land, Meer und See. Man sieht hier – ein seltener Anblick! – neben den Schiffen den Karst, neben dem Ruder den Pflug, neben dem Steuerruder die Sichel, die Hütten der Schiffer und Landbebauer, die Wohnungen der Fische und der Stiere. Was man beschifft, wird besät, und was man bepflanzt, wird bebautes Meer. Der Fluß hat nämlich seine bestimmten Zeiten, wo er ankommt. Der Ägypter erwartet ihn ruhig und zählt seine Tage ab; der Nil täuscht ihn nicht, sondern paßt die bestimmte Zeit ab, mißt sein Wasser zu und bleibt nie über die Zeit aus. Nun sieht man den Fluß mit dem Lande ordentlich wetteifern; beides kämpft miteinander; das Wasser, ein so großes Land zu überschwemmen, und das Land, ein so großes, süßes Meer zu fassen. Beide tragen einen gleichen Sieg davon; denn nirgends ist der Besiegte sichtbar. Das Wasser dehnt sich mit dem Lande aus und bleibt immer in den Gegenden, wo die Hirten wohnen, in großer Menge stehen; und wenn es das ganze Land unter Wasser gesetzt hat, bildet es dort auch Seen. Tritt der Nil wieder zurück, so bleiben die Seen; nur haben sie weniger Wasser und mehr Schlamm.

Auf diesen Seen geht und schifft man herum; aber kein anderes Fahrzeug kann darauf schiffen, als solche, die nur *einen* Menschen fassen; jedes andere bleibt im Schlamme fest sitzen. Die Ägypter haben dazu kleine und leichte Kähne, für die ein wenig Wasser schon hinreicht. Ist die Gegend völlig wasserlos, so nehmen die Schiffer das Fahrzeug auf den Rücken und tragen es, bis sie wieder Wasser finden.

Mitten in diesen Seen liegen hin und wieder Inseln, die zwar keine Häuser haben, aber mit Papyrusstauden so dicht bewachsen sind, daß nur ein Mann zwischen ihnen Platz finden kann. Den obern Teil des Zwischenraums füllen die Blätter der Papyrusstauden aus. Die Räuber benutzen sie zu Beratschlagungen und lauern hier im Hinterhalte versteckt: denn die Gewächse dienen ihnen anstatt der Mauern. Einige von jenen Inseln haben Hütten, die von Seen eingeschlossen sind und einer leicht befestigten Stadt gleichen. Dies sind die Wohnungen der Räuber.

Auf einer von den näherliegenden Inseln, die sich durch Größe und mehrere Hütten auszeichnete, namens Nikochis, ihrem festesten Ort, kamen die Räuber zusammen, voll Mut und Zuversicht, sowohl auf ihre Menge als auch auf den Ort; denn nur ein enger Platz, eine Stadie lang und zwölf Klafter breit, hielt ihn noch mit dem festen Lande zusammen, sonst war er ganz Insel, und ringsum war er von Seen umgeben.

Als sie den Anführer anrücken sahen, brauchten sie folgende List. Sie versammelten alle Greise, legten ihnen Palmzweige zum Zeichen des Schutzes in die Hände und stellten die stärksten von den jungen Männern, mit Schilden und Lanzen bewaffnet, hinter sie. Die Greise sollten die Friedenszweige emporhalten und mit dem Laube der Blätter die Hinteren bedecken; die Hinteren aber sollten die Lanzen hinter sich herziehen, damit sie um so weniger bemerkt würden. Wenn sich der Anführer durch die Bitten der Greise überreden ließe, sollten die Bewaffneten vom Kampf abstehen; wo nicht, sollten ihn die Greise in die Stadt führen, unter dem Vorwande, daß sie sich ihm auf Leben und Tod ergeben wollten. Mitten auf der Landenge sollten dann die Greise auf ein gegebenes Zeichen davonlaufen und die Zweige hinwerfen. Die Bewaffneten sollten hervorbrechen und nach ihren Kräften den Kampf beginnen.

So kamen nun die Greise an und flehten zum Anführer, Ehrfurcht für ihr Alter wie für die Friedenszweige zu haben und ihre Stadt zu schonen. Sie versprachen ihm für sich noch hundert Talente Silber und hundert Männer, welche sich für ihre Stadt auf jede Art aufzuopfern entschlossen hätten, in die Satrapie zu führen; ja ihm noch Beute darzubringen.

Dieses Versprechen war nicht etwa nur zum Scheine, sondern sie würden es erfüllt haben, wenn es der Anführer hätte annehmen wollen. Da er aber in ihre Bedingungen nicht einwilligte, sprachen diese Greise zu ihm: ›Nun, wenn du es nicht annehmen willst, so wollen wir unser unglückliches Los ertragen; nur erweise uns die Gefälligkeit, töte uns nicht außerhalb der Tore, nicht fern von der Stadt; führe uns auf unsern heimischen Boden, zum väterlichen Herd, und mache die Geburtsstadt zu unserm Begräbnisorte. Wohlan denn! wir gehen dir zum Tode voran.‹

Der Anführer gab sonach die Vorbereitungen zur Schlacht auf und befahl seinem Heere, ruhig zu folgen.

Die Räuber hatten in der Ferne Wächter hingestellt, und ihnen befohlen, sobald sie die Feinde ankommen sähen, den Damm des Flusses niederzureißen und alles Wasser auf die Feinde loszulassen.

An jedem Graben des Nils haben die Ägypter einen Damm, um das Land gegen die Überschwemmung des Nils, wenn er etwa vor der nötigen Zeit übertritt, zu schützen; und wenn sie das Feld wässern wollen, öffnen sie den Damm.

Hinter jenem Orte nun war ein großer breiter Graben. Hier stießen die dazu Beauftragten, als sie die Krieger ankommen sahen, den Damm nieder; und alles geschah zu gleicher Zeit. Die Greise, die vorangingen, trennten sich ab; die Hinteren schwangen die Lanzen empor und liefen hinzu; das Wasser strömte herbei. Die Seen schwollen an und stürzten hervor; die Erdzunge wurde überströmt und alles war ein Meer. Die Hirten eilten herbei und stießen die vordersten, welche zum Kampfe nicht gerüstet und durch den unvermuteten Überfall in Bestürzung gerieten, nieder; auch den Anführer durchstachen sie mit den Lanzen. Wie die andern umgekommen sind, läßt sich nicht angeben. Einige von ihnen fielen gleich beim ersten Angriff, ohne nur ihre Lanzen in Bewegung zu setzen; andere, ohne Zeit zur Verteidigung zu haben; denn so wie sie den Angriff der Feinde merkten, wurden sie auch niedergeworfen, und mehrere sogar, bevor sie etwas von der List der Räuber gewahr wurden. Einige standen vor plötzlicher Bestürzung still und erwarteten den Tod; andere setzten sich etwas in Bewegung, der Strom zog ihnen aber die Beine weg, und sie glitten aus; noch andere, die zu fliehen versuchten, wurden in die Tiefe des Sees gewälzt und fortgerissen; denn das Wasser war so stark, daß es denen, die auf dem Lande waren, bis über den Unterleib hinaufging und ihre Schilde emporschlug, so daß ihr Leib gegen die Wunden nicht geschützt war. Im See aber ging das Wasser jedem Mann über den Kopf, und man konnte nicht unterscheiden, was See und was Land war. Daher kam es, daß die, welche auf der Erde hinliefen, aus Furcht sich zu verirren, nur langsam fliehen konnten und desto leichter gefangen wurden, und diejenigen, die sich im See herumtrieben, weil sie ihn für Land hielten, untersanken.

Es waren ganz neue Unglücksszenen: So viele litten Schiffbruch, und doch war nirgends ein Schiff zu sehen, und – ein unerwartetes, seltenes Schauspiel – man sah ein Landtreffen zu Wasser, und einen Schiffbruch auf dem Lande.

Die Räuber machte dieser Vorfall übermütig und kühn, weil sie nicht durch heimliche List, sondern durch Tapferkeit gesiegt zu haben glaubten. Überhaupt ist der Ägypter, wenn er sich fürchtet, der feigherzigste Sklave; hat er hingegen auf etwas Zuversicht gesetzt, so ist er von Streitlust um so mehr entflammt. In beiden Fällen ist er übermäßig; er unterliegt aus zu großer Feigheit und siegt mit zu voreiliger Hitze.

Schon waren zehn Tage während Leukippes Raserei verflossen und noch ließ die Krankheit nicht nach. Einstmals schlief sie und rief diese bedeutungsvollen Worte aus: ›Gorgias, *du* bist die Ursache meiner Raserei.‹

Mit Ausbruch des Tages sagt' ich Menelaos, was ich gehört hatte, und erkundigte mich, ob etwa in diesem Orte jemand wäre, der Gorgias hieße.

Eben wollten wir ausgehen, als ein Jüngling zu uns kam, und mich mit den Worten anredete: ›Ich komme, dich und deine Frau zu retten.‹

Dies setzte mich in Erstaunen; ich glaubte, er wäre vom Himmel gesandt und sagte zu ihm: ›Bist du nicht Gorgias.‹

›Nein‹, antwortete er; ›ich bin Chaireas; aber Gorgias hat dich unglücklich gemacht.‹

Dies setzte mich noch mehr in Erstaunen. Dann fragte ich: ›Wie unglücklich gemacht? Wer ist denn der Gorgias? Ein Dämon hat ihn mir des Nachts angezeigt; erkläre du mir die göttliche Anzeige.‹

›Gorgias war‹, erzählte er, ›ein ägyptischer Soldat; jetzt ist er in den Händen der Räuber. Er liebte deine Frau, und da er von Geburt ein Giftmischer war, so bereitete er ihr einen Liebestrank zu, überredete den Ägypter, der euch bedient, den Trank zu nehmen und ihn Leukippe in den Becher zu gießen. Der Ägypter aber nahm ohne sein Wissen den Liebestrank unvermischt; und so bewirkte dieser anstatt Liebe Raserei. Dies erzählte mir gestern der Diener des Gorgias, welcher mit ihm am Feldzug gegen die Räuber teilnahm. Das Glück hat ihn wahrscheinlich euretwegen erhalten. Er verlangt vier Goldstücke für die Heilung, denn er ist im Besitz eines Mittels, die Wirkung des Liebestrankes aufzuheben.‹

›Wir danken dir‹, sagte ich zu ihm, ›für deinen Dienst; den Menschen aber, von dem du uns erzählt hast, bringe zu uns.‹

Darauf entfernte er sich. Ich aber ging hinein zum Ägypter, schlug ihn einige Mal mit der Faust ins Gesicht und fragte ihn laut schreiend: ›Was hast du Leukippe gegeben? Was ist schuld an ihrer Raserei?‹

Der Ägypter geriet in Schrecken und erzählte alles so, wie es Chaireas erzählt hatte. Darauf nahmen wir ihn in Verwahrung.

Unterdessen erschien Chaireas mit dem Menschen. Beiden erklärte ich, sie sollten die vier Goldstücke für ihre gütige Anzeige nehmen; ›aber hört‹, setzte ich hinzu, ›was ich von dem Arzneimittel halte. Ihr seht, daß auch das vorige Übel durch ein Arzneimittel verursacht ward; und daher ist es nicht ohne Gefahr, die Eingeweide, die schon durch die vorige Arznei angegriffen sind, durch eine andere von neuem anzugreifen. Sagt mir, woraus diese Arznei besteht und bereitet sie in unserer Gegenwart zu; wollt ihr dies, so sollt ihr noch vier andere Goldstücke zur Belohnung erhalten.‹

›Du bist mit Recht besorgt‹, entgegnete mir der Fremde, ›aber was dazu kommt, sind gewöhnliche Dinge und alle eßbar; ich will selbst so viel davon essen, als das Mädchen bekommen soll.‹

Dann gab er jemandem den Auftrag, sie zu kaufen und herzubringen und nannte ihm ein jedes. Man brachte sie sogleich. Darauf zerrieb er sie alle und teilte sie in zwei Teile. ›Dieses‹, sagte er, ›trink' ich zuerst, und diesen Teil werd' ich dem Mädchen geben. Sie wird die ganze Nacht darauf schlafen, und des Morgens wird sie der Schlaf zugleich mit der Krankheit verlassen.‹

Er selbst nahm zuerst von der Arznei und befahl, ihr das übrige auf den Abend zu geben. ›Ich will fortgehen‹, sagte er darauf, ›und mich niederlegen; dies erfordert die Arznei.‹

Mit diesen Worten ging er hinweg, nachdem er von mir die vier Goldstücke erhalten hatte; die übrigen hatt' ich ihm versprochen zu geben, wenn Leukippes Übel behoben wäre.

Zur Stunde, da sie die Arznei nehmen sollte, goß ich sie ihr unter folgendem Gebet in den Becher:

›O du Sprößling der Erde, Geschenk des Asklepios! Möchten doch deine Verheißungen wahr sein! Bringe mir Glück, und rette mir meine Geliebte; besiege jene wilde, unmenschliche Arznei.‹

Darauf küßte ich den Becher und reichte ihn Leukippe zum Trinken. Kurz darauf schlief sie, wie der Fremde gesagt hatte, ein. Ich saß neben ihr und sprach zu ihr, als wenn sie es verstünde: ›Wirst du mir aber wirklich wieder zu Verstand kommen? Wirst du mich wieder erkennen? Werde ich deine Stimme wieder hören? Sage mir auch jetzt wieder etwas im Traume vorher, wie du gestern über den Gorgias weissagtest. Wahrhaftig! du bist jetzt sehr glücklich, und vorzüglich im Schlafe; denn wenn du aufwachst, verfällst du in Raserei; aber deine Träume sind doch vernünftig.‹

So sprach ich zu Leukippe, als wenn sie es hörte. Endlich erschien der vielerwünschte Morgen. Leukippe redete wieder, und ihr erstes Wort war: Kleitophon!

Ich sprang auf, trat zu ihr hin, und fragte sie, wie sie sich befände. Sie schien nichts von dem zu wissen, was mit ihr vorgegangen war; und als sie die Fesseln erblickte, wunderte sie sich und fragte, wer sie gefesselt habe?

Meine Freude war grenzenlos, da ich sie wiederhergestellt sah, und frohlockend löste ich ihr die Fesseln. Darauf erzählte ich ihr den ganzen Vorfall. Sie schämte sich, da sie es hörte, errötete, als wenn sie alles das noch jetzt täte. Ich beruhigte und tröstete sie.

Sehr gern gab ich die Belohnung für die Arznei. Unser ganzes Reisegeld war noch unversehrt; denn Satyros hatte es, da wir Schiffbruch erlitten, im Gürtel verwahrt; und nichts von dem, was er bei sich hatte, noch was Menelaos mit sich führte, war in die Hände der Räuber gekommen.

Unterdessen war ein größeres Heer aus der Hauptstadt gegen die Räuber angerückt und machte ihre ganze Stadt dem Boden gleich. Als nun der Fluß vor den Streifereien der Räuber gesichert war, rüsteten wir uns zur Fahrt nach Alexandria. Auch Chaireas schiffte mit uns, der seit der Anzeige jenes Arzneimittels unser Freund geworden war. Er stammte von der Insel Pharos und trieb Fischerei. Dann diente er für Sold bei der Flotte gegen die Räuber; nach dem Kriege entfernte er sich vom Heere. Alles war nach dem langen Aufschube der Schiffahrt mit Menschen angefüllt und bot ein sehr erfreuliches Schauspiel; der Gesang der Schiffer, das Händeklatschen der Reisenden, die Reihen der Schiffe und der Fluß: alles war in Fröhlichkeit und die Schiffahrt wirkte, als ob der Fluß selbst fröhlich feierte. Damals trank ich zum ersten Male vom Nil, ohne ihn mit Wein zu vermischen, um die Süßigkeit des Getränks zu unterscheiden; denn der Wein beraubt das Wasser seiner Natur. Ich schöpfte mit einem Becher von durchsichtigem Glase und sah das Wasser an Klarheit mit dem Becher wetteifern; bemerkte sogar, daß es ihn übertraf. Es schmeckte süß und war kühl, ohne daß es eine Annehmlichkeit verlor. Ich kenne einige Flüsse in Griechenland, die durch ihre Kälte schädlich sind; diese verglich ich mit dem Nil.

Sonach hat der Ägypter den Wein nicht nötig und braucht sich nicht zu scheuen, den Nil unvermischt zu trinken: Ich wunderte mich auch über die Art, wie sie trinken. Sie schöpfen ihn nicht mit Bechern, sondern bedienen sich des natürlichen Bechers, ihrer Hand. Dürstet jemand von ihnen, so neigt er sein Gesicht aus dem Schiffe nach dem Flusse hin, taucht die hohle Hand ins Wasser, füllt sie und wirft das Getränk nach dem Mund, ohne sein Ziel zu verfehlen. Der Mund erwartet geöffnet den Wurf; nimmt ihn auf, verschließt sich wieder und läßt das Wasser nicht wieder herausfließen.

Ich sah auch im Nil ein Tier, das in Hinsicht auf seine Stärke über das Flußpferd gesetzt wird. Es wird Krokodil genannt. Nach seiner Gestalt ist es ein Fisch und ein Tier zugleich; denn vom Kopfe bis zum Schwanz ist es groß; die Breite aber entspricht der Größe nicht. Die Haut ist von Schuppen rauh, die Farbe des Rückens felsenartig und schwarz, der Bauch weiß. Es hat vier Füße, die sich allmählich schräge krümmen, wie bei der Landschildkröte. Der Schwanz ist lang, dick und gleicht einem festen Körper. Er ist nicht so wie bei andern Tieren, sondern ein Knochen des Rückgrats geht bis an sein Ende, so daß er einen Teil des ganzen Rückens ausmacht. Oben ist er in rauhe Stacheln zerschnitten, die den Spitzen der Säge gleichen. Der Schwanz dient dem Tier beim Fange zur Geißel. Es schlägt damit die, gegen welche es kämpft, und verursacht mit *einem* Schlage viele Wunden. Sein Kopf ist mit dem Rücken zusammengewachsen und hält mit ihm gerade Richtung. Seinen Hals hat die Natur versteckt. Am furchtbarsten ist sein Rachen. Er erstreckt sich weit über die Kinnladen hinaus, und öffnet sich ganz. Tut es ihn zum Fange auf, so ist es ganz Rachen; außerdem macht er den Kopf aus. Es öffnet nur die obere Kinnlade, die untere hingegen ist fest, und der Abstand zwischen beiden ist sehr groß. Der Schlund geht bis zu den Schultern, und gleich daran stößt der Magen. Es hat viele Zähne, die in der besten Ordnung stehen. Man sagt, es habe ihrer so viel, als Tage im Jahre sind. Wenn es ans Land steigt und man die Last seines Körpers sieht, so sollte man nicht glauben, daß es eine so große Stärke besäße.

FÜNFTES BUCH

Nach einer Fahrt von drei Tagen kamen wir nach Alexandrien. Sowie ich der sogenannten Sonnenpforte näher kam, strahlte mir schon die blendende Schönheit der Stadt entgegen und erfüllte meine Augen mit Vergnügen.

Von den Pforten der Sonne bis zu den Pforten des Mondes – dies sind die Schutzgötter der Stadt – lief auf beiden Seiten eine Reihe Säulen in gerader Linie hinab. In der Mitte derselben war der öffentliche Platz, der von vielen Wegen durchschnitten war, so daß man mitten in der Stadt eine weite Reise zu machen glaubte.

Einige Stadien weiter kam ich an den Alexandersplatz. Hier sah ich eine andere Stadt und die höchste Pracht zwischen zwei Säulenreihen geteilt, von denen die eine geradeaus ging, die andere eine schräge Richtung hatte. Ich wendete meine Augen nach allen Straßen hin und war unersättlich im Anschauen; dennoch aber vermochte ich nicht, die Schönheiten ganz zu umfassen. Einiges sah ich, anderes wünschte ich zu sehen, zu dem andern wurde ich gleichsam hingezogen, wieder anderes wollte ich nicht ungesehen vorbeigehen lassen. Das, was ich sah, fesselte meinen Blick; was ich noch erwartete, riß ihn mit sich fort. Voll Begierde, dies alles zu überschauen, irrten meine Augen durch alle Straßen und mußten endlich, des Anschauens müde, dem Kampf unterliegen.

Auch zeigte sich mir ein neues und ungewöhnliches Schauspiel. Die Größe der Stadt wetteiferte mit ihrer Schönheit, die Menge der Einwohner mit dem Umfange derselben, und beide trugen den Preis davon. Denn jene war größer, als ein ganzes Land, diese zahlreicher als ein Volk. Sah ich auf die Stadt hin, so war es mir unbegreiflich, wie ein Volk sie mit Einwohnern füllen könnte. Warf ich meinen Blick auf die Einwohner, so staunte ich, wie eine Stadt sie alle zu fassen vermöchte. So hielten sie sich das Gleichgewicht.

Zufälligerweise wurde gerade dem höchsten Gotte, dem Zeus der Griechen oder, wie ihn die Ägypter nennen, dem Serapis, ein Fest gefeiert. Ringsum war die Gegend von Opferflammen erleuchtet: das prächtigste Schauspiel, das ich je gesehen habe. Es war Abend, die Sonne war untergegangen, aber nirgends war es Nacht; denn eine andere Sonne stieg in zerteilten Flammen zum Himmel empor. Ich sah die Stadt mit dem Himmel um die Schönheit wetteifern.

Hier bekam ich auch den Meilichischen Zeus und seinen prächtigen Tempel zu sehen. Flehend baten wir ihn, unsern Mühseligkeiten ein Ende zu machen. Dann gingen wir in die Wohnung, die Menelaos für uns gemietet hatte. Zeus aber wollte unsre Bitte noch nicht erhören; denn es stand uns noch ein neuer Kampf bevor.

Chaireas hatte schon seit geraumer Zeit Leukippe heimlich geliebt und uns auch deshalb das Heilmittel angezeigt. Denn er suchte dadurch nicht nur Gelegenheit, mit uns bekannt zu werden, sondern glaubte auch das Mädchen für sich selbst zu retten. Da er nun aber die Schwierigkeit einsah, seinen Zweck zu erreichen, so machte er einen Plan gegen uns.

Er verband sich mit einigen Räubern, die sich, wie er, mit dem Seewesen beschäftigten, und bat uns, nachdem er sich mit ihnen abgesprochen hatte, unter dem Vorwande, seinen Geburtstag zu feiern, zu sich nach Pharos.

Als wir eben aus dem Hause gingen, begegnete uns ein

unglückliches Zeichen. Ein Habicht, der eine Schwalbe verfolgte, schlug mit seinen Flügeln Leukippe auf den Kopf.

Ich erschrak darüber und rief mit gen Himmel gerichtetem Blicke: ›O Zeus! Was zeigst du uns hier? War dieser Vogel wirklich von dir gesandt, so gib uns ein anderes deutlicheres Zeichen!‹

Als ich mich umwendete, stand ich zufällig an der Werkstätte eines Malers. Hier erblickte ich ein Gemälde, das auf etwas Ähnliches hinzudeuten schien. Es hatte das Unglück der Prokne, die Gewalttätigkeit des Tereus und das Abschneiden der Zunge zum Gegenstande. Der ganze Hergang der Geschichte war dargestellt: das Gewand, Tereus, der Tisch, eine dabeistehende Dienerin, die das ausgebreitete Gewand hielt. Daneben stand Philomele, legte den Finger auf das Gewand und zeigte die gewebten Figuren. Prokne nickte ihr zu, sah wild auf und zürnte dem Gemälde. In das Gewand selbst war der Thraker, Tereus, gewebt, wie er mit Philomele den Liebeskampf kämpfte. Ihr Haar war zerrauft, der Gürtel gelöst, das Kleid heruntergerissen, die Brust halb entblößt. Die rechte Hand drückte sie Tereus auf die Augen, mit der linken zog sie das zerrissene Gewand an die Brust. Tereus hielt Philomele in seinen Armen, zog ihren Körper mit Gewalt an sich und suchte sie noch fester zu umschließen. Auf dem übrigen Teile des Gemäldes zeigten die Frauen in einem Gefäße dem Tereus die Überbleibsel vom Gastmahl: den Kopf und die Hände seines Sohnes. Lachen und Furcht schwebte zugleich auf ihrem Gesichte. Tereus war im Begriffe, vom Lager aufzuspringen und das Schwert gegen sie zu ziehen. Er stemmte den Fuß gegen den Tisch; dieser stand weder aufrecht, noch lag er, sondern hatte den Anschein, als wollte er fallen.

›Nach meinem Bedünken‹, sagte Menelaos, ›ist es wohl besser, die Reise nach Pharos zu unterlassen. Denn weder der Flug des Vogels noch die Drohung des Gemäldes sind, wie du siehst, günstige Zeichen für uns; wenigstens die Zeichendeuter raten an, auf den Inhalt der Gemälde, die uns beim Ausgange zu irgendeinem Geschäft ins Auge fallen, zu achten, und den Erfolg nach dem Hergang der dargestellten Geschichte zu berechnen. Hier nun siehst du, wieviel Unglück das Gemälde in sich faßt: eine gesetzwidrige Liebe, einen schändlichen Ehebruch, das traurige Los der Frauen. Drum wäre mein Rat, das Weggehen für jetzt zu unterlassen.‹

Seine Ermahnung schien mir begründet. Ich sagte daher dem Chaireas für diesen Tag ab. Er verließ uns mit dem größten Unwillen und versprach, den Tag darauf wiederzukommen.

›Was hat es denn‹, fragte mich Leukippe, ganz nach Art der Frauen, die nur allzugern Erzählungen hören, ›mit der Geschichte dieses Gemäldes für eine Bewandtnis? Was sind das für Vögel? Wer sind die Frauen und dieser unverschämte Mann?‹

›Du siehst hier‹, hub ich an zu erzählen, ›eine Nachtigall, eine Schwalbe und einen Wiedehopf. Alle drei sind Menschen und alle drei Vögel. Der Wiedehopf ist der Mann, die Schwalbe ist Philomele, die Nachtigall Prokne, zwei Frauen aus Athen. Der Mann ist Tereus und Prokne seine Gemahlin.

Die Barbaren können sich, wie es scheint, nicht mit einer Frau begnügen; zumal wenn sich ihnen zur Befriedigung ihrer zügellosen Begierden Gelegenheit bietet. Eine solche günstige Gelegenheit findet dieser Thraker in der Schwesterliebe der Prokne.

Prokne schickt ihn zu ihrer Schwester. Als Proknes Gatte reist er ab und kehrt als Philomeles Liebhaber zurück; denn auf dem Rückweg wird ihm Philomele die zweite Prokne. Er fürchtet nun Philomeles Zunge, gibt ihr zum Hochzeitgeschenk das Unvermögen zu reden und entreißt ihr das Werkzeug der Sprache. Allein dies half ihm nichts. Philomeles Kunst erfand eine schweigende Rede. Sie webt ein Gewand und stellt die ganze Geschichte in dem Gewebe dar. Die Hand ahmt die Zunge nach und verrät Proknes Augen, was die Ohren vernehmen sollten. So erzählt sie ihr durch Weben, was sie erduldet hat.

Prokne vernimmt die Kunde von der Gewalttätigkeit durch das Gewand und sucht sich auf eine außerordentliche Weise an ihrem Manne zu rächen. Zwei Frauen von zweifachem Zorn entbrannt, von Schande und Eifersucht angetrieben, fassen einen gemeinschaftlichen Entschluß und denken auf ein Gastmahl, das noch schrecklicher sein sollte als die Schändung selbst. Das Mahl war der Sohn des Tereus. Prokne war vor ihrem Zornesausbruch seine Mutter; jetzt aber hatte sie die Schmerzen der Geburt vergessen. So besiegen die Qualen der Eifersucht selbst die Schmerzen der Geburt.

Die Frauen, einzig bedacht, sich an dem, der das Ehebett geschändet hat, zu rächen, achten das damit verbundene Unglück, wenn sie auch selbst dabei leiden sollten, weit geringer als das Vergnügen, das ihnen die Rache gewährt. So genoß Tereus das Mahl der Erinnyen. Furchtsam und lachend brachten ihm die Frauen in einem Gefäß die Überbleibsel des Knaben. Tereus sieht sie, erkennt sich als Vater des Mahles und jammert über das Gericht. Voll Wut zieht er sogleich das Schwert und stürzt auf die Frauen zu. Diese werden aber von der Luft in die Höhe gehoben; Tereus steigt mit ihnen empor und wird zum Vogel, und auch in den Vögeln ist die Leidenschaft noch sichtbar. Die Nachtigall flieht, Tereus verfolgt sie, und so erhält sich der Haß selbst noch in den Vögeln.‹

Auf diese Weise entgingen wir für jetzt der Nachstellung; aber wir hatten dadurch nicht mehr gewonnen als einen Tag; denn am andern Morgen war Chaireas früh bei uns. Aus Achtung für ihn konnten wir seine Einladung nicht ablehnen. Wir bestiegen einen Kahn und kamen nach Pharos. Menelaos aber blieb unter dem Vorwand, daß er sich nicht wohl befände, zurück.

Zuerst führte uns Chaireas an den Turm und zeigte uns den bewundernswürdigen Bau desselben. Es war ein Berg, der sich mitten aus dem Meer erhebt und mit seinem Gipfel bis an die Wolken emporragt. Unter ihm hin fließt das Wasser, so daß er schwebend auf dem Meere zu stehen scheint. Auf der Spitze des Bergs leuchtet das Wachtfeuer, eine zweite Sonne für die Schiffe.

Dann führte er uns in seine Wohnung, die am äußersten Ende der Insel nahe am Meere stand.

Gegen Abend entfernte sich Chaireas unter dem Vorwand, ein wenig beiseite zu gehen. Nach einiger Zeit entsteht vor der Tür ein plötzliches Geräusch und mit einem Male springt ein Trupp starker Männer herein. Sämtlich ziehen sie das Schwert und stürzen auf das Mädchen zu. Ich konnte meine Geliebte nicht forttragen sehen und warf mich zwischen die Schwerter. Aber einer von ihnen schlug mich auf die Hüfte, daß ich niedersank, und, schon im Fallen, war ich ganz mit Blut überströmt. Das Mädchen warfen sie auf ein Schiff und flohen davon.

Bei dem Lärmen und dem Geschrei, das Räuber zu erheben pflegen, erschien der Kommandant der Insel, den ich noch von der Armee her kannte. Ich zeigte ihm die Wunde und bat ihn, die Räuber zu verfolgen. Sogleich bestieg er eins von den Schiffen, die in dem Hafen der Stadt vor Anker lagen, und verfolgte sie mit der daselbst befindlichen Wache. Auch ich ließ mich ins Schiff tragen und fuhr mit.

Als die Räuber das Schiff zu einer Seeschlacht bereit ankommen sahen, stellten sie das Mädchen, dem sie die Hände auf dem Rücken zusammengebunden hatten, auf das Deck, und unter dem lauten Ausruf: ›Seht hier den Kampfpreis!‹ hieb ihr einer von ihnen den Kopf ab und warf den Körper ins Meer.

Ich schrie auf, als ich es sah, jammerte laut und wollte mich in die Fluten stürzen. Die Anwesenden hielten mich zurück. Ich bat, man möchte wenigstens das Schiff anhalten und einige ins Meer springen lassen, um mir, wenn möglich, den Leichnam des Mädchens zum Begräbnisse zu verschaffen. Der Kommandant ließ sich überreden und hielt das Schiff an. Zwei von den Schiffern warfen sich in die Fluten, ergriffen den Körper und brachten ihn ins Schiff.

Unterdessen waren die Räuber mit größerer Anstrengung geflohen. Als wir ihnen wieder näher kamen, erblickten sie ein anderes Schiff, das sie sogleich erkannten und zu Hilfe riefen. Es war ein Räubergesindel von Purpurfischern. Da der Kommandant zwei Schiffe gegen sich gerichtet sah, geriet er in Furcht und ließ das Schiff zurücktreiben. Denn die Seeräuber hatten ihrer Flucht Einhalt getan und uns zum Kampf aufgefordert.

Wir kamen ans Land. Ich stieg aus, warf mich über den Leichnam hin und weinte. ›Leukippe!‹ rief ich, ›jetzt bist du mir doppelt entrissen! Land und Meer teilen sich deinen Leichnam. Zwar habe ich den Rest deines Körpers, dich selbst aber habe ich verloren. Das Meer war bei der Teilung nicht billig gegen das Land. Unter dem Anschein des größern ist mir nur ein kleiner Teil von dir übriggeblieben; das Meer aber umfaßt in Wenigem dich ganz. – Da mir das Schicksal nicht vergönnte, dein Antlitz zu küssen, wohlan denn, so will ich deinen zerstümmelten Leichnam küssen!‹

So klagte ich, begrub den Leichnam und ging wieder nach Alexandrien zurück. Wider Willen wurde ich von meiner Wunde geheilt und führte, ungeachtet der häufigen Bemühungen des Menelaos, mich zu trösten, ein trauriges Leben.

Es waren bereits sechs Monate verflossen, als mein Schmerz anfing, sich zu vermindern. Denn die Zeit ist ein Heilmittel des Kummers, sie lindert die Wunden der Seele. Die Sonne gewährt einen fröhlichen Anblick, und der Schmerz, wenn er auch das Maß etwas übersteigt, erregt zwar, solange das Gemüt erhitzt ist, auf einige Zeit eine heftige Wallung; wird aber durch die Annehmlichkeit des Tages besiegt und gemildert.

Wie ich einmal über den Markt hingehe, ergreift mich jemand von hinten bei der Hand, dreht mich um, fällt mir, ohne ein Wort zu reden, um den Hals und überhäuft mich mit Küssen. Anfangs wußte ich nicht, wer es war; ich stand betäubt da und ließ mich ruhig von seinen Umarmungen überströmen. Jetzt aber trat er ein wenig zurück, ich sah das Gesicht und – erkannte in ihm den Kleinias. Vor Freude schrie ich laut auf, warf mich ihm um den Hals und erwiderte jede seiner Umarmungen. Dann gingen wir in meine Wohnung.

Er erzählte mir, wie er dem Schiffbruch entkommen war,

und ich benachrichtigte ihn, was mit Leukippe vorgefallen war.

›Als das Schiff gescheitert war‹, fing er an zu erzählen, ›stieß ich sogleich auf die Segelstange. Mit genauer Not ergriff ich die Spitze derselben, die schon von vielen besetzt war, umfaßte sie mit beiden Händen und suchte mich im Schweben an ihr festzuhalten.

So wurden wir einige Zeit auf den Fluten umhergetrieben, als der Balken von einer gewaltigen Woge ergriffen und geradewegs an einen Felsen geworfen wurde. Zum Glück hing ich auf der andern Seite. Bald aber wurde er wieder, gleich einer Maschine, mit Gewalt zurückgestoßen und riß mich, wie von einer Schleuder getrieben, mit sich fort.

Nun schwamm ich den ganzen übrigen Tag, ohne Aussicht auf Rettung, auf den Wogen umher, und ganz ermattet hatte ich mich schon dem Schicksal ergeben, als ich ein Schiff auf mich zukommen sah. Ich streckte, so gut ich konnte, die Hände aus und winkte ihnen zu, mich zu retten. Entweder aus Mitleid oder vom Winde hingetrieben kamen sie auf mich zu und warfen mir, während das Schiff an mir vorüberlief, ein Tau zu. Dieses ergriff ich; und so entrissen sie mich dem Tode.

Das Schiff segelte nach Sidon, und einige, die mich erkannten, stellten mich wieder her.

Nach zwei Tagen kamen wir in Sidon an. Ich bat die Sidonier, die sich auf dem Schiffe befanden – es war der Kaufmann Xenodamas und sein Schwiegervater Theophilos –, keinem Tyrier, der ihnen etwa begegnen möchte, zu sagen, daß ich vom Schiffbruch gerettet worden wäre, damit nicht meine Abreise mit euch bekannt würde. Denn hielten sich diese nur ruhig, so hoffte ich, daß es verborgen bleiben würde, da ich erst seit acht Tagen aus ihren Augen verschwunden war. Meinem Gesinde hatte ich, wie du weißt, gesagt, ich würde auf zehn Tage auf das Land reisen, und ich erfuhr auch, daß mein Vorgeben überall Glauben gefunden hatte.

Dein Vater war noch nicht aus Palästina zurück, kam aber

acht Tage nachher. Er traf von Leukippes Vater einen Brief an, der den Tag nach unsrer Abreise überbracht worden war, worin dir Sostratos seine Tochter zu geben verspricht. Er fand sich, als er ihn las, und unsre Flucht erfuhr, in der betrübtesten Lage. Der Brief verhieß ihm ein Glück, welches er nun für verloren halten mußte, und es fehlte nur wenig, so hätte das Schicksal die Umstände so gefügt. Denn wäre nur der Brief etwas früher angekommen, so wäre von alle dem nichts geschehen. Er glaubte auch jetzt, seinem Bruder nichts davon schreiben zu dürfen, und bat daher auch die Mutter des Mädchens, vorderhand davon zu schweigen. ‚Vielleicht', sagte er, ‚finden wir sie wieder und überhaupt darf Sostratos von dem ganzen Vorfalle nichts erfahren. Sie werden, wo sie auch sein mögen, die Verlobung gewiß hören, und wenn sie die Ursache ihrer Flucht nicht länger zu verhehlen brauchen, gern zu uns zurückkehren!'

Nun bot er alle Kräfte auf, eurer Flucht auf die Spur zu kommen. Vor wenigen Tagen kam der Tyrier Diophantos aus Ägypten und brachte ihm die Nachricht, er habe dich dort gesehen. Ich erfuhr es, bestieg sogleich ein Schiff und habe dich schon seit acht Tagen in der ganzen Stadt gesucht.

Mache dich daher auf die Ankunft deines Vaters gefaßt, der vielleicht bald hier sein wird.‹

Bei dieser Erzählung beseufzte ich das Spiel des Schicksals von neuem.

›O ich Unglücklicher!‹ rief ich aus; ›jetzt gibt mir Sostratos Leukippe! Mitten im Kriege läßt er mir die Vermählung ankündigen! Genau hat er die Tage abgezählt, um ja nicht unserer Flucht zuvorzukommen. – Ach, zur Unzeit lächelt mir das Glück! Nur um einen Tag – und wie selig wär' ich gewesen! – Nach dem Tode erst die Vermählung! Nach dem Trauergesange das Brautlied! Welche Braut gibt mir das Schicksal! Nicht einmal im Tode wird sie mir ganz vergönnt!‹

›Jetzt ist es nicht Zeit zu klagen‹, fiel Kleinias ein; ›laß uns darüber nachdenken, ob wir in dein Vaterland zurückkehren oder deinen Vater hier erwarten.‹

›Keines von beiden‹, versetzte ich. ›Denn mit welcher Miene sollte ich meinem Vater unter die Augen treten, ich, der so schändlich entfloh und noch überdies ihm das Pfand seines Bruders raubte? Nichts bleibt mir übrig, als vor der Ankunft meines Vaters von hier zu entweichen.‹

Unterdessen kamen Menelaos und Satyros unvermerkt herein, umarmten den Kleinias und erfuhren von uns die Lage der Umstände.

›Und doch‹, sagte Satyros nun, ›kannst du dein Glück machen und kannst zugleich ein Herz retten, das von Liebe zu dir entflammt ist. Auch Kleinias mag es hören. Aphrodite hat Kleitophon ein großes Glück angeboten, er will es aber nicht annehmen. Sie hat in einer Ephesierin namens Melitte die heftigste Liebe gegen ihn erregt. Diese ist eine bildschöne Frau, besitzt große Reichtümer und steht in der Blüte der Jugend. Ihr Mann ist kürzlich auf dem Meer umgekommen. Nun verlangt sie hier den Kleitophon, ich will nicht sagen, zum Manne, sondern zu ihrem Gebieter und trägt ihm sich und ihr ganzes Vermögen an. Seinetwegen hält sie sich schon zwei Monate hier auf und liegt ihm an, mit ihr zu gehen. Er begegnet ihr aber, ich weiß nicht, warum, mit Verachtung; vielleicht glaubt er, Leukippe werde ihm wieder aufleben.‹

›Ich glaube, Satyros hat nicht unrecht‹, erwiderte Kleinias. ›Denn wenn Schönheit, Liebe und Reichtum sich gegen dich vereinigen, so gilt weder Überlegung noch Aufschub. Schönheit gewährt Vergnügen, Reichtum ein anmutiges Leben und Liebe fordert Achtung. Den stolzen Verächtern zürnt die Gottheit. Auf denn, folge dem Satyros und huldige dem Eros!‹

Seufzend antwortete ich: ›Führe mich, wohin du willst, wenn es Kleinias auch für gut findet. Nur mag sie mich nicht zu sehr beunruhigen und mir den Genuß der Liebe eher abzwingen wollen, als bis wir nach Ephesus kommen. Denn hier, wo ich Leukippe verlor, habe ich jedem Umgang mit einer Frau abgeschworen.‹

Als Satyros dies hörte, lief er eilig zu Melitte und brachte ihr die fröhliche Nachricht. Bald darauf kam er wieder und sagte, Melitte wäre bei dieser Nachricht vor Freude beinahe in Ohnmacht gesunken. Sie ließe mich noch diesen Tag zu sich bitten, um die Hochzeit einzuleiten.

Ich ließ mich überreden und ging.

Sobald sie mich sah, kam sie auf mich zu, umarmte mich und überströmte mein ganzes Gesicht mit Küssen.

Sie war wirklich schön; ihr Gesicht war gleichsam mit Milch gefärbt und auf ihren Wangen schienen Rosen zu erblühen. Strahlen der Liebe glänzten aus ihrem Auge. Sie hatte langes, dichtes Haar, an Farbe dem Golde ähnlich. Kurz, ich gestand mir, daß ich sie nicht ohne Wohlgefallen sah.

Das Gastmahl war sehr prachtvoll. Sie rührte zwar von allem, was aufgetragen wurde, etwas an, so daß sie zu essen schien; sie konnte aber nichts ganz genießen. Mich zu sehen war ihr alles. Denn für Liebende gibt es außer dem geliebten Gegenstande nichts Anziehendes. Die Liebe nimmt die ganze Seele ein und gönnt selbst der Nahrung keinen Platz. Das Vergnügen des Anblicks fließt durch die Augen in die Brust, zieht das Bild des Geliebten immer mit sich, stellt es in dem Spiegel der Seele dar und bildet sich seine Gestalt. Die Gewalt der Schönheit wird durch unsichtbare Strahlen in das liebende Herz hinabgezogen und drückt ihr Schattenbild im Innern ab.

Ich bemerkte, daß sie nicht aß, und sagte zu ihr: ›Du genießt ja aber gar nichts von deinen Speisen? Du scheinst nur wie die Figuren auf Gemälden zu essen?‹

›Könnte mir wohl‹, antwortete sie, ›das herrlichste Gericht, könnte mir der köstlichste Wein einen schöneren Genuß gewähren als dein Anblick?‹

Bei diesen Worten küßte sie mich und nicht ungern empfing ich ihre Küsse. ›Dies‹, sprach sie, indem sie etwas zurücktrat, ›dies ist meine Nahrung!‹

So stand es für jetzt mit uns. Am Abend suchte sie mich zu überreden, bei ihr zu übernachten. Ich verbat es aber aus eben dem Grunde, welchen ich schon dem Satyros angegeben hatte. Mit Mühe und ungern wurde ich von ihr entlassen.

Den Tag darauf hatten wir eine Zusammenkunft im Tempel

der Isis verabredet, wo wir einander sprechen und im Angesicht der Göttin Treue geloben wollten. Auch Menelaos und Kleinias waren zugegen.

Wir schworen beide, ich, sie aufrichtig zu lieben, sie aber, mich als ihren Gemahl anzuerkennen und zum Herrn ihres ganzes Vermögens zu machen. ›Aber unser Vertrag‹, fügte ich hinzu, ›fängt erst dann an, wenn wir nach Ephesus kommen. Dort erst wirst du, wie ich schon gesagt habe, an Leukippes Stelle treten!‹

Darauf wurde uns ein herrliches Gastmahl bereitet, welches wir einstweilen den Hochzeitschmaus nannten; die Hochzeit selbst wurde unserer Verabredung gemäß aufgeschoben.

Dabei erinnere ich mich noch eines Scherzes, den Melitte bei Tische machte. Als uns die anwesenden Gäste zur Hochzeit Glück wünschten, nickte sie mir unvermerkt zu und sagte: ›Ich allein gehe leer aus, wie die Toten, deren Leichnam man nicht finden kann. Ihnen setzt man ein leeres Grabmal, mir feiert man, was ich noch nie hörte, eine leere Hochzeit.‹

In diesen Worten lag Ernst und Scherz zugleich.

Den folgenden Tag machten wir uns zur Abreise fertig, von einem günstigen Wind eingeladen. Menelaos begleitete uns bis an den Hafen, nahm Abschied und wünschte uns eine glückliche Fahrt. Dann kehrte er zurück, wahrlich, ein prachtvoller, und ich möchte sagen, ein göttlicher Jüngling. Seine Augen waren mit Tränen gefüllt und uns allen flossen die Tränen wegen seines Abschieds.

Kleinias fand für gut, mich nicht zu verlassen, sondern bis nach Ephesus mitzufahren. Dort wollte er einige Zeit verweilen, und wenn meine Angelegenheiten in Ordnung gebracht wären, wieder zurückreisen.

Der Wind war uns günstig. Als wir uns abends nach der Mahlzeit zu Bette legen wollten – für mich und Melitte war eine eigene Kajüte auf dem Schiff eingerichtet, – warf sie sich über mich, küßte mich und bat um die Vollziehung der Hochzeit.

›Jetzt‹, sagte sie, ›sind wir über Leukippes Grenzen hinaus! Jetzt haben wir das gesetzte Ziel erreicht! Hier ist das Ende des Termins! – Warum soll ich noch harren, bis wir nach Ephesus kommen? Verborgen ist uns das Schicksal des Meeres, trügerisch sind die veränderlichen Winde! Glaube mir, Kleitophon, ich brenne vor Liebe. Könnte ich sie dir offenbaren, die zehrende Flamme! Hätte ich doch gleiche Natur mit dem wirklichen Feuer; könnte ich durch meine Umarmungen auch dich in Flammen versetzen! So aber zieht diese Flamme, entgegen der Natur des andern Feuers, bloß ihre Nahrung aus sich selbst und, durch die Umarmungen der Liebenden noch mehr angefacht, schont sie die Umarmten! O geheimnisvolle Flamme! Im Verborgenen entzündet sie sich! Nie will sie außer ihren Grenzen um sich greifen! Laß uns, Geliebter, die Geheimnisse Aphrodites feiern!‹

›Zwinge mich nicht‹, antwortete ich ihr, ›die heiligen Pflichten gegen die Toten zu verletzen. Über das Gebiet dieser Unglücklichen sind wir noch nicht hinaus, wir wären denn in ein anderes Land gekommen. Hörtest du nicht, daß sie im Meer ihren Tod fand? Noch schiffe ich über Leukippes Grab hin. Vielleicht umschwebt jetzt ihr Schattenbild unser Schiff. Die Seelen derer, die im Meere umkommen, steigen, wie man sagt, nicht ganz zum Hades hinab, sondern irren auf dem Wasser umher. Auch sie steht uns vielleicht bei unseren Umarmungen zur Seite. – Und dieser Ort – scheint er dir denn der rechte zum Genuß der Liebe? Eine Umarmung auf den Wellen? Eine Hochzeit auf dem schwankenden Meere? Willst du, daß wir uns ein unstetes Brautgemach bereiten?‹

›Das sind Spitzfindigkeiten, Geliebter‹, antwortete sie; ›jeder Ort dient den Liebenden zum Brautgemach. Nichts ist dem Gotte der Liebe verschlossen. Und ist Eros, sind Aphrodites Geheimnisse hier auf dem Meere nicht ganz in ihrem Eigentum? Aphrodite ist die Tochter des Meeres. Laß uns der Göttin der Ehe huldigen! Laß uns ihre Mutter durch die Hochzeitsfeier verehren! Auch alles, was uns umgibt, scheint mir auf Hochzeit hinzudeuten. Jochförmig schwebt die Segelstange über den Kopf herab, an die Segel knüpfen sich die Taue: alles, mein Geliebter, hat eine schöne Vorbedeutung. Unter dem Joch steht unser Gemach, ineinander verschlungen sind die Taue, und in der Nähe des Gemachs ist auch das Ruder. Sieh, unsere Ehe steht unter der Führung des Schicksals. Poseidon und der Chor der Nereiden führen uns ins Brautgemach: denn hier feiert auch er mit Amphitrite seine Hochzeit. – Lieblich flüstert der Wind um die Taue, sein Säuseln dünkt mich der Hochzeitsgesang. Du siehst das geschwängerte Segel; auch diese Vorbedeutung ist für mich günstig, bald wirst du mir Vater werden.‹

Da ich sah, daß sie mich zu sehr bedrängte, sagte ich zu ihr: ›Darüber, Geliebte, könnten wir sprechen, bis wir nach Ephesus kommen. Denn ich schwöre dir hier bei dem Meer und bei dem Glück unserer Fahrt, daß es auch mein eifrigster Wunsch ist. Aber auch das Meer hat seine Gesetze. Oft habe ich von den Schiffern gehört, die Schiffe müßten vom Liebesgenusse rein bleiben, vielleicht weil sie als ein Heiligtum zu betrachten sind, vielleicht auch, damit sich nicht jemand mitten in so großen Gefahren üppiger Schwelgerei überlasse. Wir wollen uns also, Geliebte, gegen das Meer nicht brüsten und die Hochzeitsfeier nicht mit Furcht vermischen; wir wollen uns ein reines Vergnügen aufbewahren!‹

Durch diese Reden und durch schmeichelnde Küsse beruhigte ich sie, und wir schliefen die übrigen Nächte, ohne unsre Wünsche zu befriedigen.

In fünf Tagen hatten wir unsre Fahrt beendet und kamen in Ephesus an.

Melittes Haus war eines der schönsten in Ephesus. Sie hatte eine zahlreiche Dienerschaft und das kostbarste Gerät. Sogleich befahl sie ein Mahl, so prachtvoll wie möglich, zuzubereiten. ›Bis dahin‹, sagte sie, ›wollen wir auf das Landgut gehen.‹ Dies war vier Stadien von der Stadt entfernt. Wir setzten uns auf einen Wagen und fuhren hinaus.

Kaum waren wir hier angekommen und gingen durch die

Reihen der Bäume hin, als uns auf einmal eine Frau zu Füßen fiel, die schwere Ketten trug und eine Hacke in der Hand hielt. Ihr Kopf war geschoren, ihr Körper mit Schmutz bedeckt und mit einem äußerst schlechten Gewande bekleidet.

›Erbarme dich, Gebieterin‹, rief sie uns zu, ›erbarme dich als Frau einer unglücklichen Frau, die zwar frei geboren ist, jetzt aber – so wollte es das Schicksal – zur Sklavin wurde!‹

Hiermit schwieg sie.

›Steh auf, Weib‹, erwiderte Melitte: ›Sag, wer bist du? Wo kommst du her? Wer hat dir diese Fesseln angelegt? Auch noch im Unglück spricht deine Gestalt laut für deine edle Abkunft.‹

›Dein Verwalter hat es getan‹, sagte sie, ›weil ich seinen Lüsten nicht frönen wollte. Ich heiße Lakaina und bin von Geburt eine Thessalierin. Mein gegenwärtiges Schicksal, welches dich um Rettung fleht, stelle ich dir anheim. Befreie mich von dem Elend, in dem ich mich befinde, und traue mir so lange, bis ich dir die 2000 Drachmen, die Sosthenes den Räubern für mich gegeben hat, wiedererstatte. Wir werden sie, des sei gewiß, so bald wie möglich zusammenzubringen suchen; wenn nicht, so will ich deine Sklavin bleiben. Du siehst, wie er mich mit Schlägen mißhandelt hat.‹

Bei diesen Worten schlug sie ihr Gewand zurück und zeigte ihren Rücken, der noch erbärmlich zerfleischt war.

Wie ich sie so reden hörte, fuhr es mir durch alle Glieder; denn sie schien mir etwas von Leukippe zu haben.

›Fasse Mut!‹ sagte Melitte zu ihr. ›Ich will dich frei machen, und unentgeltlich in das Haus deines Vaters zurücksenden – Rufe mir doch jemand den Sosthenes.‹

Sie wurde sogleich von ihren Fesseln gelöst. Sosthenes aber erschien ganz betroffen.

›Du Elender!‹ redete ihn Melitte an, ›hast du je gesehen, daß einer von unseren niedrigsten Sklaven so schmählich behandelt worden ist? Sag, wer ist diese Frau? Lüge nicht!‹

›Ich kenne sie nicht, meine Gebieterin‹, antwortete er; ›nur das weiß ich, daß sie mir von einem Kaufmanne, namens Kallisthenes, verkauft worden ist. Er habe sie, sagte er mir, von Räubern gekauft; sie wäre aber eine Freigeborene. Er nannte sie Lakaina.‹

Sie entließ ihn darauf seines Dienstes; die Frau aber übergab sie den Dienerinnen und befahl ihnen, sie zu baden, ihr ein reines Gewand anzuziehen und sie in die Stadt zu führen.

Darauf verrichtete sie noch einige Geschäfte, deretwegen sie auf das Landgut gegangen war, bestieg dann mit mir den Wagen, und wir kehrten in die Stadt zurück, wo uns ein Gastmahl erwartete.

Während des Essens winkte mir Satyros mit einer ernsten Miene, aufzustehen. Dies tat ich auch unter dem Vorwande, mich etwas zu erleichtern. Ohne ein Wort zu reden, kam er auf mich zu und überreichte mir einen Brief. Ich nahm ihn und war, ehe ich ihn noch las, wie vom Blitz getroffen; denn ich erkannte Leukippes Schriftzüge.

Der Brief lautete so:

›Leukippe grüßt Kleitophon, ihren Gebieter.

So muß ich Dich nennen, da Du der Gemahl meiner Gebieterin bist. Du weißt zwar, wieviel ich Deinetwegen erduldet habe; aber jetzt sehe ich mich genötigt, Dich daran zu erinnern. Deinetwegen verließ ich meine Mutter und trieb mich in der Irre herum; Deinetwegen litt ich Schiffbruch und wurde von Räubern ergriffen; Deinetwegen wurde ich zum Reinigungsopfer bestimmt und war jetzt zum zweiten Male dem Tod ausgesetzt; Deinetwegen wurde ich verkauft und mit Ketten belastet; ich trug die Hacke, grub das Land und wurde gegeißelt, damit Du – was Du nun bist – einer fremden Gattin und ich – o möchte es nicht geschehen! – einem andern Manne gehören soll? Doch blieb ich bei so viel Trübsal standhaft; Du aber wurdest, ohne verkauft und gegeißelt zu sein, der Mann einer anderen. Wenn nun die Leiden, welche ich Deinetwegen erduldet habe, irgend auf Erkenntlichkeit Anspruch machen können, so bitte Deine Gemahlin, mich heimzusenden, wie sie mir versprochen hat. Wegen der 2000 Drachmen, die

Sosthenes für mich gezahlt hat, kannst Du mir trauen und bei Melitte Bürge sein, daß ich sie ihr schicken werde. Byzantion ist nahe. Wolltest du es ihr aber selbst erstatten, so sieh es an als eine Vergeltung für die vielen Mühseligkeiten, die ich Deinetwegen erduldete. Lebe wohl und sei glücklich in Deiner neuen Ehe. Ich schreibe Dir dieses noch als Jungfrau.‹

Ich wußte nicht, wie mir war, als ich dies gelesen hatte. Ich entbrannte, erblaßte, geriet in Erstaunen, konnte meinen Augen nicht trauen, freute mich und wurde niedergeschlagen.

›Kommst du mit diesem Brief aus dem Hades?‹ sagte ich zu Satyros; ›oder was soll das bedeuten? Ist Leukippe wieder von den Toten erstanden?‹

›Ja freilich‹, sagte er; ›es ist eben die, die du draußen auf dem Landgute sahst. Niemand würde sie dort erkannt haben: sie ist ein Junge geworden, so sehr hatte sie das abgeschnittene Haar entstellt.‹

›Du machst mich überaus glücklich!‹ sagte ich. ›Aber nur meine Ohren willst du mit diesem Glück erfreuen und es nicht auch meinen Augen zeigen?‹

›Dies noch nicht‹, erwiderte Satyros. ›Halte dich noch zurück, bis wir einen ganz sicheren Entschluß fassen können; sonst sind wir alle verloren. Du siehst, die Erste der ephesischen Frauen verfolgt dich mit wütender Liebe, und wir sind ganz hilflos in der Schlinge gefangen.‹

›Nein, dies vermag ich nicht‹, antwortete ich ihm; ›denn Freude strömt mir durch alle Adern meines Körpers. Sieh, sie selbst fordert mich zur Rechtfertigung auf!‹

Schnell las ich den Brief noch einmal und, gleich als sähe ich in ihm Leukippe vor mir stehen, wiederholte ich jedes Wort einzeln. ›Ja, meine Geliebte‹, rief ich dann aus, ›du machst mir gerechte Vorwürfe. Alles hast du meinetwegen erduldet, ich war die Ursache aller deiner Leiden!‹

Bei dem Geißeln und Foltern, mit welchem Sosthenes sie gemartert hatte, konnte ich mich der Tränen nicht enthalten; die Foltern standen mir gleichsam vor Augen. Die Vorstellung faßt die Nachricht, welche der Brief enthält, mit den Augen der Seele auf und stellt das, was sie erblickt, so dar, als geschähe es jetzt vor ihren Augen.

Über und über wurde ich rot, als ich den Vorwurf wegen der Hochzeit las. Es war mir nicht anders, als wäre ich wirklich im Ehebruch ertappt worden. So sehr schämte ich mich vor den bloßen Buchstaben.

›O ich Unglücklicher!‹ rief ich aus. ›Wie, Satyros, wie soll ich mich verteidigen? Wir sind überführt! Leukippe hat mir das Urteil gesprochen; ach! bald wird sie mich auch hassen. – Aber sage mir nur, wie ist sie denn gerettet worden? Wessen Körper haben wir begraben?‹

›Dies alles wird sie dir bei Gelegenheit selbst erzählen‹, sagte Satyros; ›jetzt mußt du ihr antworten und sie wieder aussöhnen. Auch ich habe ihr schon heilig versichert, daß du Melitte wider deinen Willen geheiratet hast.‹

›Du sagtest noch obendrein, ich hätte sie geheiratet? O ich bin verloren! Durch dich verloren!‹

›Wie kannst du so reden? Weiß denn nicht die ganze Stadt von deiner Hochzeit!‹

›Aber beim Herakles, Satyros, und bei unserem jetzigen Geschick, ich habe ja nicht geheiratet!‹

›Du scherzest, lieber Kleitophon; du schläfst ja bei ihr.‹

›Ich weiß, daß ich dir etwas Unglaubliches sage; aber sie hat mich noch nicht für sich gewinnen können. Kleitophon hat bis auf diesen Tag Melitte noch nicht berührt. – Aber sage mir nur, was soll ich denn schreiben? Dieser Vorfall hat mich aus aller Fassung gebracht, ich weiß mir weder zu raten noch zu helfen.‹

›Ja‹, sagte Satyros, ›ich weiß ebensowenig wie du; aber mache nur schnell! Eros wird es dir ja wohl eingeben.‹

Ich fing nun an zu schreiben:

›Sei mir gegrüßt, meine Gebieterin, Leukippe!

Ich bin glücklich, aber auch zugleich unglücklich. Du bist mir so nahe und doch bist du mir fern; nur durch Briefe kann ich dich sehen. Willst du den wahren Aufschluß abwarten, ohne mich im voraus zu verurteilen, so wirst du erfahren, daß ich meine Keuschheit – wenn überhaupt den Männern Keuschheit zugeschrieben werden kann – ebensowenig verletzte wie du. Jetzt, ehe ich mich verteidigt habe, wirst du mich hassen; aber ich schwöre dir bei den Göttern, die dich retteten, ich werde mich in kurzem deshalb bei dir rechtfertigen. Lebe wohl, meine Geliebte, und versage mir nicht deine Gunst.‹

Ich gab Satyros den Brief und bat ihn, ihr das Nötige von mir zu sagen. Freudig ging ich dann zum Gastmahle zurück; aber meine Freude war mit Trauer vermischt. Ich konnte voraussehen, daß mich Melitte diese Nacht nicht entlassen würde, ohne die Hochzeit vollzogen zu haben; und da ich Leukippe wiedergefunden hatte, war es mir nicht möglich, eine andere Frau auch nur anzusehen. Zwar tat ich meinem Gesichte Gewalt an, um ihr ebenso vorzukommen wie vorher; ich konnte es aber nicht ganz über mich bringen. Ich stellte mich daher so, als ob mich ein Fieberfrost überliefe. Allein sie merkte, daß ich mich deshalb verstellte, um vorläufig die Erfüllung meines Versprechens von mir abzuwenden; doch konnte sie mich dessen nicht überführen. Ich stand, ohne gegessen zu haben, vom Tische auf und wollte zu Bette. Sogleich hörte sie ebenfalls zu essen auf und folgte mir auf dem Fuße nach. Als wir ins Schlafgemach kamen, vergrößerte ich noch die erdichtete Krankheit.

›Warum tust du dies?‹ sagte sie im bittenden Tone zu mir; ›wie lange willst du mich schmachten lassen? Sieh, das Meer haben wir durchschifft, Ephesus ist erreicht; dies war der Hochzeitstermin! Sollen wir noch einen andern erwarten? Wie lange soll unser Bett ein Heiligtum bleiben? Du reichst mir eine solche Menge Wasser und verweigerst mir zu trinken? Schon so lange Zeit dürste ich, und doch hatte ich Wassers in Fülle, lag selbst an der Quelle. Mein Ehebett gleicht dem Getränk des Tantalos.‹

So sprach sie, verbarg ihr Gesicht an meiner Brust und weinte so sehr, daß ich wirklich zu Mitleid gerührt wurde. Ich wußte nicht, was ich anfangen sollte; sie schien mir begründete Vorwürfe zu machen.

›Ich schwöre dir, Geliebte‹, redete ich sie an, ›bei den vaterländischen Göttern, mir selbst liegt daran, deinen eifrigen Wünschen entgegenzukommen. Allein ich weiß nicht, wie mir geworden ist. Es überfiel mich mit einemmal eine Unpäßlichkeit, und ohne Gesundheit, weißt du wohl, vermag die Liebe nichts.‹

Mit diesen Worten trocknete ich ihre Tränen und versicherte sie mit neuen Schwüren, das Ziel, nach dem sie strebte, wäre nicht mehr fern. So hielt ich sie damals mit Mühe von mir ab.

Den folgenden Tag ließ sie die Dienerinnen zu sich kommen, welchen sie Leukippes Pflege übertragen hatte, und fragte sie, ob sie mit der gehörigen Sorgfalt gewartet worden wäre.

Auf die Antwort, sie hätten es ihr an nichts fehlen lassen, befahl sie, Leukippe ihr vorzuführen.

›Es wäre überflüssig‹, sagte sie zu ihr, ›dich auf die gütige Behandlung aufmerksam zu machen, die du von mir genossen hast, da sie dir hinlänglich bekannt ist. Erweise du mir nun da, wo du kannst, eine Gegengefälligkeit. Ihr Thessalierinnen wißt, wie ich höre, diejenigen, die ihr liebt, durch Zauberei so zu fesseln, daß sie zu einer anderen Frau nicht die geringste Neigung fühlen, von der hingegen, von der sie bezaubert worden sind, so angezogen werden, daß sie diese für ihr Alles halten. Verschaffe mir dies Zaubermittel, meine Liebe, denn ich brenne! Du kennst den Jüngling, der gestern mit mir auf dem Landgute war –‹

›Deinen Mann meinst du?‹ unterbrach sie Leukippe sehr schlau; ›so hörte ich wenigstens von deinem Gesinde.‹

›Was für einen Mann?‹ antwortete Melitte; ›ich habe mit ihm ebensowenig Gemeinschaft wie mit den Steinen. Eine Verstorbene behauptet bei ihm den Vorzug vor mir. Er mag essen oder schlafen, so kann er den Namen Leukippe – so nennt er sie – nicht vergessen. Seinetwegen hab' ich mich vier Monate in Alexandrien aufgehalten; ich bat, ich flehte. Auf alle mögliche Weise hab' ich ihm zugeredet, alles hab' ich getan, wodurch man sich gefällig machen kann. Er aber blieb gegen meine Bitten gefühllos wie Stahl oder ein Stück Holz. Kaum ließ er sich durch die Länge der Zeit nur so weit überreden, daß er mir seinen Anblick bewilligte. Ja, ich schwöre dir bei Aphrodite, schon seit fünf Tagen schlafe ich mit ihm zusammen, und jedesmal steh' ich von ihm auf wie von einem Verschnittenen. Es ist ebenso, als liebte ich eine Bildsäule. Nur zur Ergötzung der Augen hab' ich den Geliebten. Ebenso wie du mich gestern batest, bitte ich dich jetzt: Gib mir etwas für seine Sprödigkeit. Du rettest dadurch eine Seele, die der Auflösung schon nahe ist.‹

Als Leukippe dies hörte, schien sie sich zu freuen, daß ich noch nichts mit jener zu tun gehabt hatte. Sie versprach, wenn sie ihr erlauben wollte, auf das Landgut zu gehen, Kräuter zu suchen, und entfernte sich. Denn wenn sie es auch hätte ableugnen wollen, so würde man ihr doch nicht geglaubt haben; und deswegen versprach sie es wohl auch.

Es wurde nun Melitte leichter ums Herz. Denn sie hatte wenigstens Hoffnung, und das Angenehme gewährt, wenn es uns auch noch nicht gegenwärtig ist, schon in der Hoffnung Vergnügen.

Von allen diesem wußte ich nichts und war ganz mutlos. Ich dachte immer nur daran, wie ich mich für die folgende Nacht Melitte entziehen und mit Leukippe zusammenkommen könnte. Aus gleicher Absicht faßte auch Melitte sogleich den Entschluß, auf das Landgut zu gehen, um hier Leukippe mit dem, was sie nötig hatte, zu versehen. Gegen Abend wollte sie wieder zurückkommen.

Wir waren eben bei Tische und hatten uns kaum niedergelassen, so entstand im Vorzimmer ein großer Lärm und ein Zusammenlauf von Menschen. Ein Diener kam außer Atem hereingesprungen und rief: ›Thersander lebt! Er ist da!‹

Dieser Thersander war Melittes Gemahl, von dem sie geglaubt hatte, er wäre im Meere umgekommen. So hatte sie nämlich von einigen seiner Diener erfahren, die sich, als das Schiff scheiterte, gerettet hatten und wirklich glaubten, Thersander habe in den Fluten seinen Tod gefunden.

Kaum hatte es der Diener gesagt, so kam auch Thersander

hereingestürzt. Er hatte unsere ganze Geschichte auf dem Weg erfahren und eilte, mich noch zu ertappen.

In der größten Bestürzung über den unerwarteten Zufall sprang Melitte auf und wollte ihrem Mann um den Hals fallen. Er aber stieß sie mit Gewalt zurück, erblickte mich, sprang mit den Worten: ›Dies ist der Ehebrecher!‹ auf mich zu, schlug mich voll Wut ins Gesicht, schleppte mich an den Haaren herum, warf mich zu Boden und prügelte mich im Fallen auf die jämmerlichste Weise.

Alles war mir ein Geheimnis. Ich wußte weder, wer der Mann war, noch warum er mich schlug. Jedoch vermutete ich, was vorgefallen sein könnte, und wagte es nicht, mich zu verteidigen, obgleich ich es gekonnt hätte.

Da er endlich des Schlagens und ich des Nachsinnens müde war, stand ich auf und sagte zu ihm: ›Wer bist du denn? Wodurch hab' ich diese schändliche Behandlung verdient?‹ Er wurde aber darüber, daß ich mich verantworten wollte, noch mehr aufgebracht, schlug mich von neuem und ließ Fesseln und Banden bringen. So wurde ich gebunden und ins Gefängnis geführt.

Indem dies geschah, war mir Leukippes Brief entfallen, den ich unter dem Gewande an die Troddeln der Leinwand gebunden hatte. Melitte hob ihn heimlich auf; denn sie fürchtete, es möchte einer von denen sein, die sie an mich geschrieben hatte. Als sie allein war, las sie den Brief und fand Leukippes Namen. Dies fiel ihr schwer aufs Herz; denn sie erkannte sogleich den Namen. Anfangs hielt sie sie zwar nicht für dieslbe, von deren Tod sie so oft hatte sprechen hören; beim Weiterlesen aber erfuhr sie die reine Wahrheit und geriet ganz außer sich. Scham, Zorn, Liebe und Eifersucht bemächtigten sich ihrer Seele. Sie schämte sich vor ihrem Manne, zürnte auf den Brief; allein der Zorn wurde durch die Liebe gemildert, welche, von Eifersucht noch mehr angefacht, endlich siegte.

Gegen Abend war Thersander in der ersten Hitze zu einem seiner Freunde geeilt. Melitte verabredete es daher mit meinem Wächter und kam, ohne daß es außer zweien, die sie an den Eingang gestellt hatte, jemand von den Dienern merkte, zu mir ins Gefängnis. Sie fand mich auf der Erde liegend, stellte sich neben mich und wollte mir ihr ganzes Herz eröffnen; indes zeigten schon die Mienen ihres Gesichts, was sie sagen wollte.

›O ich Unglückliche!‹ fing sie an; ›zu meinem Verderben sah ich dich zuerst, ich, die ich ganz ohne Erfolg – und welcher Unsinn! – selbst den liebe, der mich haßt, selbst mit dem noch Mitleid habe, der mir Schmerzen verursacht! Und diese stolze Verachtung hat meine Liebe noch nicht unterdrückt! O dieses Betrügerpaar! Mann und Weib hat sich gegen mich verschworen! Er spottete meiner seit so langer Zeit; sie geht hin, mir einen Liebestrank zu bereiten, und ich, die Betrogene, wußte nicht, daß ich von meinen Feinden das Heilmittel bat.‹

Mit diesen Worten warf sie mir Leukippes Brief hin. Ich erkannte ihn sogleich, schauderte zurück und schlug die Augen nieder, wie einer, der eines Verbrechens überführt ist. Dann fing sie von neuem an zu klagen.

›Ach, wehe mir!‹ rief sie aus, ›so viel Unglück stürzt über mich zusammen! Deinetwegen habe ich meinen Mann verloren und auch dich werde ich in Zukunft nicht besitzen, nicht einmal der leere Anblick wird mir vergönnt sein – das einzige, was ich von dir genoß. Ich weiß es, mein Mann haßt mich, beschuldigt mich des Ehebruchs mit dir, eines Ehebruchs ohne Genuß, ohne Liebe, wovon ich nichts habe als die Schande. Andere Frauen haben für die Schande doch wenigstens das genossene Vergnügen; aber ich Unglückliche, ich ernte bloß die Schande und nicht das geringste Vergnügen. O du Treuloser! Du Unmensch! Du, selbst ein Sklave des Eros, konntest es wagen, ein liebendes Weib so in Flammen zu setzen und verschmachten zu lassen? Fürchtest du nicht sein Strafgericht? Scheutest du nicht seine Fackel? Ehrtest du nicht seine Geheimnisse? Brach dir das Herz nicht bei diesen weinenden Augen? Ja, grausamer bist du als die Räuber. Selbst ein Räuber wird durch Tränen gerührt. Dich aber kann nichts, weder Bitten, noch die Länge der

Zeit, noch die Umarmungen auch nur ein einziges Mal zur Liebe bewegen. Und überdies, wie kränkend! Du umarmtest mich, küßtest mich und standst nicht anders von mir auf als ein Weib. Ist dies nicht nur ein Schatten von Ehe? Und du schläfst ja nicht etwa bei einer Frau, die schon zu alt war, oder deine Umarmungen zurückwies, sondern bei einer jungen, dich liebenden, und ein anderer würde sagen – schönen Frau. Du Halbmann! Du Mannweib! Verderber der Schönheit! Den gerechtesten Fluch fluche ich dir. Mag es dir Eros auf gleiche Weise vergelten!‹

So sprach sie und weinte.

Ich schwieg und blickte zur Erde.

›Was ich gesagt habe, Geliebter‹, fuhr sie nach einiger Zeit in verändertem Tone fort, ›war die Sprache des Zorns und der Traurigkeit. Jetzt soll die Liebe reden. Wenn ich auch zürne, so glühe ich doch noch immer für dich; werde ich gleich von dir verachtet, so kann ich doch nicht aufhören, dich zu lieben. Laß dich überreden! Habe wenigstens jetzt Mitleid mit mir. Ich bitte nicht mehr um die vielen Tage und die lange Ehe, die ich Unglückliche mir erträumte. Auch eine einzige Umarmung von dir ist mir genug. Ein geringes Mittel ist hinreichend, die lange Krankheit zu heben. Lösche nur ein wenig das Feuer meiner Liebe! Habe ich mit voreiliger Hitze gegen dich gesprochen, so verzeihe mir, Geliebter! Unglückliche Liebe pflegt oft in Wut überzugehen. Mein Betragen ist unanständig, ich weiß es; aber ich darf, ohne mich zu schämen, mich von den Geheimnissen der Liebe frei sprechen. Ich rede zu einem Manne, der in die Geheimnisse eingeweiht ist. Du kennst meine Leidenschaft. Anderen sind die Pfeile des Gottes unbekannt; ihnen würde man die Verletzungen seines Geschosses umsonst zeigen; nur Liebende kennen die Wunden der Liebenden. Ich habe nur noch diesen Tag übrig; ich bitte dich also, erfülle dein Versprechen! Erinnere dich des Tempels der Isis, erinnere dich der Schwüre, die du dort ablegtest. Und wenn du, wie du versprochen hast, bei mir bleiben wolltest, so würde ich mich um tausend Thersander nicht bekümmern. Doch du hast Leukippe wiedergefunden; die Verbindung mit einer anderen ist dir sonach unmöglich; auch hierin will ich dir gern nachgeben. Ich sehe, ich habe den Sieg verloren; ich bitte daher um nichts mehr, als was mir zuteil werden kann. Mehr als wunderbare Ereignisse setzen sich mir entgegen. Selbst die Toten leben wieder auf. O Meer! Du hast mich auf der Fahrt am Leben erhalten; aber du machtest mich durch die Rettung unglücklicher! Denn zwei Tote sandtest du gegen mich. Es war noch nicht genug mit Leukippe; soll sie mir leben, um Kleitophons Kummer zu stillen! Auch der wilde Thersander mußte noch dazu kommen. Ich mußte mit ansehen, wie du geschlagen wurdest, und ich Arme konnte dir nicht helfen! Auf dieses Gesicht fielen die Schläge? O ihr Götter! Thersander muß blind gewesen sein. – Aber ich bitte dich, Kleitophon, mein Gebieter – denn du bist der Gebieter meines Herzens – gewähre mir heute die erste und letzte Gunstbezeugung. Dieser Augenblick wird mir der Ersatz vieler Tage sein. Möchtest du dann Leukippe nie wieder verlieren! Möchte sie dir nie wieder auch nur im Scheintod entrissen werden! Verachte nicht meine Liebe; sie war die Ursache deines größten Glücks, sie hat dir Leukippe wiedergegeben. Denn hätte ich dich nicht geliebt, hätte ich dich nicht von Ägypten weggeführt, so wäre Leukippe noch bis jetzt für dich tot. Auch der Zufall, Kleitophon, hat seine Geschenke. Schon mancher, der zufällig zu einem Schatz gelangte, wie verehrte er den Ort, wo er ihn fand! Er errichtete einen Altar, brachte Opfer und umkränzte die Erde. Du aber hast bei mir das Kleinod der Liebe gefunden und achtest die Wohltat nicht? Glaube mir, Kleitophon, Eros selbst fordert dich auf, ihm, der dich zur Weihe führte, zu huldigen und Melitte nicht zu verlassen, bevor du sie in die Geheimnisse eingeweiht hast. Denn er hat mein Feuer entzündet!

Höre, wie ich auch um deine übrigen Angelegenheiten besorgt bin. Du sollst jetzt von deinen Fesseln befreit werden, wenn sich auch selbst Thersander dagegen erklärte. Du wirst, solange du willst, bei meinem Jugendfreunde Wohnung finden. Morgen früh wird auch Leukippe dort bei dir sein. Die Nacht über wollte sie auf dem Landgute bleiben, um beim Mondscheine Kräuter zu suchen. So treibt sie ihr Spiel mit mir. Ich bat sie, da sie sich für eine Thessalierin ausgab, um ein Zaubermittel gegen dich. Denn was konnte ich, um mein Ziel zu erreichen, noch tun, als Kräuter und Zaubermittel suchen? Dies ist ja die einzige Zuflucht für unglücklich Liebende. – Thersanders wegen kannst du ohne Furcht sein. Er eilte im Zorn aus dem Hause und lief zu einem seiner Freunde. Es ist, als wenn ihn ein Gott von hier vertrieben hätte, damit ich von dir noch diese letzte Gunst erlangen könnte. Schlage sie mir nicht ab!‹

So sprach sie mit viel Überredung; denn Eros macht beredt. Dann löste sie die Fesseln, küßte mir die Hände, legte sie an ihre Augen und auf ihr Herz und sagte: ›Hörst du es klopfen? Fühlst du sein heftiges Schlagen voll Furcht und Hoffnung und – o daß es geschähe! – voll Vergnügen? Dieses Klopfen selbst scheint dich anzuflehen!‹

Nachdem sie mir die Fesseln gelöst hatte, warf sie sich weinend über mich und ich überließ mich der Leidenschaft. Ich befürchtete wirklich, Eros möchte sich an mir rächen, zumal da ich Leukippe wiederbekommen hatte und mich darauf von Melitte entfernen wollte. Auch geschah es ja nicht mehr, um die Hochzeit zu vollziehen, sondern nur um eine kranke Seele zu heilen. Ich ließ es daher geschehen, als sie sich über mich hinwarf und widerstrebte ihren Umarmungen nicht.

So ergaben wir uns den Freuden der Liebe und bedurften keiner Polster und keiner Zurüstungen. Denn Eros ist Selbstfinder und augenblicklicher Ratgeber. Jeden Ort schafft er zu seinem Tempel um. Auch ist der unvorbereitete Genuß weit angenehmer, als der, zu dem viele Zurüstungen gemacht werden; denn er führt ein selbstgeschaffenes Vergnügen mit sich.

SECHSTES BUCH

Als ich Melittes Wünsche befriedigt hatte, sagte ich zu ihr: ›Aber wie willst du mir nun eine sichere Flucht verschaffen und dein Versprechen bezüglich Leukippes erfüllen?‹

›Leukippes wegen‹, sagte sie, ›sei unbekümmert; denke, sie wäre schon bei dir. Ziehe nur jetzt mein Gewand an, und verhülle das Gesicht mit dem Schleier. Melantho wird dich durch das Haus auf die Straße bringen; an der Türe wird dich ein Jüngling erwarten, dem ich befohlen habe, dich in das Haus zu führen, wo du den Kleinias und Satyros finden wirst, und wo auch Leukippe bald bei dir sein wird.‹

Bei diesen Worten warf sie mir ihr Gewand über, küßte mich und sagte: ›Wieviel schöner bist du nicht in diesem Gewande? So sah ich einst den Achilles abgebildet. Lebe glücklich, mein Geliebter, und bewahre dieses Kleid als ein Andenken von mir. Laß mir die deinigen zurück! Wenn sie meinen Körper umfließen, werde ich glauben, von dir umarmt zu werden!‹

Sie gab mir noch hundert Goldstücke, rief die Melantho, ihre treue Dienerin, welche an der Türe Wache hielt, sagte ihr die getroffene Verabredung und befahl ihr, wenn ich hinaus wäre, wieder zu ihr ins Gefängnis zu kommen.

So entschlüpfte ich. Der Wächter des Gefängnisses machte mir auf Melanthos Wink Platz im Glauben, ich sei seine Herrin, und ich kam durch die einsamen Gänge des Hauses an eine entlegene Tür, wo mich der von Melitte dazu bestellte Jüngling empfing. Er war ein Freigelassener, einer von denen, die mit uns gesegelt waren, mit dem ich auch außerdem gut stand.

Als Melantho zurückkam, verschloß der Wächter eben das Gefängnis. Sie ließ es wieder öffnen, ging hinein und erzählte Melitte, wie ich entkommen war. Dann rief sie den Wächter, der über den unerwarteten Vorfall, da er, mit dem Sprichwort zu reden, den Hirsch für das Mädchen erblickte, erstaunte und stillschweigend dastand.

›Nicht aus Mißtrauen gegen dich‹, redete ihn Melitte an, ›du möchtest etwa den Kleitophon nicht entlassen, bediente ich mich dieser List; sondern damit du gar nichts davon wissen und folglich bei Thersander ganz ohne Schuld sein solltest. Hier sind von Kleitophon, wenn du hier bleibst, zehn Goldstücke zum Geschenk für dich. Gedenkst du aber zu entfliehen, so wirst du ein besseres Reisegeld bekommen.‹

›Was dir gut dünkt, meine Gebieterin‹, antwortete Pasion – so hieß der Wächter –, ›halte auch ich für das Beste.‹

Melitte gab ihm den Rat, sich für jetzt zu entfernen und dann, wenn sie mit ihrem Mann ins reine gekommen wäre, und sein Zorn sich wieder gelegt hätte, zurückzukommen. Dies tat er auch.

Kaum war ich hier entronnen, so verfolgte mich das schon gewohnte Schicksal von neuem und bereitete mir ein anderes Unglück. Es führte mir Thersander gerade in die Hände. Er war nämlich von seinem Freunde, zu dem er gegangen war, überredet worden, nicht außer Hauses zu bleiben und ging daher nach Tische wieder nach Hause.

Eben wurde der Artemis ein Fest gefeiert und alles war voll Betrunkener. Die ganze Nacht hindurch war der Markt überall mit Menschen gefüllt. Schon dies setzte mich in Furcht; aber ein anderes, noch härteres Unglück stand mir bevor.

Sosthenes, der Leukippe gekauft hatte und von Melitte aus dem Dienst entlassen worden war, hatte, da er hörte, daß sein Herr wieder da wäre, das Landgut nicht verlassen und wollte sich jetzt an Melitte rächen. Erst verriet er mich dem Thersander – denn er war der Verleumder. Dann erzählte er ihm auch von Leukippe und setzte mit viel Wahrscheinlichkeit mancherlei Erdichtungen hinzu. Er hatte einmal die Hoffnung, sie zu besitzen, aufgegeben und wollte sie daher seinem Gebieter zuführen, um auch zugleich diesem Melitte zu entfremden.

›Ich habe‹, sagte er zu ihm, ›ein herrliches Mädchen gekauft; ihre Schönheit übersteigt allen Glauben. Traue einstweilen meinen Worten; du wirst sie, wenn du sie siehst, bestätigt finden. Diese habe ich für dich aufbewahrt. Denn ich hatte schon gehört, daß du noch am Leben wärest, und ich glaubte es, weil ich es wünschte; aber ich ließ es nicht bekannt werden, damit du die Gebieterin selbst auf frischer Tat ertappen könntest und ein ehrloser fremder Wüstling nicht etwa deiner spotten möchte. Die Gebieterin nahm sie gestern mit fort und wollte sie entlassen. Das Schicksal aber bewahrte eine solche Schönheit für dich auf. Sie ist jetzt auf dem Landgute. Melitte hat sie dahin geschickt, warum, kann ich nicht sagen. Ehe sie wieder zurückgeht, will ich sie, wenn du meinst, einschließen und bewahren, damit du sie in deine Gewalt bekommst.‹

Thersander gab ihm seinen Beifall und befahl ihm, es zu tun. In der größten Eile lief Sosthenes auf das Landgut, und als er die Hütte erblickte, wo Leukippe übernachten wollte, befahl er zwei Arbeitern, Leukippes Dienerinnen, die sie bei sich hatte, heimlich beiseite zu rufen und in möglichst großer Entfernung durch Gespräche hinzuhalten. Zwei andere nahm er mit sich. Kaum sieht er Leukippe allein, so springt er auf sie los, hält ihr den Mund zu, ergreift sie und führt sie auf der entgegengesetzten Seite, als die, zu der die Dienerinnen gegangen waren, in ein abgelegenes Zimmer.

Nachdem er sie hier in Sicherheit gebracht hatte, sagte er zu ihr: ›Ich verkünde dir ein außerordentliches Glück; aber denke dann auch an mich, wenn du glücklich bist. Sei außer Sorge wegen dieses Raubes; glaube nicht, daß es zu deinem Unglücke geschehe; es wird dir die Gunst meines Herrn verschaffen, der dich liebt.‹

Leukippe war durch diesen Vorfall ganz außer Fassung und schwieg. Sosthenes aber eilte zu Thersander, traf ihn eben, als er nach Hause zurückging, und erzählte ihm, wie er seinen Entschluß ausgeführt hatte. Die Erzählung des Sosthenes von Leukippe und die Schilderung, welche er ihm in den erhabensten Ausdrücken von ihrer Schönheit machte, nahmen ihn ganz ein. Das Bild ihrer Schönheit schwebte ihm gleichsam vor Augen, und da eben das nächtliche Fest gefeiert wurde und das Landgut nur vier Stadien weit entfernt lag, so ließ er sich vom Sosthenes zu ihr führen.

Unterdessen war ich, in Melittes Gewand gehüllt, entflohen, und fiel ihnen aus Unvorsichtigkeit in die Augen.

›Sieh da‹, rief Sosthenes, der mich zuerst erkannte, ›dies ist der Ehebrecher! Gleich einer Bacchantin kommt er uns entgegen; er hat auch noch deine Frau geplündert!‹

Der Jüngling war zufällig etwas vorausgegangen und entfloh, sobald er sie gewahr wurde. Die Furcht ließ ihm nicht Zeit, mich auf sie aufmerksam zu machen.

Sowie sie mich sahen, ergriffen sie mich. Thersander erhob ein Geschrei und die Menschen, welche der nächtlichen Feier beiwohnten, liefen in großer Menge zusammen. Desto mehr schrie Thersander, erlaubte sich die schändlichsten Ausdrücke, schalt mich einen Ehebrecher und Räuber. Dann führte er mich in das Gefängnis und klagte mich des Ehebruchs an.

Nichts von diesem verursachte mir auch nur den mindesten Kummer, weder die Schmach der Fesseln noch seine Beschuldigung. Ich verließ mich darauf, ihm durch Gründe darzutun, daß ich kein Ehebrecher wäre, sondern sie öffentlich geheiratet hätte. In Besorgnis aber war ich um Leukippe, die ich nun offenbar nicht wiederbekam.

Gewöhnlich ahnt die Seele nur das Unglück vorher; mit Prophezeiungen von bevorstehendem Glück erfreut sie uns am allerwenigsten. Ich sah daher auch von Leukippe nichts in dem gehörigen Lichte, sondern alles kam mir verdächtig vor, alles war voller Schreckbilder.

So befand ich mich in einem traurigen Gemütszustande.

Thersander ging, sobald er mich in das Gefängnis geworfen hatte, in der ersten Hitze zu Leukippe. Sie traten in das Haus und fanden sie auf der Erde liegend und noch in tiefen Gedanken über das, was Sosthenes eben zu ihr gesagt hatte. Kummer und Besorgnis zeigten sich auf ihrem Gesichte.

Man sagt, dünkt mich, mit Unrecht, daß die Gedanken ganz unsichtbar seien. Denn sie zeigen sich deutlich auf dem Gesichte, wie in einem Spiegel. Den Fröhlichen strahlt das Bild der Freude aus den Augen; bei den Traurigen zeigt sich der Kummer an der gerunzelten Stirn.

Leukippe hörte die Tür öffnen und blickte etwas auf, schlug aber sogleich wieder die Augen nieder. In diesem flüchtigen Blicke, der wie ein Feuerstrahl schnell vor ihm verschwand, schaute Thersander ihre Schönheit – denn der größte Teil der Schönheit hat ihren Sitz in den Augen – und sogleich flog ihr sein Herz entgegen. Er stand vor dem Anblick gefesselt da und wartete sehnlich, ob sie irgend wieder zu ihm aufblicken würde. Sie hatte aber ihren Blick immer zur Erde gerichtet.

›Warum schaust du zu Boden?‹ sagte er daher zu ihr. ›Warum lässest du die Schönheit deiner Augen auf die Erde herabfließen? Laß sie doch lieber zu meinen Augen heraufsteigen!‹

Als sie dies hörte, wurden ihre Augen mit Tränen erfüllt und auch diese gaben ihr eine eigene Schönheit. Die Träne gibt dem Auge etwas Schmachtendes und erhebt es noch mehr. Hat es eine häßliche und rohe Bildung, so wird seine Häßlichkeit noch auffallender. Ist es aber anmutig und verliert sich seine schwarze Farbe allmählich in eine weiße Umkränzung, so gleicht es, mit Tränen benetzt, der Mutterbrust einer Quelle. Wenn die Tränenflut das Auge rings umglüht, so schwillt das Weiße in ihm auf, das Schwarze aber strahlt wie Purpur; dieses glänzt gleich dem Veilchen, jenes gleicht der Narzisse, und die im Auge zusammengedrängten Tränen lächeln uns an.

So entzückten auch Leukippes Tränen, und ihre Schönheit schien selbst den Kummer zu besiegen. Hätten sie sich im Fallen verdichten können, so würde eine neue Art Bernstein auf die Erde getröpfelt sein.

Thersander sah sie und erstaunte über ihre Schönheit; ihr Kummer setzte ihn außer sich und seine Augen füllten sich mit Tränen.

Tränen flößen schon an sich denen, die sie sehen, Mitleid ein; noch vielmehr aber die Tränen einer Frau; und sie sind um so bezaubernder, je reichlicher sie fließen. Ist überdies die Weinende schön, und liebt sie der, welcher sie sieht, so kann das Auge nicht ruhen, sondern es ahmt die Tränen nach. Denn die Schönheit, die bei den Schönen in den Augen thront, fließt von da auf die Augen der Liebenden über und zieht die Tränenflut mit sich fort. Der Liebende faßt beides auf: die Schönheit reißt er mit sich in die Seele hinab, die Träne aber bewahrt er in den Augen und wünscht, daß sie gesehen werden möchte. Zwar könnte er sie trocknen, aber er will es nicht, sondern hält sie so viel als möglich zurück, immer besorgt, sie möchte ihm vor der Zeit entrinnen. Selbst die Bewegungen der Augen sucht er zu hemmen, damit ihm die Träne nicht etwa entfalle, bevor sie die Geliebte gesehen hat. Denn dies hält er für ein Zeugnis seiner Liebe.

So ging es Thersander. Er weinte, teils um Leukippe sein Mitleid zu bezeugen, teils um sich bei ihr den gefälligen Schein zu geben, daß er bloß deswegen weine, weil er sie weinen sehe.

›Du siehst ihren Schmerz‹, sagte er zu Sosthenes geneigt; ›suche sie jetzt zu beruhigen. Ungern trenne ich mich von ihr; doch, um ihr nicht beschwerlich zu fallen, will ich mich entfernen. Ist sie etwas besänftigt, dann will ich mich mit ihr unterreden. – Aber, liebes Mädchen, fasse dich! Bald will ich deine Tränen stillen!‹

Im Weggehen sagte er noch zu Sosthenes: ›Du wirst ihr schon das Nötige von mir sagen. Morgen früh, wenn du alles gehörig besorgt hast, komme zu mir.‹

Hiermit entfernte er sich.

Während dies geschah, hatte Melitte, weil sie nach der Zusammenkunft mit mir den Liebestrank nicht nötig hatte, sogleich einen Diener auf das Landgut geschickt, um Leukippe wieder abzuholen. Er kam hinaus und fand die Dienerinnen ganz bestürzt. Sie waren eben beschäftigt, Leukippe zu suchen. Da man sie nirgends fand, lief er eilig zurück und meldete es Melitte. Die Nachricht nun, daß ich ins Gefängnis geworfen und Leukippe unsichtbar geworden wäre, umwölkte ihre Stirn mit tiefer Trauer. Die Wahrheit davon konnte sie zwar nicht entdecken; doch fiel ihr Verdacht auf Sosthenes. Sie wünschte, Thersander möchte eine öffentliche Untersuchung ihretwegen anstellen lassen, und ersann deshalb eine listige Rede, worin sie Wahrheit mit Dichtung schlau verwebte.

Bei seiner Rückkunft erhob Thersander ein neues Geschrei: ›Du hast dem Ehebrecher heimlich fortgeholfen! Du hast ihm seine Fesseln gelöst und ihn aus dem Hause gelassen! Alles ist von dir veranstaltet. Warum bist du nicht gleich mit ihm gegangen? Was wartest du noch hier? Willst du nicht hingehen zu deinem Geliebten, um ihn mit noch schwerern Banden gefesselt zu sehen?‹

›Was für einen Ehebrecher?‹ antwortete ihm Melitte. ›Was hast du denn vor? Laß ab von deiner Hitze und höre den Hergang des Ganzen; dann wirst du das Wahre leicht erkennen. Nur um eins bitte ich dich: Sei ein gerechter Richter gegen mich, reinige deine Ohren von aller Verleumdung, verbanne den Zorn aus deinem Herzen, setze den Verstand zum unparteiischen Richter und dann höre!

Dieser Jüngling ist weder ein Ehebrecher, noch mein Mann. Er ist ein Phöniker von Geburt, der keinem der Tyrier nachsteht. Zur See traf auch ihn ein unglückliches Los; seine ganze Ladung wurde ein Raub des Meeres. Ich hörte sein Schicksal und nahm mich seiner an. Ich erinnerte mich deiner und gab ihm Obdach. Vielleicht, dachte ich, irrt auch Thersander so umher; vielleicht nimmt sich auch seiner ein Weib an. Sollte er indes, wie das Gerücht sagt, auf dem Meere wirklich umgekommen sein, so will ich wenigstens allem, was vom Schiffbruch übriggeblieben ist, Achtung und Ehre erweisen. Wieviele andere Unglückliche hab' ich nicht gepflegt! Wie viele hab' ich nicht begraben, die im Meer ihren Tod fanden! Konnt' ich nur irgendein Stück Holz erhaschen, das von einem gescheiterten Schiffe ans Land geworfen war, so dachte ich bei mir: Vielleicht fuhr Thersander auf diesem Schiffe!

Einer von denen, die zuletzt aus dem Meere gerettet wurden, war auch dieser Phöniker, mein Geliebter! Ich glaubte dadurch, daß ich ihm Achtung bewies, dir gefällig zu sein. Er teilte sein Los mit dir und dies flößte mir Achtung gegen ihn ein. Der eigentliche Grund aber, warum ich ihn mit hierher genommen habe, ist folgender: Er betrauerte ein Weib; niemand wußte, wo sie hingekommen war; gestorben aber war sie nicht. Dies hatte er irgendwo erfahren, mit dem Zusatze, sie wäre hier bei einem unserer Diener, bei Sosthenes. So verhielt es sich auch wirklich. Wir trafen sie bei unsrer Ankunft hier an, und so war die Absicht seiner Reise erfüllt.

Du hast nun den Sosthenes, das Weib ist auf dem Landgute: forsche nach allem, was ich dir erzählt habe und habe ich etwa in irgendeinem Punkte gelogen, so sollst du mich für eine Ehebrecherin halten.‹

So sprach sie und stellte sich, als wenn sie von Leukippes Verschwinden nichts wüßte. Sollte Thersander der Wahrheit auf die Spur zu kommen suchen, so behielt sie sich vor, die Dienerinnen, welche Leukippe auf das Landgut begleitet hatten, wenn sie gegen Morgen da wären, herbeizuführen, damit sie aussagten, das Mädchen wäre, wie es wirklich geschehen war, ganz verschwunden. Denn dadurch, daß sie sich die Aufsuchung so offenbar angelegen sein ließ, glaubte sie unfehlbar auch Thersander zu überzeugen.

Um ihn noch mehr zu überreden, setzte sie hinzu: ›Glaube mir, lieber Mann! Sieh, seit wir zusammen leben, hast du mir nichts vorzuwerfen gehabt, und jetzt willst du mich in Verdacht haben? Ich ließ diesem Jüngling so viel Ehre widerfahren, daher verbreitete sich das Gerücht, ohne daß man die wahre Ursache unseres Umgangs wußte. Dem Gerücht nach warst ja auch du gestorben. Das Gerücht und die Verleumdung sind zwei nahverwandte Übel. Jenes ist die Tochter von dieser. Die Verleumdung ist schärfer als ein Schwert, heftiger als das Feuer, überredender als die Sirenen. Das Gerücht ist schlüpfriger als das Wasser, schneller als der Wind, behender als der Vogelflug. Wird von der Verleumdung eine Sage abgeschickt, so fliegt diese gleich einem Pfeile davon und verwundet den Abwesenden, gegen welchen sie gerichtet ist. Wer sie hört, läßt sich sogleich von ihr einnehmen und, von Zorn entbrannt, wütet er gegen den Verwundeten. Das dadurch entstandene Gerücht greift schnell um sich und überflutet die Ohren eines jeden, der ihm begegnet. Vom Hauche der Rede getrieben, verbreitet es sich nach allen Seiten und eilt schnell dahin, vom Flügel der Zunge gehoben. Diese kämpfen jetzt beide gegen mich; sie haben deine Seele eingenommen und meinen Reden die Pforten deiner Ohren verschlossen.‹

Bei diesen Worten ergriff sie seine Hand und wollte sie küssen. Er wurde etwas gelassener, das Überzeugende der Rede besänftigte ihn und die Übereinstimmung, welche diese Erzählung von Leukippe mit Sosthenes Aussage hatte, entfernte zum Teil den Verdacht aus seiner Seele. Doch glaubte er ihr nicht ganz. Denn hat sich die Eifersucht einmal der Seele bemächtigt, so kann sie nur mit Mühe wieder verdrängt werden.

Er geriet in die größte Bestürzung, als er hörte, daß das Mädchen meine Frau wäre, und sein Haß gegen mich vergrößerte sich noch mehr.

Darauf versicherte er, der Sache weiter nachzuhorchen und ging allein zu Bette. Melitte aber befand sich in einer traurigen Stimmung; denn sie sah nun die Erfüllung ihres Versprechens vereitelt.

Sosthenes, welcher Thersander noch ein Stück Weg begleitet und ihn durch große Versprechungen bezüglich Leukippes zurückgehalten hatte, ging wieder zu ihr, nahm eine fröhliche Miene an und sagte: ›Es steht gut um uns, Lakaina! Thersander liebt dich bis zur Raserei. Auch wird er dich bald zur Frau nehmen. Dieses Glück hast du mir zu verdanken. Denn ich hab' ihm deine Schönheit mit zauberischen Farben geschildert und seine Seele ganz mit deinem Bild erfüllt. – Was weinst du? Steh auf und bring Aphrodite ein Opfer für dieses Glück. Denk aber dabei auch an mich!‹

›Möchte dir‹, antwortete ihm Leukippe, ›ein gleiches Glück widerfahren, wie du es mir jetzt überbringst!‹

Sosthenes merkte den darin liegenden Spott nicht, sondern nahm es für reine Wahrheit, und setzte mit freundlicher Miene hinzu: ›Um deine Freude noch größer zu machen, will ich dir nun auch sagen, wer Thersander ist. Er ist der

Gemahl der Melitte, die du auf dem Landgute sahest; von Geburt der Erste unter allen Ioniern; sein Reichtum übersteigt noch seine Geburt und sein Edelsinn geht noch weit über seinen Reichtum. Wie alt er ist, weißt du; er ist jung und schön, und dies ist ja das Verlockendste für eine Frau!‹

Nun konnte es Leukippe bei diesem Schwätzer nicht länger aushalten.

›Du nichtswürdiges Geschöpf!‹ sagte sie. ›Wie lange willst du meine Ohren durch solche schamlosen Reden beleidigen? Was geht mich Thersander an? Für Melitte mag er schön sein, für die Stadt reich, großmütig und edel für die, die seiner Hilfe bedürfen. Mich kümmert dies nicht. Mag er von edlerer Geburt sein als Kodros, mag er reicher sein als Krösus; was zählst du mir diesen Schwall von Lobsprüchen auf, die gar nicht hierher gehören? Dann werde ich Thersander als einen edlen Mann schätzen, wenn er fremde Frauen nicht so schmählich behandelt!‹

›Du scherzt!‹ antwortete Sosthenes in vollem Ernste.

›Wie könnte ich scherzen?‹ sagte sie. ›Überlaß du mich meinem Schicksal und dem Dämon, der mich verfolgt. Ich weiß, daß ich mich hier in einem Räuberneste befinde!‹

›Du mußt unheilbar wahnsinnig sein!‹ erwiderte er. ›Hältst du denn dies für ein Räubernest: Reichtum und Hochzeit und Wohlleben? – Das Glück gibt dir einen Mann, welchem die Götter so hold sind, daß sie ihn sogar mitten aus den Pforten des Todes zurückgeführt haben.‹

Hierauf erzählte er ihr den Schiffbruch, wie er durch den Beistand der Götter errettet worden wäre; und erhob das Wunder weit über den Delphin des Arion.

Leukippe antwortete ihm nicht auf sein Geschwätz. Er fuhr also fort: ›Sei auf dein Bestes bedacht! Laß davon nichts gegen Thersander verlauten und bringe diesen gutherzigen Mann nicht auf. Denn wird er zum Zorn gereizt, so läßt er sich nicht halten. Die Gutherzigkeit wird durch Dankbarkeit noch größer; wird sie aber verachtet, so geht sie in Zorn über, und je mehr ein Mensch zum Wohltun geneigt ist, desto größer ist seine Neigung zur Rache.‹

So stand es damals mit Leukippe.

Kleinias und Satyros hatten kaum erfahren, daß ich im Gefängnis saß – Melitte hatte sie davon benachrichtigt –, so kamen sie des Nachts zu mir und wollten bei mir bleiben. Der Kerkermeister aber erlaubte es ihnen nicht und befahl ihnen, sich so schnell wie möglich wieder zu entfernen. So trieb er sie wider ihren Willen fort. Bezüglich Leukippes gab ich ihnen den Auftrag, am andern Morgen, wenn sie zurückgekehrt wäre, eilig zu mir zu kommen.

Ich überdachte Melittes Versprechungen und meine Seele schwebte zwischen Furcht und Hoffnung. Das, was ich hoffte, fürchtete ich, was ich fürchtete, hoffte ich.

Sobald es Tag wurde, eilte Sosthenes zu Thersander; Kleinias und Satyros aber zu mir.

Kaum erblickte Thersander Sosthenes, so fragte er ihn, wie es um das Mädchen stände, und ob sie sich ihm ergeben wollte. Sosthenes sagte ihm nicht die reine Wahrheit, sondern erdichtete etwas sehr Glaubhaftes.

›Sie sträubt sich zwar‹, sagte er; ›allein ich halte dieses Sträuben nicht für natürlich. Sie scheint zu argwöhnen, du würdest sie, wenn du einmal deinen Zweck erreicht hättest, wieder entlassen. Und daher fürchtet sie deinen Antrag.‹

›Deswegen mag sie ganz ohne Sorge sein‹, sagte Thersander. ›Meine Neigung zu ihr ist so stark, daß keine Ewigkeit sie vertilgen wird. Nur dies Einzige macht mich noch besorgt: ich wünsche zu erfahren, ob das Mädchen, wie mir Melitte erzählt hat, wirklich die Frau des Jünglings ist.‹

Unter diesem Gespräche waren sie an Leukippes Gemach gekommen. Als sie an die Tür kamen, hörten sie sie laut jammern. Sie traten daher leise hinter die Tür.

›O wehe mir, Kleitophon!‹ So rief sie zu wiederholten Malen aus, ›du weißt nicht, wo man mich eingekerkert hat! Auch ich weiß nicht, was für ein Schicksal dir zuteil geworden ist. Ach, diese Unwissenheit selbst macht uns unglücklich. Thersander wird dich doch nicht in seinem Hause ertappt haben? Du wirst doch nicht auch so schmählich behandelt worden sein? Wie oft wollte ich mich bei Sosthenes erkundigen! Aber ich wußte nicht, wie ich ihn fragen sollte. Sprach ich von dir als von meinem Manne, so befürchtete ich, ich möchte den Thersander gegen dich aufbringen und dir ein Unglück zufügen. Sprach ich von dir als von einem Fremden, so konnte auch dies Verdacht erregen. Denn was sollte sich ein Weib um die bekümmern, die sie nichts angehen? – Wie oft wollte ich mir Gewalt antun! Aber ich konnte kein Wort über meine Zunge bringen. Nur für mich allein vermochte ich zu klagen.

‚O geliebter Kleitophon!' rief ich dann aus. ‚Mann der einzigen Leukippe, treu und standhaft! Keine andere Frau konnte dich durch ihre Umarmungen zur Gunst bewegen, wenn auch ich Lieblose es glaubte. Auf diesem Landgute sah ich dich nach so langer Zeit wieder – keine Umarmung gab ich dir?'

Wie? wenn jetzt Thersander käme und mich ausforschen wollte, was sollt' ich ihm antworten? Sollt' ich die Maske ablegen und ihm die reine Wahrheit erzählen? –

‚Halte mich nicht für eine niedrige Sklavin, Thersander. Ich bin eines Feldherrn Tochter aus Byzantion, die Frau eines vornehmen Tyriers. Ich bin nicht aus Thessalien, heiße nicht Lakaina. Von Räubern erlitt ich diese Schmach, selbst des Namens beraubten sie mich. Mein Mann ist Kleitophon, Byzantion mein Vaterland; Sostratos ist mein Vater, Panthia meine Mutter!'

Wenn ich dir aber auch alles dieses sagte, du würdest mir doch nicht glauben. Und gesetzt auch, du glaubtest es, so fürchte ich für Kleitophon; das voreilige Geständnis meiner freien Geburt würde den Geliebten ins Unglück stürzen.

Wohlan denn! ich will mein Trauerspiel wieder beginnen, ich will wieder die Rolle der Lakaina übernehmen.‹

Als Thersander dies hörte, trat er etwas zurück und sagte zu Sosthenes: ›Hast du gehört, was sie für unglaubliche Dinge sagte? Wie der heißeste Drang der Liebe aus ihr sprach? Wie sehr sie jammerte? Wie sie sich Vorwürfe machte? – Überall wird mir dieser Ehebrecher vorgezogen! Ich glaube, dieser Räuber ist auch ein Giftmischer. Melitte liebt ihn,

Leukippe liebt ihn. Beim Zeus! Wenn ich doch Kleitophon wäre!‹

›Jetzt, mein Gebieter‹, antwortete Sosthenes, ›darfst du dabei nicht den Mut verlieren, sondern mußt gerade zu dem Mädchen hingehen. Liebt sie diesen verwünschten Ehebrecher auch jetzt, so wird ihre Seele doch nur so lange für ihn eingenommen sein, als sie ihn allein kennt und mit keinem andern Gemeinschaft hat. Du, der du ihn an Schönheit weit übertriffst, brauchst nur *einen* Angriff auf sie zu wagen, so wird sie jenen leicht vergessen. Eine neue Liebe macht die alte schwinden. Eine Frau liebt immer bloß das Gegenwärtige, des Abwesenden gedenkt sie nur so lange, als sie nichts Neues gefunden hat. Mit dem neuen Liebhaber hingegen entweicht der erste aus ihrem Herzen.‹

Diese Rede gab Thersander neues Leben. Denn sobald man uns Hoffnung macht, den geliebten Gegenstand zu erlangen, so sind wir leicht zu überreden. Der Wunsch, ihn zu besitzen, wirkt mit und weckt im Menschen die Hoffnung.

Nach Leukippes Selbstgespräch wartete Thersander noch ein wenig, um nicht den Verdacht zu erregen, er hätte sie belauscht. Dann gab er seinem Äußern, wie er glaubte, einen gefälligeren Anblick und ging hinein.

Als er Leukippe sah, entbrannte seine Seele von neuem. Sie kam ihm jetzt weit schöner vor. Die ganze Nacht hindurch, seit er von dem Mädchen weggegangen war, hatte er dieses Feuer in seiner Brust genährt, und jetzt, da es durch ihren Anblick wieder Nahrung bekam, loderte es sogleich zur Flamme empor, so daß er beinahe vor sie hingefallen wäre und sie umarmt hätte. Doch ermannte er sich, setzte sich neben sie und sprach mit ihr von ganz gleichgültigen Dingen, die er ohne allen Sinn aneinander reihte.

Die Liebenden machen es gewöhnlich so, wenn sie sich mit ihren Geliebten unterhalten wollen. Sie denken nicht daran, was sie reden; ihre Seele ist immer mit dem geliebten Gegenstande beschäftigt, nur die Zunge spricht, ohne vom Verstande geleitet zu werden.

Während des Gesprächs umschlang er ihren Hals, als

wenn er sie küssen wollte. Sie kam der Bewegung seiner Hand zuvor, bückte sich und verbarg ihr Gesicht im Busen; dessen ungeachtet umschlang er sie und wollte ihr Gesicht mit Gewalt in die Höhe ziehen. Sie bückte sich aber von neuem und vereitelte seine Küsse. Nach einem langen Ringen der Hände stemmte Thersander, von Liebe und Streitsucht entflammt, seine linke Hand ihr unter das Gesicht, mit der rechten ergriff er sie an den Haaren und zog sie so mit der einen Hand zurück und mit der andern, die er unter das Kinn gestemmt hatte, drückte er sie in die Höhe.

Als seine Gewalt endlich nachließ, mag er seinen Zweck nun erreicht oder nicht erreicht haben, oder mag er ermüdet gewesen sein, sagte Leukippe zu ihm: ›Du handelst nicht wie ein freier, nicht wie ein edler Mann; du machst es gerade wie Sosthenes; der Diener ist seines Herrn würdig. – Aber laß ab und mache dir keine Hoffnung, deinen Zweck zu erreichen, es sei denn, du würdest Kleitophon!‹

Thersander wußte nicht, wie ihm geschah. Er liebte und zürnte. Liebe und Zorn aber sind zwei Fackeln. Ihr beiderseitiges Feuer ist von entgegengesetzter Natur, an Gewalt aber sich gleich. Das eine reizt zum Hasse, das andre zur Liebe. Die beiden haben ihren Sitz nebeneinander; dieses in der Leber, jenes im Herzen. Wird der Mensch von beiden ergriffen, so schwebt seine Seele in der Mitte; auf jeder Seite schwankt das Feuer des einen und streitet mit dem andern um den Ausschlag. Meistens trägt die Liebe, wenn sie ihre Wünsche erfüllt sieht, den Sieg davon. Wird sie hingegen von dem geliebten Gegenstande verachtet, so ruft sie den Zorn zum Mitstreiter herbei. Dieser folgt dem Rufe des Nachbarn, und so entzünden sie das Feuer gemeinschaftlich. Wenn sich nun der Zorn einmal der Liebe bemächtigt hat und sie außerhalb ihres eigenen Wohnsitzes gefesselt hält, so streitet er, von Natur unverträglich, mit ihr nicht, wie mit einem Freunde, für die Erreichung ihrer Wünsche, sondern er fesselt und beherrscht sie, um sie von der Sklaverei der Begierden zu befreien, und erlaubt ihr nicht, sich mit dem Geliebten auszusöhnen, so sehr sie es auch wünscht. Vom

Zorn unterdrückt, sinkt sie zu Boden und, ihrer Freiheit beraubt, strebt sie umsonst, sich zu ihrer eigenen Herrschaft wieder emporzuschwingen, und wird gezwungen, den Geliebten zu hassen. Sosehr indes der Zorn aufbraust und in schäumenden Wogen emporsteigt, so unterliegt er doch endlich der Übersättigung und läßt nach. Dann sucht sich die Liebe zu rächen, rüstet die Begierden aus und besiegt den schon schlummernden Zorn. Es schmerzt sie die Schmach, wodurch sie den Geliebten kränkte, sie verteidigt sich gegen ihn, fordert ihn auf zur neuen Vereinigung und verspricht, den Zorn durch die Süßigkeiten der Lust einzuschläfern. Werden ihre Wünsche erfüllt, so wird sie besänftigt. Wird sie hingegen nicht geachtet, so geht sie von neuem zum Zorn über, der aus seinem Schlummer erwacht und wieder sein voriges Spiel beginnt. Denn der Zorn ist immer der Mitstreiter gekränkter Liebe.

Ebenso war Thersander, so lange er noch seine Wünsche zu erreichen hoffte, ganz Leukippes Sklave. Da er sich aber in seiner Hoffnung getäuscht sah, verwandelten sich seine Lüste in Zorn. Er schlug ihr ins Gesicht und sagte: ›Du schändliche Dirne! Verworfene Sklavin! Eine Hure bist du, weiter nichts. Ich hab' alles gehört, was du gesprochen hast. Mußt du nicht froh sein, daß ich nur mit dir rede? Mußt du es nicht für ein großes Glück halten, deinen Gebieter zu küssen? Und du willst dich auch noch verstellen? Willst dich wie eine Wahnsinnige gebärden? – Aber ich bleibe dabei, du mußt eine feile Hure sein; du liebst ja einen Ehebrecher! Willst du indes meine Wünsche nicht befriedigen, wenn ich als Liebhaber zu dir komme, so werde ich mich dir als Gebieter zeigen.‹

›Sei ein Tyrann,‹, antwortete ihm Leukippe, ›mache mit mir, was du willst, alles will ich erdulden; nur Gewalt sollst du mir nicht antun.‹

Darauf wendete sie sich zum Sosthenes und sagte: ›Du kannst es bezeugen, wie ich mich gegen solche Schmach verhalte. Denn du hast mich noch schändlicher behandelt.‹

Sosthenes fühlte sich getroffen und errötete.

›Mein Gebieter‹, sagte er, ›mit Ruten muß man sie durchpeitschen und mit tausendfachen Foltern peinigen, damit sie lerne, ihren Gebieter nicht verächtlich zu behandeln.‹

›Folge doch dem Sosthenes!‹ sagte Leukippe. ›Er hat dir einen herrlichen Rat gegeben. Laß die Foltern herbeikommen! Man bringe das Rad, hier sind meine Hände, laß sie ausspannen! Man bringe die Geißeln, hier ist mein Rücken, laß ihn zerhauen! Man bringe Feuer herbei, hier ist mein Körper, laß ihn brennen! Man bringe das Schwert, hier ist mein Hals, laß ihn durchbohren! Ein neuer Kampf wird vor euren Augen beginnen; gegen alle Foltern kämpft ein einziges Weib, und ein einziges Weib besiegt sie alle. – Du nennst den Kleitophon einen Ehebrecher, und bist doch selbst ein Ehebrecher? Scheust du nicht deine Artemis? Willst du mitten in der Stadt der Jungfrau eine Jungfrau schänden? O Herrscherin, wo sind deine Pfeile!‹

›Du eine Jungfrau?‹ sagte Thersander. ›Welche Frechheit! Wie lächerlich! Eine Jungfrau, die so manche Nacht mit Räubern durchschwärmt hat! Waren die Räuber etwa Verschnittene? Oder waren sie strenge Philosophen? Es hatte wohl keiner von ihnen Augen!‹

›Ob ich‹, erwiderte ihm Leukippe, ›auch nach den Angriffen des Sosthenes noch Jungfrau bin, darum frag ihn selbst. Er wurde wirklich zum Räuber an mir. Jene blieben in ihren Schranken, und keiner von ihnen übte solche Gewalttätigkeit an mir aus. Ihr aber tut es; dies ist ein wahres Räubernest. Ja, ohne Scheu verübt ihr, was die Räuber nicht einmal gewagt haben. – Doch in dieser deiner Unverschämtheit liegt für mich der größte Lobspruch. Denn solltest du jetzt deine Wut so weit treiben, mich zu morden, so wird man sagen: Leukippe blieb Jungfrau ungeachtet der Räuber, Jungfrau ungeachtet des Chaireas, Jungfrau auch bei Sosthenes. Doch dieses alles wollte noch nicht viel bedeuten; der größte Lobspruch wäre: sie blieb auch Jungfrau bei Thersander, einem unverschämteren Wollüstling als alle Räuber. Wenn er nicht schänden kann, so mordet er. – Bewaffne dich doch nun; ergreife Geißeln, Rad, Feuer und Schwert gegen mich. Auch dein Ratgeber Sosthenes rüste sich mit dir. Ich bin ohne Waffen, allein und eine Frau, ich habe nur eine einzige Schutzwehr, die Freiheit, die nicht durch Prügel zerschlagen, nicht mit dem Schwert zerhauen, nicht mit Feuer verbrannt werden kann. Diese werd' ich nie verlieren, und wenn du mich verbrenntest; in keinem Feuer wirst du eine Glut finden, die dies vermöchte!‹

SIEBENTES BUCH

Diese Worte Leukippes erweckten in Thersander alle Empfindungen. Ärger, Zorn und Entschlüsse durchkreuzten sich in seiner Seele. Er zürnte über die erlittene Schmach; es schmerzte ihn, daß er seinen Zweck verfehlt hatte, und die Liebe ließ ihn Entschlüsse fassen.

In diesem Widerstreite seiner Seele sprang er, ohne Leukippe ein Wort zu erwidern, auf, eilte zornig hinweg, und sammelte sich etwas, um den Sturm seines Gemüts zu besänftigen.

Er zog nun Sosthenes zu Rate, ging zum Kerkermeister und bat ihn, mich durch Gift zu verderben. Er konnte ihn aber nicht dazu bringen. Denn sein Vorgänger war bei einer ähnlichen Giftmischerei ergriffen und mit dem Tode bestraft worden; darum befürchtete er ein gleiches Schicksal.

Thersander machte ihm nun den Vorschlag, einen andern zu mir ins Gefängnis zu bringen, als wenn er einer von den Gefangenen wäre, unter dem Vorwande, er wollte durch ihn meine Geschichte zu erfahren suchen. Dies war der Kerkermeister zufrieden und nahm den Menschen auf.

Von Thersander unterrichtet, sollte er auf eine schlaue Weise das Gespräch auf Leukippe bringen und erzählen, daß sie auf Melittes Geheiß ermordet worden wäre.

Diesen Kunstgriff hatte Thersander deshalb ersonnen, damit mich die Nachricht vom Tode meiner Geliebten, auch dann, wenn ich etwa freigesprochen werden sollte, von jeder weiteren Nachforschung abbringen sollte. Melitte aber hatte er diesen Mord angelastet, damit ich nicht etwa, wenn ich Leukippe für tot hielt, Melitte als meine Geliebte heiratete und ihn durch meine Gegenwart in Leukippes ruhigem Besitze störe, sondern sie vielmehr als die Mörderin meiner Geliebten, wie billig, hassen und mich ganz aus der Stadt entfernen möchte.

Dieser Mensch kam nun in meine Nähe und fing seine Rolle damit an, daß er auf eine äußerst verschmitzte Weise wehklagte. ›Was soll man nur in aller Welt‹, rief er aus, ›noch für einen Lebenswandel führen! Wie soll man sein Leben noch vor Gefahren schützen! Mit Rechtschaffenheit allein kommt man nicht durch. Ein Schicksalsschlag bricht herein und stürzt uns zu Boden. – Es mußte mir ahnen, wer der Mensch war, der mit mir ging, und was er verübt hatte.‹

Diese und ähnliche Reden sprach er bei sich, um zu seiner erdichteten Erzählung einen Eingang zu finden. Er glaubte, ich sollte ihn fragen, was ihm begegnet wäre. Ich war aber nur damit beschäftigt, was in meiner Seele vorging. Eine Weile noch seufzte er fort.

Endlich sagte einer von den Mitgefangenen – denn Unglückliche forschen nur allzu gern nach dem Unglücke des andern, und mit einem andern gemeinsam zu leiden, ist gewissermaßen ein Linderungsmittel für seinen eigenen Kummer: ›Was ist dir vom Schicksal widerfahren? Du bist ganz unschuldig, wie es scheint, einem bösen Dämon in die Hände gefallen; ich kann dies aus meiner eigenen Erfahrung schließen.‹ Und zugleich erzählte er seine Geschichte, warum er ins Gefängnis gekommen wäre. Ich gab jedoch auf nichts acht.

Jetzt hatte er geendet und bat den andern um die Gegenerzählung seines Schicksals: ›Berichte doch auch du‹, sagte er, ›deine Erlebnisse!‹

›Ich ging gestern‹, fing dieser an zu erzählen, ›aus der Stadt nach Smyrna zu. Vier Stadien von der Stadt kam ein junger Mensch vom Lande zu mir, grüßte mich und ging ein Stück mit mir.

Er: ‚Wo gehst du hin?'

Ich: ‚Nach Smyrna.'

Er: ‚Das trifft sich ja herrlich. Ich gehe denselben Weg.'

Von da an gingen wir zusammen und sprachen, wie es auf der Reise geht, von diesem und jenem. Wir kehrten dann in einem Wirtshause ein und frühstückten miteinander. Vier andere setzten sich zu uns, als wenn sie auch frühstücken wollten. Sie sahen uns starr an und nickten einander zu. Ich argwöhnte, sie müßten etwas gegen uns im Sinne haben, konnte aber nicht einsehen, was ihr Winken bedeuten sollte. Mein Reisegefährte wurde nach einiger Zeit blaß, aß langsamer und zitterte schon an allen Gliedern. So wie sie dies bemerkten, sprangen sie auf, ergriffen uns beide und banden uns sogleich mit Stricken. Einer von ihnen schlug meinem Gefährten ins Gesicht und, wie von tausendfachen Foltern gemartert, gestand dieser, ohne daß ihn jemand fragte, das Verbrechen ein.

‚Ja', sagte er, ‚ich habe das Mädchen umgebracht und von Melitte, Thersanders Frau, hundert Goldstücke dafür empfangen; sie hat mich zu dem Morde gedungen. – Aber seht, ich gebe euch die hundert Goldstücke. Warum wollt ihr mich also unglücklich machen und euch um diesen Gewinn bringen?'‹

Ich hatte auf die ganze Erzählung nicht geachtet; bei den Namen Thersander und Melitte aber fuhr ich, wie vom Donner gerührt, auf, wendete mich zu ihm und sagte: ›Wer ist diese Melitte?‹

›Melitte‹, antwortete er, ›ist hier in Ephesus eine der ersten Frauen. Sie liebt einen jungen Menschen, welchen man, wenn ich nicht irre, für einen Tyrier hält. Dieser hatte eine Geliebte, die er in Melittes Hause als Sklavin antraf. Von Eifersucht entbrannt, ließ Melitte diese Frau, welche ihr im Wege stand, ergreifen, übergab sie dem Menschen, der unglücklicherweise, wie ich eben erzählt habe, unterwegs zu mir kam, mit dem Auftrag, sie zu töten. Diese schändliche Tat nun hat er vollbracht, und ich Unglücklicher, der ich ihn nie gesehen, nie, weder in Worten noch in der Tat, mit ihm in Gemeinschaft gestanden habe, wurde als Teilnehmer seines Verbrechens mit ihm gebunden fortgeführt. – Das Schlimmste dabei ist: Nicht weit von dem Wirtshause empfingen sie die hundert Goldstücke von ihm und ließen ihn entfliehen; mich aber führten sie zum Oberrichter.‹

Ich hörte diese Schreckensnachricht, und konnte weder seufzen noch weinen. Ich hatte keine Stimme und keine Tränen. Ein fieberhaftes Zittern überlief meinen ganzen Körper, mein Herz wurde gelähmt und ich war fast ohne Besinnung.

Bald aber erwachte ich aus dieser Betäubung und sagte: ›Wie hat der Meuchelmörder das Mädchen getötet? Was hat er mit ihrem Leichname gemacht?‹

Er antwortete mir nichts und schwieg. Er hatte mir einmal den Dolch ins Herz gestoßen, und sein Werk, um dessentwillen er da war, vollbracht.

Auf meine wiederholte Frage gab er mir zur Antwort: ›Glaubst du denn, ich hätte an dem Morde teilgenommen? Ich hörte von dem Mörder weiter nichts, als daß er das Mädchen umgebracht habe. Wo und auf welche Weise hat er mir nicht gesagt.‹

Da flossen mir die Tränen und der Schmerz wurde in meinen Augen sichtbar.

So entsteht bei den Schlägen des Körpers nicht sogleich eine Beule; nicht unmittelbar nach dem Schlage zeigt sich die Strieme, sondern erst nach einiger Zeit bricht sie hervor. So sucht der, welchen der Zahn des Ebers trifft, augenblicklich die Wunde und kann sie nicht finden; sie liegt noch tief im Innern und verbirgt, langsam reifend, den Einschnitt des Zahns. Dann entsteht mit einem Male ein weißer Streif, der Vorläufer der Wunde, und bald darauf öffnet er sich und fließt von Blut über. Ebenso wird die Seele, sobald sie der Pfeil des Schmerzes trifft, zwar verwundet und durch das Geschoß der Rede geritzt, aber die Schnelligkeit des Pfeils öffnet die Wunde nicht sogleich, sondern die Tränen – denn die Tränen sind das Blut der Seelenwunden – treten erst dann in die Augen, wenn der Zahn des Schmerzes schon etwas am Herzen genagt hat. Dann bricht die Wunde der Seele hervor, und das Auge öffnet den Tränen den Ausgang, durch welchen sie sogleich hervorströmen.

So ging es auch mir. Zuerst drang mir diese Rede gleich einem Geschoß in die Seele, machte mich stumm und verschloß die Quelle der Tränen. Sobald ich mich aber etwas erholt hatte, flossen sie hervor.

›Welcher Dämon täuschte mich mit einer so kurzen Freude?‹ rief ich dann aus. ›Ach, nur zu neuem Unglück wurde mir Leukippe gezeigt! Nicht einmal meine Augen, die mich allein glücklich machten, hab' ich gesättigt, viel weniger meine Wünsche befriedigt! Nichts als ein Traum war mein Vergnügen! – O Leukippe! Wie oft bist du mir schon gestorben! Soll ich nie aufhören, dich zu beweinen? Nie aufhören, dich zu beklagen? Eine Todesnachricht folgt der andern. Bisher hat zwar das Schicksal immer nur seinen Scherz mit mir getrieben; doch jetzt ist es kein Scherz mehr. – Und wie bist du mir jetzt entrissen, Leukippe? Mußte ich dich ehedem auch für tot halten, so blieb mir doch noch einiger Trost übrig. Das erste Mal hatte ich doch wenigstens deinen Körper ganz, und das zweite Mal, wenn auch nicht den Kopf, doch den übrigen Körper zum Begräbnis. Jetzt aber bist du mir eines doppelten Todes gestorben, Seele und Körper sind mir entrissen! – Zweimal bist du den Räubern entflohen, und Melittes Räuberbande hat dich ermordet! Ach, wie oft küßte ich heilloser Frevler deine Mörderin! Wie oft lag ich in ihren mit Blut befleckten Armen! Selbst Aphrodites Gunst bewies ich ihr eher als dir!‹

Während ich so klagte, kam Kleinias zu mir. Ich erzählte ihm dies alles und sagte ihm, ich wäre fest entschlossen, zu sterben. Kleinias redete mir zu:

›Wer weiß, ob sie nicht wieder auflebt?‹ sagte er. ›Ist sie dir nicht schon oft gestorben? Und ist sie dir nicht schon oft wieder aufgelebt? Was willst du so voreilig sterben? Dazu hast du noch immer Zeit, wenn du von ihrem Tode gewiß überzeugt bist.‹

›Du sprichst sonderbar!‹ sagte ich; ›wie willst du wohl gewissere Nachricht erfahren, als diese? – Ich glaube jetzt gerade die schönste Todesart gefunden zu haben, bei welcher auch die heillose Melitte nicht ohne Strafe davonkommen wird. Laß dir es erzählen. Du weißt, ich hatte mich, wenn das Gericht so entscheiden sollte, auf eine Verteidigung gegen Ehebruch gefaßt gemacht. Jetzt hab' ich gerade das Gegenteil bei mir beschlossen. Ich bin willens, mich des Ehebruchs für schuldig zu erklären und zugleich vorzugeben, ich und Melitte hätten einander geliebt und deshalb Leukippe gemeinschaftlich aus dem Wege geräumt. Auf diese Weise wird sie ihre Strafe erleiden und auch meinem mir höchst verhaßten Leben ein Ende gemacht.‹

›Mache nicht solche Dinge!‹ sagte Kleinias. ›Du wolltest eines solchen entehrenden Todes sterben? Wolltest für einen Mörder, und was noch mehr ist, für Leukippes Mörder gelten?‹

›Was den Feind kränkt, kann nicht entehren, und dies ist jetzt der Fall bei uns.‹

Bald darauf wurde der Mensch, der diesen angeblichen Mord erzählt hatte, von seinen Fesseln gelöst, unter dem Vorwande, der Richter habe befohlen, ihn vorzuführen, um wegen des Verbrechens, dessen man ihn beschuldigt hätte, Rede und Antwort zu stehen.

Kleinias und Satyros sprachen mir Trost zu und suchten mich auf alle mögliche Weise zu überreden, daß ich nichts von dem, was ich vorhatte, vor Gericht sagen sollte. Doch ihre Bemühung war vergeblich.

Noch am selben Tag mieteten sie sich eine Wohnung und bezogen sie, um bei Melittes Jugendfreunde nicht länger zu wohnen.

Tags darauf wurde ich vor Gericht geführt. Thersander hatte große Anstalten gegen mich getroffen. Nicht weniger als zehn Redner standen in Bereitschaft, und auch Melitte hatte sich ernstlich zu ihrer Verteidigung gerüstet.

Als sie aufgehört hatten zu reden, bat ich mir das Wort aus.

›Dies alles‹, fing ich an, ›ist leeres Geschwätz, sowohl was

Thersanders Redner, als was Melittes Verteidiger vorgebracht haben. Von mir sollt ihr die reine Wahrheit erfahren. Ich hatte ehedem eine Geliebte namens Leukippe, eine Byzantierin von Geburt. Sie wurde mir in Ägypten von Räubern geraubt, und ich hielt sie für tot. Dann lerne ich Melitte kennen, wir wohnen dort beieinander, kommen zusammen hierher, und finden Leukippe als Sklavin bei Sosthenes, einem Verwalter auf Thersanders Landgütern. Wie Sosthenes sie als eine Freigeborene zur Sklavin bekam, und in welcher Verbindung er mit den Räubern steht, überlasse ich euch zu untersuchen. Kurz, Melitte erfuhr, daß ich meine vorige Frau wiedergefunden hatte, und aus Furcht, ich möchte ihr meine Zuneigung wieder schenken, faßte sie den Entschluß, sie zu töten; und – warum sollte ich nicht die Wahrheit gestehen? – auch ich gab meine Einwilligung dazu. Sie versprach, mich zum Herrn ihres ganzen Vermögens zu machen. Ich verschaffte mir also für hundert Goldstücke einen Meuchelmörder. Er vollbrachte die Tat und ging davon; und seitdem ist er verschwunden. Die Liebe aber rächte sich sogleich an mir. Denn sobald ich hörte, daß sie nicht mehr am Leben sei, bereute ich es und weinte; denn ich liebte sie und liebe sie noch jetzt. Deshalb klage ich mich nun selbst an, um zu meiner Geliebten hinabgeschickt zu werden. Ich vermag nicht länger zu leben; denn ich wurde ein Mörder und liebe die, die ich gemordet habe.‹

So sprach ich, und alle erstaunten über die unverhoffte Wendung dieser Geschichte, besonders aber Melitte. Thersanders Redner frohlockten über ihren Sieg, und Melittes Sachwalter forschten nach, was es mit meiner Aussage für eine Bewandtnis haben möchte. Sie selbst war in Verwirrung; bald leugnete sie, bald erzählte sie, aber alles hastig und unverständlich. Leukippe, sagte sie, und alles, was ich von ihr gesagt habe, sei ihr bekannt; vom Mord aber wisse sie nichts. Und so schöpften ihre Sachwalter, da sie in vielen Stücken mit mir übereinstimmte, selbst Verdacht gegen sie und waren in Verlegenheit, was sie noch zu ihrer Verteidigung sagen sollten.

Hierüber entstand ein großer Lärm im Gerichtssaal und mitten in dem Getümmel trat Kleinias auf und sagte: ›Erlaubt auch mir, ein Wort zu reden; der Prozeß betrifft ja das Leben eines Menschen!‹

Es wurde ihm gestattet und er fing an mit Tränen in den Augen:

›Ihr Männer von Ephesus, sprecht nicht zu voreilig das Todesurteil über einen Mann, der zu sterben wünscht. Der Tod ist ja das gewöhnliche Heilmittel für Unglückliche. Ohne Grund hat er die Schuld jener Verbrecher auf sich genommen, um die Strafe der Unglücklichen zu leiden. Sein Unglück will ich euch mit wenigen Worten schildern. Er hatte, wie er eben gesagt hat, eine Geliebte. Dies hat er nicht erdichtet; eben so wenig dieses, daß sie von Räubern entführt und von Sosthenes gekauft worden ist. Kurz, alles, was er vor dem Mord erzählt hat, trifft mit seiner Geschichte genau überein. Dies Mädchen nun ist mit einem Male verschwunden; wie, ob sie jemand getötet hat, oder ob sie im Verborgenen noch lebt, kann ich nicht sagen. Nur dies weiß ich, daß Sosthenes sie liebte, daß er sie, weil er seinen Zweck nicht erreichen konnte, mit mancherlei Martern quälte, und daß er mit Räubern in gutem Vernehmen steht. Kleitophon hier ist nun der Meinung, das Mädchen sei ermordet, und will auch nicht länger leben. Deswegen hat er sich fälschlich als Mörder ausgegeben. Daß er zu sterben, aus Kummer über dieses Mädchen zu sterben wünscht, hat er selbst eingestanden. Bedenkt doch also, ob wohl irgend jemand, der einen andern wirklich umgebracht hat, zugleich mit ihm zu sterben begehrt, und vor Kummer das Leben unerträglich findet. Wo ist wohl ein Mörder, der so zärtlich liebte? Wo wohnt wohl Haß mit solcher Liebe vereint? Nein, bei den Göttern! Glaubt ihm nicht, sprecht nicht das Todesurteil über einen Menschen, der mehr Mitleid als Strafe verdient. – Hat er indes, wie er vorgibt, den Mord wirklich veranstaltet, so mag er doch sagen, wer der Meuchelmörder war, er mag die Ermordete vorzeigen. Findet sich nun aber weder Mörder noch Ermordete, wer hat wohl von einem solchen Morde gehört? – ‚Ich liebte‘, sagst du, ‚Melitte, und deswegen brachte ich Leukippe um.‘ Wie kann er denn jetzt Melitte des Mordes anklagen, da er sie liebt? – Leukippes wegen wünscht er jetzt zu sterben, die er doch getötet hat. Kann wohl jemand hassen, was er liebt, und lieben, was er haßt? Würde er nicht vielmehr auch dann, wenn er schon überführt wäre, den Mord geleugnet haben, teils um die Geliebte zu retten, teils um der Geliebten wegen nicht vergebens zu sterben? – Warum sollte er aber Melitte anklagen, wenn nicht so etwas von ihr verübt worden wäre? – Auch dies will ich euch erklären, und bei den Göttern, glaubt nicht, daß ich diese Rede erdichtet habe, um diese Frau zu verleumden, sondern ich erzähle es euch, wie es geschehen ist. Melitte liebte ihn leidenschaftlich und sprach, ehe noch Thersander aus dem Meere wieder auflebte, von der Heirat. Kleitophon aber fühlte nicht dieselbe Neigung zu ihr und schlug ihren Antrag standhaft aus. Unterdessen fand er, wie er eben sagte, seine Geliebte, die er für tot gehalten hatte, beim Sosthenes noch am Leben, und seine Abneigung gegen Melitte wurde noch stärker. Melitte wußte anfangs nicht, daß die Sklavin des Sosthenes Kleitophons Geliebte war, und hatte Mitleid mit ihr. Sie löste ihr die Fesseln, mit denen sie Sosthenes gebunden hatte, nahm sie in ihr Haus auf, und bewirtete sie in allen Stücken wie eine unglückliche Freigeborene. Als sie es aber erfuhr, schickte sie das Mädchen eines Geschäftes wegen auf ihr Landgut, und seitdem ist sie, wie man sagt, verschwunden. – Daß ich jetzt die reine Wahrheit gesagt habe, wird Melitte eingestehen und zwei Dienerinnen, welche sie mit ihr auf das Landgut schickte. Schon dieses erregte in ihm einigen Verdacht, Melitte möchte sie aus Eifersucht aus dem Wege geräumt haben. Etwas anderes begegnete ihm im Gefängnis, was ihn in seinem Verdacht noch mehr bestärkte, und ihn gegen sich und Melitte in Wut brachte. Einer von den Gefangenen klagte über sein Schicksal und sagte, er sei auf dem Wege unbekannterweise mit einem Meuchelmörder zusammengekommen, der an einem Weibe einen Mord für Lohn begangen habe. Er nannte dabei Melitte als die, von der er gedungen worden wäre, und Leukippe als die Ermordete. Ob es wirklich damit so steht, weiß ich nicht; euch steht es frei, die Wahrheit zu erforschen. Ihr habt den Gefangenen in eurer Gewalt, die Dienerinnen sind da, und auch Sosthenes ist hier. Er wird aussagen, woher er Leukippe zur Sklavin bekommen hat; die Mädchen, wie sie verschwunden ist; und der Gefangene wird über den Meuchelmörder Auskunft geben. – Bevor ihr aber alles sorgfältig erforscht habt, würde es gegen Recht und Gewissen sein, einen unglücklichen Jüngling zu töten, und einer Aussage, die in der Raserei gesprochen worden ist, Glauben beizumessen. Denn bis zur Raserei hat ihn der Schmerz gebracht.‹

So sprach Kleinias. Seine Rede hatte für die meisten sehr viel Wahrscheinlichkeit. Thersanders Redner aber und alle seine Freunde, die zugegen waren, schrien, der Mörder, der nach dem Willen der Gottheit sich selbst angeklagt habe, müsse mit dem Tode bestraft werden. Melitte brachte die Dienerinnen herbei und von Thersander verlangte man, daß er den Sosthenes stellen sollte; denn man hatte ihn wegen des Mordes in Verdacht. Daher drangen Melittes Sachwalter vorzüglich darauf.

Thersander wurde besorgt, schickte heimlich einen seiner Begleiter zu Sosthenes auf das Landgut und ließ ihm befehlen, sich so schnell wie möglich aus dem Staube zu machen, ehe noch die Abgeordneten kämen, ihn abzuholen. In aller Eile setzte sich dieser aufs Pferd, kam zu Sosthenes und meldete ihm seine Gefahr, wenn man ihn noch anträfe, zur Folter geführt zu werden.

Sosthenes war eben in Leukippes Gemach und quälte sie nach seiner gewöhnlichen Weise, als ihn Thersanders Abgeordneter mit Geschrei und großem Lärm rief. Er ging hinaus, hörte die Nachricht, zitterte und bebte vor Furcht, bestieg auf der Stelle, als wenn die Gerichtsdiener schon hinter ihm wären, ein Pferd und eilte in vollem Trab nach Smyrna. Jener kehrte zu Thersander zurück.

Wahr ist, wie mich dünkt, das Sprichwort: Die Furcht betäubt das Gedächtnis! So hatte auch Sosthenes die Furcht für sich selbst so betäubt, daß er alles um sich her vergaß, und nicht einmal die Türe von Leukippes Gemach verschloß. Dies ist besonders bei den Sklaven der Fall, welche selbst bei der geringsten Gefahr den Mut verlieren.

Indessen überging Thersander die erste Aufforderung, welche Melitte an ihn gerichtet hatte, und sagte: ›Dieser Mensch, wer er auch sei, hat uns nun des törichten Geschwätzes genug vorgeplaudert. Ich wundere mich nur, daß ihr so unempfindlich dabei bleiben könnt, und einen Mörder, der auf der Tat selbst ertappt worden ist, ja, was noch mehr ist, der sich selbst dazu bekannt hat, nicht sogleich dem Henker übergebt, sondern dasitzt und diesem Gauner Gehör gebt, der solche überredenden Worte, solche überredenden Tränen erheuchelt. Er hat vielleicht selbst an dem Mord Anteil genommen, und ist nun auch für sich selbst besorgt. Ich sehe gar nicht ein, wozu man noch die Folter nötig hat, da die Tat so klar am Tage liegt. Ja, ich vermute, er hat noch einen andern Mord verübt. Denn Sosthenes, welchen sie vorladen, ist schon seit drei Tagen nicht gesehen worden, und der Verdacht, daß auch dies ein Werk ihrer Nachstellung sei, scheint mir nicht ganz unbegründet. Er war es, der mir den Ehebruch verriet, und dies war, wie mich dünkt, Grund genug für sie, ihn umzubringen. Nun wissen sie, daß ich ihn nicht stellen kann, und machen die äußerst listige Forderung, ihn vorzuführen. Wenn er nur erscheinen könnte! Wenn er nur nicht aus dem Wege geräumt ist! – Gesetzt aber auch, er wäre da, was wollte man von ihm erfahren? Ob er ein Mädchen gekauft hat? Nun gut, er mag sie gekauft haben! – Ob sie Melitte in ihrer Gewalt hatte? Auch dies will ich für ihn eingestehen. Sosthenes ist also nach diesem Geständnisse freigesprochen, und ich richte nun meine Rede gegen Melitte und Kleitophon. – Was habt ihr mit meiner Sklavin angefangen? Sie war meine Sklavin, Sosthenes hatte sie gekauft, und wenn sie noch lebte, wenn sie dieser Mensch nicht ermordet hätte, so wäre sie auf alle Fälle in meinem Dienste.‹

Diese Worte streute Thersander sehr boshaft mit ein, damit er Leukippe, wenn sie in der Folge noch am Leben gefunden würde, zu seiner Sklavin machen könnte.

›Kleitophon selbst‹, fuhr er dann fort, ›hat eingestanden, daß er sie getötet hat, und mithin ist sein Urteil entschieden. Melitte aber leugnet; für *sie* ist die Folter der Dienerinnen. Sagen sie aus, daß sie das Mädchen in Empfang genommen, aber nicht wieder zurückgebracht haben, was ist dann mit ihr vorgegangen? Warum wurde sie überhaupt weggeschickt? Und zu wem? Liegt die Sache nicht ganz offenbar am Tage, daß sie Leute angestellt hatten, sie umzubringen? Die Dienerinnen kannten diese natürlich nicht; denn hätten mehrere Zeugen darum gewußt, so wäre die Tat mit größerer Gefahr verbunden gewesen. Da, wo die Räuber im Hinterhalt lagen, verließen sie das Mädchen, und so kann es leicht sein, daß sie von all dem, was vorgefallen ist, nichts gesehen haben. – Er plauderte auch von einem Gefangenen, der von dem Morde gesprochen haben soll. Aber wer ist denn dieser Gefangene? Sollte er wohl dem Richter nichts, diesem aber allein die Geheimnisse des Mordes entdeckt haben, wenn er ihn nicht als Teilnehmer des Mords gekannt hätte? Wollt ihr nicht endlich aufhören, dies leere Geschwätz zu ertragen, und aus so wichtigen Dingen ein Possenspiel zu machen? Glaubt ihr, daß er ohne den Willen der Götter sich selbst angeklagt hat?‹

Nach Beendigung seiner Rede schwor Thersander, daß er von Sosthenes' Verschwinden nichts wüßte, und der Vorsitzende im Gericht fällte das Urteil. Dieser war aus königlichem Geschlecht, und hatte die Gewalt, über Leben und Tod zu richten. Doch waren ihm nach dem Gesetz aus den Ältesten des Volks Beisitzer gegeben, die er bei seinem Urteile zu Rate zog. Er nahm also die Sache mit seinen Beisitzern in Überlegung, und sprach dem Gesetze zufolge, welches den, der sich selbst des Mordes anklagte, zum Tode verdammte, das Todesurteil über mich. Wegen Melitte aber sollte durch die Folter der Dienerinnen eine zweite Untersuchung angestellt werden. Thersander sollte uns den Schwur, daß er von dem, was mit Sosthenes vorgefallen wäre, nichts wüßte, schriftlich ablegen, und ich sollte, da ich schon verurteilt war, durch die Folter befragt werden, ob auch Melitte um den Mord wüßte.

Schon wurde ich gebunden und der Kleider entblößt, schon schwebte ich an den Stricken zwischen Himmel und Erde, schon brachte man Geißeln, Feuer und Rad herbei, während Kleinias seufzte und die Götter anrief, als man einen Priester der Artemis, mit Lorbeer umkränzt, herannahen sah. Dies ist das Zeichen der Ankunft einer heiligen Gesandtschaft. In diesem Falle muß jede Exekution so lange aufgeschoben werden, bis die Gesandten das Opfer vollendet haben. So wurde auch ich von meinen Fesseln befreit.

Der Anführer der heiligen Gesandtschaft war Leukippes Vater, Sostratos. Die Byzantier hatten, da ihnen Artemis im Kriege gegen die Thraker sichtbare Hilfe geleistet hatte, nach Erringung des Sieges beschlossen, ihr für den geleisteten Beistand ein Siegesopfer zu bringen. Dem Sostratos war die Göttin auch noch besonders im Traum erschienen, und hatte ihm verkündet, daß er seine Tochter und den Sohn seines Bruders in Ephesus wiederfinden würde.

Um eben diese Zeit war es, als Leukippe die Türe ihres Gemachs offen und den Sosthenes verschwunden sah. Sie schaute umher, ob er nicht etwa vor der Türe wäre, und, da sie ihn auch hier nicht fand, faßte sie Mut und die alte Hoffnung belebte sie wieder. Denn die Erinnerung, daß sie so oft wider Erwarten errettet worden war, ließ sie auch in der gegenwärtigen Gefahr Hoffnung schöpfen. Sie benutzte also diesen günstigen Augenblick und entfloh in den Tempel der Artemis, welcher nahe am Landgute gelegen war.

Von alten Zeiten her durften freigeborene Frauen diesen Tempel nicht betreten; nur Männern und Jungfrauen war es erlaubt. Kam eine Frau hinein, so mußte sie mit dem Tode dafür büßen, außer wenn es eine Sklavin war, die ihren Herrn anklagen wollte. Dieser war gestattet, zu der Göttin ihre Zuflucht zu nehmen, und die Vorsteher richteten dann zwischen ihr und dem Gebieter. Hatte ihr der letzte kein Unrecht zugefügt, so nahm er sie wieder in seinen Dienst auf, und schwur, ihre Flucht nicht zu ahnden. Wurde aber dahin entschieden, daß die Sklavin gerechte Sache habe, so blieb sie dort im Dienste der Göttin.

Eben holte Sostratos den Priester ab und ging mit ihm zum Gerichtsplatz, um die Prozesse zu unterbrechen, als Leukippe in den Tempel kam, und beinahe wäre sie ihrem Vater in die Hände gelaufen.

Ich war nun von der Folter befreit und das Gericht ging auseinander. Es entstand ein Zusammenlauf und ein Getümmel um mich herum. Einige bedauerten mich, andere riefen die Götter an, andere fragten mich.

Auch Sostratos stand dabei, sah und erkannte mich. Er war nämlich, wie ich zu Anfang meiner Erzählung gesagt habe, an einem Feste des Herakles schon in Tyros gewesen und hatte sich, noch lange vor unsrer Flucht, einige Zeit dort aufgehalten. Er konnte also aus meiner Gestalt leicht auf mich schließen, da er uns ohnedem nach dem Traumgesichte hier zu finden vermutete.

Er kam auf mich zu und sagte: ›Kleitophon hier? Aber wo ist Leukippe?‹

Ich erkannte ihn und blickte zur Erde. Die Anwesenden erzählten ihm, was ich gegen mich ausgesagt hatte. Er seufzte laut auf, schlug sich vor den Kopf, sprang auf mein Gesicht zu, und hätte mir beinahe die Augen aus dem Kopfe gerissen. Ich vermochte nicht, ihn abzuhalten, und gab mein Gesicht seinen Mißhandlungen preis. Kleinias aber sprang herbei, hielt ihn zurück und redete ihm zu.

›Was machst du hier?‹ sagte er zu ihm. ›Warum wütest du so ohne Grund gegen einen Menschen, der Leukippe mehr liebt als du? Weil er sie für tot hielt, unterwarf er sich freiwillig dem Tode.‹

Er sagte noch mancherlei, um ihn zu beruhigen; Sostratos aber weinte laut und rief zu Artemis: ›O Gebieterin! Deswegen führtest du mich hierher? Dies waren deine Weissagungen im Traume? Ich glaubte deiner Verheißung, hoffte meine Tochter bei dir zu finden; aber du hast mir ein schönes Geschenk verliehen: ihren Mörder hab' ich bei dir gefunden!‹

Als Kleinias von dem Traume der Artemis hörte, war er vor Freude ganz außer sich. ›Sei gutes Mutes, Vater!‹ rief er aus; ›Artemis täuscht nicht. Deine Leukippe lebt, traue meiner Weissagung. Sieh, auch diesen, der eben auf der Folter schwebte, hat sie gerettet.‹

In dem Augenblick kam einer von den Dienern des Tempels in größter Eile zu dem Priester gelaufen, und meldete ihm, so daß es alle hören konnten; ein fremdes Mädchen habe sich zur Artemis geflüchtet.

Diese Nachricht gab mir neue Hoffnung, ich richtete meine Augen empor und fing an, wieder aufzuleben.

›Meine Wahrsagung geht in Erfüllung, Vater!‹ sagte Kleinias zu Sostratos. ›Ist sie nicht schön?‹ fragte er zugleich den Boten.

›Nächst der Artemis hab' ich nie eine Schönere gesehen‹, antwortete dieser.

Bei diesen Worten sprang ich auf.

›Also Leukippe meinst du?‹ schrie ich.

›Ganz recht‹, antwortete er; ›Leukippe nannte sie sich; ihr Vaterland, sagte sie, sei Byzantion, und ihr Vater heiße Sostratos.‹

Kleinias schlug sich triumphierend in die Hände. Sostratos sank vor Freude zu Boden. Ich hingegen sprang mit meinen Fesseln in die Höhe, und flog, wie von einer Maschine fortgetrieben, nach dem Tempel zu.

Die Wächter glaubten, ich wollte entfliehen, verfolgten mich, und riefen denen, die mir entgegenkamen, zu, mich zu ergreifen. Aber meine Füße hatten jetzt Flügel. Nur mit Mühe fingen mich einige auf; denn, wie ein Rasender, lief ich fort. Die Wächter waren sogleich da und wollten mich schlagen. Jetzt hatte ich aber Mut und wehrte mich. Darauf schleppten sie mich wieder ins Gefängnis.

Unterdessen waren auch Kleinias und Sostratos herbeigekommen.

›Wo führt ihr den Menschen hin?‹ schrie Kleinias. ›Er ist kein Mörder, man hat ihn zu Unrecht verurteilt!‹

Sostratos sagte seinerseits dasselbe, und daß er der Vater des Mädchens sei, das man für ermordet halte.

Als die Umstehenden dies hörten, priesen sie die Artemis, stellten sich um mich herum und ließen mich nicht ins Gefängnis führen. Die Wächter aber sagten, es stehe nicht in ihrer Macht, einen zum Tode Verurteilten freizulassen; bis endlich der Priester auf Sostratos' Bitten für mich Bürgschaft leistete, mich bei sich zu behalten und, wenn es verlangt würde, vor das Volk zu stellen versprach.

So wurden mir meine Fesseln gelöst und ich eilte nun so schnell wie möglich zum Tempel. Sostratos folgte mir auf dem Fuße nach, ob aus gleicher Freude, weiß ich nicht.

Aber kein Mensch läuft so schnell, daß ihm der Flug des Gerüchts nicht zuvorkäme. Auch von uns hatte es sich schon bis zu Leukippe verbreitet und ihr alles vom Sostratos und von mir verkündet.

Als sie uns erblickte, sprang sie aus dem Tempel und fiel ihrem Vater in die Arme; ihre Augen aber hatte sie auf mich gerichtet. Aus Scheu vor Sostratos blieb ich stehen und wagte es nicht, mich ihr in die Arme zu werfen; immer aber ruhte mein Blick auf ihrem Gesicht. So begrüßten wir uns wechselseitig mit den Augen.

ACHTES BUCH

Eben wollten wir uns niedersetzen und von unsern Angelegenheiten sprechen, als Thersander in größter Eile mit einigen Zeugen in den Tempel gesprungen kam, und dem Priester mit lauter Stimme zurief: ›In Gegenwart dieser rufe ich die Götter zu Zeugen an, daß du einen Menschen, der nach dem Gesetze zum Tode verurteilt ist, gegen Recht und Pflicht von seinen Fesseln befreit hast. Auch meine Sklavin hast du bei dir, eine wollüstige und mannstolle Dirne. Daß du mir diese ja aufbewahrst!‹

Die Worte Sklavin und mannstolle Dirne drangen mir bis ins Innerste meiner Seele und verwundeten mich so tief, daß ich nicht länger schweigen konnte.

›Du bist ein Sklave‹, fiel ich ihm ins Wort, ›der niedrigste Sklave, ein toller und geiler Wollüstling! Sie hingegen ist eine Freigeborene, und noch Jungfrau und der Göttin würdig.‹

›Du, ein Gefangener und Verurteilter, willst noch solche Lästerungen ausstoßen?‹ sagte er, da er mich so reden hörte, und schlug mich zweimal mit solcher Heftigkeit ins Gesicht, daß mir das Blut in Strömen aus der Nase floß. Er hatte in diesem Schlage seine ganze Wut ausgelassen.

Beim dritten Male schlug er mich unvorsichtigerweise auf den Mund, stieß seine Hand gegen meine Zähne, und verwundete sich die Finger, so daß er laut aufschrie und die Hand kaum zurückziehen konnte. So rächten die Zähne seine vorige Mißhandlung. Sie verwundeten die Finger, welche mich schlugen, und der Hand widerfuhr, was sie mir zugefügt hatte. Der Weichling schrie laut auf über die Verletzung, zog seine Hand zurück, und hörte nun auf zu schlagen.

Ich sah, was er davongetragen hatte, aber gleich als hätte ich es mir nicht zuzuschreiben, stieß ich über diese gewaltsame Behandlung die heftigsten Klagen aus, und erfüllte den ganzen Tempel mit Geschrei.

›Wie soll man sich noch vor dem Stärkeren schützen? Wohin soll man noch seine Zuflucht nehmen? Welcher unter den Göttern soll uns noch beistehen, wenn uns Artemis nicht schützt? Im Heiligtume wird man geschlagen, vor dem Altare mißhandelt! So geht es nur in Wüsteneien zu, wo man weder einen Gott, noch einen Menschen zum Zeugen anrufen kann. Du aber übst selbst im Angesichte der Götter solche Gewalttätigkeiten aus. Den Missetätern gewähren die Tempel der Götter sichere Zuflucht, und ich habe niemandem Unrecht zugefügt, komme bittend zu Artemis und werde an ihrem Altare, ach!, im Angesichte der Göttin so mißhandelt. Auf die Göttin fallen diese Schläge zurück. – Doch bei Schlägen ließ er es nicht einmal bewenden, sein Frevel geht weiter. Wie im Krieg und in der Schlacht bekomme ich Wunden im Gesicht, und der Boden wird mit Menschenblut befleckt. Wer bringt der Göttin solche Opferspenden? Tun dies nicht die Barbaren und die Taurier? Ist dies die Artemis der Skythen? Nur bei diesen wird der Tempel mit Blut bespritzt. Die ionische Artemis hast du zur skythischen gemacht, in Ephesus fließt taurisches Blut. – Zieh auch noch das Schwert gegen mich! Doch wozu noch das Schwert? Deine Hand hat schon die Dienste des Schwertes getan. Was bei einem Mord geschieht, hat deine mörderische, mit Blut bespritzte Rechte schon verübt.‹

So schrie ich. Alle, die im Tempel waren, versammelten sich um mich und schalten auf ihn. Selbst der Priester sagte: ›Schämst du dich nicht, so öffentlich hier im Tempel solche Handlungen zu verüben?‹

Nun faßte ich Mut und rief aus: ›Dies hab' ich erduldet, ihr Männer von Ephesus, und bin ein Freigeborener aus einer nicht unansehnlichen Stadt! Dieser trachtete mir nach dem Leben, Artemis aber rettete mich und entlarvte diesen Betrüger! – Jetzt muß ich hinausgehen und draußen mein Gesicht abwaschen; hier im Tempel will ich es nicht tun, damit nicht das geweihte Wasser mit Frevelblut verunreiniget wird.‹

Mit Mühe stießen sie dann den Thersander aus dem Tempel.

›Dir‹, sagte er noch im Weggehen, ›ist schon das Urteil gesprochen und eine Strafe bestimmt, wie du sie nie wieder leiden wirst! An dieser Dirne aber, die sich für eine Jungfrau ausgibt, wird die Syrinx Rache nehmen.‹

Nachdem er beiseite gebracht war, ging auch ich aus dem Tempel und reinigte mein Gesicht.

Es war eben Tischzeit und der Priester nahm uns äußerst gastfreundlich auf. Während dem Essen konnte ich den Sostratos nicht frei anblicken; denn ich wußte, wieviel Kummer ich ihm verursacht hatte. Sostratos war nicht weniger in Verlegenheit, mich anzusehen: denn an meinen Augen bemerkte er noch die Spuren seiner Mißhandlung. Auch

Leukippe hatte ihren Blick beständig zur Erde gerichtet. Kurz, das ganze Gastmahl war ein Bild verlegener Scham.

Als der Becher herumging, und Dionysos die Schüchternheit etwas aufgeheitert hatte – denn er ist ja der Vater der Freimütigkeit –, redete der Priester zuerst Sostratos an: ›Willst du nicht eure Geschichte erzählen, Gastfreund? Ich glaube, sie muß einige nicht unangenehme Verwicklungen haben, und zum Weine schicken sich vorzüglich dergleichen Geschichten.‹

Mit Freuden ergriff Sostratos die Gelegenheit zu reden und sagte: ›Der Teil der Geschichte, welcher mich angeht, ist ganz einfach. Ich heiße Sostratos und bin von Geburt ein Byzantier. Dieser ist mein Neffe, diese meine Tochter. Das übrige erzähle du, lieber Kleitophon, und scheue dich nicht. Denn gesetzt auch, es wäre manches für mich kränkend, so geschah es ja nicht durch deine, sondern durch des Schicksals Schuld. Dann gewährt auch die Erzählung der vergangenen Schicksale dem, der nicht mehr leidet, mehr Vergnügen als Kummer.‹

Ich erzählte nun der Reihe nach unsere ganze Geschichte seit der Abreise von Tyros: die Schiffahrt, den Schiffbruch, die Vorfälle in Ägypten und bei den Hirten, den Raub der Leukippe, den falschen Leib beim Opfer, die List des Menelaos, die Liebe des Feldherrn und das Heilmittel des Chaireas; die Entführung durch die Räuber und meine Wunde an der Hüfte, wovon ich noch die Narbe zeigte.

Als ich auf Melitte zu reden kam, stellte ich meine Handlungsweise von Seiten der Sittsamkeit, doch ohne zu lügen, in einem günstigen Lichte dar. Ich erzählte von Melittes Liebe und von meiner Enthaltsamkeit, wie lange sie mich bedrängte, wie sie ihren Zweck nicht erreichte, was sie versprach und wie sie seufzte. Dann unsere Abreise nach Ephesus und alles, was auf dem Schiffe vorfiel, daß wir beide zusammen schliefen und daß ich – bei der Artemis beschwor ich dies – von ihr, wie ein Weib von einem Weibe, aufstand.

Nur eine einzige meiner Handlungen überging ich mit

Stillschweigen: die Gunstbezeigung, welche ich darauf Melitte erwiesen hatte.

Dann ging ich über auf das Gastmahl, wie ich die erdichtete Anklage gegen mich machte, und führte so die Erzählung fort bis auf die Ankunft der heiligen Gesandtschaft.

›Dies ist meine Geschichte‹, sagte ich dann; ›bedeutender aber ist Leukippes Schicksal. Sie wurde verkauft, wurde Sklavin, grub das Land, und die Zierde des Hauptes wurde ihr entrissen, du siehst hier noch die Verstümmelung!‹

Und so erzählte ich alles der Reihe nach.

Als ich zu Sosthenes und Thersander kam, strich ich auch hier ihr Benehmen heraus und erhob sie noch weit mehr als mich. Diese Gefälligkeit erzeugte ich ihr noch besonders deshalb, weil es ihr Vater mit anhörte. Ich führte an, wie sie jede Schmach des Körpers und jede Mißhandlung erduldet hatte, bis auf eine einzige.

›Und dieser einzigen wegen‹, fuhr ich fort, ›setzte sie sich allen übrigen aus, und blieb, Vater, bis auf den heutigen Tag noch ebenso, wie du sie von Byzantion weggeschickt hast. Für mich ist es kein Lobspruch, daß ich auf der Flucht nichts von dem begangen habe, was mich zu fliehen bewogen hatte; wohl aber für sie, daß sie sogar mitten unter den Räubern noch Jungfrau blieb, und selbst den größten Räuber, den unverschämten und gewalttätigen Thersander, besiegte. Unsere Flucht, lieber Vater, geschah nicht ohne Grund: Die Liebe vertrieb uns, es war die Flucht zweier Liebenden; auf der Reise selbst aber wurden wir einander verschwistert. Ist auch dem Manne jungfräuliche Unberührtheit zuzusprechen, so bewahre ich sie noch bis jetzt für Leukippe, und sie hat sich seit langer Zeit der Artemis geweiht. – Du, Gebieterin Aphrodite, zürne nicht auf uns, als hätten wir es aus Frevel gegen dich getan; ohne den Vater wollten wir die Hochzeit nicht vollziehen! Nun ist er da! Jetzt steig herab und sei uns günstig!‹

Als sie dies hörten, staunte der Priester über jede Einzelheit meiner Erzählung. Sostratos aber weinte jedesmal, wenn Leukippe vorkam. Jetzt hörte ich auf zu erzählen.

›Unsere Geschichte habt ihr nun gehört‹, setzte ich dann hinzu; ›nun wünschte ich auch von dir, Priester, ein Einziges erklärt zu wissen. Was ist es denn, womit Thersander beim Weggehen Leukippe drohte? Er sprach von der Syrinx.‹

›Gut, daß du fragst‹, antwortete er. ›Denn es ist billig, daß wir, die wir die Umstände mit der Syrinx wissen, sie auch den ankommenden Fremden bekannt machen. Ich will also deine Erzählung erwidern.

Du siehst den Hain dort hinter dem Tempel. In diesem ist eine Höhle, welche keine Frauen, sondern nur reine Jungfrauen betreten dürfen. Innerhalb der Höhle, nicht weit von dem Eingang, liegt eine Syrinx. Ist dieses Instrument auch bei euch Byzantiern üblich, so versteht ihr, was ich meine. Sollte indes jemand von euch weniger damit bekannt sein, wohlan, so will ich erzählen, was es mit ihr für eine Bewandtnis hat, und zugleich die ganze Mythe von Pan damit verbinden.

Die Syrinx besteht aus mehreren Pfeifen, jede Pfeife aus einem Rohre. Alle diese Rohre tönen wie *eine* Flöte, und liegen in einer Reihe aneinander, so daß eins an das andere befestigt ist. Ihre Stellung ist auf der vorderen wie auf der hinteren Seite. Ein Rohr ist immer kleiner als das zunächst folgende. Das zweite ist um so viel größer als das erste, um so viel das dritte größer ist als das zweite, und so stehen der Reihe nach die übrigen Rohre mit den vorhergehenden immer in gleichem Verhältnis. Das mittlere ist halb so groß wie das längste.

Diese Ordnung gründet sich auf das Verhältnis der Töne. Oben ist der höchste Ton und unten der tiefste, so daß beide in den äußersten Pfeifen liegen. In der Mitte liegen die Zwischentöne, und die mittleren Rohre tragen den hellen Ton immer tiefer hinab, bis er zuletzt in den tiefsten übergeht. Alle die Töne, welche bei der Flöte der Athene innerhalb derselben erhallen, bringt auch die Flöte des Pan mittels des Mundes hervor. Bei jener richtet sich der Ton nach der Setzung der Finger, bei dieser aber versieht der Mund den Dienst der Finger. Dort hält der Flötenspieler alle Öffnungen zu, bis auf eine einzige, durch welche der Hauch hineinfließt; hier aber läßt er alle Röhrchen offen, und legt nur die Lippe an dasjenige, welches ertönen soll. Er springt abwechselnd von einem zum andern und sieht immer darauf, wie er eine schöne Harmonie der Töne hervorbringen kann.

Diese Syrinx nun war anfangs weder eine Flöte noch ein Rohr, sondern ein Mädchen, das, nach allem zu urteilen, schön war. Pan liebte und verfolgte sie; sie aber floh, und ein dichter Wald nahm sie auf. Pan eilt ihr auf dem Fuße nach, streckt die Hand aus und will sie ergreifen, und schon wähnt er sie erreicht zu haben und beim Haare zu halten; aber seine Hand faßt das Haar von Rohr. Denn sie versank, wie man sagt, in die Erde, und an ihrer Stelle sproß aus der Erde dieses Rohr hervor.

Im Zorn schneidet Pan das Rohr ab, so als wenn es ihm seine Geliebte geraubt hätte. Da er sie hierauf nirgends finden konnte, meinte er, das Mädchen sei in Rohr aufgelöst worden. Er weinte, daß er das Rohr abgeschnitten hatte, und glaubte, seine Geliebte getötet zu haben. Er trug die abgeschnittenen Röhrchen zusammen, betrachtete sie als Glieder ihres Körpers und verband sie wieder zu einem Körper. Er nahm sie in die Hand, küßte sie, die Glieder des verwundeten Mädchens, und wie er sie an den Mund legte, und ihm ein Liebesseufzer entfuhr, hauchte er unter Küssen von oben in die Röhrchen. Der Hauch floß durch die engen Öffnungen hinab, brachte ein Getön hervor und die Syrinx hatte eine Stimme.

Diese Syrinx nun soll Pan dort niedergelegt und in jene Höhle eingeschlossen haben. Er selbst soll oft zu ihr gehen und nach seiner Gewohnheit flöten.

In der folgenden Zeit weihte er diese Gegend der Artemis und schloß den Vertrag mit ihr, daß keine Frau dort hinabsteigen sollte.

Wird nun ein Mädchen angeklagt, daß sie keine Jungfrau mehr sei, so begleitet sie das Volk bis an den Eingang der Höhle, und die Syrinx spricht dann das Urteil. Das Mädchen geht, mit einem besondern Gewande geschmückt, hinein, und der Eingang der Höhle wird verschlossen. Ist sie eine Jungfrau, so hört man einen angenehmen und himmlischen Gesang. Ob nun der Ort selbst den Hauch, der diesen Ton hervorbringt, aufbewahrt und der Syrinx mitteilt oder ob vielleicht Pan selbst flötet, lasse ich unentschieden. Bald darauf öffnen sich die Türen der Höhle von selbst, und die Jungfrau tritt hervor, mit Fichtenlaub bekränzt. Ist die Jungfräulichkeit aber erlogen, so schweigt die Syrinx, und statt des Gesanges hört man ein Gestöhne aus der Höhle. Das Volk entfernt sich sogleich, und läßt die Frau in der Höhle zurück. Den dritten Tag darauf geht eine heilige Jungfrau an den Ort, findet die Syrinx auf der Erde liegen und die Frau ist verschwunden.

Hierzu macht euch bereit, und bedenket, was euch wohl für ein Schicksal bevorstehen möchte? Ist sie noch Jungfrau, wie ich sehr wünsche, so geht mit Freuden dahin. Die Syrinx wird euch günstig sein; denn nie hat ihr Urteil getäuscht. Wenn aber nicht – denn ihr seht selbst ein, wie leicht es geschehen konnte, daß sie bei so vielen Nachstellungen auch wider ihren Willen –‹

›Sage nicht, wie leicht es geschehen konnte!‹ fiel ihm sogleich Leukippe ins Wort. ›Ich bin augenblicklich bereit, in die Höhle der Syrinx hinabzusteigen, und mich, auch ohne gerichtliche Aufforderung, einschließen zu lassen.‹

›Desto besser!‹ erwiderte der Priester. ›Ich freue mich über deine Enthaltsamkeit und dein Schicksal!‹

Als es Abend wurde, wies der Priester jedem von uns seine besondere Schlafstelle an, und wir legten uns nieder.

Um unserm Gastfreunde nicht beschwerlich zu fallen, hatte Kleinias nicht mit bei ihm gegessen, sondern war da geblieben, wo er sich den vorigen und den folgenden Tag aufhielt.

Sostratos war, wie ich merkte, bei der Erzählung von der Syrinx unruhig geworden, und schien zu befürchten, wir möchten aus Scheu vor ihm die Wahrheit der Sache verschwiegen haben. Ich gab deshalb Leukippe heimlich durch einen Wink zu verstehen, sie solle ihrem Vater seine Besorgnis nehmen; denn sie mußte am besten wissen, wie sie ihn zu überzeugen glaubte.

Auch sie mochte ein Gleiches vermuten und verstand mich daher sogleich. Sie hatte schon vorher nachgedacht, wie er wohl am schicklichsten zur Überzeugung gebracht werden könnte.

Als sie dann beim Schlafengehen ihrem Vater eine gute Nacht wünschte, sagte sie leise zu ihm: ›Sei meinetwegen unbesorgt, lieber Vater, und glaube unserer Erzählung. Ich schwöre dir bei der Artemis, keiner von uns hat die Unwahrheit gesprochen!‹

Den Tag darauf waren Sostratos und der Priester mit den Festvorbereitungen beschäftigt, und die Opfer waren in Bereitschaft. Auch der Senat war dabei versammelt, und nahm an den Zeremonien teil. Viele frohe Wünsche stiegen zur Göttin empor.

Jetzt trat Thersander – denn auch er war zugegen – zum Oberrichter und sagte: ›Schreib unsern Prozeß auf morgen aus; denn der, den du gestern verurteilt hast, ist von einigen freigelassen worden, und Sosthenes ist nirgends zu finden.‹

Der Termin wurde also auf den folgenden Tag angesetzt, und wir trafen die nötigen Vorkehrungen dazu.

Der Gerichtstag erschien und Thersander hielt folgende Rede:

›Ich weiß nicht, womit ich meine Rede beginnen soll; nicht, wen ich zuerst und wen ich zuletzt anklagen soll. So zahlreich sind die Greueltaten! So viele Verbrecher sind es! Ein Verbrechen so unerhört wie das andere! Jedes steht für sich da, und auch in der Anklage darf ich sie nicht miteinander verbinden. Meine Seele ist so voll davon, daß ich fürchte, von einem auf das andere zu kommen und nichts vollständig vortragen zu können. Die Rede eilt zu dem fort, was noch nicht gesagt ist, und hindert uns, das Gesagte in seinem ganzen Umfange darzustellen. Während Ehebrecher fremde Sklaven morden, und Mörder mit fremden Frauen Ehebruch treiben, stören uns Kuppler die heiligen Opfer, und liederliche Dirnen schänden die Heiligkeit der Tempel. Und wenn man überlegt, was in diesen Tagen alles geschehen ist, kann wohl gegen Sklaven und Herrn etwas Ärgeres verübt werden, als hier, wo sich Gesetzlosigkeit mit Ehebruch, Gottlosigkeit mit Mord vereint? Ihr habt einen Menschen zum Tode verurteilt, gleichviel aus welchem Grunde; ihr habt ihn binden und ins Gefängnis abführen lassen, bis zur Vollziehung der Strafe. Dieser steht hier vor euch, statt der Fesseln mit einem weißen Gewande bekleidet, und in der Reihe freigeborener Männer steht der Gefangene. Vielleicht will er sich sogar erkühnen, seine Stimme zu erheben, und gegen mich, oder vielmehr gegen euch und euren Urteilsspruch als Redner aufzutreten. – Lies das Urteil der Richter vor! – Hört, wozu ihr ihn verurteilt habt, und meine Klage gegen ihn! Über Kleitophon wurde das Todesurteil gesprochen. Wo ist nun der Henker? Ergreif' ihn, führ' ihn ab, reich' ihm den Giftbecher. Dem Gesetze nach ist er tot; er ist schon überreif zum Tode. Was sagst du dazu? Priester, du heiliger und ehrwürdiger Mann! In welchen heiligen Gesetzen steht es geschrieben, daß du Missetäter, die von dem hohen Rat und von den Prytanen verurteilt, die schon den Fesseln und dem Tode überliefert sind, der ihnen zuerkannten Strafe entreißen, ihnen die Fesseln lösen, und dich sonach über Vorsitzer und Richter hinwegsetzen darfst? – Steh auf von deinem Sitz, Oberrichter! Überlaß ihm die Herrschaft und den Richterstuhl! Du bist über keinen mehr Herr, darfst nicht mehr Missetäter verurteilen. Was du beschließen wirst, wird noch heute aufgehoben. – Was stehst du noch unter uns da, Priester, wie einer aus dem Volke! Steig hinauf, setze dich auf den Richterstuhl und sprich du vollends das Urteil über uns! Oder vielmehr gebiete uneingeschränkt, kein Gesetz, kein Gutachten der Richter werde von dir anerkannt! Ja, halte dich nicht mehr für einen Menschen, der Artemis gleich laß dich verehren! Denn ihre Macht hast du schon an dich gerissen. Ihr allein kommt es zu, die, welche sich zu ihr flüchten, zu retten, und zwar vor der gerichtlichen Untersuchung. Einem Gefangenen hat nie die Göttin die Fesseln gelöst, einen zum Tode Verurteilten nie von der Strafe befreit. Für Unglückliche, nicht für Missetäter sind die Altäre. – Du aber befreist auch die Gefangenen, und sprichst die Verurteilten von der Strafe los. So erhebst du dich sogar über Artemis. – Wann wohnte je ein Mörder im Tempel statt im Gefängnis? Wann ein Ehebrecher bei der keuschen Göttin? O Greuel! Ein Ehebrecher bei der ewigen Jungfrau! – Aber auch noch eine zügellose, ihrem Herrn entlaufene Dirne war bei ihm. Auch diese wurde, wie bekannt, von dir aufgenommen. Beide fanden bei dir einen Herd und gleiche Bewirtung; und, wer kann das wissen, vielleicht schliefst du auch bei ihr. Zu einem öffentlichen Hause hast du den Tempel herabgesetzt. Der Artemis Heiligtum wurde eine Wohnung für Ehebrecher, das Schlafgemach einer liederlichen Dirne. So etwas geschieht kaum in den niedrigsten Häusern der Wollust! – Meine erste Klage ist also gegen diese beiden gerichtet. Den einen will ich für seine Unverschämtheit bestraft wissen, und der andere muß der ihm zuerkannten Strafe überliefert werden.

Die zweite Klage führe ich gegen Melitte, wegen Ehebruchs. Gegen diese habe ich gar nichts weiter zu sagen. Denn es ist schon beschlossen worden, die Sache durch die Folter der Dienerinnen zu untersuchen. Letztere also fordere ich hiermit auf, und wenn sie noch auf der Folter aussagen, sie wüßten nichts davon, daß dieser Verurteilte lange Zeit bei Melitte gewohnt, und in meinem Hause, ich will nicht sagen als Ehebrecher, sondern als Mann geschaltet und gewaltet habe, spreche ich sie von aller Schuld frei. Geschieht aber das Gegenteil, so muß sie mir nach dem Gesetz ihre Mitgift zurücklassen, und er unterwirft sich der Strafe der Ehebrecher; die aber ist die Hinrichtung! Nun ist er aber schon zum Tode verurteilt, so daß er, er mag nun das eine Mal als Ehebrecher oder als Mörder sterben – denn für beides ist er verantwortlich –, immer seine Strafe noch nicht ganz gebüßt hat. Denn er hat das Leben doppelt verwirkt, und bleibt also immer noch einen zweiten Tod schuldig.

Meine dritte Klage ist gegen meine Sklavin selbst und gegen diesen würdigen Mann, ihren vermeintlichen Vater, gerichtet. Allein diese will ich bis nachher aufsparen, wenn ihr über jenen das Urteil gesprochen habt.‹

Mit diesen Worten endigte er seine Rede.

Jetzt trat der Priester hervor. Er war in der Beredsamkeit sehr geübt, vorzüglich im komischen Witz, worin er sich den Aristophanes zum Muster gewählt hatte. Er fing an, sich zu verteidigen, und in einem satirischen, aber sehr feinen Tone Thersanders zügelloses Leben anzugreifen:

›Von Menschen‹, sagte er, ›die in unserer Nähe ihr Wesen treiben, auf eine so unanständige Weise geschändet zu werden, ist wahrhaftig nicht das Werk eines reinen Mundes. Aber nicht nur hier, sondern überall hat er eine schandbare Zunge. Schon in seiner Jugend hielt er sich beständig zu recht ehrsamen Männern, und brachte bei ihnen die ganze Zeit seiner Blüte hin. Er spielte immer den Enthaltsamen, ließ sich gern unterrichten, gab sich jedem hin, der ihn aus dieser Absicht brauchte, und lag ihm stets an der Seite. Er verließ das väterliche Haus, mietete sich einen engen Winkel und legte daselbst seine Wirtschaft an. Er ging immer seinen Lieblingsneigungen nach, nahm jeden auf, den er dazu tüchtig fand, und lebte mit ihm in vertrautem Umgange. Und so schien er nur für sein Herz Nahrung zu suchen; im Grunde aber war es ein Deckmantel schändlicher Begierden. Und wie sorgte er nicht auch für den bloßen Körper! Wir sahen ihn überall, wo es etwas zu ringen gab, sahen, wie er sich einsalbte, wie er des andern Hüfte umschlang, wie er unter den Jünglingen, mit denen er rang, sich immer am liebsten an die stärkeren machte. Dies tat er in seiner Jugend. Als er zum Manne heranwuchs, enthüllte er, was er vorher verborgen hatte. Sein übriger Körper war verblüht, für ihn sorgte er nun nicht mehr; nur seine Zunge schärfte er zu zügelloser Frechheit, von seinem Munde machte er den schamlosesten Gebrauch. Jeden schändet er. Schon auf seinem Gesicht zeigt sich seine Unverschämtheit, die so weit geht, daß er Männer, die ihr mit der Priesterwürde beehrt habt, in eurer Gegenwart, ohne zu erröten, lästert. Hätte ich irgendwo anders gelebt, wäre ich nicht von jeher unter euch gewesen, so würde ich mir und allen meinen Freunden eine Verteidigung schuldig sein. Da ihr aber selbst wisset, wie wenig seine Lästerungen mich treffen, so will ich jetzt nur auf seine Anklage gegen mich antworten.

‚Du hast', sagt er, ‚einen zum Tode Verurteilten in Freiheit gesetzt.' Und deswegen nun gebärdet er sich so schrecklich, schilt mich einen Tyrannen, und was er noch alles für Schmähungen gegen mich ausstieß. Aber nicht der ist ein Tyrann, der falsch Angeklagte in Schutz, sondern der, welcher Unschuldige, die weder der Senat noch das Volk verurteilt hat, in Verwahrung nimmt. Oder sage doch, welches Gesetz gab dir denn das erste Mal das Recht, diesen fremden Jüngling ins Gefängnis zu werfen? Welches Gericht hatte denn den Befehl gegeben, ihm Fesseln anzulegen? Gesetzt auch, er habe alles das Unrecht verübt, dessen du ihn beschuldigst, so urteile man doch erst über ihn, man überführe ihn, und gestatte ihm die Verteidigung. Das Gesetz, das über dich und uns alle gebietet, mag ihn fesseln. Denn ohne den Ausspruch des Gerichts darf sich keiner über den andern etwas anmaßen. Wohlan, verschließ die Gerichtshöfe, reiß die Amtshäuser nieder, stoße die Richter hinaus! Alles, was du zum Vorsitzenden sagtest, kann mit größerem Rechte gegen dich gesagt werden. Weiche dem Thersander von deinem Sitz, Oberrichter! Nur zum Schein bist du Vorsitzer. Dieser verwaltet dein Amt; ja, er tut noch mehr als du. Du hast noch Beisitzer, und ohne diese darfst du nichts tun. Du übst keine Macht aus, außer hier auf dem Richterstuhle. Nie hast du in deinem eigenen Hause einen Menschen zum Gefängnis verurteilt. Dieser wackre Mann hingegen vereinigt alles in sich: Volk, Senat, Oberrichter und Vorsteher. Zu Hause straft und richtet er, und läßt ins Gefängnis werfen, und die Zeit, zu der er Gericht hält, ist der Abend. Fürwahr ein herrlicher Richter, ein Richter der Finsternis! – Und nun schreit er immer wieder: ‚Du hast einen Verbrecher, der schon zum Tode verdammt war, in Freiheit gesetzt!' Zu was für einem Tode? Was ist er denn für ein Verbrecher? Sage doch, womit hat er denn den Tod verschuldet? ‚Er ist des

Mordes wegen verurteilt', sagst du. Einen Mord also hat er begangen. Nun so sage mir doch nur, an wem? Das Mädchen, das er getötet haben soll, siehst du ja hier am Leben; und so wirst du es wohl nicht wieder wagen, ihn des Mordes zu beschuldigen. Und es ist nicht etwa nur das Schattenbild des Mädchens, Pluto hat nicht etwa gegen dich die Gemordete aus dem Schattenreiche zurückgesandt. – Du bist eines doppelten Mordes schuldig. Denn diese hast du mit Worten getötet, jenen wolltest du durch deine Taten morden. Ja, auch sie hast du umbringen wollen. Wir haben alles gehört, was auf dem Landgute vorgefallen ist. Allein Artemis, die erhabene Göttin, hat sie beide errettet; das Mädchen entriß sie den Klauen des Sosthenes, und den Jüngling den deinigen. Auch den Sosthenes hast du auf die Seite geschafft, damit er dich nicht etwa verraten möchte. Und schämst du dich denn nicht, diese Fremdlinge anzuklagen, und dich bei beiden der Verleumdung schuldig zu machen?

So weit meine Verteidigung gegen die Lästerungen dieses Mannes; den Fremden will ich ihre Verteidigung selbst überlassen.‹

Jetzt wollte ein angesehener Redner, einer vom Rat, mich und Melitte verteidigen; aber ein anderer von Thersanders Partei, namens Sopatros, kam ihm zuvor, und sagte: ›Jetzt, mein bester Nikostratos‹ – so hieß mein Redner, – ›ist die Reihe an mir, gegen die Ehebrecher zu reden; dann kommt sie an dich. Denn was Thersander eben gesagt hat, erstreckte sich bloß auf den Priester; nur mit Wenigem und ganz oberflächlich berührte er den Gefangenen. Habe ich bewiesen, daß er doppelt das Leben verwirkt hat, dann ist die Reihe an dir, ihn von seiner Schuld freizusprechen.‹

So sprach er, machte wunderliche Gebärden, und rieb sich die Stirn.

›Wie der Priester seinen Witz spielen ließ‹, fuhr er fort, ›wie er alle seine Ausfälle auf Thersander in ein schmutziges und schamloses Gewand hüllte, haben wir gehört. Gleich am Beginn der Rede schmähte er Thersander, weil er ihn angegriffen hatte. Allein Thersander hat von allem, was er gegen ihn sagte, nicht das mindeste erlogen. Er hat ja den Gefangenen freigesetzt, er hat die Dirne aufgenommen, er hat mit dem Ehebrecher gemeinsame Sache gemacht. Alles hingegen, was er auf eine weit schändlichere Weise gegen Thersanders Leben ausstieß, ist nichts als Verleumdung. Und doch sollte ein Priester vor allen Dingen darauf sehen, daß er, um mich seiner eigenen Ausdrücke gegen ihn zu bedienen, seine Zunge von Schande rein hielt. Ich kann mich nicht genug wundern, wie er nach seinen spöttischen Witzeleien mit Ernst auftrat, und uns nicht mehr in rätselhaften Ausdrücken, sondern ganz offen die übertriebensten Vorwürfe machte, daß wir einen Ehebrecher ergriffen und in Fesseln gelegt haben. Es muß ihm eine schöne Belohnung versprochen sein, daß er so vielen Eifer dabei zeigte. Man kann auch wohl der Sache leicht auf die Spur kommen. Er sah diese verbuhlten Gesichter des Ehebrechers und der Dirne. Sie ist jung und blühend; auch der Jüngling ist noch in der Blüte, ist nicht abschreckend von Aussehen, und zu den Lüsten des Priesters wohl noch brauchbar. Wer von diesen beiden hat dich nun für deine Mühe belohnt? Denn ihr schlieft ja alle beisammen, berauschtet euch gemeinschaftlich, und niemand war des Nachts als Zeuge bei euch. Ich befürchte, ihr habt der Artemis Heiligtum zu Aphrodites Tempel gemacht. Und was deine Priesterwürde betrifft, so wollen wir noch miteinander rechten, du bist dieser Ehre nicht würdig. – Jedermann weiß, wie Thersander von seiner frühesten Jugend an immer einen sittsamen Lebenswandel führte, und als er zum Manne herangewachsen war, heiratete er gesetzmäßig. Leider aber hat er sich in der Wahl der Frau getäuscht. Er verließ sich auf ihren Stand und ihr Vermögen, fand sie aber dann nicht so, wie er sie wünschte. Denn allem Anscheine nach hat sie schon vorher mit andern ihr Unwesen getrieben, nur hielt sie es vor diesem braven Manne verborgen. Zuletzt aber trieb sie es so weit, daß sie ihre Schande ganz öffentlich zur Schau trug; ihre Schamlosigkeit stieg aufs höchste. Ihr Mann unternahm eben eine weite Reise, und dies hielt sie für den schicklichsten Zeitpunkt, ihren Lüsten nachzuhängen, und fand zum Unglück diesen verbuhlten Jüngling – zum Unglück, sage ich; denn einen Liebhaber zu finden, der bei Frauen die Rolle des Mannes spielt, bei Männern aber selbst zur Frau wird, ist gewiß das größte Unglück. – Es war ihr nicht genug, in einem fremden Lande sorglos und öffentlich mit ihm zu wirtschaften, sondern sie brachte ihn auch mit hierher, schlief auf dem ganzen Wege bei ihm, und überließ sich ganz offenbar im Anblick aller auf dem Schiffe der Schwelgerei. Weh diesem Ehebruch! Land und Meer sind Zeuge von ihm! Weh diesem Ehebruch! Von Ägypten bis Ionien hat er sich erstreckt! Wird jemand ein Ehebrecher, so wird er es nur auf einen Tag, und geschieht es auch zum zweiten Male, so tut er es wenigstens insgeheim, und hält es vor jedermann verborgen. Ihr Ehebruch aber ist so allgemein bekannt, als wäre er ausposaunt, vom Herold ausgerufen worden. Ganz Ephesus kennt den Ehebrecher. Denn ungescheut führte sie ihn aus der Ferne mit sich hierher; sie kaufte die verführerische Schönheit wie eine Ware auf, und brachte einen Ehebrecher mit nach Hause. ‚Ja', wird sie sagen, ‚ich hielt meinen Mann für tot!' Allerdings bist du, wenn er gestorben ist, von der Schuld befreit; denn dann ist niemand da, der den Ehebruch erduldet. Eine mannlose Ehe kann nicht geschändet werden. Lebt aber der Mann noch, und ist es sonach eine wirkliche Ehe, so wird sie dadurch, daß ein anderer die Gattin schändet, nicht aufgehoben, sondern es wird ein Raub an ihr begangen. Sie wie es nun aber kein Ehebruch genannt werden kann, wenn der Mann nicht mehr lebt, so ist es Ehebruch, wenn er noch lebt.‹

Mitten in der Rede fiel Thersander Sopatros ins Wort und sagte: ›Wozu noch so viele Worte? Ich habe hier eine doppelte Forderung, die eine an Melitte, und zwar nicht der Folter wegen, wie ich kurz vorher sagte; die andere betrifft die vermeintliche Tochter des Gesandten, die im Grunde meine Sklavin ist.‹ Zugleich las er vor:

›Thersander fordert von Melitte und Leukippe – so, habe ich gehört, soll die Dirne heißen: Melitte soll, wenn sie seit meiner Abwesenheit mit diesem Fremdling nichts zu tun gehabt hat, in das Wasser der heiligen Styx hinabsteigen, und sich durch einen Schwur von der Anklage befreien; Leukippe hingegen, wenn sie bekennt, daß sie ein Weib ist, zu ihrem Herrn zurückkehren; denn nur Sklavinnen ist es erlaubt, den Tempel der Artemis zu betreten. Gibt sie sich aber für eine Jungfrau aus, so mag man sie in die Höhle der Syrinx verschließen.‹

Diese Aufforderung nahmen wir sogleich an, denn wir waren schon darauf gefaßt. Auch Melitte ließ den Mut nicht sinken; sie war sich wohl bewußt, daß in Thersanders Abwesenheit nichts unter uns vorgefallen war als wechselseitige Gespräche.

›Auch ich‹, sagte sie, ›nehme diese Aufforderung an, ja, ich setze noch mehr hinzu – und dies ist alles, was man verlangen kann –: Ich bin mir nicht bewußt, weder mit einem Fremden, noch mit einem Ephesier Gemeinschaft gehabt zu haben, wie du mich beschuldigst. Aber wie wird es dir ergehen, wenn du als falscher Ankläger ertappt wirst?‹

›Dies überlaß dem Urteil der Richter!‹ sagte er.

Darauf wurde beschlossen, den folgenden Tag die Forderung an uns zu vollziehen, und das Gericht ging auseinander.

Während dem Essen erzählte uns der Priester die Geschichte von dem Wasser der Styx.

›Es war einmal ein schönes Mädchen‹, fing er an, ›namens Rhodopis. Sie war eine Liebhaberin der Jagd. Ihre Füße waren im Laufen geübt, und ihre Hände geschickt, den Bogen zu führen. Ein Gürtel, eine Kopfbinde und ein Gewand, das sie bis an das Knie schürzte, war ihre Kleidung. Das Haar trug sie nach Art der Männer geschoren.

Artemis sieht sie. Sie gefiel ihr, und die Göttin rief sie zu sich. Seitdem jagte sie immer in ihrer Gesellschaft, und meistens teilten sie den Fang miteinander. Rhodopis schwor auch, immer bei ihr zu bleiben, den Umgang der Männer zu meiden, und sich Aphrodites Gewalt zu entziehen.

Rhodopis schwor, und Aphrodite hörte es. Sie wurde zornig und wollte sich an dem Mädchen wegen seines Übermutes rächen.

In Ephesus war ein Jüngling, der schönste unter den jungen Männern, so wie Rhodopis die schönste unter den Jungfrauen. Er hieß Euthynikos. Auch er jagte, wie Rhodopis, und wollte ebenso wie sie von Aphrodite nichts wissen.

Gegen beide macht sich nun die Göttin auf, und führt ihr Wild an einen Ort zusammen. Bisher waren sie immer getrennt. Artemis war eben nicht zugegen.

Aphrodite tritt zu ihrem Sohn, dem Bogenschützen, und spricht zu ihm: ‚Siehst du, mein Sohn, dies Paar, das Aphrodite nicht huldigt, das uns und unsern Geheimnissen so abhold ist? Doch die Jungfrau schwor auch noch einen verwegenen Eid gegen mich. Siehst du, wie sie beide auf den Hirsch zulaufen? Beginne auch du deine Jagd, zuerst auf das kühne Mädchen. Dein Geschoß wird gewiß besser treffen.‘

Beide nun spannen den Bogen, sie auf den Hirsch, Eros auf das Mädchen, und beide treffen. Die Jägerin trifft und wird getroffen. Der Hirsch hat den Pfeil im Rücken, das Mädchen im Herzen. Das Geschoß war die Liebe zu Euthynikos.

Ein zweiter Pfeil trifft den Jüngling.

Euthynikos und Rhodopis sehen einander. Zuerst stehen sie da, heften ihre Augen aufeinander, und keiner von beiden will den Blick seitwärts richten. Bald aber entzündet sich in ihnen die Wunde, und Eros selbst leitet sie in diese Grotte, wo jetzt die Quelle ist. Hier brechen sie ihren Schwur.

Artemis sieht Aphrodite lächeln, merkt, was geschehen ist, und löst das Mädchen in Wasser auf eben da, wo ihr der Gürtel gelöst wurde.

Wird nun ein Mädchen der Unkeuschheit beschuldigt, so steigt sie in die Quelle hinab und reinigt sich. Die Quelle ist klein, und geht nur bis an die Knöchel. Mit dem Urteil selbst verhält es sich so: Sie schreibt den Schwur auf ein Täfelchen, und hängt es, an einer Schnur befestigt, um den Hals. Hat sie nicht falsch geschworen, so bleibt das Wasser ruhig in seiner Lage. Hat sie aber falsch geschworen, so braust das Wasser auf, steigt bis an den Hals empor, und überdeckt das Täfelchen.‹

Unter diesem Gespräche war der Abend herbeigekommen, und wir gingen, jeder für sich, zu Bette.

Am folgenden Tag war das ganze Volk beisammen. Thersander ging mit fröhlicher Miene voraus und sah zugleich höhnisch lächelnd auf uns.

Leukippe war mit einem heiligen Gewande bekleidet. Es war aus feiner Leinwand und reichte bis zu den Füßen herab; in der Mitte umschloß es ein Gürtel. Ihr Kopf war mit einer purpurnen Binde umwunden, ihre Füße ohne Sohlen. Mit allem Anstande trat sie in die Höhle.

Ich stand da, und zitterte und bebte.

›Daß Leukippe noch Jungfrau ist‹, sagte ich bei mir, ›davon bin ich ganz überzeugt. Aber, Geliebte, vor dem Pan ist mir bange. Er liebt die Mädchen, und ich befürchte, du könntest ihm die zweite Syrinx werden. Sie floh den Verfolger auf freier Ebene, und er verfolgte sie im Freien. Dich aber schließen wir in die Höhle ein, wie in eine Festung, so daß du nicht einmal entfliehen kannst, wenn er dich verfolgt. Aber sei uns geneigt, Pan, und verletze nicht die Gesetze dieses Orts; denn wir haben sie als heilig beachtet. Als Jungfrau laß uns Leukippe zurückkehren! Diese Verbindlichkeit bist du der Artemis schuldig. Täusche sie nicht, die jungfräuliche Göttin!‹

Während ich so bei mir selbst sprach, tönte ein lieblicher Gesang aus der Höhle hervor, und jedermann versicherte, nie einen helleren Ton gehört zu haben. Sogleich sahen wir die Türe sich öffnen, und Leukippe sprang heraus. Das ganze Volk schrie laut auf vor Freude und schmähte Thersander.

Wie mir dabei war, kann ich nicht beschreiben. Einen Sieg, und zwar den schönsten, hatten wir davongetragen.

Darauf begaben wir uns zur Styx, um die zweite Untersuchung anzustellen. Auch hierher folgte uns das Volk, um es mit anzusehen.

Alles war in Bereitschaft. Melitte wurde das Täfelchen

umgehängt. Die Quelle war klar und sehr klein. Melitte stieg hinein, und stand mit heiterer Miene da. Das Wasser blieb, wie es war, ruhig in seiner Lage, und übersprang nicht im mindesten seine gewöhnlichen Grenzen. Als die Zeit, welche sie in der Quelle bleiben mußte, verflossen war, faßte sie der Oberrichter bei der Hand und zog sie aus dem Wasser.

So hatte Thersander schon zweimal den Sieg verloren. Zum dritten Male wollte er sich nicht der Gefahr aussetzen und schlich sich eilig nach Hause. Er befürchtete, vom Volke gesteinigt zu werden.

Eben brachten vier Jünglinge auch den Sosthenes herbei. Es waren zwei von Melittes Verwandten und zwei Diener, die Melitte ausgeschickt hatte, um ihn zu suchen.

Thersander hatte es von fern her erfahren, und da er wohl wußte, daß Sosthenes auf der Folter alles eingestehen würde, kam er dem zuvor und machte sich bei einbrechender Nacht eilig aus der Stadt.

Sosthenes ließen die Richter, da Thersander entflohen war, ins Gefängnis werfen.

Darauf entfernten wir uns, in jeder Hinsicht als Sieger, und von allen Seiten rief man uns Glückwünsche zu.

Am Tag darauf wurde Sosthenes von Bevollmächtigten vor die Richter gebracht. Da er sah, daß man ihn zu der Folter abführte, gestand er alles, was Thersander und er dabei getan hatten, offenherzig ein. Nicht einmal das überging er, was sie von ihr vor Leukippes Türe miteinander gesprochen hatten.

Er wurde nun wieder ins Gefängnis gebracht, um seine Strafe zu verbüßen, und Thersander, der die Flucht ergriffen hatte, des Landes verwiesen. Uns aber bewirtete der Priester auf gewohnte Weise.

Während dem Essen setzten wir unsere Erzählung fort und ergänzten, was wir am vorigen Tag übergangen hatten.

Leukippe scheute sich nun nicht mehr vor ihrem Vater, da sie so offenbar als Jungfrau befunden worden war, und erzählte alles, was ihr begegnet war, mit dem größten Vergnügen.

Als sie auf Pharos und auf die Räuber kam, sagte ich zu ihr: ›Erzähle uns doch die Geschichte mit den Räubern aus Pharos, und das Rätsel mit dem abgeschnittenen Kopfe, damit es auch dein Vater hört. Denn nur dies ist noch übrig zur Vollendung der ganzen Geschichte.‹

›Die Räuber hatten‹, fing sie an zu erzählen, ›eine unglückliche Frau bei sich, eine von den Dirnen, welche mit Aphrodites Geschenken Gewinn treiben. Sie hatten ihr weisgemacht, sie würde einen auf dem Schiffe zum Manne bekommen. Die Frau fuhr also mit, ohne daß sie wußte, warum sie eigentlich da war, und lebte ganz ruhig mit einem Räuber, der sich als ihr Liebhaber ausgab.

Sie raubten mich, brachten mich, wie du sahst, auf das Schiff und ruderten schnell davon. Bald aber erblickten sie das Schiff, das sie verfolgte, nahmen den Schmuck und die Kleider des unglücklichen Weibes, und legten sie mir an, ihr aber die meinigen. Sie stellten das Weib auf das Verdeck, von wo aus sie die Verfolger sehen konnten, schnitten ihr den Kopf ab, und warfen sie, wie du sahst, ins Meer. Den Kopf behielten sie für jetzt noch auf dem Schiffe; da ihnen aber nicht mehr nachgesetzt wurde, warfen sie auch diesen hinaus.

Ob sie die Frau bloß deswegen mitgenommen hatten, oder ob sie willens waren, sie als Sklavin zu verkaufen, was später mir widerfuhr, kann ich nicht sagen. Soviel ist gewiß: Als sie verfolgt wurden, töteten sie sie statt meiner, um ihre Verfolger zu täuschen. Vielleicht glaubten sie von mir, wenn sie mich verkauften, mehr Gewinn zu ziehen, als von jener. Und dies war auch Veranlassung, daß Chaireas seine wohlverdiente Strafe leiden mußte.

Er selbst hatte den Rat gegeben, jene Frau statt mir zu töten und ins Meer zu stürzen. Der übrige Räuberhaufen aber wollte mich nicht ihm allein überlassen. Man habe ja, sagten sie, vorher einen andern Körper gehabt, der ihnen, wenn sie ihn verkauft hätten, reichlichen Gewinn gebracht haben würde. Für die Getötete also müsse ich verkauft werden und der Gewinn nicht ihm allein, sondern allen gemeinschaftlich zufallen.

Er widersetzte sich, suchte sich lange zu rechtfertigen, brachte den Vertrag in Erwähnung, nach welchem er sie nicht für sie zum Verkauf, sondern für sich als Geliebte geraubt habe.

Da er dabei ziemlich anmaßend sprach, hatte einer, der hinter ihm stand, den guten Einfall, ihm den Kopf abzuschneiden. Er litt also die gerechte Strafe für den Raub, und wurde nun selbst ins Meer geworfen.

Nach einer Fahrt von zwei Tagen brachten mich die Räuber, ich weiß selbst nicht, wohin, überließen mich für Geld einem Kaufmann, mit dem sie in Verkehr standen, und dieser verkaufte mich wieder an den Sosthenes.‹

›Ihr habt, Kinder‹, sagte hierauf Sostratos, ›nun beide eure Geschichte erzählt; wohlan, so will auch ich einen Beitrag zu dieser Erzählung liefern, und euch berichten, was sich zu Hause mit Kleitophons Schwester, Kalligone, zugetragen hat.‹

Als ich den Namen meiner Schwester hörte, wurde meine ganze Aufmerksamkeit gespannt.

›Ja, Vater‹, sagte ich, ›erzähle uns von ihr, aber nur, wenn sie noch lebt.‹

Er fing nun an, alles zu erzählen, was ich schon oben gestreift habe, von Kallisthenes, vom Orakel, von der heiligen Gesandtschaft, dem Schiffe und von dem Raube.

›Als er auf dem Schiff erfuhr‹, setzte er dann hinzu, ›daß es nicht meine Tochter war, war ihm sein ganzer Plan vereitelt. Doch auch Kalligone liebte er sehr. Er warf sich ihr zu Füßen und sagte: ‚Meine Gebieterin! Halte mich nicht für einen Räuber oder für einen Bösewicht. Ich bin einer der Edlen aus Byzantion, und darf mich jedem andern an die Seite stellen. Die Liebe bewog mich, diesen Raub zu erheucheln, und dieses Mittel gegen dich zu gebrauchen. Von heute an betrachte mich als deinen Sklaven. Zum Brautgeschenk gebe ich dir alles hin, mich und so viele Güter wie sie dir dein Vater nie gegeben haben würde. So lange es dir beliebt, will ich dir deine Jungfräulichkeit lassen.‘

Durch diese und andere noch lockendere Reden suchte er sich das Mädchen geneigt zu machen. Überdies war er schön gebildet, und wußte durch seine Beredsamkeit leicht zu überreden.

Als er nach Byzantion kam, setzte er ihr ein sehr ansehnliches Brautgeschenk aus, versah sie noch außerdem reichlich mit Kleidern, Gold und allem, was zum Schmucke reicher Frauen gehört. Seinem Versprechen gemäß blieb sie bei ihm unverletzt und wohl aufbehalten, und dadurch gewann ihn das Mädchen lieb.

Auch im Übrigen zeigte er sich als ordentlicher, bescheidener und mäßiger Jüngling. Kurz, es war auf einmal eine wunderbare Veränderung mit ihm vorgegangen. Er wich vor Ältern von seinem Sitz, und kam denen, die ihm begegneten, mit seinem Gruß zuvor. Bisher war sein Charakter immer zweideutig gewesen, jetzt kehrte er von seinen Ausschweifungen zur Besonnenheit zurück. Er zeigte sich großmütig, wenn jemand seiner Hülfe bedurfte. Mit einem Worte, jedermann wunderte sich, daß aus einem Menschen von so schlechten Sitten ein so ordentlicher junger Mann geworden war.

Vor allem suchte er sich mir gefällig zu machen, und ich gewann ihn auch wirklich sehr lieb. Seine vorigen Ausschweifungen hielt ich mehr für natürliche Aufbrausung als für Zügellosigkeit. Mir fiel dabei das Beispiel des Themistokles ein, der in seiner Jugend ein zügelloses Leben geführt haben soll, später aber an Weisheit und Rechtschaffenheit alle Athener übertraf.

Es reute mich nun, daß ich ihn zurückgewiesen hatte, als er um meine Tochter warb. Denn er bewies mir alle Achtung, nannte mich Vater, und begleitete mich in die Volksversammlungen.

Auch die Kriegsübungen vernachlässigte er nicht mehr, und zeichnete sich in den Reitübungen recht wacker aus. Zwar fand er an diesen auch während seines schwelgerischen Lebens Vergnügen, und widmete sich ihnen, aber nur zur Pracht und zur Ergötzung. Unvermerkt aber nahm sein gesetzter männlicher Sinn ebenso zu wie seine Erfahrung. Sein Hauptgeschäft war, sich auf alle mögliche Weise im Kriegswesen auszuzeichnen. Auch schoß er der Stadt eine ansehnliche Summe vor, und wurde mit mir zugleich zum Heerführer ernannt, wodurch sich seine Achtung gegen mich noch mehr vergrößerte, und in allen Stücken zeigte er sich mir ergeben.

Nachdem wir unter dem sichtbaren Beistande der Götter gesiegt hatten, kehrten wir unter frohen Danksagungen nach Byzantion zurück. Es wurde beschlossen, dem Herakles und der Artemis ein Opfer zu bringen, und die Wahl traf uns beide. Ich sollte hier der Artemis, er in Tyros dem Herakles opfern.

Jetzt ergriff Kallisthenes meine Rechte, und erzählte mir zuerst, was er wegen Kalligone unternommen hatte. ‚Vater', setzte er dann hinzu, ‚was ich getan habe, geschah freilich im Feuer der Jugend; später aber handelte ich mit Überlegung. Denn bis jetzt habe ich das Mädchen als Jungfrau belassen, und dies noch dazu im Getümmel des Kriegs, wo niemand Vergnügungen aufzuschieben pflegt. Nun bin ich entschlossen, sie nach Tyros zu ihrem Vater zurückzuführen, und sie von ihm gesetzmäßig zur Ehe zu empfangen. Will er mir das Mädchen geben, so werde ich mich für glücklich schätzen; ist er aber starrsinnig, und nicht zu bewegen, so empfängt er sie als Jungfrau zurück. Es ist mein innigster Wunsch, sie zu bekommen, und ich habe ihr ein ansehnliches Brautgeschenk bestimmt.'

Ich will dir doch auch den Aufsatz vorlesen, den ich unserer Verabredung gemäß entworfen habe, ehe ich in den Krieg zog, worin ich den Wunsch an den Tag lege, das Mädchen möchte an den Kallisthenes verheiratet werden, und seine Geburt, seine Würde und seine Vorzüge im Krieg auseinandersetze.

Nun habe ich beschlossen, sobald unsere Sache entschieden ist, nach Byzantion zurückzukehren und von da nach Tyros zu reisen.‹ Nach dieser Unterhaltung legten wir uns auf dieselbe Weise zur Ruhe.

Am folgenden Tag kam Kleinias und brachte uns die Nachricht, Thersander sei des Nachts entflohen. Er habe die

Forderung nicht gestellt, um den Prozeß zu gewinnen, sondern es sei nur ein Vorwand gewesen, die Überführung seiner Vergehen zu verzögern.

Wir warteten noch drei Tage, so lange nämlich der Termin angesetzt war, gingen dann zum Oberrichter, und hörten das Urteil der Gesetze, nach welchen Thersander nichts mehr an uns zu fordern hatte.

Darauf bestiegen wir ein Schiff, segelten mit günstigem Winde nach Byzantion, vollzogen daselbst die lange gewünschte Hochzeit, und reisten nach Tyros. Zwei Tage später kam auch Kallisthenes.

Mein Vater war eben mit der Zubereitung des Opfers beschäftigt, welches auf den folgenden Tag zur Hochzeit meiner Schwester bestimmt war.

So opferten wir zusammen, und flehten gemeinsam zu den Göttern, unsere Ehen glücklich zu machen.

Wir beschlossen, den Winter über in Tyros zu bleiben, und dann nach Byzantion zurückzukehren.«

ANHANG

ERLÄUTERUNGEN

Longos
Daphnis und Chloë

37 *bacchisches Rehfell:* s. Namensverzeichnis »Mänaden«.

38 *Obelusbrot:* ein Brot besserer Qualität, angeblich an einem Spieß *(obelos)* gebacken; sein Preis in Alexandria soll eine Obole betragen haben.

41 *Splint von Ulmen:* Ulmenbast als Ersatz eines Heilverbandes. – *Sprichwort:* »Aus des Wolfes Rachen errettet« stand sprichwörtlich für unerwartetes Entkommen aus großer Gefahr.

69 *ungünstigen Vögeln:* Die antike Wahrsagekunst benutzte das Erscheinen von bestimmten Vögeln zur Vorhersage günstiger resp. ungünstiger Geschehnisse.

85 *jener hütete Schafe:* Gemeint ist Paris, der trojanische Prinz und Verführer Helenas.

87 *Eudromos, so hieß er:* redender Name: »der gute Läufer«.

89 *Gnathon, denn dies war sein Name:* redender Name, von *gnathos* = »Kinnbacken«, für Parasiten gebräuchlich: »Pausback«.

94 *Adlern des Zeus:* Anspielung auf die Sage von Ganymed, s. Namensverzeichnis. – *Stier im Stall:* Alte Stiere blieben, als unbrauchbar zur Arbeit, allein im Stall zurück.

104 *Philopoimen:* redender Name: »Hirtenfreund«.

105 *Agele:* redender Name: »Herde«.

Achilleus Tatios
Leukippe und Kleitophon

119 *unvermischt:* erinnert an den antiken Brauch, Wasser vermischt mit Wein zu trinken.

121 *Ihnen aber verleih':* Hesiod, ›Werke und Tage‹ 57f.

122 *Er, an Augen:* Homer, ›Ilias‹ 2,478.

130 *Vermählung der Bäume:* Plinius d. Ä. (›Naturalis Historia‹ 13,31 und 34f.) berichtet über die Anschauungen der Antike über die Geschlechtlichkeit der Bäume.

131 *Otter liebt Muräne:* Plinius (9,76; 32,14) berichtet auch von

dem Volksglauben, daß Muränen sich an Land mit Vipern paaren.

141 *gleichen Namen führt:* Das griechische Wort φοῖνιξ (phoinix) ist einerseits der Name »Phönizier«, bezeichnet andererseits den Vogel Phönix und bedeutet schließlich auch noch »Palme«.

146 *Konops:* bedeutet »Mücke«.

148 *ein zweiter Odysseus:* Anspielung auf Homers Bericht über die Begegnung des Odysseus mit dem Kyklopen Polyphem (›Odyssee‹ 9,105 ff.): Um aus der Höhle des Ungeheuers zu entkommen, betäubt Odysseus Polyphem mit Wein, blendet ihn und entweicht dann mit seinen Gefährten, verborgen unter den Bäuchen der Schafherde.

155 *wie die Troerinnen:* nach Homer, ›Ilias‹ 19,302, wo die Gefangene Briseis und ihre Frauen den Patroklos beweinen, dabei jedoch im Innern an ihr eigenes Elend denken.

156 *Ihn auch raubten:* ›Ilias‹ 20,234. Gemeint ist Ganymed (s. Namensverzeichnis). – *diese Würde versah:* Hebe, die Göttin der Jugend, später des Herakles Gemahlin, reichte bis zum Eintreffen des Ganymed an der Göttertafel den Nektar. – *einer Frau wegen:* Anspielungen auf die Sagen von Europa, Antiope und Danaë; Zeus nahte der ersten als Stier, der letztgenannten als goldener Regen, der Antiope als tanzender Satyr.

163 *Granatapfel:* Der Granatapfel mit dem Reichtum seiner Kerne wurde in der Antike als Lebenssymbol aufgefaßt.

164 *Wolle der Schmetterlinge:* Verweis auf die Seide, die in der Antike nur im Orient produziert wurde und nach Europa importiert werden mußte.

166 *Der Hirt:* gleichbedeutend mit »Räuber«.

181 *Hesiodische Krähe:* Ein bei Plutarch (›Moralia‹ 415 c) überliefertes Fragment Hesiods besagt, die Krähe lebe neun Menschengenerationen lang, d.h. 9 × 30 = 270 Jahre.

221 *Achilles abgebildet:* Die Schönheit Achills (s. Namensverzeichnis) war sprichwörtlich. – *mit dem Sprichwort zu reden:* Anspielung auf Iphigenie, an deren Stelle eine Hirschkuh geopfert wurde.

246 *Sprichwort:* nach Thukydides 2,87,4.

254 *Artemis der Skythen:* Herodot (4,103) berichtet, die Taurier (später vermischt mit den Skythen) hätten der Artemis alle Fremden geopfert; vgl. Goethe, ›Iphigenie‹.

VERZEICHNIS DER WICHTIGSTEN NAMEN UND BEGRIFFE

Achilleus, Achilles: Sohn des Peleus und der Thetis, nach Homers ›Ilias‹ der herrlichste Held der vor Troja kämpfenden Griechen

Ägyptisches Theben: Stadt in Oberägypten, beim heutigen Karnak und Luxor

Aërope: Gattin des Atreus, Mutter des Agamemnon und des Menelaos, nach dem Ehebruch mit Thyest, der mit ihrer Hilfe den Widder mit dem goldenen Fell, das Unterpfand der Herrschaft über Argos, stahl, von Atreus im Meer ertränkt

Agamemnon: der Führer der Griechen vor Troja, wollte seine Beutesklavin Chryseis nicht freigeben; Apollon sandte darauf den Griechen die Pest

Alkmene: die Gattin des Thebaners Amphitryon, in dessen Gestalt sich ihr Zeus nahte und zur Verlängerung der Lust die Nacht dreimal so lang währen ließ, Mutter des Herakles

Alpheios: größter Fluß der Peloponnes, an dem auch Olympia liegt. Der Sage nach liebte er die Nymphe Arethusa, die ihn verschmähte und von Artemis in einen Wasserlauf verwandelt wurde, der durch das Meer, unberührt von diesem, nach Sizilien floß, wobei ihr jedoch Alpheios auf dieselbe Weise folgte. Die Quelle Arethusa findet sich in Syrakus nahe dem Meer; man glaubte, ihr Wasser stehe unterirdisch mit dem Alpheios in Verbindung

Amphitrite: eine der Nereiden, Gemahlin des Meeresgottes Poseidon

Anchises: trojanischer Prinz, Geliebter der Göttin Aphrodite/Venus, die ihm den Aeneas gebar

Andromeda: Tochter des Äthioperkönigs Kepheus; ihre Mutter Kassiopeia prahlte, sie und ihre Tochter seien schöner als die Nereiden, was von Poseidon durch die Entsendung eines Ungeheuers bestraft wurde, dem Andromeda geopfert werden sollte, die aber von Perseus gerettet werden konnte

Aphrodite: Gattin des Feuer- und Schmiedegottes Hephaistos, die Liebesgöttin, von der die Sage ein erotisches Abenteuer mit dem Kriegsgott Ares berichtet; zugleich metonymisch für erotischen und sexuellen Genuß

Apollon, Apollo: Orakel-, Heil- und Musengott, Sohn des Zeus und der Leto, Zwillingsbruder der Artemis

Ares: der Kriegsgott (vgl. Aphrodite)

Arethusa: Nymphe, s. Alpheios
Argaier: aus Argos, einer Stadt der Peloponnes, der Heimat des Herakles-Kultes
Ariadne: Tochter des Kreterkönigs Minos und der Pasiphaë. Sie rettete aus Liebe den Theseus, indem sie ihm ein Garnknäuel schenkte, das ihm aus dem Labyrinth heraushalf (»Ariadne-Faden«), wurde von ihm entführt und später auf Naxos zurückgelassen, wo sich Dionysos ihrer annahm
Arion: Dichter aus Lesbos, 7. Jahrhundert v. Chr. Er soll von einem Delphin auf dessen Rücken aus den Fluten gerettet worden sein
Aristophanes: der bekannte athenische Komödiendichter, ca. 450 bis ca. 385 v. Chr.
Artemis: jungfräuliche Tochter des Zeus und der Leto, Zwillingsschwester des Apollon, oft als Jägerin (oder »Herrin der Tiere«) dargestellt, bei Ephesus in einem berühmten Heiligtum verehrt
Asklepios: lateinisch Äsculap, der Gott der Medizin
Assyrer: von Achilleus Tatios mit den Syrern gleichgesetzt
Astarte: semitische Muttergottheit, auch Istar oder Astoret genannt
Athene: Tochter des Zeus, Göttin der Weisheit und der Künste, Erfinderin der Flöte

Bacchantin: Anhängerin des Bakchos/Bacchus (= Dionysos), als Teilnehmerin ekstatischer orgiastischer Kulte vorgestellt (vgl. Mänaden)
Bacchus: Dionysos
Biblinisch: aus Bibline, einer Gegend in Thrakien
Borytos, Berytos: Hafenstadt in Phönikien, nördlich von Sidon (heute Beirut)
Branchos: Sohn des Apoll, Orakelpriester im Apollonheiligtum von Didyma bei Milet
Briseis: Beutesklavin des Achilleus vor Troja, die ihm von Agamemnon genommen wird, was den »Zorn des Achilleus«, das Thema der ›Ilias‹, und sein Fernbleiben vom Kampf auslöst
Byzanz, Byzantion: gegründet ca. 660 v. Chr., seit 330 n. Chr. Konstantinopel, seit 1453 Istanbul

Chiisch: aus Chios, einer Insel in der Ägäis
Chlamys: männliches Oberkleid, Mantel
Choregie: athenische Institution, bestehend in der Übernahme der Kosten für Einstudierung und Aufführung von Dithyramben und Dramen seitens reicher Bürger oder durch den Staat (vgl. Triërarchie)
Chronos: griechisch »Zeit« (vgl. z. B. »Chronometer«), auch Gottheit der Zeit, oft mit dem Urgott Kronos zusammengebracht
Chryseis: Sklavin in der ›Ilias‹, s. Agamemnon

Danaë: Tochter des Akrisios, Geliebte des Zeus, Mutter des Perseus

Daphne: eine Nymphe, floh, von Apollon begehrt, und betete, als dieser sie einholte, zu Zeus um Rettung; sie wurde in den Lorbeerbaum (griechisch *daphne*) verwandelt

Demeter: griechische Göttin des Getreidebaus, deren Mysterien in Eleusis gefeiert wurden

Dionysos: der Gott des Weines. Der Name wird metonymisch auch für das Getränk gebraucht

Dionysos Protrygaios: Der Gott trägt den Beinamen als Herr der Weinlese nach einem zu diesem Zeitpunkt des Jahres aufgehenden Stern

Drachme: griechische Silbermünze

Dryade: Baumnymphe, mit dem Baum, in dem sie wohnte, in Leben und Sterben verbunden

Echo: Nymphe, die der Gott Pan, weil sie sein Liebeswerben nicht erhörte, von Hirten zerreißen läßt, so daß nur ihre Stimme weiterlebt. Nach einer anderen Version der Sage ist es die Göttin Hera, die sie für ihre Geschwätzigkeit bestraft und ihr die Fähigkeit nimmt, selbständig zu sprechen, so daß sie nur noch fremde Worte nachsagen kann. Nach ihr hat die Naturerscheinung ihren Namen

Eos: die Göttin der Morgenröte, liebte den schönen Tithonos und erbat für ihn von Zeus ewiges Leben; da sie vergessen hatte, ihn auch um ewige Jugend zu bitten, alterte er ständig und schrumpfte schließlich zur Zikade zusammen

Epimelische Nymphen: Gottheiten, die über Herden wachen

Erinnyen: Geister der Rache, die z.B. Orest wegen seines Muttermordes in den Wahnsinn trieben

Eriphyle: Gattin des Sehers Amphiaraos, die, von Polyneikes durch ein von Hephaistos verfertigtes Halsband bestochen, ihren Mann, der seinen Untergang voraussah, in den für ihn tödlichen Feldzug der Sieben gegen Theben zu drängen wußte

Eros: der Liebesgott, Sohn der Aphrodite, meist als geflügelter Knabe dargestellt

Eroten: vorgestellt als dem geflügelten Erosknaben gleichende Wesen, die zuweilen auch Teilaspekte der Liebe (Sehnsucht, Begier usw.) symbolisierten

Euanthes: unbekannter, vielleicht fiktiver Maler

Europa: mythische Königstochter, in die sich Zeus verliebte und die er in Gestalt eines Stieres nach Kreta entführte; nach ihr trägt der Erdteil seinen Namen

Ganymed, Ganymedes: troischer Prinz, der Schönste der Sterblichen, darum von der Herde, die er auf dem Idagebirge hütete, durch den Adler des Zeus entführt, im Olymp Geliebter des Zeus und Mundschenk der Götter

Gorgo: auch Medusa, ein Ungeheuer mit Schlangenhaaren und gräßlichen Zähnen, dessen Anblick jeden versteinerte. Sie wurde von Perseus – der es nur in einer Spiegelung ansah – getötet

Hades: eigentlich »Haus des Hades«, des Gottes der Unterwelt, die auch allein durch seinen Namen bezeichnet wird

Hekate: Totengöttin, spukhaft vorgestellt als gespenstische nächtliche Erscheinung mit Hunden und Wölfen, Geistern und Fackeln u.ä.

Heleische Nymphen: leben in Seen, Teichen und Sümpfen

Helena: die von dem trojanischen Prinzen Paris entführte Gattin des Menelaos, die Ursache des Krieges der Griechen gegen Troja

Heliopolis: »Sonnenstadt«, im Nildelta in der Nähe von Kairo gelegenes Heiligtum des Sonnengottes Re

Hephaistos: der hinkende Gott des Feuers, der einer Sage nach die Göttin Athena begehrte – der der Ölbaum heilig ist –, jedoch abgewiesen wurde; als er sie verfolgte und mit ihr rang, fiel sein Same zur Erde, woraus Erichthonios geboren wurde, den die Erdgöttin Ge der Athena zur Pflege übergab

Hera: Schwester und Gemahlin des Zeus

Herakles: Sohn der Alkmene und des Zeus, berühmt durch seine zwölf heldischen »Arbeiten«, z.B. Säuberung des Augiasstalles, Entführung des Höllenhundes Kerberos u.ä.

Herkules: lateinisch für Herakles (s.d.)

Hermes: olympische Gottheit, Bote des Zeus, Führer der Seelen in die Unterwelt

Hesiod: griechischer Dichter (um 700 v.Chr.), von dem zwei Epen (Lehrgedichte) erhalten sind

Hippolytos: die Zentralfigur der griechischen Fassung der Josephs-Legende: Seine Stiefmutter Phaidra, die ihn wegen seiner besonderen Schönheit begehrte, wurde von ihm abgewiesen und verleumdete ihn bei seinem Vater Theseus, durch dessen Fluch er elend umkam

Homer: Der Mann, der dem Altertum als der Dichter der ›Ilias‹ und der ›Odyssee‹ galt, ist als historische Person kaum zu erfassen; auch seine Herkunft – um die sich, wie ein Distichon sagt, sieben Städte stritten – ist ungewiß

Horen: Töchter der Themis und des Zeus. Drei Göttinnen, die Wachsen, Blühen und Reifen verkörperten und auch die Jahreszeiten symbolisierten; oft mit den Chariten = Grazien und den Musen zusammengestellt oder in eins gesetzt

Iberischer Fluß: der Ebro
Ikaros: Insel zwischen Mykonos und Samos, deren Wein berühmt war
Isis: ägyptische Göttin, Gattin des Osiris, Mutter des Horus, im Hellenismus und in der Kaiserzeit im ganzen Mittelmeerraum als große Gottheit kultisch verehrt
Itys: Sohn der Prokne und des Tereus, von seiner Mutter geschlachtet und dem Vater zum Mahl vorgesetzt aus Rache, weil dieser ihre Schwester Philomele geschändet hatte

Jacchos: Göttergestalt ungeklärter Herkunft, oft mit Dionysos identifiziert

Kadmos: König von Theben, Vater der Semele, stammte aus Tyros
Kandaules: König von Lydien, nach Herodot (1,7ff.) so stolz auf die Schönheit seiner Frau, daß er seinen Günstling Gyges sie heimlich nackt sehen ließ; sie bemerkte jedoch den Vorgang, stellte später den Gyges vor die Entscheidung, zu sterben oder Kandaules zu töten, und half ihm beim Mord. Fragmente eines hellenistischen Bühnenstücks, das sich eng an Herodot anschließt, sind seit 1950 bekannt
Karisch: Karien liegt südlich vom Mäander im südwestlichen Kleinasien
Kassia, Kasia: die aromatische Rinde einer Staude, Zimt
Kithara: Saiteninstrument
Klytaimnestra: die Gattin und Mörderin des Agamemnon
Kodros: letzter König von Athen, berühmt durch seinen Opfertod für die bedrohte Stadt; »vornehmer als Kodros« war sprichwörtlich
Krater: großer Mischkrug, in dem Wein und Wasser vermengt wurden
Krösus: lydischer König (560–547 v. Chr.), der sprichwörtliche reiche Herrscher

Lakaine: das lakedämonische Land, das Gebiet von Sparta
Laomedon: König von Troja, dem der Gott Apollon als Hirte Dienste leisten mußte
Lydierinnen: aus Lydien, dem Gebiet um Sardes in Westkleinasien
Lykurgos: König der Thraker (Edoner), kämpfte gegen Dionysos, wurde gefangen und geblendet

Mänaden: begleiteten den Gott Dionysos auf seinem Zug von Phrygien über Thrakien nach Griechenland; sie wurden als rasende Weiber vorgestellt, mit Fellen bekleidet, mit Efeu bekränzt, orgiastisch tanzend (vgl. Bacchantin)

Maron: Priester des Apoll zu Ismaros, schenkte (›Odyssee‹ 9,196ff.) dem Odysseus einen ziegenledernen Schlauch voll dunklen, süßen Weines

Marsyas: ein Satyr, forderte Apoll zum Wettspiel auf der Flöte heraus; der Gott siegte, ließ ihn zur Strafe an einen Baum hängen und schinden

Melische Nymphen: leben in honigträufelnden Eschen

Memphis: Stadt in Unterägypten, Residenz der Pharaonen

Methymna: Stadt an der Nordküste von Lesbos

Mitra: Kopfbinde

Musen: die Göttinnen der Dichtkunst

Mysterien: Geheimriten verschiedener antiker Kulte, über die die Teilnehmer striktes Stillschweigen bewahren mußten

Mytilene: Hauptstadt der Insel Lesbos

Nereiden: Töchter des Meeresgottes Nereus, wohlwollende Meeresnymphen

Niobe: in der griechischen Sage als Mutter von je sieben schönen Söhnen und Töchtern so stolz, daß sie Leto, die nur Apoll und Artemis geboren hatte, verhöhnte, worauf die Götterkinder ihre Mutter rächten und alle Niobiden mit Pfeilen töteten

Nymphen: niedere weibliche Gottheiten in der Natur

Odysseus: der homerische Heros, wurde später auf Ithaka kultisch verehrt. Er nutzte den Schlaf des betrunkenen Riesen Polyphem aus, sich und seine Gefährten zu retten

Olympisches Fest: die Spiele zu Olympia, die alle vier Jahre stattfanden

Omphale: Königin von Lydien, an die Herakles auf Befehl des Zeus zur Strafe als Sklave verkauft wurde

Pallas: Beiname der Göttin Athene

Pan: arkadischer Hirtengott, vorgestellt als Mischwesen mit Bocksfüßen und -hörnern, lüstern den Nymphen nachjagend (vgl. Pitys), die Pan-Flöte spielend, bisweilen unerwartet »panischen« Schrecken verbreitend

Parasiten: Schmarotzer, die an den Tischen der Wohlhabenden durch Witzeleien und andere Arten der Unterhaltung ihren Unterhalt fanden

Parzen: auch Moiren, Gottheiten, die dem Menschen sein Lebensmaß zuteilten

Patroklos: griechischer Held vor Troja, bester Freund des Achilleus. Als er fiel, mußten die gefangenen Troerinnen ihn – den Feind – beweinen; bei ihren Tränen gedachten sie aber wohl (›Ilias‹ 19,302) ihres eigenen Leides. Die Phrase wurde sprichwörtlich für Mittrauer, die aber einen anderen Grund hat als den offenkundigen

Pelusion: Name des Mittelpunktes der östlichen ägyptischen Grenzbefestigungen gegen Asien und des dort fließenden Nilarmes

Penelope: die Gattin des Odysseus, die nach zwanzigjährigem Warten durch ihn von dem Drängen der rücksichtslosen Freier, die er alle tötete, befreit wurde

Pentheus: König von Theben, Gegner des Dionysos und seines Kultes, von den auf den Bergen ekstatisch schwärmenden Frauen unter Führung der eigenen Mutter zerrissen

Perseus: Heros, Sohn des Zeus und der Danaë, Überwinder der Gorgo, Retter der Andromeda

Phaidra: Gattin des Theseus, s. Hippolytos

Pharos: Insel vor Alexandria, von Alexander dem Großen durch einen Damm mit dem Festland verbunden, berühmt durch den dort errichteten riesigen Leuchtturm (italienisch *faro*)

Philomele: Sie und Prokne waren Töchter eines mythischen Königs von Athen. Tereus, der König von Thrakien, heiratete Prokne, vergewaltigte dann Philomele und schnitt ihr die Zunge heraus, so daß sie die Tat nicht erzählen konnte. Sie verriet sie jedoch mittels einer Stickerei ihrer Schwester, die sich rächte, indem sie ihren Sohn Itys zerstückelt dem Vater zur Speise gab. Dieser entdeckte den Frevel und wollte beide Frauen in seiner Wut töten; er wurde aber in den Wiedehopf verwandelt, die beiden Schwestern in Schwalbe und Nachtigall

Phöniker: die Bewohner der Küstenlandschaft Syriens nördlich vom Karmel (vgl. Sidon)

Pitys: Nymphe, von Boreas geliebt und, da sie selbst Pan vorzog, getötet, von der Erde in die Fichte (griechisch *pitys*) verwandelt

Plektron: kleiner Stab zum Schlagen der Saiten der Lyra und Kithara

Plethron: als Längenmaß ein Sechstel des Stadions (s.d.), als Flächenmaß 100 Fuß (= ca. 32 m) im Quadrat

Pluto: Herrscher der Unterwelt

Poseidon: Bruder des Zeus und des Hades, göttlicher Herrscher des Meeres, lateinisch Neptun

Prokne: Gattin des Tereus, s. Philomele

Prometheus: Titan, der nach der Sage das Menschengeschlecht schuf, nach anderer Überlieferung auch die Tiere; da er für die Menschen von den Göttern das Feuer stahl, wurde er von Zeus an den Kaukasus geschmiedet, wo ein Adler ihm die Leber wegfraß, die täglich nachwuchs, so daß er endlos leiden mußte, bis Herakles ihn befreite

Prytanen: die höchsten Beamten einer griechischen Stadtgemeinde

Rhapsode: umherziehender Sänger, der an Fürstenhöfen epische Dichtungen und Hymnen berufsmäßig vortrug
Rhodope: nach der eine Insel bei Tyros benannt ist, unbekannt

Salpinx: die Trompete, speziell die Kriegstrompete
Satrap: oberster Statthalter einer Provinz (»Satrapie«) des Perserreiches
Satyrn: die ausgelassenen Begleiter des Dionysos, mit Pferdeschwänzen und Hufen
Semele: thebanische Prinzessin, Geliebte des Zeus, den sie auf Rat der eifersüchtigen Hera bat, ihr in seiner wirklichen (göttlichen) Gestalt zu erscheinen. Als dieser ihren Wunsch erfüllt, stirbt sie an seiner Blitzgewalt; ihr ungeborenes Kind trägt Zeus in seinem Schenkel aus: es ist der Gott Dionysos
Serapis: ägyptische Gottheit, wohl von Ptolemäus I. (367–283 v. Chr.) eingeführt, um als Reichsgott Ägypter und Griechen zu verbinden. Durch Handelsbeziehungen bald im Mittelmeerraum weit verbreitet. Nach Tacitus (›Historien‹ 4, 84, 5) gleichgesetzt teils mit Äsculap, teils mit Osiris, teils mit Zeus, teils mit dem Gott der Unterwelt
Sidon: auf einem Vorgebirge südlich von Beirut gelegene phönizische Stadt, wie auch »Sidonier« allgemein »Phöniker« bedeuten kann
Sirenen: fabelhafte Mischwesen mit Vogelleib und Frauenkopf, die betörend sind und so Seefahrer ins Verderben locken
Skythen: hiervon skythisch. Von den Griechen als Barbaren angesehenes Volk, deren Heiligtum einer jungfräulichen Göttin (mit Artemis gleichgesetzt) auf der taurischen Chersones (Krim) Schauplatz von Menschenopfern war
Smyrna: heute Izmir in der Türkei
Sophist: Lehrer praktischer Lebensklugheit, Schlaukopf
Stadion: die Länge der Laufbahn eines Stadions und so ein Längenmaß; das von Olympia betrug ca. 192 m (= 600 Fuß)
Stheneboia: die Gattin des Königs Proitos von Tiryns, verliebte sich in ihren Gast Bellerophon, der sie jedoch abwies. Sie verleumdete ihn, er habe ihr zu nahe treten wollen, worauf Proitos ihn mit einem Brief, der den Überbringer zu töten bat, nach Lykien zu König Iobates sandte, der ihn jedoch nicht ermordet, sondern statt dessen zu gefährlichen Taten aussendet
Styx: Fluß der Unterwelt, auch allgemein als »Unterwelt« gebraucht
Syrinx: eine Nymphe aus Arkadien, von Pan begehrt, auf der Flucht durch göttliche Einwirkung in Schilfröhricht verwandelt, aus dessen Rohren Pan die Panflöte fügt
Syros: nach Achilleus Tatios Stadt an der Spitze des Nildeltas

Tantalos: Sohn des Zeus, frevelte gegen die Götter, die ihn in der Unterwelt büßen ließen, indem er im schlimmsten Hunger und Durst durch ständig vor ihm zurückweichendes Wasser und zurückschnellende Obstzweige gepeinigt wurde

Taurier: die Urbevölkerung der Krim, später mit den Skythen vermischt

Tereus: König von Thrakien, s. Philomele

Thebaner: aus Theben (Böotien), das von Kadmos aus Tyros in Phönikien gegründet worden war

Themistokles: ca. 524 – ca. 460 v. Chr., athenischer Politiker, während der Perserkriege der wichtigste Stratege der Griechen. Später verbannt und in Persien aufgenommen

Thessalierin: aus Thessalien in Mittelgriechenland, einer durch ihre Zauberinnen berüchtigten Gegend

Thraker, hiervon thrakisch: die nördlich der Griechen, zwischen den Makedonen, der Donau und dem Schwarzen Meer lebenden Völker, von den Griechen als Barbaren verachtet, jedoch als Pferdezüchter bewundert

Triërarchie: athenische Institution, die wohlhabende Bürger verpflichtete, aus eigenem Besitz für den Staat eine Triëre (ein Schiff mit drei Ruderreihen) auszurüsten und zu unterhalten (vgl. Choregie)

Troja: die durch die Epen Homers berühmte Stadt an der Nordwestspitze Kleinasiens, von den Griechen nach zehnjährigen Kämpfen erobert

Tyros, hiervon tyrisch: Stadt der Phöniker, 75 km südwestlich von Beirut gelegen, ursprünglich auf einer Insel, durch Alexander den Großen mittels eines Dammes 322 v. Chr. mit dem Festland verbunden

Tyrrhener: Seeräuber, die Dionysos auf seiner Fahrt von Ikaria nach Naxos versklaven wollten; doch fielen die Fesseln von diesem ab, am Mast wuchs Efeu, das Schiff stand still, die Piraten wurden in Delphine verwandelt

Zeus: der oberste Gott des Olymp, wurde als Neugeborener von der Ziege Amaltheia ernährt. Sein Beiname Meilichios bedeutet gnädig; er heißt »Kasisch« durch Identifizierung mit einem syrischen Gott dieses Namens

LITERATURHINWEISE

Abhandlungen

1. Zum Roman insgesamt

H. Gärtner, Der antike Roman – Bestand und Möglichkeiten, in: Vorschläge und Anregungen, hrsg. von P. Neukam, München 1980, S. 24–56.
T. Hägg, The Novel in Antiquity, Oxford 1983.
N. Holzberg, Der antike Roman, München-Zürich 1986.

2. Zum griechischen Roman

Beiträge zum griechischen Liebesroman, hrsg. von H. Gärtner, Hildesheim-Zürich-New York 1984.
C. W. Müller, Der griechische Roman, in: Griechische Literatur (Neues Handbuch der Literaturwissenschaft 2), hrsg. von E. Vogt, Wiesbaden 1981, S. 377–412.
E. Rohde, Der griechische Roman und seine Vorläufer (1876), Darmstadt 1974[5].
O. Weinreich, Der griechische Liebesroman, Zürich 1962.

3. Zum römischen Roman

P. G. Walsh, The Roman Novel – The ›Satyricon‹ of Petronius and the ›Metamorphoses‹ of Apuleius, Cambridge 1970.

4. Zur Entstehung des Romans

G. Anderson, Ancient fiction – The novel in the Graeco-Roman world, Totowa (New Jersey) 1984.
K. Kerényi, Die griechisch-orientalische Romanliteratur in religionsgeschichtlicher Beleuchtung, Darmstadt 1973[3].
H. Kuch, Gattungstheoretische Überlegungen zum antiken Roman, in: Philologus 129, 1985, S. 3–19.
E. Schwartz, Fünf Vorträge über den griechischen Roman, Berlin 1943[2].

5. Zur Erzähltechnik

B. Effe, Entstehung und Funktion ›personaler‹ Erzählweisen in der Erzählliteratur der Antike, in: Poetica 7, 1975, S. 135–157.
T. Hägg, Narrative technique in ancient Greek romances, Stockholm 1971.

Zu Longos

Ausgaben

Longos, Daphnis et Chloë, hrsg. von M. D. Reeve, Leipzig 1986².
Longos, Hirtengeschichten von Daphnis und Chloë, hrsg. von O. Schönberger, Berlin 1980³ (mit deutscher Übersetzung).

Übersetzung

Longos, Daphnis und Chloë, übersetzt von O. Schönberger, Stuttgart 1980².

Abhandlungen

B. Effe, Longos – Zur Funktionsgeschichte der Bukolik in der römischen Kaiserzeit, in: Hermes 110, 1982, S. 65–84.
R. L. Hunter, A Study of Daphnis and Chloë, Cambridge 1983.
R. Merkelbach, Die Hirten des Dionysos – Die Dionysos-Mysterien der Kaiserzeit und der bukolische Roman des Longos, Stuttgart 1988.

Zu Achilleus Tatios

Ausgaben

Achilleus Tatius, Leucippe and Clitophon, hrsg. von E. Vilborg, 2 Bde. (Text und Kommentar), Stockholm-Göteborg-Uppsala 1955–62.

Achilleus Tatius, hrsg. von S. Gaselee (The Loeb Classical Library), London-New York 1917 (mit englischer Übersetzung).

Übersetzung

Achilleus Tatios, Leukippe und Kleitophon, übersetzt von K. Plepelits, Stuttgart 1980.

Abhandlung

D. Sedelmeier, Studien zu Achilleus Tatios, in: Wiener Studien 72, 1959, S. 113–143.

INHALT

ANHANG